त्रिकोण

उपन्यास

त्रिकोण

रामकेवल शर्मा

लोकभारती प्रकाशन

लोकभारती प्रकाशन
पहली मंजिल, दरबारी बिल्डिंग, महात्मा गाँधी मार्ग
इलाहाबाद-211 001

वेबसाइट : www.lokbhartiprakashan.com
ईमेल : info@lokbhartiprakashan.com

शाखाएँ : 1-बी, नेताजी सुभाष मार्ग, दरियागंज
नयी दिल्ली-110 002
अशोक राजपथ, साइंस कॉलेज के सामने
पटना-800 006 (बिहार)
36-ए, शेक्सपियर सरणी
कोलकाता-700 017

मूल्य : ₹ 500

प्रथम संस्करण : 2018

आस्था पेपर कन्वर्टर
इलाहाबाद द्वारा मुद्रित

TRIKON
by Ramkeval Sharma

ISBN : 978-93-88211-05-5

श्री चन्द्रबली राय

को

सादर

त्रिकोण

ठाकुर यशवन्त सिंह देवी कात्यायनी के स्तवन से ध्यानमुक्त हो, पद्मासन से खड़े हो गये। करबद्ध तन्द्रोन्मीलित नेत्रद्वय अतृप्त पिपासित भंगिमा से माँ के युगल चरण-कमल को देख अपनी उद्‌भावना में विकल थे। होष्ठ प्रकम्पित थे। स्तवन-मन्त्र समाप्त करके भावविह्वल होकर देवी से कुछ याचना कर रहे थे। अधखुली आँखों से अश्रुप्रवाह उत्स बना हुआ था। हे माँ! असुर-निकन्दिनी! मोहान्ध-मर्दिनी! अखिल भूमण्डल तेरे ही अविकल शासन से आलोड़ित है। हे जगदम्बे! तुम्हीं प्रतिच्छाया और प्रतिच्छवि के रूप में चतुर्दिक् नर्तन-कर्तन कर रही हो। भारत! अखिल भारत! परम्परामुक्त हो रहा है। माँ! कृपा करो। मैं जग के कण-कण में तेरा ही संगीत भर देना चाहता हूँ। मेरे तड़पते प्राण प्रतिक्षण तेरे ही गीत के लिए विकल रहते हैं माँ! हे वीणावादिनी, हंसवाहिनी, सिंह-शेष-शायिनी माँ! क्या संसार से सत्य और त्याग उसी प्रकार विदा हो गये हैं जैसे घोर अकाल में जल-वर्षण? माँ! मुझे प्रकाश दो। हिम्मत और बल दो। मैं अपने प्रयत्नों और दृष्टिकोणों में सफल हो सकूँ। मैं पतित स्खलित सत्य को पुनरुज्जीवित करना चाहता हूँ। धन तेरी माया है माँ! वह मुझमें नहीं, परिव्याप्त मेरा आधार बने। अँतरे-कोने में कूड़े-कचरे की तरह पड़े-छिपे विद्वानों को लाकर मैं धन्य हो जाना चाहता हूँ। तेरी ही वीणा की सच्ची झंकार से कण-कण को शब्दित करा देना चाहता हूँ। तू सहारा दे। हे रणचण्डी, मरालवाहिनी शारदे!

यशवन्त सिंह ने आँखें खोलकर दीवार के सहारे टँगी दुर्गा की तसवीर को देखा। माँ के नेत्रों में झाँका। पुनः अपना सिर उनके चरणों में नवाकर उसी मुद्रा में किवाड़ खोलकर बाहर निकले। पौ फट रहा था। प्रभात की किरणें अभी अस्फुटित थीं। मुर्गे की बाँग,

पक्षियों का आनन्द-कलरव सुनायी देने लगा था। वे बरामदे में आकर एक क्षण जम्हाई लेने के बाद थोड़ा और बाहर निकले। अग़ल-बग़ल और सामने झाँका। घासों की चटाईनुमा पट्टिका पर तरल तुषारकण सघन हो गये थे। गमले में लगे गुलमर्ग, पुष्पदल भीगकर और सुन्दर हो गये थे। ठाकुर का मन प्रकृति की इस मनोरम कारसाज़ी से गुप्त गूढ़ प्रश्नों से भर जाता है। वही सत्ता है जिसका हम गुणगान करते हैं। उसी की चञ्चल लीला में सभी प्राणी अस्तित्व में आते और मिटते रहते हैं। एकमात्र सत्य वही है। लीला माया। हमारे मोह का कारण। हम आनन्द और यथार्थ जीवन को छोड़कर दुःख देने और आवश्यकता से अधिक संग्रह करने में तबाह हो जाते हैं। शरीर से मुक्तात्मा तड़प-तड़पकर निकल जाती है—एक दिन। हम खाली आते हैं, खाली जाते हैं। बीच का समय प्रपंचमय। झूठ बोलने, ठगने और ठगाने में कट जाता है। जो अमर तत्त्व नाम और उसकी गाथा है, वे भी जड़-मूल से नष्ट हो जाते हैं। आख़िर हम एक पशु की तरह भोग-भोजन में सम्पूर्ण समय व्यय कर देते हैं।

ठाकुर साहब खिलखिला पड़े। पेट! चाण्डाल पेट! सम्पूर्ण संसार इसी की पूर्ति में व्यस्त। पशु-पक्षी, जीव-जन्तु, स्थावर तक। पेट भरने लगा, इच्छाएँ बढ़ने लगीं। सौन्दर्य की ओर आकृष्ट हुआ। स्वस्थ सुन्दर शरीर। भोजन, भोग-नियोजन। बढ़ता गया, बढ़ाता गया—अपनी आवश्यकताओं को; थकान की अन्तिम मंजिल तक। आत्महत्याएँ शुरू हो गयीं। जिसे हम नहीं चाहते, करने लगे। अभीप्साओं के जादू में खो गये। आँखों के सामने एक बहुत बड़ा संसार अपना नक्शा लेकर उपस्थित होने लगा। हम सदा खाली-के-खाली रहने लगे। पूर्ति में चोरी, बेईमानी, छलछिद्र—सब करने के लिए विवश।

ठाकुर साहब की आँखें एकाएक खिड़की की तरह खुल गयीं। 'ऐहैं! यहाँ तक चला आया?' पूरब आसमान को देखा। लालिमा छा गयी थी। पीछे लौट पड़े—भावनाओं और कल्पनाओं में गोता खाते।

यशवन्त सिंह ने भौतिकशास्त्र में एम. एस-सी., पी-एच. डी. करके दस वर्ष तक राजकीय महाविद्यालय (पहाड़ी संवर्ग) में नौकरी भी की। पत्नी माण्डवी सिंह दो साल पीछे उसी संवर्ग में रसायन शास्त्र में प्रवक्ता पद पर नियुक्त हुईं। ठाकुर का व्यक्तित्व और दृष्टिकोण केवल भौतिक जीवन के भोग और नियोजन तक नहीं। वे घोर आध्यात्मिक विचारों की प्रकृति में जीनेवाले मुक्त कवि-हृदय व्यक्ति थे। जीवन को उन्होंने बड़ी गहराई से समझा था। वे कुछ करना चाहते थे जिससे लोकहित हो, नाम अमर हो। वे सिद्धान्तों के बड़े कट्टर थे। यदि सभी लोग झूठ बोलते हैं, धन-संग्रह करते हैं, बेईमानी करते हैं, प्रपंचों में पड़ते हैं—मैं कदापि नहीं करूँगा। इसीलिए उन्हें कॉलेज में पग-पग पर कठिनाइयों का सामना करना पड़ता था। त्याग-पत्र दे दिया। माण्डवी से भी कहा। वह मोहभंग न कर सकी।

अपने गाँव के बाहर एक ही स्थान पर उनका दस बीघे का चक। सरकार से चालीस लाख रुपये लेकर एक महाविद्यालय खोल दिया—'योगेन्द्र महाविद्यालय, दानूपुर'। योगेन्द्र सिंह उनके पितामह थे। ज़मीन-जायदाद से धनी। वे दो पुत्रों के बाद वैरागी हो गये थे। माँ दुर्गा के परमभक्त। गाँव से थोड़ा बाहर एक बीघे में चहारदीवारी दे दी थी। अन्दर एक भव्य मन्दिर। रहने के लिए पाँच कमरों की एक कुटिया। निर्माण साधुशाही था। एक आदर्श कुआँ। खाली जगह में फलदार वृक्ष, पुष्प-झाड़ियाँ। थोड़े में पूरा जंगल ही उतर आया था। दो-चार साधु-सन्त, ग़रीब-गुर्बे प्रायः यहाँ बनाते-खाते और भजन करते। नौकरी छोड़ने के बाद यशवन्त सिंह यहीं रहने लगे। एक सौ साठ बीघे के काश्तकार थे। छोटा भाई बलवन्त सिंह दुलार में पढ़ न सका। किसी तरह इण्टर करके खेती-बारी देखने लगा। अभी तक संयुक्त परिवार था। यशवन्त सिंह ने बलवन्त को एक सौ दस बीघे ज़मीन लिख दी। चार बीघे में मकान, खलिहान-भूमि, पशुशाला, वृक्षादि सब उसके नाम बय कर दिया। अपने लिये केवल एक बीघा में कुटिया के साथ पचास बीघे मात्र। पहाड़ी इलाक़े में रहने से वे कुछ और प्राकृतिक और उदार गये थे। उनके दो लड़के थे, नहीं तो सब-कुछ बलवन्त को दे देते। बलवन्त के तीन लड़के और तीन लड़कियाँ थीं।

एक करोड़ की लागत से भवन बनाये गये थे। चहारदीवारी बनाकर बड़ा-सा लोहे का फाटक लगा दिया गया था। भीतर स्वर्गीय योगेन्द्र सिंह की आठफुटी कांस्य प्रतिमा लगायी गयी थी। अभी विद्यालय खड़ा किया गया था। धन कमाने के लिए नहीं, बल्कि उधर कई गाँवों के बीच में कोई महाविद्यालय नहीं था। ग़रीबों के लड़के इण्टर के बाद नहीं पढ़ पाते थे। अमीरों ही में ऊँची शिक्षावाले मिलते थे। देश की दशा तभी सुधर सकती है जब डोम, धरकार, मुसहर, धुनियाँ, कानू, नाई, लोहार, चमार, दुसाध तथा गोंड आदि अति पिछड़ी, दलित जातियों में भी ऊँची शिक्षावाले हो जायें। ठाकुर साहब ने चन्दा नहीं माँगा। अमीर लोग स्वयं देने आ जाते थे। पिछड़ी और दलित जातियों के लोग इस ज्ञान के महायज्ञ में अपना श्रमदान ही करने आ जाते थे। कॉलेज का सुन्दरीकरण किया जा रहा था। फलदार वृक्ष, झाड़ियाँ, देशी-विदेशी फूलों और वृक्षों के पौधे लगाये जा रहे थे। इस वर्ष जुलाई से कक्षाएँ चलानी थीं। ठाकुर साहब ने तीनों भाषाएँ हिन्दी, संस्कृत, अंग्रेज़ी एवं समाजशास्त्र, इतिहास, मनोविज्ञान, दर्शनशास्त्र के अतिरिक्त भौतिक, रसायन विज्ञान एवं गणित विषयों की मान्यताएँ ले ली थीं। प्रगति के हिसाब से जीव एवं वनस्पति विज्ञान तथा अन्य विषयों की मान्यताएँ लेने के विचार थे। ठाकुर साहब ने भृत्य वर्ग में दलित एवं पिछड़ी जातियों में ग़रीबी तथा सेवाभाव को देखकर दस व्यक्तियों की नियुक्तियाँ की थीं। अभी अध्यापकों की नियुक्तियाँ नहीं हुई थीं। ख़र्च का हिसाब इस प्रकार था—चालीस प्रतिशत कॉलेज के विकास में, दस प्रतिशत आकस्मिक घटना के लिए सुरक्षित। पचास प्रतिशत में सन्तोषजनक बारह

मास का वेतन। आय के हिसाब से दर बढ़ती रहेगी। ध्यान यह था, किसी भी कर्मचारी का शोषण न हो। सम्भव हो तो आवास-सुविधा और सरकारी वेतनमान दिया जाये। ठाकुर का विचार था—अध्यापकों के चुनाव में जातियों या रिश्तेदारों के दबाव से मुक्त मानक। तदविषयक ख्यात विद्वान् लाये जायें। ताकि विषयों के परोक्ष तत्त्वों को प्रत्यक्ष करके छात्रों के सामने रख सकें। काग़ज़ी पुलिन्दे और विज्ञापन भी मानक नहीं। मैं स्वयं ढूँढ़कर लाऊँगा। नहीं आयेंगे, पैरों पर गिरूँगा; जो अपनी ज्ञान गंगा में हमारे छात्रों को आकण्ठ सराबोर कर दें। विद्वान् उचित वेतन और सम्मान से अवश्य आ सकते हैं। फिलहाल उम्र का भी प्रतिबन्ध नहीं रहेगा। अवकाश-प्राप्त को रखना सरासर बेईमानी होगी। ये पढ़ाने से अधिक वेतन के लालची होते हैं। सोचते-सोचते वे आ गये अपने अहाते में।

यशवन्त सिंह नित्य सुबह चार-पाँच बजे के बीच उठकर नित्यक्रिया से निवृत्त हो कभी दुर्गा जी के मन्दिर में ध्यान लगाते। कभी अपने कमरे में चौकी पर ही बैठ जाते। अपने कक्ष में एक दुर्गा जी का बड़ा-सा चित्र फ्रेम कराकर टाँग रखा था। सवेरा होते ही कोई-न-कोई रिश्तेदार यहाँ धमक पड़ता। इनका साला आजकल यहीं रहने लगा था। इसने हिन्दी में एम. ए. करके पी-एच. डी. भी कर लिया था। बेराज़गार था। जीजा की सेवा में लगा हुआ था। इसके बोलने से लगता कि वह केवल साक्षर है। चारों प्रथम श्रेणी की डिग्रियाँ। पत्र में एक वाक्य शुद्ध नहीं लिखता। बहिन माण्डवी के यहाँ गया। आरजू-मिन्नत की। उसने जीजा का तलवा सहलाने को कह दिया। जबकि जानती थी, बाबूसाहब उसूलों के पक्के हैं। किसी भी शिकारी का चारा व्यर्थ चला जाता है। फिर भी आश्वासन दे दिया—"छुट्टियों में देखूँगी। रखेंगे क्यों नहीं? इतने रुपये लग गये, क्या हँसी-खेल है? घर का एक लड़का भी नहीं रहेगा?"

इधर फुफेरे, मौसेरे भाई भी आ डटे थे। रोज भण्डार गरम रहने लगा। योगियों की कमी न थी। ज्येष्ठ में हरियाली देखकर साले के भी साले आ डटे। ठाकुर की बहिन का देवर, लड़का—सभी आ डटे। जिसकी पी-एच. डी. में कोई रुचि नहीं थी, वे भी आपाधापी करने लगे। गड़ही सूख रही है। मछलियाँ बेभाव मिल जायेंगी। यशवन्त सिंह कुछ न बोलते। केवल आनन्द लेते। सांसारिक दशा को देखकर हँसते-चलने की शक्ति नहीं, रजाई का फेटा। पोखरा खुदा नहीं कि घड़ियालों, मगरों ने पहले ही से डेरे डाल दिये। गाँववाले चौकन्ने हो रहे थे। बाबूसाहब तो मिट्टी के लोंदे नहीं हैं, मसलकर जैसा चाहा रूप दे दिया। वे सिद्धान्तों के इतने कठोर और ईमानदार कि तीर की पैनी धार भी निष्फल हो जाये। फिर भी भगाना किसी को नहीं चाहते। नागा बाबा की तरह रहें, दण्ड लगायें, बनायें-खिलायें। कमी किस बात की? सुबह के सात बज गये थे। बड़े-से भगौने में चाय बन रही थी। घर से दूध नहीं लेते। बलवन्त को कम हो जायेगा। यहाँ औघड़ों की कमी नहीं। मनों दूध खप जाये। पेट नहीं, भाड़ है। पढ़े-लिखे नहीं, हॉस्टल

में रहकर सभी ने आवारागर्दी ही किये हैं। एक गाय थी, उसी की सेवा बाबूसाहब करते और दूध पीते। इस समय चोंचले सेवा में लगे थे। कोई घास काट लाता। कोई पानी भरता। बल्कि काम के लिए झगड़े हो जाते। वे डपटकर सबको हटा देते—"तुम लोग यहाँ भी फ़ौजदारी करने लगे? घर में भैंस दुहने में भी कसाला होता होगा। केवल क्रीज-प्रेस के कपड़े झाड़कर गाँव घूमने से फ़ुरसत ही नहीं रही होगी।"

बेहयों को लाज कैसी? यहाँ तो गुडविल बनाना था। हम सबसे योग्य हैं। सभी अध्यापक अपने घर ही में बैठे-बिठाये मिल गये। माँ दुर्गा ने उनकी प्रार्थना सुन ली। चीरे चार बघारे पाँच। क़ब्र में पड़े मुर्दे भी जी उठे थे। नौकरी की महक मिलने लगी थी। पड़ोसी की रसोई झाँकने की ज़रूरत मिट गयी थी।

साले ने चाय का कप देते हुए कहा—"जीजा! हम सभी लोग यहाँ मास्टर हो जायें तो रोज़ भोज-भण्डार रहा करे...।"

"नालायक! ज़्यादा जोगी मठ उजाड़। तुम्हीं लोगों के लिए तो कॉलेज बनवाया है। घर बैठे बापों की नाकों में दम कर दे रहे हो। यहाँ ठाट से डण्ड मारकर मस्त रहोगे।" बोले यशवन्त सिंह मौज लेते हुए—"मगर बच्चू! एक्सपर्ट बी. एच. यू. और इलाहाबाद से आयेंगे। सिलबिल सिंह! फ़ोर फ़र्स्ट कैसे लहा लिया।?"

साले का नाम श्रीविलास सिंह था। लोग सिलबिल कहते थे। उसने छाती तानकर कहा—"अपनी मेहनत से...।"

"विद्यालय में प्रवक्ता के लिए आवेदन-पत्र लिख लोगे?"

"टूटी-फूटी भाषा में तो लिख ही लूँगा।" सिलबिल ज़रा दाँत बाहर निकालकर बोले—"लिखने का अभ्यास नहीं है।"

"सच बता दोगे तो तुम्हारे लिये भरपूर कोशिश करूँगा। कैसे फ़र्स्ट लहाया?"

सिलबिल की छाती दूनी हो गयी। गुब्बारा होकर बोले—"वाह मेरे जीजा जी! गंगा नहाकर आपको पाया है। मज़ाक नहीं है। हाँ, वो पूछ रहे थे, फ़र्स्ट न? इण्टर कॉलेज में मौसा प्रिन्सिपल थे। बस लह गया। स्कूल पर सेण्टर था। ख़ूब गाइड खोलकर लिखा। हमको अलग बैठा दिया गया था, जहाँ स्टॉफ के तीन लड़के और थे। वे सब प्रबन्धक, उपप्रबन्धक और बाबू के थे। मेरी मदद अध्यापकों ने भी ख़ूब की।"

"ठीक! बहुत अच्छा सिलबिल! बी. ए., एम. ए. कैसे लहा लिया?"

"हमारे बड़े जीजा कुलसचिव थे। उनकी गाय की सानी-पानी मैं ही करता था। वहाँ भी यही हथकण्डा बैठ गया। एम. ए. की तो परीक्षा ही नहीं दी। बैठे-बैठे डिग्री मिल गयी। हुआ यह कि बहिन बीमार थी। पेट में ट्यूमर हो गया था। ऑपरेशन लाज़िम हो गया था। सेवा करनेवाला कोई न था। मैंने परीक्षा के लिए कहा तो बड़े जीजा जी बिगड़ खड़े हुए। कहा कि तुमसे डिग्री ही से न मतलब है? मिल जायेगी। इतना पापड़

बेलना निरर्थक जायेगा? कुलपति का दरबार रोज लगाता हूँ? ग़ैरमुमकिन सामान आये दिन पहुँचाता हूँ। वे एक नम्बर के विलासी हैं। किस दिन के लिए? परीक्षा से लाखों की उन्हें कमाई कराता हूँ। सब हराम का है क्या? तुम चुपचाप अपने बहिन की सेवा करो। परीक्ष इतनी सरल नहीं होती। सम्भव है कि तुम पास भी न हो सको। इससे तो अच्छा है कि बैठे-बैठे डिग्री पा जाओ। गाय को खिलाओ-पिलाओ और घर देखो। बस! दो माह के बाद फ़र्स्ट क्लास फ़र्स्ट की डिग्री जीजा ने लाकर दे दिया। कहा—"अब तो ख़ुश हो न?" बस, शीघ्र ही वहीं से पी-एच. डी. भी कर लिया। एक महाशय को पाँच हज़ार रुपये नकद दिला दिये। उन्होंने थीसिस लिखकर दे दी। यहाँ भी जीजा का ही सहयोग रहा। पूरा चाँदी-ही-चाँदी।"

"वाह सिलबिल! बड़ी मेहनत की भाई! क़ाबिलेतारीफ़!" नौ बजे बाइक से वे कहीं चले गये।

शमा जल रही थी। परवाने मँडरा रहे थे।

●

गर्मी आयी। स्कूल-कॉलेज बन्द होने लगे। माण्डवी सिंह घर आयी थी। उनके तेवर बदले हुए थे। उन्हें सूचना मिल गयी थी। बाबूसाहब ने सम्पूर्ण ज़मीन-जायदाद छोटे भाई के नाम लिख दी। हमारे बच्चे भूखों मरें। हरिश्चन्द्र के बाप हो गये हैं। बाण-निगोड़ होते, कोई बात न थी। एकान्त देखकर उन्होंने बाबूसाहब को आड़े हाथों लिया।

बाबूसाहब ने बड़ी गम्भीरता से कहा–"स्त्रियों जैसी त्यागी और मोहग्रस्त आदमी नहीं हो सकते। बस, उन्हें सनक सवार हो जानी चाहिए। तुम नहीं जानती माण्डवी! अर्थ की कल्पना मात्र से आदमी की चित्तवृत्तियाँ बदल जाती हैं। जब वह आँखों के सामने धन का अम्बार देख लेता है, उसके भीतर से उसका आदमी निकल जाता है। वह पूरा राक्षस हो जाता है। बाहर उसका चेहरा और होता है, भीतर से कुछ और। क्योंकि बाहर से उसे धन-संग्रह करना है। बाहरी चेहरे में जो सौम्यता दिखायी देती है, अच्छे ठग की यही सच्ची पहचान है। जो भीतर से स्वादिष्ट होता है, बाहर से बहुत कठोर होता है–नारियल की तरह। हमारे लिये वह पुत्र के समान है। मेरा ख़्याल है, त्याग से सभी कुछ मिल जाते हैं। लोभ से पागल को कुछ भी नहीं मिलता।"

"अपने बच्चों को आप दरिद्र बना रहे हैं। पैतृक सम्पत्ति ही बच्चों की नींव में रहकर उन्हें और मज़बूत बनाती है। नहीं तो शूद्रों और हमारे में कोई अन्तर नहीं होता। वे जन्मना मज़दूर ही होते हैं। बल्कि उनके बाप उनके ऊपर क़र्ज़ छोड़कर मर जाते हैं। वे धनाभाव में शिक्षा, समाज और संस्कार–सबमें पीछे छूट जाते हैं। इसीलिए मज़दूर या शूद्र कहलाते हैं। आर्थिक अन्तर, कितना बड़ा अन्तर कर देता है, ज़रा इसको समझने का प्रयत्न कीजिये। प्राकृतिक संरचना में जब कि कोई अन्तर नहीं।"

"इसीलिए छोटे लोगों में अपमान सहते-सहते सम्मान और स्वाभिमान की स्पर्द्धा में खड़े होने की तीव्र इच्छा ही मर जाती है। वे कभी भी ऊँचा पद प्राप्त करने के लिए प्रयत्न नहीं करते। उनकी खोज केवल पेट-तन तक ही रहती है। मानसिक सुखानन्द उन्हें छू भी नहीं पाता। शरीर-सुख ही उनका अभीष्ट प्राप्य है, जिसमें उदर-पूर्ति ही श्रेष्ठ है।" यशवन्त ने मृदु हास्य से कहा—"इसीलिए यह कॉलेज मैंने खोला है। जब तक हमारे यहाँ के दलित, शोषित और अति पिछड़े उच्च शिक्षा प्राप्त नहीं कर लेंगे, तब तक देश कभी भी समृद्ध नहीं हो सकता। छोटी शिक्षा, साक्षरता, प्रवेशिका और प्रौढ़ शिक्षा आदि से सरकार लोगों को झाँसा दे रही है। इससे ऊँचे विचारों का जन्म कभी नहीं हो सकता। मूर्ख भी जब उच्च कक्षाओं में जाते हैं, उनकी ऊँचाइयों का अनुकरण करते हैं। आचार, सफ़ाई, व्यवस्था—सब लानी पड़ जाती है। बाद में यही संस्कार स्वभाव बन जाता है। रहन-सहन, खान-पान, काम-धाम सब में जब उच्चता का संस्कार झलकने लगे—समझो अब राष्ट्र का सर्वांगीण विकास हो रहा है। मानव का मानव से कोई अन्तर नहीं है। जो है, वह आर्थिक, इसके बाद सूक्ष्म बौद्धिक।"

"लेकिन बौद्धिक विकास के लिए भी अर्थ की आवश्यकता है।"

"बुद्धिमानों के लिए, पागलों के लिए नहीं। वे जहाँ हैं, वहीं सदा रहेंगे। हाँ, पैतृक सम्पत्तियों से खाने-पहनने तक ठीक रह सकते हैं। ज़रूरी नहीं।" बोले यशवन्त सिंह—"तुम्हारे गाँव में कितने ठाकुर हैं, खाने-पहननेवाला कोई नहीं। अगाध धन है। उसका उपयोग नहीं जानते। प्लास्टिक के चिप्पीदार जूतों और गंजी-गमछे पर जीवन काट रहे हैं। शुद्ध भोजन तो उन्हें कभी नसीब ही नहीं। जवानी ही में मरियल हो गये हैं। चोरी और बेईमानी भी ख़ूब करते हैं।"

तभी चाय लेकर सिलबिल आ गये। साँझ हो रही थी। माण्डवी ने बैठा लिया। अपने भाई के लिए अनुरोध किया—"हिन्दी में सिलबिल ही रहेगा न?"

यशवन्त ने आँखें आसमान पर चढ़ाते हुए कहा—"यहाँ जितने हैं, सभी रीडर और प्रोफ़ेसर ही होने आये हैं। मुर्ग़ी—फ़ारम या सुअर—पालन योजना के लिए भवन बनाये गये हैं क्या? यहाँ हलवाही करनी है? चहेंटू नहीं आये तो चिथरू ही सही।" यशवन्त ने सिलबिल को देखकर ज़रा मज़ाक किया—"हम तो सोच रहे हैं, यहीं एक खटाल खोल दें। लोग मेहनत करें। दूध भूनकर खोवा बाज़ार ले जायें। पन्द्रह व्यक्तियों के लिए पचास भैंसें कम नहीं है। कुछ जरसी गायें भी ख़रीद ली जायेंगी। दूध पीकर लोग सेहत भी बनायें। जो हमारी खेती है, उस पर ध्यान दें। न घर जायें, न बर्डेन हो।"

सिलबिल का मुँह ज़रा-सा लटक आया। उसने खीस—निपोरकर कहा—"जीजा जी मज़ाक कर रहे हैं।"

"नहीं-नहीं, तुम्हें हिन्दी में प्रोफ़ेसर रख लिया। अरे घोंघा बसन्त! अब भी जाकर ठाट से खेती-बारी करो। दस भैंसें रखकर दूध बेचो। पढ़ना तुम्हारे बूते का नहीं। ककहरा का ज्ञान नहीं, चले हो प्रोफ़ेसर बनने।"

सिलबिल अभी भी मज़ाक समझ रहे थे। वे मुँह लटकाकर चले गये। बलवन्त सिंह की दोनों लड़कियों की शादी यशवन्त सिंह ने तय कर दी थी। अब उसी की तैयारी चल रही थी। बड़ी एम. ए. और छोटी बी. ए. फाइनल की परीक्षा दे चुकी थी। बीस लाख रुपये से स्वयं यशवन्त ने शादी कर दी। बलवन्त से न रहा गया। एक दिन उन्होंने तीन लड़के अपने और दो लड़के यशवन्त सिंह के—पाँचों के नाम बराबर ज़मीन लिख दी। यह जानकर यशवन्त को बड़ा कष्ट हुआ। उन्होंने अपनी शेष ज़मीन कॉलेज को दे देने का संकल्प ले लिया।

●

जुलाई के आते ही नामांकन शुरू हो गया। भौतिकशास्त्र के वे स्वयं अध्यापक और प्रधानाचार्य थे। रसायन के लिए एक उपेक्षित कोचिंग-टीचर को पकड़ लाये। वे बड़े अनुभवी और योग्य शिक्षक थे। सभी अध्यापकों के अतिरिक्त भाषा–अध्यापकों की समस्या हो गयी। उनके एक मित्र डॉ. डे. साहब थे। गाजीपुर में ईसाइयों का स्थायी निवास है। वे अंग्रेज़ी में लेख और कविताएँ लिखकर स्वदेश भेजते थे। अच्छी रॉयल्टी मिलती थी। भारत में नौकरी का विचार नहीं था। यहाँ उचित वेतन नहीं मिलता। उनकी एक कम्पनी थी, जिससे उनका ख़र्च चलता था। अंग्रेज़ी में उन्हें रखने के लिए यशवन्त ने एड़ी-चोटी का पसीना एक कर दिया। वे तैयार हो गये।

संस्कृत-अध्यापक के लिए काशी ही पर्याप्त है। उन्होंने संस्कृत से हिन्दी में अनूदित डॉ. श्रीप्रसाद के कई ग्रन्थ पढ़ चुके थे। टीकाएँ भी पढ़ी थीं। उनके गहन ज्ञान और चिन्तन, भाषाधिकार से ख़ूब प्रभावित थे। पता लिख लिया था। अवसर निकालकर एक दिन वे पहुँच गये। आम के बग़ीचे में दस-पन्द्रह झोंपड़ियाँ थीं। गाँव से सटा हुआ यह कुनबा। वे बेहिचक पहुँच गये। शाम के चार बजे थे। खपरैल के छाजन से युक्त एक छोटा-सा कमरा। बाहर-भीतर से चूना लगा हुआ। भीतर लकड़ी के पटरे से दीवारों में आलमारियाँ बनायी गयी थीं, जो किताबों से ठसाठस भरी थीं। द्वार के सामने अमरूद और नींबू के पेड़ थे। एक चौड़ा ढला हुआ पत्थर मिट्टी के पाये पर रखा हुआ था, जो बाहर सोने और बैठने के काम आता। इस समय श्रीप्रसाद जी इसी पर बैठकर पन्द्रह वर्षीय रणविजय सिंह को संस्कृत पढ़ा रहे थे।

ठाकुर साहब को देखकर खड़े हो गये। अभिवादन किया। रणविजय ने चरणस्पर्श। उसने कमरे से कुर्सी लाकर रख दी। श्रीप्रसाद ने उन्हें ससम्मान बैठाया। गुरु का संकेत

पाकर अपने घर से रणविजय लड्डू और पानी ले आया। श्रीप्रसाद ने चेहरे का पानी देखकर समझ लिया—कोई सवर्ण हिन्दू हैं। जलपान के उपरान्त ठाकुर साहब ने पूछा—"इस लड़के ने वहाँ से पानी क्यों लाया? यहीं बग़ल में कुआँ है। ताज़ा पानी और स्वादिष्ट होता है। श्रीप्रसाद जी आप संस्कृत में पारंगत विद्वान् हैं और...।"

"विद्वान् होना और बात है। सामाजिक मूल्यों को तोड़कर अलग हो जाना और।" श्रीप्रसाद ने बैठते हुए कहा—"विद्या जातिगत या सामाजिक सम्पत्ति नहीं। यह व्यक्तिगत धन ईश्वर की कृपा और परिश्रम से साध्य है। हमारी इच्छाओं और विचारों का स्वागत दूसरे लोग कहाँ तक करेंगे; यह उनके ज्ञान, सच्चाई और स्पष्टता पर निर्भर है। मेरी अपेक्षा पर नहीं। सम्भवतः आप सवर्ण हैं। मैं चमार हूँ। लोकदृष्टि को कैसे ठुकरा सकता हूँ? कृपया आप अपना शुभ परिचय दें...।"

यशवन्त सिंह का मुखमण्डल गम्भीर हो गया। कुछ सोचकर बोले—"मैं दानूपुर का निवासी हूँ। लोग यशवन्त सिंह कहते हैं। एक साधारण-सा आदमी हूँ। एक बौने की तरह ऊँचाई पर लगे फल के लिए हाथ बढ़ा रहा हूँ। यह कि मैंने एक महाविद्यालय खोल रखा है। ग़रीबों के लिए, व्यापार के लिए नहीं। मैंने आपकी बहुत टीकाएँ पढ़ी हैं। उस पर छपे फोटो से ही आपको पहचान लिया। आपसे पूछा नहीं। मैं आपसे निवेदन करता हूँ कि आप अपनी ज्ञान-गंगा में हमारे छात्रों को नहलाकर पवित्र करें। मैं जाति-पाँति का पोषक नहीं। मानव-मानव में भेद ज्ञान-बुद्धि तदनुसार कर्मों से है। आप विद्वान् हैं। कर्म से ब्राह्मण ही हैं। अभी तक तो आपके विषय में मैंने थोड़ा ही जाना है। आप पूरा परिचय करायें और अपनी कुटिया का दर्शन भी...।"

श्रीप्रसाद सफ़ेद कौपीन और हाफ़ कुर्ता पहने पत्थर पर बैठे थे। उनका आबनूसी रंग सफ़ेद धवल वस्त्रों में और कान्तिमान् हो रहा था। पैंतीस साल में ही अनुभवों में वृद्ध लग रहे थे। ज़रा आँखों को ऊपर-नीचे करके उन्होंने कहना शुरू किया—"बाबू अग्रसेन सिंह इस गाँव के सबसे बड़े काश्तकार हैं। पुराने ज़माने के ज़मींदार ही समझें। मैं अपने पिता का इकलौता हूँ। बचपन में ही मेरी माँ परलोकवासी हो गयीं। पिता उनकी हलवाही करते थे। जब मैं आठवीं में गया, वे भी एक दिन जाड़े की रात खेत में पानी भरने से ठण्ड खाकर चल बसे। मैं अकेला हो गया। यों मेरे दो चाचा लोग भी हैं। किन्तु जानते हैं, शूद्रों में लड़कों के जहाँ पंख निकले, शादी हुई; माँ-बाप से अलग हो जाते हैं। अलग के संस्कार इतने कठोर एवं निर्मम बना देते हैं कि वे फिर पीछे मुड़कर नहीं देखते। माँ-बाप को भी रोटी-वस्त्र नहीं दे पाते। इसीलिए इनका विकास कभी नहीं होता। प्रेम और त्याग की दृढ़ता इनमें नहीं होती। इनका पूरा ज्ञान पेट के उद्योग तक सिमटकर रह जाता है। शाश्वत चली आ रही ग़रीबी और यायावरी जीवन भी इसका कारण है। हाँ, मेरे जन्म के बाद ठाकुर अग्रसेन को भी एक लड़का पैदा हो गया। उनका वंश चल गया। ठाकुर चित्रसेन सिंह हमसे छह माह छोटे हैं। हम दोनों

साथ पढ़ते थे। मैं अपने स्कूल में मॉनिटर था। चित्रसेन मेरी नक़ल करके जान बचाते थे। अनाथ होने के बाद बाबू जी ने स्वयं मुझे खिलाना-पढ़ाना शुरू कर दिया। मेरे बरतन अलग थे। रद्दी क़िस्म के। न जाने बाबू जी के मन में क्या आया, उन्हें फेंकवा दिये। अपने आँगन में अपने बरतनों में चित्रसेन के साथ खिलाने लगे। एकाएक ये सब परिवर्तन मेरे दिमाग़ पर प्रभाव डालते गये। हम दोनों विज्ञान के छात्र थे। मैं फ़र्स्ट क्लास फ़र्स्ट आया। चित्रसेन थर्ड। हाईस्कूल के बाद जब इण्टर में गये वे फेल हो गये। मैं पूर्ववत् रहा। बाबू जी ने मुझे बी. एच. यू. भेज दिया। मैंने बी. एस-सी. कर लिया किन्तु वे पास न हो सके। थककर उन्होंने पढ़ाई छोड़ दी। अब खेती देखते हैं। मैंने एम. एससी. भी कर लिया। फिजिक्स में टॉप। फ़ोर फ़र्स्ट। बाबू जी ने मेरी शादी करनी चाही। मैंने मना कर दिया। एक दिन अपने बरतनों के बारे में चर्चा की। बाबू जी ने हँसकर कहा—"श्रीप्रसाद! ये सब मनुष्य के विचार मात्र हैं। कुण्ठाएँ हैं। हमारे-तुम्हारे बरतनों में धातुगत अन्तर हो सकता है। हमारे बरतनों में तुम्हारे खाने से वे मिट्टी के नहीं हो जाते। उनकी जातीय सत्ता ज्यों-की-त्यों रहती है। तुम हमारे यहाँ हो। पढ़ने में तुम्हारी बुद्धि और दिमाग़ का कोई जवाब नहीं। तुम उस जन्म के तपस्वी ब्राह्मण लगते हो। किसी कुकर्म के परिणाम से चमार के घर में आ गये। पुनः तुम्हें ठाकुर के संस्कार और व्यवस्थाएँ—दोनों मिल गये। हमारे-तुम्हारे में कोई अन्तर नहीं है। जो है, वह कुछ अर्थगत, कुछ सामाजिक, जातिगत और सबसे अलग बौद्धिक ज्ञानगत।" तभी से मैं उनके ज्ञान और विचारों का लोहा मानता हूँ। मेरा लगाव भारतीय संस्कृति से अधिक है। साइन्स पढ़ने के बाद मुझे लगा, मैं किसी बँधे नियमों और सिद्धान्तों के अतिरिक्त कुछ नहीं जानता। पुस्तकों के बाहर मैं कुछ नहीं हूँ। अतः मैंने पुनः शास्त्री व्याकरणाचार्य और साहित्याचार्य करके पी-एच. डी. कर लिया। बाबू जी के घर में अब भी खाता हूँ। इस कुटी में रहकर पढ़ता-लिखता हूँ। साधुमय जीवन जी रहा हूँ। अगले जन्म के लिए पुनः कोई ग़लती न हो जाये। परम्परा शाश्वत ठीक नहीं होती। जो कभी उपयोगी व्यवस्था थी, आज अनुपयोगी ही नहीं, समाज और राष्ट्र के लिए कुष्ठ की तरह हो गया है। वेदोपनिषद् और शास्त्रों की मौलिक व्याख्या करके उनमें से मीमांसित पोंगेपन्थी को निकालकर शुद्धतापूर्वक लोगों के सामने रख रहा हूँ। ऋषियों की वाणियाँ निषिद्ध नहीं। टीकाकारों ने बड़ा विद्रूप कर दिया है। आइये मेरी लाइब्रेरी भी देख लीजिये...।" दोनों व्यक्ति पुस्तकालय में आये। रणविजय भी उनकी बातें पीछे से सुन रहा था। उसे बड़ा आनन्द मिल रहा था। लोग कैसी-कैसी बातें कर रहे हैं। मैं तो ये सब जानता ही नहीं था। जातियाँ तो समझ में आती हैं किन्तु उच्चता और निम्नता का मापदण्ड केवल जाति-प्रसूत दोष है। निस्सन्देह हिन्दुओं ने अपनी ही कुल्हाड़ी से अपने पैर काटे हैं। एकता को तोड़कर मज़बूत शासन-सूत्र की दृष्टि से उन्होंने कूटनीति ही भर डाली है। आज उनके तमाचे उन्हीं की गालों पर पड़ रहे हैं। जो हमारे ग़रीब व

पिछड़े भाई थे, सामाजिक उपेक्षा का शिकार होकर धर्म-जाति परिवर्तन करके अब बदला ले रहे हैं। अब क्यों रो रहे हो भाई? फूट करके .खूब शासन किया, अब ज़रा ग़ुलाम बनकर देखो। कितना मज़ा आता है। पूरी व्यवस्था और संस्कारों को .खराब करके रोते क्यों हो? मेरा वक़्त रहा तो सबको बदलकर रख दूँगा अपने गुरुदेव को राष्ट्र का प्रधानमन्त्री बनाऊँगा। जो संसार से कुछ न चाहता हो, केवल देने आया हो। चोर, लफ़ंगे अब देश का नेतृत्व कर रहे हैं। न संस्कार, न शिक्षा। ठूँस-ठूँसकर भर लो पेट। बोरों और घरों में भरो। विदेश के बैकों में रखो। देश से क्या मतलब? लोग भूखों मरें या कंगाल हों। ग़रीबों के .खून चूसकर तुम लाल रहो। तुम्हें क्या फ़िक्र? गाँववालों को रोटियाँ कौन कहे, समय पर नमक भी नहीं मिल पाता है। वह सोचते-सोचते दरवाज़े पर खड़ा हो गया।

श्रीप्रसाद ने सबको दिखाते हुए कहा–''ये वेद और ये इनकी टीकाएँ हैं। ये दो सौ उपनिषदें हैं। शास्त्र इधर हैं। यह आलमारी मैथ्स, फिज़िक्स और कमेस्ट्री की पुस्तकों से भरी पड़ी है। रणविजय पढ़ेगा। इधर सभी दर्शन, मनोविज्ञान, समाजशास्त्र, इतिहास, न्याय और वेदान्त की पुस्तकें हैं।'' वे कुछ हस्तलिखित प्रतियाँ दिखाते हुए बोले–''इसमें हमारे लिखे कुछ नाटक और काव्य भी हैं, जो पूर्णतः संस्कृत भाषा में हैं। ये सभी मेरी लिखी टीकाएँ हैं जो छप भी रही हैं। रॉयल्टी जब मिलने लगी, बाबू जी से रुपये नहीं लेता। यों बाबू जी के ही रुपयों से ये पुस्तकें .खरीदी गयी हैं। बाबू जी ने कहा है कि अपने घर के पास एक बड़ा-सा पुस्तकालय बनवा देता हूँ, जिसमें सभी लोग आकर कुछ पढ़ा करें। मैंने भी सोच लिया है, जनहित के लिए किया गया कार्य ही यथेष्ट होता है। यों तो अपना पेट सभी लोग भरते हैं। जो दूसरों की आत्मा को तृप्त करें, वही पुरुष है।''

यशवन्त सिंह विस्फारित नेत्रों से देखकर हतप्रभ हो रहे थे। इतनी बड़ी उपलब्धि तो मेरे पास भी नहीं। मैं बहुत पिछड़ा हुआ हूँ। यह आदमी साधारण नहीं, महामानव है। महापुरुषों की कोई जाति नहीं होती। वे संसार के कल्याण के लिए ही अवतरित होते हैं। उच्च कुल-प्रसूत सहज ही सम्मान पा जाता है। जो लोक-दृष्टि में गिरा हुआ, अपमानित, अस्पृश्य है–उसका लोक-नायक बनना कठिन ही नहीं, असम्भव है। श्रीप्रसाद पारसमणि हैं। कितना ऊँचा व्यक्तित्व है। क्या समता जाति-प्रसूत ब्राह्मण से? ये स्वयं ब्रह्मर्षि हैं। वाल्मीकि किस ब्राह्मण-कुल में उत्पन्न थे? तप से ब्रह्मर्षि कहलाये। निस्सन्देह यह व्यक्ति हमारे कॉलेज के लिए हीरा है, हीरा। चाहे जिस क़ीमत पर मैं इसे ले चलूँगा।

श्रीप्रसाद ने ठाकुर साहब की कुण्ठित मुद्रा को देखकर उनका ध्यान भंग करते हुए कहा–''आप किसी गहरे सोच में पड़ गये क्या बाबूसाहब? जानते हैं? यह शरीर एक प्रयोगशाला है। नित्य के हमारे कर्म ही प्रयोग हैं। उनसे लाभ-हानि के द्वारा व्यक्ति

अमली ज्ञान प्राप्त करता है। शायद आप किताबों को देखकर घबरा गये हैं। पुस्तकों के बाद एक दूसरा जीवन होता है जो सम्यक् अनुभवों से संचालित होता है। यही प्राप्त ज्ञान-धन है। पोथियों को पढ़ना ही गूढ़ ज्ञान के रहस्यों को जानना नहीं है। व्यक्ति में ग्राह्य-क्षमता कितनी है, महत्त्व इसी का है। मैं भी बहुत नहीं ले पाया हूँ। पात्रता और साधना से जो प्राप्त हुए, उन्हीं की व्याख्या करता हूँ। मेरी दृष्टि में जो सत्यापेक्षी है, आवश्यक नहीं कि लोक-दृष्टि भी पक्ष में हो।''

''सच श्रीप्रसाद जी! आप साधारण व्यक्ति नहीं, ऋषि हैं। आज मुझे आपने दूसरा लोक दिखा दिया। मेरी वर्षों की गहरी निद्रा टूट गयी। जो भी मेरा अल्प अहं था, चूर-चूर हो गया। कोई समग्र सर्वज्ञ नहीं हो सकता। धरती वीर-प्रसूता है। कोने-अँतरे में बड़े-बड़े मनीषी छिपे बैठे साधनारत हैं। खोजने की आवश्यकता है। तुलसीदास ने सत्य कहा—*'करम हीन नर पावत नाहीं।'* मैं करबद्ध प्रार्थना करता हूँ। आप अपने सेवा-जल से हमारे विद्यालय के बाग़ को अभिसिंचित करें। मुझे आपकी सम्पूर्ण शर्त मंजूर होगी।''

''मुझे कोई आपत्ति नहीं।'' श्रीप्रसाद बाहर निकले। ठाकुर साहब भी बाहर कुर्सी पर बैठकर पसीना पोंछने लगे। श्रीप्रसाद पत्थर पर बैठते हुए बोले—''मैं ठाकुर अग्रसेन का ऋणी हूँ। उनका आदेश ही सर्वोपरि है। पालन-पोषण से वही मेरे माता-पिता हैं। रणविजय उनका एकमात्र पौत्र है। इसे मैं अपना पुत्र और शिष्य दोनों मानता हूँ। आई. ए. एस. बनाकर ही मैं अपने को कुछ ऋण-मुक्त समझूँगा। तब मैं पूर्ण विरक्त हूँगा।''

''आपने अप्रत्याशित त्याग और परिश्रम किया है। इससे मेरी त्याग-भावना और पुष्ट हुई है। निश्चितरूप से यदि आपका सहयोग मिला तो अपने लक्ष्य को पूरा करने में सफल हो सकूँगा।'' ठाकुर साहब उठते हुए बोले—''अब उस त्याग-मूर्ति बाबू अग्रसेन सिंह के दर्शन करायें। मैं उनके चरणों पर गिरकर आपको माँगूँगा। रणविजय का दायित्व मेरे ऊपर।''

श्रीप्रसाद हँसने लगे। उठकर चलते हुए बोले—''तुम भी चलोगे तो ताला लगा दो। नहीं, पढ़ने की इच्छा हो तो पढ़ो यहीं...।'' दोनों लोग आगे बढ़े ही थे कि रणविजय आ गया। उसे चैन कहाँ? दो महाविभूतियों का मिलन सामान्य नहीं। उनकी बातों में जो दाँव-काट और रहस्य हैं, वे कितने द्वार खोल देंगे, मैं पीछे क्यों रहूँ? वह भी दौड़कर पीछे-पीछे चलने लगा।

कुछ समय के लिए सन्नाटा छा गया। यशवन्त सिंह ने स्वयं मौन भंग करते हुए कहा—''स्पष्ट और सदाचारी किसी जाति-विशेष ही में होते हैं, कहना सरासर ग़लत है। प्रकृति की रचना में अभूतपूर्व भिन्नता है। किसमें क्या दिख जायेगा? कहा नहीं जा सकता। मुझे अपने गाँव के हरिजनों से प्रेरणा मिली। दमड़ी मेरा हलवाहा था। एकदम

अनपढ़ लेकिन किताबें पढ़ लेता था। गणित लगा लेता था। वह मुझसे ऐसा-ऐसा सवाल पूछता था कि मैं मात खा जाता था। वह सबको मौखिक ही लगाकर समझा देता था। ऐसे और कई हरिजनों को मैंने देखा जो अद्‍भुत प्रतिभाशाली हैं। उस ज़माने में जब मैं दसवीं कक्षा में था, वह स्वयं मौखिक नाटक बनाता था और पात्रों को सिखाता था। उसमें हास्य-व्यंग्य और गीत बड़े मार्मिक होते थे। यदि वह पढ़ा-लिखा होता, शेक्सपियर और कालिदास से कम न होता। बातचीत में उसे कोई हरा नहीं पाता था। तभी से मैंने विद्यालय का संकल्प लिया और उनके लिए। श्रीप्रसाद जी! यह सच है कि हमारे देश में इस तरह के कितने लोग पड़े हुए हैं जो अशिक्षा या अल्प शिक्षा के कारण अपनी प्रतिभाओं का दुरुपयोग कर रहे हैं। भद्‍दे गीत बनाकर समाज में सुनाते हैं। तकनीकी जातियों में भी ऐसी अनपढ़ प्रतिभाएँ हैं जो इंजीनियरों के बाप हैं। ऐसा सिद्धान्त और अनुभव बतलाते हैं, जिनका कोई ज़वाब नहीं। लकड़ी, लोहे के सामान और पत्थरों की ऐसी मूर्तियाँ गढ़ देते हैं। वाह-वाह!! क्या है, उनके हृदय और मस्तिष्क में? एक अगम परम सत्ता सब करा रही है। स्कूली शिक्षा की उन्हें ज़बर्दस्त आवश्यकता है। इससे उनके ज्ञान में और परिमार्जन हो जाता। संयमित भाषा आ जाने से वे अपने विचारों को समाज और देश के सामने रखने के योग्य हो जाते। असंयमित और दुर्दशा लेकर वे फटेहाल घूम-घूमकर अपना पेट पालते हैं। उनके गुण-ज्ञान की उचित मज़दूरी नहीं मिल पाती। एक तरह से ऐसे लोग ही समाज के मनोरंजन के साधन हैं।''

''दरअसल शिक्षा दो प्रकार की होती है। एक—दी गयी शिक्षा और दूसरी ली गयी।'' श्रीप्रसाद ने गम्भीरता से कहना शुरू किया—''दी गयी शिक्षा में ग्राहक निर्बल और अपेक्षारहित होता है। वह चाहता नहीं है। समाज और परिवार की भावनाएँ ही पूज्य होती हैं। इसीलिए बलात् उसे चाहना पड़ता है। देनेवाले का भार जब लेनेवाले पर संजीदा हो, वह दी गयी शिक्षा होती है। छात्र पूरी तरह नहीं ले पाता। उसे अभ्यास द्वारा प्राप्त करायी जाती है। ऐसे लोग रोटी-कपड़ा और मकान तक रहकर चले जाते हैं। ली गयी शिक्षा में सम्पूर्ण दायित्व ग्राहक का होता है। वह प्रत्येक पदार्थ से कुछ-न-कुछ पढ़ लेता है। उसकी ग्राह्य शक्ति जड़-चेतन सब पर भारी पड़ती है। यही विशिष्ट व्यक्ति कहलाते हैं। इन्हें यदि सुअवसर मिल जाये, ये क्या नहीं हो सकते?''

''इस समाज में एकपक्षीय महत्ता बढ़ती जा रही है। ज्ञानी और विद्वान् साधक प्रायः निर्धन और निर्बल होते हैं। अब का समाज उनकी उपेक्षा कर रहा है।'' यशवन्त सिंह ने श्रीप्रसाद की आँखों में झाँककर कहा—''धनोपार्जन क्या है? उदरपूर्ति अथवा धन के प्रति किसी विशेष तकनीकी या व्यवस्था की विशिष्ट पद्धति को साध लेना ही धनोपार्जन का मूल सूत्र है। न उसकी उच्च शिक्षा है, न उसे जीवन-दर्शन का ज्ञान। आर्थिक उपयोग का भी पक्व ज्ञान नहीं लेकिन समाज में वह आदरणीय है। उसका सम्पूर्ण ज्ञान व उद्योग शरीर-सुख तक सीमित है। यही उसके लिए आत्मानन्द भी है। वह आगे बढ़कर सोच भी नहीं सकता। गम्भीर चिन्तक प्रायः इसमें असफल रहते हैं। उनकी कोई सुनता भी नहीं।''

"धन एक ऐसी विस्तृत शक्ति है जो भौतिक सत्ता के सम्पूर्ण आयामों पर नियमन कराती है। जो प्रत्यक्ष सुखद है, वह धन है। धन बाह्य जगत् की सम्पूर्ण अस्मिताओं को पूर्ण करने का साधन है। अतः तत्त्वों से इसका कुछ भी लेना-देना नहीं है। किन्तु ज्ञानी के गम्भीर चिन्तन को भी विकसित करने में सहायक है। इससे शून्य जीवन-रहित है। जैसे प्राणों का साधन शरीर है। उसी प्रकार गतिमान् जीवन का साधन धन है। उसमें भी चलित धन ही महत्त्वपूर्ण है। स्थिर निरुपयोगी। धन मूर्ख और विद्वान् सबको चाहिए। जीवन का सम्पूर्ण संवरण धन के साथ है। ज्ञान तदनुसार कर्म होने पर व्यक्ति विशिष्ट हो जाता है। लीजिये...हम लोग आ गये...।"

सन्ध्या और ढल चुकी थी। पश्चिमी आकाश पर सिन्दूराभ ललाई मेखलामण्डित हो रही थी। सम्पूर्ण वायुमण्डल कुछ सुनहला प्रतीत हो रहा था। जुलाई की उमस से परित्राण पाने के लिए पुरुष घरों से बाहर निकल रहे थे। ठाकुर अग्रसेन सिंह द्वार पर चारपाई पर बैठे गड़गड़ा पी रहे थे। नये परिवर्तनों में भी कुछ पुराने रिवाज के आदी होने से निभा रहे थे। बड़ों में इसे शान का प्रतीक ही नहीं, महौषध माना जाता है। इनका तम्बाकू, पटना से आता। शुद्ध खमीरा। एक मास के लिए बीस सेर मँगा लेते। सुबह-शाम और भी लोग चिलम सूँघने आ जाते। दो बीघे का द्वार। उसके पश्चिम घना बँसवार, जिसमें दिन में ही जाना कठिन था। उत्तर-दक्षिण बड़े-बड़े विशाल वृक्ष स्वयं उगकर विस्तृत फैल गये थे। यह प्राकृतिक छटा सान्ध्य-अरुणिमा में और मनोहरी हो जाती। दिन-भर के भोजन-श्रम से लौटे विभिन्न पक्षियों के कोलाहल और आनन्दवर्द्धन करते।

यशवन्त सिंह ने चरण-स्पर्श किये। इशारा पाकर दूसरी खाट पर बैठ गये। ठाकुर अग्रसेन सिंह का ये पतला-दुबला एकहरा शरीर अब भी सजीला लग रहा था। पचहत्तर से ऊपर अवस्था हो रही थी। मुँह पर सफ़ेद धवल गुर्रीली मूँछे और सिर पर भरे पूरे रेशमी बाल उनके अनुभव और ज्ञान को अभिव्यक्त कर रहे थे। श्रीप्रसाद घर में चले गये। बाबू जी ने कुछ कहा भी नहीं। कटोरे में दही-चीनी चम्मच के साथ आ गया। रणविजय सेवा में लग गया।

"श्रीप्रसाद! तुम भी बैठो भाई। विजय को सेवा सीखने दो। सभी काम नौकरों से ही नहीं कराने चाहिए। कम-से-कम अतिथियों का सत्कार स्वयं करना चाहिए।" बाबू जी गड़गड़ा यशवन्त सिंह की ओर बढ़ाते हुए बोल—"यह चलेगा?" उन्होंने नकारात्मक सिर हिलाया। बाबू जी ने दो-चार फूँक कस के खींचकर गड़गड़ा चारपाई के सिरहाने रख दिया। मानो किसी कार्यवश जल्दी जाना हो। श्रीप्रसाद कुर्सी पर बैठ गये। दोनों लोग दही खाने लगे।

पुनः बाबू जी ने कहा—"खाट पर ही बैठ गये होते। अच्छा, बैठो।"

दही समाप्त नहीं हुआ, चाय और पकौड़ियाँ आ गयीं। सबके साथ बाबू जी भी खाने लगे। थोड़ी देर में लोग जलपान से निवृत्त हुए।

बाबू जी ने चाय पीते हुए मौन भंग किया—"आपका शुभ परिचय"

यशवन्त सिंह ने गम्भीरता को और दृढ़ बनाते हुए कहा—"मेरा नाम यशवन्त सिंह। घर दानूपुर। आपके यहाँ बड़ी उम्मीद लेकर आया हूँ। बाबू जी चाहेंगे तो मेरा यज्ञ अवश्य सफल हो जायेगा।"

"कैसा यज्ञ कर रहे हैं भाई, बतायेंगे तब न? मेरे लायक जो सेवा हो, बेहिचक कहिये।" बाबू जी की फटी आँखें यशवन्त सिंह को पढ़ने लगीं। वे सावधान होने लगे। कोई अशिष्ट शब्द न निकल जाये। यशवन्त सिंह ने उनकी आँखों में झाँका। करुणा और कठोरता की अनुभवजन्य दृष्टि-तरंगें उनका भाव-पठन कर रही थीं। एक बार वे घबरा उठे। ऐसा भाव उन्होंने अब तक नहीं देखा है। जिसमें सत्य के लिए अपार हिम-नद प्रवाहित हो रहा हो और कुण्ठारहित विचारों के लिए अटल अडिग स्थिर गिरि-खण्ड।

यशवन्त सिंह ने और संयमित होकर कहा—"बाबू जी! मैंने एक महाविद्यालय खोल रखा है। व्यवसाय के लिए नहीं, ग़रीबों के विकास के लिए। मैं नया कीर्त्तिमान् स्थापित करना चाहता हूँ। मालवीय जी से भी बढ़कर त्याग की इच्छा करता हूँ। संस्कृत पढ़ाने के लिए मुझे श्रीप्रसाद जी की आवश्यकता है। आप धुरन्धर विद्वान्, साहित्यकार और कवि-हृदय टीकाकर हैं। देश की विभूति-मणियों को ही स्थान देकर अपने कॉलेज को अत्यधिक ज्योतिष्मान् करना चाहता हूँ। इन्हें मैं आपसे माँगने आया हूँ।" यशवन्त सिंह ने दोनों हाथ जोड़ लिये।

"हूँ! दानूपुर के ठाकुर उदितनाथ सिंह को मैं ख़ूब अच्छी तरह जानता हूँ। आठ आने के ज़मींदार थे। आप उन्हीं के लड़के हैं?" बाबू जी ने सिर हिलाकर कहा—"यह तो बड़ा पवित्र काम है। वेतन क्या देंगे?"

"हाँ बाबू जी! मैंने नियम बना दिया है—कुल आय का चालीस प्रतिशत भवन-निर्माण पर और दस प्रतिशत आकस्मिक दुर्घटना के लिए धन निवेश किया जायेगा। पचास प्रतिशत वेतन पर ख़र्च होगा।"

"ठाकुर! अभी तुम भोले मालूम पड़ते हो।" बाबू जी कुछ मुस्कराये—"अभाव के त्याग को त्याग नहीं कहते। अभाव में सभी ईमानदार ही होते हैं। कल्पनाशील व्यक्ति त्यागपूर्ण कार्यों की लम्बी-लम्बी योजनाएँ बना डालते हैं जो धन-वर्षा के प्रवाह में तत्क्षण टूटकर नष्ट हो जाती हैं। व्यक्ति अपने को सँभाल नहीं पाता। धन का उत्ताप युवावस्था के उत्ताप से कई गुना दाहक और उदग्र होता है। बड़े-बड़े संयमी, त्यागी अपनी गरिमा खोकर अकूल अबाध बहने लगते हैं। बड़ा कठोर व्रत है। श्रीप्रसाद को यदि मंजूर हो तो जाये। मुझे तो और ख़ुशी होगी। ज्ञान बाँटना चाहिए। छिपाकर रखने से व्यक्ति के साथ चला जाता है। ऐसे ज्ञान का कोई मूल्य नहीं। श्रीप्रसाद! इस अवसर का उपयोग करो। गुरु परकाया में प्रवेश करके नाना रूपों में फैल जाता है। अभी तक तो विजय ही साधन है। वहाँ हज़ारों छात्र साधन होंगे।"

"आपका आदेश शिरोधार्य है बाबू जी! किन्तु विजय मेरे साथ रहेगा। इण्टर फाइनल का सम्पूर्ण कोर्स मैं पढ़ाता रहूँगा। स्कूलों में अब पढ़ाई नहीं हो रही है। आप कह देंगे तो अटेण्डेन्स पूरा हो जायेगा। जब आवश्यक समझेगा तो बीच-बीच में आकर प्रयोग भी कर लिया करेगा। अथवा वहीं मैं प्रयोग करा दूँगा। क्यों बाबू साहब! फिज़िक्स और कमेस्ट्री डिपार्टमेण्ट तो खुल ही गये हैं?"

"हाँ, इनके लिए मैंने पचास लाख रुपये ख़र्च किये हैं। बड़ा भव्य प्रयोगशाला है। उसके बग़ल में ही मैंने क्लास-हॉल भी बनवा दिया है। इससे सुविधा रहती है। अध्यापक को कोई शंका हुई, तुरन्त हॉल में ले जाकर समझा दिया या प्रयोग में ही लग गये।" बोले यशवन्त सिंह–"यह तो और अच्छा होगा। आपके सान्निध्य में बच्चा कुछ बन जायेगा। देखने में भी लड़का होनहार है।"

"बाबू साहब! जब तक इसे मैं क्लास वन नहीं बना लूँगा, चैन नहीं।" श्रीप्रसाद ने अपनी आँखों को ऊपर टाँगकर कहा–जैसे उसके भविष्य-फल का साक्षात्कार करने में उनकी भंगिमा बदल गयी हो। यशवन्त सिंह यन्त्रवत् जड़वत् हो उनका मुखमण्डल देख रहे थे। ऐसी कृतज्ञता! दृढ़ संकल्प का जोश! और उन्होंने देखा–एक विश्वस्त परिगणन श्रीप्रसाद की छवि में दीप्तिमान् हो रहा है। सफलता का मूलोद्गम हस्तामलक हो गया हो। उसकी एक-एक रेखा को गिनते हुए अभी तक उसी मुद्रा में अन्तिम सत्य पर पहुँचकर आंनन्द-विह्वल हो रहे हों। गुरु शिष्य में समा रहा है, तदाकार हों रहा है। अब भी वही मुद्रा, वही जड़ता। वे मौन हो गये। ठाकुर अग्रसेन ने इन्हीं भावों को बचपन में कई बार देखा था। वे समझ गये थे–विलक्षण व्यक्ति है। इसे सिखाना-पढ़ाना कुछ भी नहीं है। पूर्व जन्मों के सम्पूर्ण ज्ञान इसमें अवतरित हो जायेंगे। मैं निमित्त होकर क्यों न यश ले लूँ। ऐसे को साध्य बताना नहीं होता। वे शीघ्र ही अपना लक्ष्य निश्चित कर लेते हैं और गहन साधनों तथा प्रयत्नों से अलौकिक सिद्ध हो जाते हैं। तभी श्रीप्रसाद में वेदोपनिषद् से लेकर विज्ञान, गणित भी उतर आये। जैसे स्वच्छ दर्पण में सभी वस्तुएँ प्रत्यक्ष प्रतिबिम्बित हो जाती हैं।

बाबू जी ने इस मुद्रा को तुरन्त भंग करने के लिए कहा–"अरे श्रीप्रसाद! बाबू साहब को ज़रा दिशा-मैदान के लिए ले जाओ...।"

श्रीप्रसाद जैसे वापस लौटते हुए बोले–"हाँ बाबू जी! मैं तो भूल ही गया था। चलिये...।" वे उठकर चलने लगे। यशवन्त सिंह भी चल पड़े। दोनों दक्षिण तलहटी की ओर निकले। श्रीप्रसाद मौन थे। यशवन्त सिंह गाँव का रूप-रंग देख रहे थे।

अन्धकार ज़्यों-ज्यों गहराता जा रहा था, दुधिया चाँदनी और धवल होकर शीतल स्वच्छ होती आ रही थी। मानो दिन ने करवट बदली हो, जहाँ तप्त उमस, धूप जलजला थी, अब चतुर्दिक् ट्यूब-लाइटें जल रही हैं। कितना शान्त नीरव। पुरवाई चल रही है।

दोनों उसी मुद्रा में मौन दूर निकल आये। जैसे बारात के लिए जल्दी पड़ी थी। आकर राजबाहा की पुलिया पर बैठ गये। यशवन्त सिंह ने पुलकित होकर कहा—"कैसी पुरवाई चल रही है। रोम-रोम प्रफुल्लित हो रहा है। ऐसी ही हवाएँ पहाड़ी पर मिल रही थीं। कितनी स्वच्छ स्वास्थ्यवर्द्धक शीतल। उमस क्योंकर यहाँ फटके? सच श्रीप्रसाद जी! मैं ऋषियों-मुनियों के जीवन से बड़ा प्रभावित रहता हूँ। उन्होंने शहरों के चुनाव कभी नहीं किये। वे जानते थे, स्वास्थ्य जीवन का सबसे अमूल्य रत्न है। इसकी रक्षा के लिए शुद्ध हवा-पानी का चुनाव अवश्य करना चाहिए। इसीलिए वे जंगलों में कुटी बनाकर रहते थे। योग-साधना से मृत्यु को भी जीत लेते थे। शुद्ध वायुमण्डल और साधना ही के प्रभाव से पवित्र ज्ञान को उपलब्ध हुए। आज लोगों के पास न वह साधना है, न ज्ञान। जितनी अच्छी चीज़ें थीं, सब उनके पास। जिसको वे भीतर से बाहर को जीते थे, अब के लोग बाहर-को-बाहर ही से जीने में व्यस्त हैं। भीतर-बाहर और बाहर-भीतर होकर प्रवहमान् होने लगे, तदाकार उपलब्ध हो जाये। ऐसा भी नहीं कि जो भीतर है, बाहर आना नहीं चाहता। वह आता है, जब हम एकान्त में भावविह्वल होते हैं। सोचते हैं पर बाहर का दृश्य पाते ही भीतर का लय हो जाता है। हम पूरा-का-पूरा बाहर ही होते हैं। बाहर का भीतर जाकर और उद्दीपक अहंकारमय हो जाता है। इसीलिए लोगों का जीवन कुछ विशिष्ट शैली का नहीं हो पाता। भीतर का यथार्थ जब बाहर होने लगता है, विकारों का लोप होने लगता है। हम आकर्षित न होकर गम्भीर संज्ञान से भर जाते हैं। तब हमारा जीवन पूरा दार्शनिक हो जाता है। छोटे-छोटे कार्यों में भी महासत्य, सुरुचि और संवेदना होती है। ऋषियों के सभी कार्य किसी-न-किसी गूढ़ रहस्य या वैज्ञानिक तथ्यों से बँधे होते थे। कार्यों में विधियों का ज्ञान था उन्हें। हम अविधि कार्य कर डालते हैं परम्परागत। इसीलिए कुपरिणामों के शिकार होकर जड़ता की ओर लपकते हैं। वे सब स्थूल हैं, पाशव। आत्मा और हृदय का वहाँ कोई संगम नहीं। बस शरीर है। एक यन्त्र, साधन-सुविधा सम्पन्न।"

श्रीप्रसाद ने मुस्कराकर कहा—"आप कहते हैं, मैं वेद नहीं पढ़ पाता हूँ। वेद कोई उपन्यास या कहानी नहीं है। गूढ़ तत्त्व है। वह हर एक प्राणी के हृदय में अवस्थित है। उसका साक्षात्कार लोग नहीं कर पाते और न करने का प्रयत्न ही करते हैं। अभी आपने जो बातें कहीं, यही वेद और उपनिषद् हैं। आपने पढ़कर नहीं कहा। जो आप में, हममें शाश्वत, चिरन्तन है, वही वेद है। ज़रा भावविभोर हुए, अन्तःस्थ वेद निकल पड़ा। इसीलिए कहते हैं, वेद अजर-अमर शाश्वत है। वह काग़ज़ के पन्नोंवाला वेद नहीं, हृदय और मस्तिष्क के गह्वरवाला है। चेतन में ही नहीं, जड़ में भी यही वेद है। उसकी ध्वनियाँ सुनिये। शब्दों को ग्रहण कीजिये। उनकी भाषा मौन शब्दरहित है। भाव ही वेद है। जो असत्य, अयथार्थ कभी हो ही नहीं सकता। इसी को पढ़ने के लिए, ऋषियों ने जंगलों के चुनाव किये। जहाँ एकान्त साधनावस्थित एकाग्रचित्त उन ध्वनित वेद-वाक्यों

को सुन सकें। सुना, प्रकृति के कण-कण में वही प्रतिक्षण, गुंजायमान हो रहा है। उस दिव्य दशा तक हमारी पहुँच होनी चाहिए। जब हम पन्नों में पढ़ते हैं, काव्यमयता आ जाती है। तर्क-वितर्क, आलोचना, उपेक्षा-अपेक्षा जिसके अंग है। हम यथार्थ वेद से दूर हो जाते हैं। इसीलिए रोका—'स्त्रीशूद्रौ वेदोनाधीयताम्।' सृष्टि में दो के ही अस्तित्व मान्य हैं—स्त्री-पुरुष। स्त्री-मादा। पुरुष-नर। स्त्री एकाग्र नहीं हो सकती इसीलिए वेदों का साक्षात्कार नहीं कर सकती। पुरुष जन्मना शूद्र है। एकाग्रता की दिव्य शक्ति नहीं होती। विद्या, साधना और निदिध्यासन के अभ्यास से इस शक्ति को प्राप्त करते हो ब्रह्ममयता आ जाती है। भीतर-बाहर समान हो जाता है। इस दशा में परा वाणी वेद-वाणी ही होती है। जो भीतर प्रसुप्त वेद था, प्रत्यक्ष हो गया।''

''स्त्रियाँ क्यों नहीं एकाग्र हो सकतीं?'' और यदि एकाग्र हो गयीं तो...?'' यशवन्त सिंह ने प्रश्नसूचक दृष्टि से श्रीप्रसाद को देखा।

''यदि एकाग्र हो गयी तो वे भी यथावत् हो जायेंगी—वेदमय, ब्रह्ममय, सर्वज्ञा। दरअसल उनके साथ कठिनाई है। जवान होते ही शादी हो गयी। पति की सेवा। फिर बच्चे हुए तो उनकी सेवा। गृहस्थी का ऐसा पचड़ा है जो किसी को भी एकाग्र नहीं होने देता। ऐसी दशा में सबके लिए कठिन है। पुरुष इससे थोड़ा ज्यादा सुरक्षित है। स्त्री अकेली एकान्त में सुरक्षित नहीं रह सकती। यह संरचनात्मक दोष है, उनके साथ। ध्यान के लिए एकान्त और अकेला होना आवश्यक है।''

''जी करता है, यहीं चाँदनी में बैठे-बैठे ताज़ी हवा से रात-भर अभिसिंचित होता रहूँ। सच! कुछ कूटनीतिक लोग गाँव को .खराब करते जा रहे हैं। यह प्रदूषण बहुत ज़ोरों से बढ़ रहा है। इसका निवारण क्योंकर हो?''

''हो भी नहीं सकता।'' श्रीप्रसाद ने उसी गम्भीर मुद्रा में कहा—''मशीन-युग ने लोगों को कार्य-मुक्त कर दिया है। कहाँ जायें, क्या करें? दिन काटना कठिन हो जाता है। इसीलिए ताश, जुए और गन्दे विचारों के जन्म होने लगते हैं। गाँव के लोगों को प्रायः न जीवन-दर्शन का ज्ञान है, न साहित्य और कला का। कुण्ठित आदमी जब एक जगह होंगे, दूसरों की निन्दा के अलावा दूसरी बातें कर ही नहीं सकते। ख़ाली समय का उपयोग पुस्तक पढ़ने में करें। अच्छे खेल या किसी रोज़गार में करें, तब इससे मुक्ति मिल सकती है। ऊँचे विचारों के लोग गाँव में समाजहीन हैं। वे तह को समझ चुके हैं। ऐसा बातों में उन्हें कोई दिलचस्पी नहीं। हाँ, टी. वी. ने इसे कुछ कम किया है लेकिन कितना? दुष्टों को इसके लिए समय की कमी नहीं। भोजन की तरह कूटनीति उनकी .खुराक है।''

''चलना भी है या यहीं हम लोग बैठे गप्पें लड़ाते रहेंगे?'' कहकर यशवन्त सिंह खड़े होकर जम्हाई लेने लगे। श्रीप्रसाद भी चलने लगे। ठाकुर साहब ने पुनः छेड़ा—''लगभग प्रत्येक विषय में प्राध्यापक हो चुके हैं। हिन्दी अभी असहाय बनी हुई

है। मातृभाषा को मैं सबसे सशक्त रखना चाहता हूँ। कोई व्यथित जी हैं। उनकी कहानियाँ, लेख और कविताएँ पढ़ी हैं मैंने। क़लम के बड़े दमदार लगते हैं। कहानियों में तो पाठकों को कठपुतली की तरह रुलाते-हँसाते हैं। भई! भाषा पर तो ज़बर्दस्त अधिकार है उनका। एक पुस्तक में उनके परिचय में 'स्वतन्त्र लेखन' लिखा था। इसका मतलब वे ख़ाली हैं और लेखन ही से जीविका चलाते हैं?''

''आपकी पकड़ ठीक है। यहीं रसूलपुर के हैं। बेचारे बेहुत ग़रीब हैं। मैं कई बार उनसे मिल चुका हूँ। हिन्दी साहित्य पर तो उनका कमाण्ड है। यह है कि उनका साहित्य बड़ा मार्मिक और हृदयविदारक होता है। जिस साहित्य को वे लिख रहे हैं, उससे भी मार्मिक जीवन जी रहे हैं।'' श्रीप्रसाद ने ज़रा रुककर कुछ मुँह बिगाड़कर कहा—''कितना बुरा समय है। घोड़ों को घास नहीं मिल रही है, गधे रसमलाई काट रहे हैं। ग़रीबी बहुत बुरी दशा है ठाकुर साहब!''

''बस! ऐसा ही व्यक्ति मुझे चाहिए। जो अतीम किन्तु योग्य हो।'' ठाकुर साहब सामने खड़े होकर रास्ता रोकते हुए बोले—''माँ शारदा की कृपा से यह भी मसला हल ही मालूम पड़ता है। श्रीप्रसाद जी! कल सुबह हमको ले चलिये। ठीक कह रहे हैं। अब याद आया—गाँव का नाम।''

''वे देवपुरुष हैं। मैं बहुत प्रभावित हूँ उनसे। अपनी भौतिक हार के कारण मैं उनकी कोई मदद नहीं कर पा रहा हूँ। कभी-कभी मैं सोचता हूँ कि मुझे भी उपन्यास और कहानियाँ ही लिखनी चाहिए थीं। लेकिन मार्ग ही बदल गया। नहीं तो जिस जीवन में मैं जी रहा हूँ, देख रहा हूँ—प्रतिक्षण जीवन की यथार्थ दशा कहानियाँ ही हैं। ठीक है, चलिये कल...।''

●

जुलाई का महीना था ही। आकाश गजबज था। जहाँ सात बजे ही कड़ी धूप से लोग छाया ढूँढ़ने लगते थे। आज काले धवल रुई के ढोके की तरह बादलों से मौसम ऐसा उन्मादक और आह्लादक बन गया था कि लोग बाहर काम करते दिखते। कोई मँड़ई छाने के लिए बाँस बिछा रहा था। कोई सुतली की लुण्डी उकेल रहा था। कोई बाध की रस्सी निकालने में बच्चों को गालियाँ बक रहा था—"आगे खींच ले चल। देख बे! पनारा में न पड़ जाये। साला! गाँव में जीने लायक़ नहीं। जिधर देखो, उधर पानी-पैखाना। हद हो गयी। स्त्रियाँ इतनी बेसहूर हैं। चकरोड ही पर निपटने के उचित स्थान दिखते हैं। ज़रा दो क़दम खेत में नहीं उतर सकतीं। देख मटरुवा! गन्दा पर न पड़ जाये। लम्बी रस्सी है। खींच ले चल, आगे तक। हुँह! बरसात आ गयी। अभी तक खटिया ही नहीं बीनी गयी। समय से रुपये हों तब न। अब छोड़ दे वहीं। चला आ। देख उलझ गया है।" घुरहू दोनों जाँघों में बाध का बण्डल फँसाये, निकालता रहा और अपनी ग़रीबी पर झुँझलाता रहा। जहाँ कटे बाध उलझ जाते, दुकानदारों और बनानेवालों को जी-भर गालियाँ बकता। कोई सिवान में गाय-भैंस लेकर चराने निकल गया था। आहा! आज का दिन कितना सुन्दर है! हवा तो ऐसी चल रही है कि दम्पति विकल हो उठेंगे। विरही और वियोगिनी की आँखें आज अवश्य गीली होंगी। सबके लिए यह दिन मनोरंजक और उद्दीपक है। उनके लिए तो आग की लपटें ही चल रही हैं। आकाश में बादल नहीं हैं बल्कि कामदेव अपनी सेना से सज-धजकर आ गया है। वह जल-तीरों को बरसाकर कामिनियों को हत-प्रतिहत कर देगा। विरहिणी रो रही हैं और चूल्हे में आग जला रही हैं। स्फूर्ति न देखकर सासू डाँट रही हैं—"आज क्या हो गया है तुम्हें? जाँगर

में बिस्मात पड़ गया है का? कैसा सुन्नर दिन है। गरमी के मारे देह झुलस गयी थी। आज तो दूना ज़ोर हो गया है। जाते प्राण लौट आये। ख़ूब बरसात हो जाती, धरती की छाती तर हो जाती। बीया नहीं पड़ी, त्राहि-त्राहि मची हुई है। देख...लोग आज कितने ख़ुश हैं। जल्दी से दाल-भात बना ले। चोखा-चटनी कुछ है कि नहीं?"

बहू ने उसी निढाल भाव से उत्तर दिया—"कहाँ कुछ है? पाव-भर आलू कितने दिन चलेगा? दाल भी नहीं है। दो मुट्ठी है।"

"हाँ, दो माह से मम्मा रुपये नहीं भेज रहे हैं। तीन सौ रुपल्ली भेज देते हैं। हमको मोल ख़रीद लेते हैं। कहा कि यहीं मेहनत-मजदूरी करो। यहाँ नहीं सुहाता। चला गया पंजाब। वहाँ हुण्डी गाड़ के रखी है। बस, उखाड़ लेनी है। अब तू रोने क्यों लगी? असगुन करेगी क्या?"

बहू ने आँसू पोंछकर कहा—"भैया-बाबू कोई नहीं आते। जी नहीं लगता।"

सासू ने उसी प्रकार फटे बाँस के स्वर में कहा—"हरामज़ादी! यह क्यों नहीं कहती कि भतार की याद आ गयी। वह भी बाबू जी तुम्हें फूल की तरह चूमते थे। भला अब कैसे अच्छा लगेगा?"

कोई फावड़ा लिये खेत में डट गया है। घसकरे घास छीलने में होड़ लगाये हुए हैं। ग़रीब अपने खपरैलों की मरम्मत में घर के ऊपर चढ़े कजली गा रहे हैं। अधिक क्या, आज पूरा-का-पूरा गाँव ही ग्रीष्म की जली देह को शीतल हवाओं में तर कर रहा है। बच्चों का दल तो आसमान सिर पर उठा लिया है। चारों तरफ़ अज़ीब कोलाहल की रौनक़ है। वाह रे मौसम! तेरी ख़ूबसूरती पर आज सभी लोग निसार हो रहे हैं।

व्यथित जी जूट के बोरे पर बैठकर बेड-टेबिल को सामने रखे कहानी लिख रहे थे। आज क़लम की रफ़्तार कुछ तेज़ थी। ग्रीष्म के शैत्य ने तन-मन को ऊर्जस्वित कर दिया था। इस समय उनके घर में किसी प्रकार का कोलाहल नहीं। किन्तु एक प्रोज्ज्वल चेतना जो उस परिवार के संस्कारों से आविष्ट थी, मूकभाव से सम्भाषण करती जान पड़ती थी। सूनेपन में भी हास-विलास का अतिरंजित आलाप सदा फूटता रहता था जिसे कोई समझ नहीं पाता था। कोई कहता—यह ज़मीन ही हँसती हुई है। ज्ञानी संयमी कहते—व्यथित जी की अगाध साधना का प्रभाव है। यहाँ आते ही विचार-परिवर्तन हो जाता है। मानो यह सिद्धपीठ हो चुका है। यहाँ अकेलेपन में भी एक अजीब मनसायन कौंधता रहता है। इस टूटे-उजड़े अकिंचन कवि-लेखक में कौन-सा जादू है, जो यहाँ आते ही सम्मोहित कर लेता है? लड़के बाहर खेलने गये थे। पत्नी चूल्हा-चक्की मूकभाव से कर रही थी।

श्रीप्रसाद और यशवन्त सिंह इस गाँव में प्रवेश कर चुके थे। बिना पूछे ही श्रीप्रसाद मध्य गाँव में आ गये थे। व्यथित के घर के पास ही वे असमंजस में पड़ गये। पुरानी स्मृति के ललाट पर उस रेखा को खोजने लगे, जो उनके घर का सही प्रमाण दे सके,

बता सके। अभी दोनों अभ्यागत कुछ क्षण रुके ही थे कि उसी गली से एक बुढ़िया आ गयी। श्रीप्रसाद ने पूछ ही दिया—"दादी! व्यथित जी का घर किधर है?"

बुढ़िया ने सिर का लुग्गा ज़रा माथे पर करके कमर सीधी करती हुई कहा—"भइया! हम का जानी अथित-बथित कवन हैं। विकल बाबू का इहै घर हौ।" वह चली गयी।

"श्रीप्रसाद भाई! मालूम पड़ता है व्यथित जी का मूल नाम विकल ही है। आप तो उन्हें पहचानते हैं न? चलिये...आपसे सब मालूम हो जायेगा।" बोले यशवन्त सिंह गम्भीर होते हुए—"बड़ी माली हालत है भाई! कहीं घर-वर तो दिखायी नहीं दे रहा है। केवल यहाँ फूस की मँड़ई है। हाँ, एक बड़ा खँडहर अवश्य है। आइये...आगे देखिये...।"

"आप ठीक कहते हैं।" कहकर श्रीप्रसाद आगे-आगे चलने लगे। खँडहर में प्रवेश करते ही एक महिला ने एक तरफ़ पड़ी खाट पर बैठ जाने को कहा। वे लोग बैठते हुए उस स्थान का सूक्ष्मता से अवलोकन करने लगे।

श्रीप्रसाद ने कहा—"एक साल पूर्व जब मैं आया था, मकान ठीक था। लगता है, इस साल की बारिश में सब ढह गया। अर्थाभाव में नहीं बनवा सके।"

"भाई! उनके साहित्य में जितना दमख़म है, उनकी हैसियत में नहीं। हालत तो बहुत पतली लगती है।" यशवन्त सिंह ने इशारा किया—"खाने का भी ठिकाना नहीं होगा।"

"इस विषय में मैं क्या बता सकता हूँ? अच्छा नहीं तो रुखा-सूखा मिलता ही होगा।" श्रीप्रसाद ने फुसफुसाकर कहा—"ग़रीबी तो बहुत है। यही भारत के साहित्यकारों की दशा है। न छाया, न पीने के लिए पानी। बेचारे अपनी हड्डियाँ सुखा-सुखाकर देश की सेवा कर रहे हैं। कौन-सी बेईमानी करेंगे ये? तब भी सरकार ऐसे लोगों पर ध्यान नहीं देती।"

"बड़े-बड़े पुरस्कार और ख़िताब भी नाचने-गानेवालों और खिलाड़ियों को मिल रहे हैं। ये व्यक्तिगत कलाएँ हैं। मनोरंजन के अलावा राष्ट्र का आर्थिक, बौद्धिक या सामाजिक सुधार सम्बन्धी कोई लाभ नहीं। बस, देश की एक कलात्मक सम्पत्ति है।"

"यहाँ की राजनीति कुछ समझ में नहीं आती। जिनसे देश में परिवर्तन आता है, हर तरह का सुधार होता है—उन पर किसी का ध्यान नहीं।" बोले श्रीप्रसाद—"साहित्य को ही पढ़कर, सुनकर देश के कुमार्गी, लफ़ंगे आदर्श जीवन की कला सीखते हैं। वे भूखों मर रहे हैं।"

"दरअसल अब राजनीति में बुद्धिजीवी और त्यागी तो रह नहीं गये। सब-के-सब माफ़िया और देश को लूटनेवाले ही रह गये हैं। तब उनकी सोच उसी स्तर की होगी।

वे यहाँ तक नहीं सोच सकते।'' बोले यशवन्त सिंह—''जिस देश की प्रतिभा को ऐसा जीवन झेलना पड़ रहा है। न घर, न द्वार। न भोजन, न पानी। सरकार को इनके लिए एक स्पेशल मकान बनवाकर सारी सुविधाएँ प्रदान करनी चाहिए, जहाँ निर्धनता को देखकर ग़रीबी स्वयं आर्त्त कर रही हो, वह व्यक्ति किस निष्ठा से साहित्य की सेवा करेगा? यहाँ के वैज्ञानिकों की भी यही दशा है।'' मानो यशवन्त सिंह ने ग़रीबी को देखकर घृणा से मुँह सिकोड़ लिया था। बोले—''लेकिन इसे भी झुठलाया नहीं जा सकता। अथाह गहरी पीड़ा ही में रोम-रोम को कँपा देनेवाला साहित्य प्रस्फुटित होता है। साहित्य या विज्ञान संवेदना का ही विषय है। जिस हृदय का चरित्र जितना ही प्रकम्पित होगा, उतनी ही ध्वनि-तरंगें निकलेंगी। जब शब्दों में ये ध्वनियाँ बँध जाती हैं, साहित्य हो जाता है। यही कल्पनाएँ जब प्रयोगशाला में प्रत्यक्ष हो जाती हैं, विज्ञान हो जाता है। साहित्य विज्ञान से ज़्यादा सूक्ष्म मालूम पड़ रहा है। विज्ञान, जो प्रथम सूक्ष्म कल्पना से उत्पन्न होता है, कल्पित भाव तक अमूर्त साहित्य ही बना रहता है। जब प्रयोगात्मक सिद्धि पाकर समूर्त, स्थूल हो जाता है, विज्ञान हो जाता है। यानी प्रयोग-सिद्ध प्रामाणिक ज्ञान-विज्ञान है। वह ज्ञान जो प्रयोग के धरातल पर उतर ही नहीं सकता, सूक्ष्मातिसूक्ष्म है। वह केवल चेतना का विषय है। आत्मा और हृदय का विषय है। वह साहित्य है। स्थूलता का विलय जब सूक्ष्मता में होता चला चलता है, साहित्य का जन्म होता है। विज्ञान सदा दैहिक है, भौतिक। साधन-वृद्धि का ज्ञान। साहित्य आत्मिक है। परमानन्द। आत्म-विकास सर्वोपरि है।''

''कभी-कभी मूड में आप भी बड़ी गम्भीर बातें कहने लगते हैं।'' श्रीप्रसाद मुस्कराने लगे। तभी एक युवक बग़ल के खँडहर से निकलकर आया। तिल-चावली दाढ़ी और सिर के बाल थे। प्रशस्त मस्तक से तेज टपक रहा था। तन पर मात्र लुंगी-गंजी। दोनों हाथ जोड़े हुए स्टूल पर बैठ गये। तभी गुड़-पानी के साथ चाय भी आ गयी।

श्रीप्रसाद हाथ जोड़े हुए किलककर खड़े हो गये—''मान्यवर व्यथित जी! कहाँ थे आप? हम लोग कब से यहाँ बैठे हुए हैं।'' यशवन्त सिंह भी उसी भाव में खड़े हो गये थे। विस्फारित नेत्रों से साश्चर्य देख रहे थे।

श्रीप्रसाद ने पुनः हँसते हुए कहा—''पहचान रहे हैं न?'' और वे गले से लिपट गये।

''क्यों नहीं। भला आपको न पहचानूँ ऐसा कैसे हो सकता है?'' बोले व्यथित जी बैठाते हुए—''बैठिये...पानी-चाय पीजिये...।''

''ये ठाकुर यशवन्त सिंह दानूपुर के हैं। कुछ आवश्यक कार्य से हम लोग आये हैं।'' चाय की चुस्की लेते हुए श्रीप्रसाद ने मज़ाक किया—''आप भी साँड़-भैंसा हो गये हैं क्या? खँडहर में क्या कर रहे थे?''

व्यथित जी ने उसी लहज़े में उत्तर दिया—''साँड़-भैंसों के लिए दूसरा ठिकाना ही कहाँ है? खँडहर में ही छिपकर लोगों से अपनी जान बचाते या पेड़ों की घनी छाया में छिपकर

पागुर में मस्त रहते हैं। गाय-भैंसवाले उनको तंग जो किये रहते हैं। कवि-लेखक साँड़-भैंसा से कहाँ कम होते हैं?''

दोनों व्यक्ति ज़ोरों से हँसने लगे। यशवन्त सिंह ने हँसी रोककर कहा—''आप बाज़ी मार ले गये। श्रीप्रसाद जी नहीं समझे...हम लोग साँड़ खोजने आये हैं।'' पुनः ज़ोर से ठहाका गूँजा।

व्यथित जी ने मज़ाक को कुछ तीखा समझकर सँभाला—''उधर एकान्त में बैठकर लिखता-पढ़ता रहता हूँ। इधर बच्चों का शोर-गुल कुछ करने नहीं देता। इसी सितम्बर में बारिश से मकान गिर गया।''

''फिर नहीं बन सका?'' यशवन्त सिंह ने प्रश्न किया।

''इतने रुपये कहाँ से आयेंगे? नौकरी-चाकरी है नहीं। मैंने इन्दिरा आवास के लिए भी बहुत कोशिश की लेकिन ढाक के तीन पात—ज्यों-के-त्यों।'' व्यथित जी ने थोड़ा विह्वल मन से कहा—''ग़रीबी में कोई साथ नहीं देता। अभावों में गुण भी दोष बन जाते हैं। किसी तरह भोजन-वस्त्र का इन्तज़ाम हो जाता है।''

''बड़ी दुखमय स्थिति है आपकी।'' यशवन्त सिंह ने आँखें निकालकर कहा—''नौकरी के लिए ट्राई नहीं की आपने?''

''क्यों नहीं की। कोशिश करने और मिलने में अन्तर है।'' व्यथित जी ने कहा—''दन्द-फन्द मुझे आता नहीं। शिक्षा की दौड़ में पीछे छूट गया। नये बैच अब बहुत हाई मेरिट लेकर आ रहे हैं। यों उन्हें आता कुछ नहीं। लेकिन काग़ज़ी प्रमाण के आगे व्यक्तिगत प्रमाण नहीं चल पायेगा। कोई भी घुड़क सकता है। मान्यवर! इतने अच्छे रहते तो आपके भी अंक शत-प्रतिशत होते। हम लोगों का ज़माना कुछ और था। प्रश्नों के तरीक़े और परीक्षा की विधि। अब नक़ल-ही-नक़ल। पाँच-सात प्रश्नों से काम चल जाता है। प्रश्न भी गणित की तरह वैकल्पिक आने लगे हैं। एकदम ठोस नम्बर के। अधिकतम नम्बर आ सकते हैं। उस समय केवल थ्योरी थी। पचास-पचपन प्रतिशत ही अच्छी मेरिट के प्रतीक थे।''

यशवन्त सिंह खड़े होकर बोले—''हम भी उस स्थान को देखना चाहते हैं, जहाँ बैठकर आप लिखते हैं।''

व्यथित जी उधर ले गये। कच्ची दीवार के सहारे फूस की एक मँड़ई। उसमें एक चौकी, जिस पर वे सोते। ज़मीन चिकनी थी। मँड़ई के बाहर जूट का एक बोरा बिछा था। बेड-टेबिल, जिस पर क़लम और कुछ काग़ज़। बोले—''यही है। एकान्त पड़ जाता है इसलिए इधर ही पड़ा रहता हूँ।''

''यही आपका सिद्धपीठ है। ''यशवन्त सिंह ने कहा—''मैं पुस्तकें देख रहा हूँ। घर तो है ही नहीं, फिर पुस्तकें कहाँ रखेंगे? केवल आप लिखते ही हैं, पढ़ने का अवसर नहीं मिलता क्या?''

"कहाँ से मिलेगा?" बोले व्यथित जी—मँड़ई में बैठाते हुए—"पढ़ने के लिए पुस्तकें चाहिए। रखने के लिए घर चाहिए। ख़रीदने के लिए धन चाहिए। यहाँ कुछ नहीं है। व्यक्ति, समाज, संसार और प्रकृति ही मेरी पुस्तकें हैं। साधना और चिन्तन ही मेरा अध्ययन है।"

"इसीलिए आपकी रचनाओं में बड़ी मौलिकता दिखायी देती है।" श्रीप्रसाद जी की आँखों का इशारा पाकर बोले यशवन्त सिंह—"मैंने एक महाविद्यालय खोल रखा है। श्रीप्रसाद जी को मैंने संस्कृत में प्राध्यापक चुन लिया है। आपको हिन्दी में रखना चाहता हूँ। इसी ग़रज़ से आया हूँ। मैं आपकी रचनाओं से तो प्रभावित हूँ ही, अब आपसे और प्रभावित हूँ। आपके जैसा साहित्यकार कोठी में होना चाहिए। आप धूल में मिले पड़े हैं।"

दोनों लोग चौकी पर बैठे थे। व्यथित जी स्टूल पर बैठे थे। बोले—"साहित्यकार जब कोठीवाला हो जाता है, साहित्य उसका धीरे-धीरे मरने लगता है। केवल उन्हीं पुरानी कृतियों के बल पर वह नाल मढ़ाता रहता है, जिन्हें अभावों और पीड़ाओं में उसने लिखी हैं। अमीरी में साहित्य का वातावरण ही बदल जाता है। मौलिकता नष्ट होने लगती है। स्वभाव और आदत के अनुसार शास्त्रीय विधानों पर चलने लगता है।" बोले व्यथित जी—"गाँव में जितनी सामग्री मिल सकती है, शहर में नहीं। शहर में किसी भी तह को जानना बहुत कठित है। शहर समुद्र है—अव्याकृत। सूचनाओं और समाचारों के अलावा कुछ भी उल्लेखनीय नहीं। जिस माटी में लेखक-कवि रसा-बसा, उसकी सुगन्धि उसके रोम-रोम से फूटती रहती है। एक-एक का दिल-दिमाग़ पढ़कर वह मौलिक और मार्मिक साहित्य लिख पाता है। ग़रीबी उसकी वेदनात्मक ताक़त है। रचनाकर जब वेदनारहित होगा—वह कुछ लिख नहीं सकता।"

"यह दशा है हमारे देश के ऋषियों-मनीषियों की। लँगोटिया बाँधकर फूस की मँड़ई में पड़े भूखे रहकर देश का गौरव बढ़ा रहे हैं। समाज-संसार का मार्ग-दर्शन कर रहे हैं।" बोले यशवन्त सिंह—"अपने को तपाकर, पीड़ा देकर जो दूसरों को सुख पहुँचाता है; वही सन्त है। यही हमारे यहाँ की परम्परा रही है। ऐसे लोगों पर किसी का ध्यान नहीं जाता। न सरकार का, न व्यक्ति का। इन्हें ऐसे स्थान पर बैठा देना चाहिए, जहाँ से उनके सन्देश और ज्ञान की पावन गंगा अविरल प्रवाहित होकर सबके मानस को सींचती रहे। मैं आपको ऐसा ही स्थान देना चाहता हूँ। मैं काग़ज़ी योग्यता का क़ायल नहीं। मेरे संज्ञान में जितने भी विशेषज्ञ-रत्न होंगे, उन्हें खोज-खोजकर अपने कॉलेज में रखूँगा। शिक्षा का जो स्तर गिरा है, इसीलिए। अध्यापकों के नष्ट चरित्र और ज्ञान उन्हें शिक्षा से ख़ुद पलायित कर रहे हैं। सिंह तो सदा दहाड़ता रहता है। पढ़ाना उनकी हॉवी हो जाती है। किसी विद्वान् के सामने बैठ जाइये। वह मूक रह ही नहीं सकता। अपने विचारों को दूसरों के सामने रखकर वे खुद क्षुधा-तृप्ति का अनुभव करते हैं। वक्तृता विद्वान् का स्वभाव और गुण है। समाज और राष्ट्र उन्हें इससे वंचित कर देता है। अपने ज्ञानोद्वेग को वे काग़ज़ों पर उतारते रहते हैं।"

"इस युग में मालवीय जी का अवतार कहाँ से हो गया?"

"पृथ्वी वीरों से ख़ाली नहीं है।" बोले श्रीप्रसाद जी—"समय और भाग्य की बात है। मैं तो नौकरी ही नहीं करना चाहता था। अकेले जीवन के लिए क्या हाय-हाय करूँ? बाबू जी से भी ऋणबद्ध हूँ। यहाँ तक पहुँच आया, बहुत है। लेकिन अभी और दूर, कहाँ तक जाना है, मुझे ख़ुद नहीं मालूम? प्रारब्ध और भाग्य जहाँ तक ले जाये।"

"क्या राय है आपकी?" पूछा यशवन्त सिंह ने।

"भूखे को भोजन मिलने पर विचार नहीं पूछा जाता। "व्यथित जी हँसने लगे—"चलूँगा और दृढ़ता के साथ। कम-से-कम छात्रों को सत्यासत्य और काव्यार्थ को समझाने का अवसर तो मिला। ऐसे लोग भी भारत में थे जो पात्रों के अभाव में अपने ज्ञान लेकर चले गये। लिखने की प्रक्रिया उस समय थी नहीं या साधन ही नहीं थे। विद्या मौखिक थी। आज तो सन्तोष है। पात्र न मिले। काग़ज़ और क़लम तो है। प्रसिद्ध होने पर पात्र-अपात्र मिल ही जाते हैं।"

"किन्तु अपनी इस दुर्दम दशा को छोड़कर...?" श्रीप्रसाद शब्दों को चबाते हुए बोले—"पत्नी और बच्चे। बरसात आ गयी है। मँड़ई बेलौस पानी के धक्के को कैसे सह पायेगी? मजबूत पक्के मकान भी चूने लगते हैं। कच्ची दीवार के सहारे मँड़ई है। वह भी जीर्ण-शीर्ण। बरसात में कोई दुर्घटना हो जाये तो...? आप मर्द हैं। कम-से-कम किसी जुगाड़ का प्रबन्ध कर सकते हैं।"

इन बातों पर यशवन्त सिंह का ध्यान नहीं गया था। ग़रीबी झेली न थी, केवल देखी थी। उनके मस्तिष्क और हृदय दोनों को आघात पहुँचा। राष्ट्र जिस पर अपने मौलिक अस्तित्व का पताका फहराता है, उसकी जान दाँव पर लगी हुई है—अकारण। ग़रीबी कारण नहीं है, एक संयोग है—अर्थागम के अभाव का। अर्थागम एक सीढ़ी है, युक्ति और जुगाड़ है—जिस सोपान से उतरकर धन व्यक्ति तक आ जाता है। इसमें व्यक्ति का ज्ञान महत्तम नहीं। समय और समाज-परिवेश की तथागत दशा है। अत्युत्तम जुगाड़ और व्यवस्था में भी व्यक्ति को रोना पड़ जाता है। किसी के मामूली प्रयास ही से धन की वर्षा होने लगती है। निर्धन किसी मुआमले का कमज़ोर है, यह सत्य नहीं है। लोकदृष्टि अल्प धन के अहंकार से ऐसे को तुच्छ हेय समझती है।

"जो धन-सापेक्ष है, आवश्यक नहीं कि वह ज्ञान और चरित्र-सापेक्ष हो। इस समय धन भ्रष्टों के ही पक्ष में है।" व्यथित ने कहा—"केवल पवित्र कर्म से धनागम सुगम हो जाये, कठिन है। पवित्र कर्म आत्मानन्द का विषय हो सकता है—धन का नहीं। विवश अधिक शोषित होता है। ईमानदारों के साथ अनुदारता का ही परिणाम समाज में व्याप्त चोरी, गुण्डई, बेईमानी और डकैती है। यहाँ तक कि राजनीति भी धनागम का अच्छा और सर्वोच्च मापदण्ड बन गयी है। राजकोष अथवा राष्ट्रकोष में सबसे अधिक धन है। जो उस कोष-द्रुम तक पहुँच गया, प्राइमरी अथवा हाईस्कूल का अध्यापक भी

देश का गण्यमान्य व्यक्ति हो गया। जिस प्रकार सोने की परीक्षा आग और कसौटी पर होती है, व्यक्ति की परीक्षा धनमुक्त करके लीजिये। सारा नक़ाब हट जायेगा। जो शरीरगत है, वही व्यक्तित्व है। निर्धन भी मूल्यवान् बना रहता है। वही उसका मौलिक धन है। धन बाह्य तत्त्व है। बाह्य तत्त्वों से व्यक्ति वज़नदार तभी तक रहता है, जब तक उसके पास होता है। असहाय होने पर पूज्य व्यक्तित्व ही श्रद्धेय रहता है, जिसके बल पर वह बड़े-बड़े राजाओं और मनीषियों के भी दिलों को जीत लेता है। वह सार्वभौमिक दशाओं से ऊपर होता है। धन भौमिक, भौतिक अधिग्रहण, परिग्रहण का ही नाम है।''

यशवन्त सिंह का राजपूती रक्त भीतर-भीतर उबलने लगा। कितना दोटूक सत्य है। धन का चरित्र से क्या मतलब? लेकिन मतलब हो जाता है। धनाभाव में चरित्र बिगड़ने लगता है। वह दीनता, कायरता, हीनता और चोरी-बेईमानी सभी कुछ पर उतर आता है। ज़नाब किसी बाप के सामने उसका बेटा भूखों अथवा दवा के अभाव में मरता रहेगा, किसी की पत्नी उसके सामने अपमानित, पीड़ित की जायेगी कि यह कर ही क्या सकता है? ज़रा उनकी आत्माओं से कोई पूछकर देखे। क्या ऐसी दशा हम लोगों की नहीं हो सकती? बाह्यगत ही परिवर्तित होता है। अन्तर्गत का परिवर्तन भावनाओं के आघातों-प्रतिघातों से होता है। निर्धन होना अपमान का विषय नहीं। कायर निर्धन है, बात समझ में आती है। मज़दूरों की ग़रीबी के भी कुछ ऐसे ही कारण हैं—बुद्धिहीनता और आलस्य। किन्तु रचनाकार तो राष्ट्र के मौलिक नियामक हैं—जिनके सिद्धान्तों पर चलकर लोग समृद्ध होते हैं। स्वर्ग को भूतल पर उतार लेते हैं। यहाँ दाता ही दीन-दुर्बल है।

यशवन्त सिंह ने तेवर बदलते हुए कहा—''देश पर टीका-टिप्पणी करने से कोई लाभ नहीं। हाँ, इस समय आपको मासिक वेतन के रूप में बीस हज़ार रुपये मिलेंगे। पाँच हज़ार प्रतिमास कटता रहेगा। आप पहले चहारदीवारी बना लें। एक लोहे का गेट भी लगा लें। मैं विद्यालय-फण्ड से रुपये दे देता हूँ। सोचने की बात है, जिसे न बैठने की जगह है, न किताबें रखने की। जो आकाश की छाया में ही पड़ा हुआ है, वह क्या लिखेगा और क्या पढ़ायेगा? संसार से मुक्त होकर चिन्तन करने के लिए ज़रा घर-गृहस्थी से भी मुक्त होना चाहिए। आप तो आदमी नहीं, देवता हैं। इस परिस्थिति में भी सोच लेते हैं, लिख लेते हैं। हम तो पहले ही चल बसे होते। वस्तुस्थिति से आप पूर्व के अमीर लग रहे हैं। खँडहर आपकी हैसियत बता रहा है।''

''निरन्तर ग़रीबी स्वभाव बन जाती है। उसी के अनुसार व्यक्ति का आचरण और कर्म भी हो जाता है। किन्तु जो अमीरी से ग़रीबी में उतरता है, चोर से तमाचा खाये व्यक्ति के समान अधिक संवेदनशील हो जाता है।'' बोले व्यथित जी—''आप और ले लेंगे। पाँच हज़ार में भी मेरा काम चल जायेगा।''

"आपको निर्माण का ज्ञान नहीं।" यशवन्त ने राजपूती उत्साह से कहा—"उसमें से जो रुपये बचेंगे, लगातार आपका काम चलता रहेगा और धीरे-धीरे मकान बन जायेगा। मकान मौलिक आवश्यकता है जिससे सुरक्षित व्यक्ति निश्चिन्त रहकर कहीं भी अपना कार्य कर सकता है। इस समय मैं आपको पचास हज़ार रुपये दे देता हूँ। पाँच दिनों के अन्दर सारा जुगाड़ बनाकर आ जायें। फिर आवश्यकता पड़ेगी तो और दे दूँगा। श्रीप्रसाद जी आपके यहाँ रुपये पहुँचा देंगे।"

"आपने डिग्री और जाति के बारे में कुछ नहीं पूछा?..."व्यथित जी ने संकोच से दबते हुए कहा—"कहीं...?"

"मैं क्षत्रिय हूँ, मरघट का डोमड़ा नहीं जो भाव-ताव में बदलता रहे...। आपके साहित्य ही आपके प्रमाण-पत्र हैं। मैं प्रत्यक्ष आपको देख रहा हूँ, आपकी जाति मानव है। सामाजिक रूढ़िग्रस्त मैं नहीं। सामाजिक जातियाँ मानव-रचित हैं। जो असमर्थ कमज़ोर होता गया, उसकी जाति निम्न-से-निम्नतर होती गयी। समर्थ निम्नतम से उच्चतम जाति में प्रमाणित हुए। इन सबसे मुझे घृणा हो गयी है। कभी इतिहास पर चर्चा होगी। अब समय अधिक हो गया है। यों तो आपसे विदा होते हुए अपार क्लेश हो रहा है। अब आप जुट जायें व्यवस्था में। शनिवार को आकर देख लिया करेंगे।"

चलते हुए श्रीप्रसाद ने कहा—"आपका नाम 'व्यथित' यहाँ के लोग नहीं जानते क्या?..."

"नहीं, घर का मेरा नाम 'विकल' है। 'व्यथित' के नाम से मैं साहित्य लिखता हूँ। वैसे पढ़े-लिखे लोग जानते हैं।"

वे लोग चलने लगे। आगे-आगे विकल चल रहे थे। विद्वानों में विकल को जो सुख मिल रहा था, लौकिक-स्वर्ग की कल्पना से मन आनन्द-विभोर हो रहा था। सुख-दुःख सदेह इसी लोक के विषय हैं जिसके लिए मनुष्य सदा प्रयत्नशील रहते हैं। श्रमसाध्य सुख प्रायः भौतिक ही होता है। अन्तः आनन्द प्राकृतिक या पूर्व जन्मकृत। बड़ी सुविधाओं की व्याप्ति में ही दुर्निवार दुःखों के जन्म होते हैं। बहुत अमीर साधन-सम्पन्न शस्य में सूक्ष्म दुःखों के ही लमेरे उगते हैं, जो गहराई में धँसे काँटे की तरह सदा अन्तरंग पकते-फूटते रहते हैं। वे ठीक नहीं होते। उनके ठीक होते ही कदाचित् दूसरे व्रण उत्पन्न हो जाते हैं। अभावग्रस्त ग़रीब के दुःख सन्तोषपूर्ण आलस्य हैं। श्रमजीवी कम संवेदनशील होने के कारण प्रायः सुखों के ही अनुभव करते हैं। इन्हीं विचारों में खोये विकल कुछ दूर तक चले आये। वे लोग दण्ड-प्रणाम के साथ चले गये।

अनायास जीवन की सरिता में जल लहराने लगा। कूलों पर हरियाली चमकने लगी।

●

महाविद्यालय में कक्षाएँ चलने से पूर्व महापूजनोत्सव निर्धारित किया गया। यह सभी प्रकार से विषम राशि—तेरह जुलाई, अषाढ़ शुक्ल पक्ष, तृतीया तिथि, क्रूर दिन शनिवार, सिंह राशि, सिद्धि योग में रखा गया था। योगेन्द्र सिंह परिव्राजक थे। दुर्गा की आराधना को ही अभीष्ट लक्ष्य बनाया था, इसलिए अग्निकोण में एक मन्दिर भी बनवाया गया था—जिसमें अष्टधातु की दुर्गा की प्रतिमा की प्राण-प्रतिष्ठा उसी तिथि में करके बाजे-गाजे के साथ हवन-पूजन सम्पन्न किया गया। काशी के गण्यमान्य विद्वान् मन्त्रोच्चार और हवन के लिए बुलाये गये थे। प्रातः यह कार्य सम्पन्न करके योगेन्द्र सिंह की प्रतिमा-पूजा हुई। उत्तरोत्तर महाविद्यालय के विकास-संवर्द्धन के लिए उनसे कामना की गयी। पुनः सम्पूर्ण महाविद्यालय की प्रदक्षिणा और श्यामपट्ट, चाक-डस्टर की पूजा हुई। यशवन्त सिंह ने नया कीर्त्तिमान् स्थापित किया। वैदिक ब्राह्मणों के साथ श्रीप्रसाद को भी मन्त्रोच्चारण का पद दिया गया था। ब्राह्मण हतप्रभ थे। मौलिक प्रतिभा में जड़ता कभी भी गिरह बाँधकर नहीं रहती। मानव-शरीर की पवित्रता आध्यात्मिक-कृत्यों ही से सम्भव है। अन्तःशुचिता विद्याध्ययन, साधना तदुपरान्त निर्विकार मन से उत्पन्न होती है जो कायिक पवित्रता को पूर्ण करती है।

इस अवसर पर दानूपुर की जनता की भीड़ लगी हुई थी। एक तरफ़ मंच बनाया गया था, जिस पर आसपास के सम्भ्रान्त लोग खड़े होकर महाविद्यालय के विकास की कामना व्यक्त कर सकें। सच तो यह था कि यशवन्त सिंह ने इसे विद्यापीठ का रूप देना सोच लिया था। इसके लिए अधिक भूमि की आवश्यकता थी। विशेष रूप से बड़े काश्तकारों को ही मंच के लिए बुलाया गया था। संस्था या समाज चलाने के लिए सच्चे

श्रम के साथ नैतिक बुद्धि की भी आवश्यकता होती है। भूमि-परिवर्तन की भी योजना उन्होंने बना ली थी। इसलिए भगवानपुर के अग्रसेन सिंह, आलमपुर के पण्डा जी, जो कभी चवन्नी के ज़मींदार थे—आहूत किये गये थे। वीरभद्र पाण्डे उर्फ पण्डा जी पण्डित चूड़ामणि के इकलौते पुत्र थे। चूड़ामणि अपने समय के तपोनिष्ठ विद्वान् ज्योतिषी व कर्मकाण्डी थे। सम्पूर्ण भूमि उन्हें दान में मिली थी। आलमपुर और दानूपुर आमने-सामने गाँव थे। इस विद्यालय से सटी बीस बीघे भूमि पण्डा जी की थी। एक बार यशवन्त सिंह ने उनसे ज़मीन बदलने की फ़रियाद की थी किन्तु उन्होंने नकार दिया। फिर भी वे निराश होनेवाले जीव न थे। दाँव-पर-दाँव, हथकण्डा-पर-हथकण्डा लगाने के उपाय सोचते। अग्रसेन इस समय भी पचास कोस में सबसे बड़े काश्तकार थे। कभी आलमपुर में उनकी छोटी छावनी थी। यहाँ दो सौ बीघे ज़मीन थी। किन्तु उनके पिता ने जब पण्डित चूड़ामणि से हवन और यज्ञ कराया, बुढ़ापे में अग्रसेन पैदा हुए। बस अपनी छावनी उन्हें दान में दे दी। आज समय बहुत बदल चुका है फिर भी उनकी उदारता, बड़प्पन में विनम्रता चतुर्दिक् विख्यात है। कभी किसी शूद्र को नहीं सताया। किसी स्त्री को गाली नहीं दी। उस पर कुदृष्टि नहीं की। उपेक्षित और अतीम को विशेष सम्मान दिया। उनकी सहायता की। वे ख़ुद कहते थे—धन-वैभव हमारा नहीं है। जिसने दिया है, क्षण में ले सकता है। अतीम, भूखा, भिखारी बनकर वही अपनी ही सम्पत्ति से कुछ माँगकर हमारी परीक्षा लेता है न देने पर वह शीघ्र ही कंगाल बना सकता है। ग़रीब विद्वान् यदि द्वार पर आया, समझो भगवान् बड़े अंश में आया है। वह कई हज़ार जन्मों की तपस्या से विद्वान् होता है। वह हमसे सदा बड़ा है। हमारा यहाँ कुछ भी नहीं है। हम ख़ाली हाथ आते हैं, ख़ाली हाथ ही चले जायेंगे। ऊसने अपने वैभव की रक्षा और योग्यतानुसार वितरण के लिए हमारे ऊपर अपना भार देकर भेजा है। प्रत्येक व्यक्ति शून्य से लेकर किसी भी अदद इकाई का राजा ही होता है। महा अतीम अपनी वाणी और शुभ कामनाओं का ही राजा होता है। उसकी एक भी अमंगल कामना हमारे विनाश के लिए पर्याप्त है। वह संसार के लम्बे भोगों से अपेक्षाहीन, केवल तनसुख तक सीमित रहकर परमात्मा पर अधिक आश्रित होता है। वह हमसे उत्तम कोटि का भक्त होता है। वह हर समय समर्पित है। ग़रीबी उसके किसी दुष्कृत्य का परिणाम है।

अग्रसेन ने व्याख्यान में यहाँ की जनता और यशवन्त सिंह की प्रशंसा की तथा आशीर्वाद दिया। इस महाविद्यालय को विश्वविद्यालय में तब्दील होने की कामना के साथ बीघे भूमि दान दी। पण्डा जी ने अपनी भूमि बदलने में तमाम कठिनाइयाँ बतलायीं और भविष्य के लिए विचाराधीन छोड़ दिया। उन्होंने सदा सहयोग देते रहने की प्रतीति दिलायी।

अन्त में यशवन्त सिंह ने छोटा-सा भाषण दिया।

सम्भ्रान्त आगन्तुको!

सबसे पहले मैं उन्हें बधाई दे रहा हूँ, जिनके ख़ून-पसीने से यहाँ का भवन खड़ा हुआ है। मैं केवल निमित्त मात्र सहायक हूँ। यहाँ की जनता ने इस काम को सिर पर उठा लिया। यह महाविद्यालय मेरा नहीं, समस्त लोक का है। लोक-चेतना और श्रम से ही इसे सिंचित होना है। मैं इसे निर्विवाद, बिना किसी भेद-भाव का चलाने का प्रयत्न करूँगा। मैं जगदम्बा दुर्गा से यही प्रार्थना कर रहा हूँ कि सदा मुझे सद्‌बुद्धि और न्याय करने की शक्ति दें। हाँ, आप लोगों का उत्साह देखकर मेरा मन आगे कुछ करने के लिए सोच रहा है। यह विद्यापीठ हो जाये तो स्वायत्तशासी हो जायेगा। अधिक विषयों के साथ अधिक कर्मचारियों की भी आवश्यकता होगी। इसके लिए जितनी अधिक भूमि मिल सके, अच्छा होगा। मेरे नाम जो बची ज़मीन है, उसे दान देता हूँ। हाँ, इसके पास ज़मीनवाले उसे लेकर अपनी भूमि दे सकते हैं। श्रीपण्डा जी अपनी ज़मीन यदि बदलकर हमें कृतार्थ करें तो यह कार्य और आसान हो जाये। इसके लिए आपको तन-मन और धन से आरूढ़ होना पड़ेगा। सोमवार से पढ़ाई आरम्भ हो रही है। आपका सहयोग एवं आशीर्वाद अपेक्षित है। अन्त में उन्होंने हाथ जोड़कर सबको प्रणाम किया।

तालियों की गड़गड़ाहट से आकाश गूँज उठा। सभा विसर्जित हुई। पण्डा जी शीघ्र ही खिसक गये। ठाकुर अग्रसेन सिंह के साथ और अतिथियों को एक कक्ष में लाकर उन्होंने जलपान कराया। दही खिलाया।

अब देश-काल की बातें होने लगीं। चर्चा के विषय पण्डा जी हो गये। लोगों का कहना था कि ब्राह्मण कुल में रावण जनम गया। पण्डित चूड़ामणि कितने धर्मात्मा थे। लहसुन-प्याज तक नहीं खाते थे। नैष्ठिक ब्राह्मण के हाथ से या स्वयं बनाकर भोजन करते थे। कभी-कभी सप्ताह-भर सत्तू और फलों पर ही रह जाते थे। यह राक्षस जवानी में बकरे का ख़ून पीता था। माँस-मछलियाँ सब खाता था। अब सत्तर साल की उम्र में भगत हुआ है।

ठाकुर अग्रसेन ने इसी बात पर हँसकर कहा—"जवानी में पण्डा की पहलवानी ख़ूब चमकी थी। इस इलाक़े में कोई हाथ नहीं मिलाता था। अहीरों, ठाकुरों को लड़ाता था। मैंने दंगल में कभी कुश्ती नहीं लड़ी। हाँ, अपने अखाड़े में लोटता-पोटता और रियाज़ ठोकता था। एक बार पण्डा ने लड़ने के लिए मुझे ललकारा। शरीर ख़ूब बनाया था। मेरा शरीर आज भी एकहरा है। हाँ, उस समय कुछ और ही जोश था। बस, भगवानपुर के दंगल में लड़ने की बाज़ी रख दी गयी। पण्डा ने हारने पर पाँच सौ रुपये देने का वचन दिया। मैंने एक हज़ार और एक लगहर भैंस रख दिया। इलाक़े में कोई अच्छा पहलवान निकले तो उसका हौसला बढ़ाना चाहिए। जजमानी भी हमारे यहाँ है। दर्शकों की खचाखच भीड़ थी। हम दोनों की कुश्ती देखने के लिए दूर-दूर के लोग आये हुए थे। कुश्ती हुई। पण्डा कुछ थमा पर कलाबाज़ी न थी, न स्फूर्ति। मैंने उन्हें भारी देखकर ज़रा समय लगाया। पण्डा का दम जब उखड़ने लगा, लपककर ऐसा कालाजंग लगाया

कि चारों ख़ाने चित। छाती पर चढ़ बैठा। पण्डा ने हाथ जोड़ लिये। मैंने उनके रुपये नहीं लिये। वे इतने पस्त हो गये थे, चाहता तो उनके अंगों को उखाड़-पछाड़कर ख़राब कर देता। मैं भी ज़रा जोश में था, परन्तु ऐसा नहीं किया। तामसी भोजन से उनका मन उदग्र हो गया था। ठण्डे हो गये। मैंने ख़ुद पाँच सौ रुपये देकर विदा किया। ब्राह्मण के नाम पर कलंक पैदा हो गये हैं।''

लोग हँसने लगे। एक व्यक्ति ने कहा—''खँडहर से महल का अन्दाज़ लगता है। सत्तर से कम नहीं होंगे? फिर भी शरीर छड़ की तरह है। स्फूर्ति अभी भी ऐसी है कि आजकल के लौंडों में क्या स्फूर्ति होगी।''

अग्रसेन सिंह हँसते हुए बोले—''सत्तर नहीं, पचहत्तर में चल रहा हूँ। अभी भी रोज़ कसरत करता हूँ। अब केवल गाय का दूध पीता हूँ। अभी किसी की कलाई पकड़ लूँ, क्या मज़ाल कि छुड़ा ले। चार आदमी अभी भी मेरा कुछ नहीं बिगाड़ सकते। दूध की छाली की तरह बटोरकर दबा दूँगा।''

यशवन्त सिंह ने मुस्कराकर पूछा—''साढ़े छह फुट से ऊपर ऊँचाई होगी?''

''छह फुट आठ इंच।''

''चौड़ाई भी उसी हिसाब से है।'' बोले यशवन्त सिंह—''चाचा! इस समय वज़न क्या होगा?''

''एक क्विण्टल बीस किलोग्राम। दो महीने पहले हमारे लड़के ने जिद करके तौलवाया था। एक मशीन पर खड़ा कर दिया था।''

''जब आप पहलवान थे तब?''

''डेढ़ सौ किलोग्राम। पण्डा एक सौ सत्तर किलो था।'' बोले अग्रसेन सिंह—''पण्डा में बल ख़ूब था लेकिन उसको सँभाल न सका। शरीर हाथी जैसा हो गया था। देखा नहीं? चलते हाँफ रहे थे। जब बल से भारी और वज़नी शरीर हो जाता है, चलने में दम खुलने लगता है। दम ही भीतरी शक्ति होता है। ज्यों-ज्यों उम्र बढ़ती जाये, चर्बी को सूखना चाहिए। प्रायः बढ़ती उम्र के साथ शरीर ढीला होकर फैलने लगता है। तब किसी के लिए भी बोझ हो जाता है। जो इसका ध्यान रखकर भोजन और व्यायाम से नियन्त्रित रहता है—प्रायः स्वस्थ रहता है।''

एक स्थूलकाय व्यक्ति ने शब्दों को चुभलाते हुए कहा—''आपने हम लोगों को स्वास्थ्य का अच्छा गुर बतला दिया।''

यशवन्त सिंह ने पूछा—''चाचा! आपकी ज़मीन यहाँ कैसे आ पायेगी? पण्डा जी की ज़मीन थोक भाव में कॉलेज के बग़ल में है। आपकी ज़मीन वे ले लें तो काम आसान हो जाये। यहाँ छोटे काश्तकारों की ज़मीन से मैं अपनी ज़मीन बदल लूँगा। लोगों में हर्ष और उत्साह की कमी नहीं है।''

“यदि पण्डा जी ले लें तो मैं उन्हें पाँच बीघे और दे दूँ, दूर जाने के कारण। ब्राह्मण हैं, जोतवा-रोपवा भी दूँगा। चैती में कोई दिक़्क़त नहीं है। खेत एक नम्बर का है। उनके पैरों पड़ो, शायद मान जायें। है तो बड़ा चाण्डाल ब्राह्मण।”

“कोशिश करूँगा। मन में है तो विद्यापीठ बनाकर ही दम लूँगा। पच्चीस बीघे मैं स्वयं दे दूँगा। हो जायेगा लेकिन यह ज़मीन बीच में बड़े मौक़े की है। मिल जाये तो सोने में सुगन्ध।”

दो बजे थे। मौसम सुहाना हो गया था। काले-काले मेघ भवनों के ऊपर मानो होड़ लगाकर दौड़ रहे हों। वे भवनों को छू-छूकर भाग रहे थे, जलभार से लदे धीर-गम्भीर सुन्दर। छोटे-छोटे बच्चे उन्हें पकड़ने के लिए दौड़-दौड़कर क्रीड़ा कर रहे थे।

लोग उठने लगे थे। यशवन्त ने कुछ दूर जाकर सबको छोड़ा। उनका मन-मयूर नाच रहा था, जैसे सहयोग की रिमझिम फुहार पड़ रही हो।

आज सोमवार है। कॉलेज खुल गया है। पहली जुलाई से ही प्रवेश-पत्र वितरित होने लगा था। नामांकन का काम भी साथ ही चल रहा था। पन्द्रह जुलाई तक स्नातक प्रथम वर्ष में अपार भीड़ हो गयी। दिन के ग्यारह बज रहे थे। यशवन्त सिंह प्रधानाचार्य-कक्ष में बैठ गये थे। सभी अध्यापक पूरी तैयारी के साथ कक्षाएँ लेने के लिए इधर-उधर आ-जा रहे थे। समय-सारिणी बन गयी थी। किसी के हाथ में चाक-डस्टर थे तो किसी के समय-सारिणी। कौन-सी कक्षा किधर चलेगी? छात्र किस कक्ष में बैठे हैं? लोग कुछ इस तरह बेचैन थे मानो कुश्ती लड़ने के लिए घोषणा कर दी गयी है।

एकाएक चारों ओर सन्नाटा छा गया। कक्षाएँ आरम्भ हो गयी थीं। कोई भी छात्र बाहर नहीं दिख रहा था। यशवन्त सिंह बरामदे में चलते हुए सबका निरीक्षण कर रहे थे। विलम्ब के कारण कोई छात्र दौड़ा आ रहा है। होंठ सूखे हुए, वह पसीने से तरबतर है। इतना शान्त नीरव वातावरण है, केवल वृक्ष और पक्षी ही मौन सम्भाषण करते दिख रहे हैं। यशवन्त सिंह घूमते हुए गम्भीर मुद्रा में कुछ मुस्करा रहे थे। मन कुछ तर्क-वितर्क कर रहा था। अध्यापन के लिए स्त्रियाँ ठीक नहीं होतीं। यह बिरादरी केवल कन्या विद्यालयों के लिए ही उपयुक्त है। यहाँ बड़े-बड़े छात्र हैं। नारी-सम्मोहन स्वाध्याय में बाधक है। किन्तु...वे एकाएक ठिठक गये। सह-शिक्षा में स्त्रियों का वर्जन कहाँ है? अकस्मात् उनके माथे पर बल पड़ गये। उन्होंने सिर को हिलाकर मानो ऐसी फ़ज़ूल कल्पनाओं को झटककर दूर किया। पुनः वे आकर कक्ष में बैठ गये।

यशवन्त सिंह को अपनी आध्यात्मिक आस्था में चरित्र का एक ठोस बिन्दु दिखायी देता था। नारी-सौन्दर्य के प्रतिकूल उनका स्वभाव था। क्यों हो गया था? वे स्वयं नहीं

जानते थे। हाँ, जीवन में कुछ सैद्धान्तिक तथ्यों को लेकर कभी-कभी स्त्रियों से बहस हो गयी थी। वे झगड़े पर उतर आयीं और छल-कपट से उन्हें ज़लील करने की साज़िश करने लगीं। स्वच्छ निर्मल होने पर भी उन्हें हार खानी पड़ी। पीछा छुड़ाकर भाग न आये होते तो कोर्ट में खड़ा कर देतीं। तभी से इस जाति से आन्तरिक घृणा हो गयी थी। जब रामचरितमानस पढ़ा, सती का पति शिव से छल—यह विश्वास और दृढ़ हो गया। किसी पक्ष-विशेष में दृढ़ता, आहत मानव-मन का परिणाम है। किन्तु सामाजिक न्याय समय-समय पर बदलता रहता है। वे अभी सोचने में तन्मय थे कि एकाएक एक महिला ने प्रवेश किया। तपन में शीतल मन्द बयार से चौंककर उन्होंने बैठ जाने का इशारा किया। रमणी असहज सुन्दरी थी। मोतियों की तरह चमकते दाँत, अरुणाभ होंठ, लम्बी फाँकदार आँखें, देदीप्यमान मुखमण्डल, छरहरा शरीर—सभी उसकी अमूल्य प्रतिभा को व्यक्त कर रहे थे।

यशवन्त सिंह ने संयत होकर पूछा—"आपका नाम?"

"जी सर! मेरा नाम रचना पाठक है। आपने इकोनॉमिक्स के लिए विज्ञापन निकाला था। मेरा आवेदन-पत्र भी सम्भवतः मिल गया होगा। आज इण्टरव्यू है। इसी के लिए मैं आयी हूँ।" रचना खड़ी हो गयी थी।

"आपको इण्टरव्यू के लिए सूचना दी गयी थी?"

"जी नहीं। विज्ञापन में ही साक्षात्कार का डेट दिया गया था।"

पुनः खड़ी रचना पाठक को उन्होंने बैठ जाने के लिए कहा और किन्हीं ज़रूरी काग़ज़ात पर हस्ताक्षर करके एक ओर हटाने लगे। तभी दो व्यक्ति और आ गये। संकेत पाकर वे भी बैठ गये। थोड़ी देर के बाद भृत्य मुन्नू ने मिष्टान्न के साथ तीनों आगन्तुकों को जल पिलाया।

यशवन्त सिंह ने सिर ऊपर उठाते हुए पूछा—"आप लोगों ने कहीं पढ़ाया है?"

"जी सर! किन्तु...किन्तु..." रचना की आँखों में आँसू तैरकर लुप्त हो गये। मर्मज्ञ यशवन्त सिंह के हृदय को एक झटका-सा लगा। उन्होंने वस्तुस्थिति और नारी की विवशता को भाँपते हुए रचना को बैठा दिया।

"कितने साल आपने पढ़ाया है?"

"जी एक साल तक।" रचना ने पुनः कुर्सी छोड़ना चाहा।

"नहीं-नहीं। बैठे-बैठे ही ज़वाब दीजिये। डिग्री तो आपकी अच्छी है। फ़ोर फ़र्स्ट है। किन्तु मैं काग़ज़ी पुलिन्दों में विश्वास नहीं करता। युग को आप लोग देख रहे हैं? फ़र्स्ट दिये और दिलवाये जा रहे हैं। यहाँ प्रायः तद्विषयक बड़े धुरन्धर विद्वान् हैं। प्राइवेट संस्थाओं में ऐसा वेतन भी नहीं है। और आप लोग...?"

एक व्यक्ति—"जी सर! अभी तक तो चान्स नहीं मिला...किन्तु...।"

यशवन्त सिंह—"ठीक है। बैठ जाइये। और आप?"

दूसरा व्यक्ति—"दो वर्ष तक मैंने अवैतनिक पढ़ाया है।"

यशवन्त सिंह—"हूँ..." उन्होंने सिर हिलाया।

थोड़ी देर के बाद तीनों को कक्षाएँ दी गयीं। दोनों व्यक्ति शुद्ध बोल भी नहीं पाते थे। रचना ने समाँ बाँध दिया। बीच-बीच में छात्रों और पीछे बैठे अध्यापकों ने प्रश्न किये। रचना ने निस्संकोच जवाब दिये। स्त्री को पसन्द न करते हुए भी रचना की नियुक्ति व्यथित जी और श्रीप्रसाद जी के आग्रह पर हो गयी।

सभी छात्र छूट गये थे। अध्यापक भी चले गये किन्तु प्रधानाचार्य के साथ कक्ष में व्यथित जी, रचना पाठक और श्रीप्रसाद जी अभी तक बैठे थे।

यशवन्त सिंह—"आपने वह कॉलेज छोड़ दिया या...?"

"जी सर! मैंने छोड़ा नहीं, छुड़ाया गया।" रचना की मुद्रा गम्भीर हो गयी थी।

"ऐसा क्यों? आपका टीचिंग-मेथड और सब्जेक्ट पर कमाण्ड अच्छा है, फिर भी...?"

"वहाँ एक संस्कृत में रीडर हैं। एक नम्बर का भाँड़ है वह। माथे पर गाढ़े चन्दन का लेप और रोरी का तिलक लगाता है। हाथ में गीता का गुटका और एक कण्ठी। अंग्रेज़ी लिबास। धर्म और भगवान् का ठीकेदार समझता है अपने को। मैंने समझा, कोई सज्जन ब्राह्मण होगा। एक दिन उसने मुझसे जाति पूछी। मैंने बता दिया—ब्राह्मण। क्योंकि वह भूमिहारों का ही कॉलेज है। एडेड पोस्टग्रेजुएट कॉलेज। कम-से-कम डेढ़ सौ भूमिहार-लड़के प्रिन्सिपल की इच्छा से जी-खा रहे हैं। उनकी कोशिश भी थी कि वे परमानेण्ट हो जायें। प्रिन्सिपल साहब ने कहा—पी-एच. डी. कर लो तो परमानेण्ट हो जाओगी।' मैंने बताया कि चल रहा है। कुछ दिनों के बाद मैंने देखा कि प्रिन्सिपल साहब कुछ मुझसे उदास हैं। मैं समझ गयी। उस रीडर ने उनका कान फूँक दिया। वह तिलकधारी भी ब्राह्मण था। एक नम्बर का धूर्त, ठग। उसका यही काम था। किसी दूसरे ब्राह्मण को नहीं आने देना चाहता था क्योंकि उसकी क़लई खुल जाती। लड़कों की जाति पूछता, अध्यापकों की पूछता और अध्यापक तो मेरे पक्ष में थे। छात्रों में मेरी छवि बन गयी थी। उस ढोंगी को मैं कुछ समझती न थी। सत्र समाप्त हुआ। जुलाई में मैं फिर मिलने गयी। प्रिन्सिपल ने न मेरी तरफ़ देखा, न कुछ पूछा ही। सत्रारम्भ हुआ तो बुलाया भी नहीं। एक व्यक्ति ने साफ़ कह दिया—"यह कॉलेज बिरादरी के कमाने-खाने के लिए है। उस साल घर रही। अब यहाँ हूँ। बिरादरीवाद ने शिक्षा का सत्यानाश कर डाला है।"

"शिक्षा का ही नहीं, जहाँ यह है; उसी का नाश समझो। ब्राह्मणवाद से असली धर्म नष्ट हो गया। ब्रह्म-साधना के स्थान पर पाखण्ड-साधना हो गयी। सिद्ध ब्राह्मणों के नाम बताओ। कुछ मिल जायेंगे। अधिकतर तो ग़ैर जाति के ही हैं। अरे भाई! भगवान् के

घर में जाति कहाँ? जाति-पाँति पूछे नहिं कोई। हरि को भजे सो हरि कै होई। नामदेव, कबीर, रैदास, नानक, बूला, भूखा, गुलाल, दादू, दरिया आदि सन्त कहाँ ब्राह्मण थे? इसीलिए आज अध्यात्म से लोगों का विश्वास हटता जा रहा है। किसी भी सम्प्रदाय में तत्त्वदर्शी सन्त नहीं हैं। चाहे जैन, बौद्ध, शाक्त, शैव या वैष्णव सम्प्रदाय ही क्यों न हों। सबको धन चाहिए। अब धन ही असली साधुता का मापदण्ड हो गया है। जैनियों ने नग्नता और अनशन को ही सिद्धि मान लिया है। कितनी बड़ी भूल है। हमारे स्वाँगों से ईश्वर से क्या मतलब? वह तो अनन्य प्रेम का भूखा है। ज्ञानमार्ग हो या योगमार्ग। दोनों में अतिशय प्रेम और विरह की पीड़ा आवश्यक है। तब शायद परमात्मा की एकाध झलक मिल जाये। नहीं तो चारों तरफ़ ठग ही भर गये हैं। ठग-प्रवंचक अभिनय ज़्यादा करते हैं। षट्कर्म और दिखावा उन्हीं के पास है। सच्चा तत्त्वदर्शी तो पहचान भी छिपाता रहेगा। क्योंकि उसे धन नहीं चाहिए। जिन्हें धन चाहिए, वे आडम्बरी सन्त का स्वाँग बनाकर नंगे, अधनंगे या किसी रूप में अपना प्रचार-प्रसार कर रहे हैं। क्योंकि उन्हें धन चाहिए। उनके तह में, मूल निवास में जाकर देखो—वे क्या हैं? ग़रीबी या अपराध के कारण वे वैरागी हो गये। वे देश के कामचोर हैं जो बैठे-बैठे दिव्य पकवान चाहते हैं। घर छोड़कर भागनेवाला सन्त नहीं। उसने अपने माता-पिता, परिवार को कितना रुलाया—इसकी कल्पना नहीं की जा सकती। ऐसा कोई भी सिद्ध सन्त नहीं जो घर छोड़कर न भागा हो। सच्चा ईश्वर-खोजी जहाँ है, वहीं उसे खोज लेगा। नामदेव, कबीर, रैदास, मीराँ, राबिया, नानकदेव आदि सन्तों ने घर से भागकर स्वाँग नहीं रचे। उन्होंने कहीं जाने-आने की बात भी नहीं कही। तीर्थ-व्रत का भी खण्डन किये। मन्दिर ठग-ब्राह्मणों की दुकानें हैं। मूर्ख उधर ही झुक रहे हैं। सत्य को नहीं खोज रहे हैं। असली चीज़ है योग्यता और योग्यता के लिए साधना। जो साधना करेगा, वही हीरा पायेगा, चाहे उसकी जाति कुछ भी हो। योग्यता की कोई जाति नहीं। इसीलिए भारत का उत्थान नहीं हो रहा है। मेरे यहाँ योग्यता की क़ीमत है, जाति की नहीं। जाति से कोई संस्था नहीं चलती। अच्छा किया जो यहाँ आ गयी।'' भावावेश में यशवन्त सिंह की आँखों में आँसू आ गये। व्यथित जी तो रोने लगे। श्रीप्रसाद ने मुँह ढँक लिया। भावविह्वल होकर यशवन्त सिंह ने कहा—''मैं जाति-पाँति तो नहीं मानता। किन्तु कभी-कभी स्वाभिमान उबल पड़ता है। मेरा स्वभाव स्त्रियों के बिलकुल विरुद्ध है। फिर भी आपकी नियुक्ति हो गयी, इसलिए कि आप स्पष्ट महिला हैं। प्रायः स्त्रियों के चरित्र में छलछिद्र ही होता है जो मुझे पसन्द नहीं। हीरे की परख मुझमें है। आप एक सुरक्षित कॉलेज में हैं। आपका बाल बाँका भी कोई नहीं कर सकेगा। हाँ, आप भी प्राध्यापक कॉलोनी में पन्द्रह नम्बर का फ़्लैट लेकर रहें। फ़िलहाल बीस हज़ार मासिक वेतन है।

''मुन्नू पन्द्रह नम्बर की चाभी आपको दे दो। भोजन के लिए मेस भी है। जैसे चाहें, वैसे खायें, रहें।''

रचना की आँखें छलकने लगीं। उसने आँसुओं को पोंछकर कहा—''मेरे पिता स्वतन्त्रता-सेनानी हैं। मैं इकलौती हूँ। बहुत थोड़े खेत हैं। काम चल जाता है। पिता जी ने मेरी शादी करनी चाही। मैंने मना कर दिया। ससुराल के वश में होने पर उनका दाना-पानी बन्द हो जायेगा। मैं एकदम अभागिन हूँ। मेरे अलावा वृद्ध माता-पिता को कोई जल देनेवाला नहीं। इसीलिए मैंने दिन-रात एक करके पढ़ाई की। मैं ही उनके लिए बेटा-बेटी दोनों हूँ।'' रचना सिसकने लगी।

''रचना! दुःखों को हल करना सीखो। रोना हल नहीं। कायर रोते हैं। वीर और वीरांगना हल का मार्ग ढूँढ़ते हैं। खोजी को सब-कुछ मिल जाता है।'' यशवन्त सिंह ने ढाढ़स बँधाते हुए कहा—''यहाँ आपको कोई कष्ट नहीं होगा। आपका मार्ग सरल करने की मैं भी कोशिश करुँगा।''

''अपने माता-पिता को सूचना दे दूँ। एकाध माह के बाद उन्हें भी यहीं रखना पड़ेगा।'' रचना का स्वर आनन्द और विनम्रता से गद्‌गद था—''सर! आपसे एक प्रश्न पूछ सकती हूँ?''

''ख़ूब शौक से। एक नहीं, दो...।''

''सर आपके मन में स्त्रियों के प्रति घृणा क्यों है?''

''स्त्रियों के प्रति नफ़रत नहीं, उनके छल-कपट से है।'' बोले यशवन्त सिंह—''पहले जहाँ मैं अध्यापक था, वहाँ कई महिलाएँ थीं। वे प्रायः घर पर पढ़ती नहीं। उन्हें समय कहाँ? गृहस्थी के भी पचड़े उन्हीं के सिर हैं। नौकरी वे बुद्धिमानी से करती हैं यानी कामचलाऊ। जो घर पर पढ़ेगा नहीं, वह पढ़ायेगा क्या? ऐसी दशा में वह छल-कपट ही से अपना काम चलायेगा। मेरी समझ में स्त्रियों के पढ़ाने से अच्छे छात्र सन्तुष्ट नहीं रहते। नौकरी तो उन्हें बचानी ही है। बस, इसी मुद्दे को लेकर उनके छल-कपट से चिढ़ है। ऐसी चाल चलती हैं कि अच्छाई का सेहरा उनके सिर बँधे। काम दूसरा करे, तारीफ़ उनके सिर। जो मेहनती और स्पष्ट हैं, उनसे कोई चिढ़ नहीं। नहीं तो स्त्रियों की शिक्षा और सभी कार्यों में भागीदारी आवश्यक है। जिस घर की स्त्रियाँ ख़ूब पढ़ी-लिखी हैं, उनके घर के लड़के और युवक विद्वान् होते हैं। पुरुषों से अधिक आवश्यक स्त्रियों का ही पढ़ना है। वेल एजूकेटेड स्त्री के घर में कोई अनपढ़ और बेरोज़गार नहीं रह सकता। जिस देश की अधिक-से-अधिक स्त्रियाँ पढ़ी-लिखी हैं, वह देश सबसे सम्पन्न है।''

''मैं आपके विचारों को समझ गयी।'' बोली रचना खिलकर—''आपको स्त्रियों से नफ़रत नहीं है बल्कि उनके दुर्गुणों से चिढ़ है। आपकी समीक्षा शत-प्रतिशत सही है। नौकरी मिली गयी, उनकी तैयारी ख़तम। उन्हें पढ़ने की फ़ुरसत कहाँ? आधा समय तो ठाट-बाट में गया। बचे हुए में घर के पचड़े। बिना पढ़े तो विद्या सिद्ध ही नहीं हो सकती। परिश्रमेन साध्यते विद्या। प्रायः स्त्रियों का स्वभाव कपटमय ही होता है। अपने

दिव्यास्त्रों के प्रयोग से पुरुषों को वश में कर लेती हैं। कम पुरुष हैं जो उनके त्रियाचरित्र को समझ पाते हैं। जो समझ लेता है, वह उनसे किनारा काट लेता है। किसी भी क्षेत्र में वे अपनी स्त्रीशक्ति से ही काम चलाती हैं। वर्ना उन्हें पूछता कौन? आपकी दृष्टि पैनी है। आप स्पष्टता के क़ायल हैं।"

सभी लोग हँसने लगे। श्रीप्रसाद जी ने कहा—"आपने बिलकुल सही कहा है। इससे सिद्ध होता है कि आपका विश्वास स्पष्टता में अधिक है। इसी ढंग से आप यहाँ रहेंगी भी।"

"बस सर! आप लोगों की कृपा चाहिए।" रचना ने विश्वास के साथ कहा—"मैं परिश्रम में विश्वास रखती हूँ। जब कि मैं भी एक स्त्री हूँ। परन्तु छल-कपट मुझे पसन्द नहीं।"

"आपकी बातें अच्छी लगीं।" बोले यशवन्त सिंह—"आशा करता हूँ कि इस ज्ञानयज्ञ में आपकी स्पष्टता सामने रहेगी। स्त्रीशक्ति का प्रयोग नहीं करेंगी। फिर तो आप हीरा बन जायेंगी। इसी उम्मीद के साथ मैं चाहता हूँ कि अपने माता-पिता को .खूब शौक से रखिये। बस, छात्रों को नियमित पढ़ाइये, अध्ययन कीजिये। पढ़ाई में किसी प्रकार का असंयम नहीं। मैं एक नया कीर्त्तिमान् स्थापित करना चाहता हूँ। इसे विश्वविद्यालय के रूप में मैं देखना चाहता हूँ। यही मेरी अन्तिम इच्छा है।" कहा यशवन्त सिंह ने—"मेरी दृष्टि में किसी भी क्षेत्र का उत्तम विद्वान्, कलाकार, हीरा मेरे कॉलेज में होना चाहिए। मैं इसे मणिदीपों से भरकर प्रकाशित कर देना चाहता हूँ।"

"इसके लिए मेरा तन-मन-धन तीनों अर्पित रहेगा।" बोली रचना—"मैं अभी जा रही हूँ। कल से क्लास लूँगी। कल सुबह ही आ जाऊँगी।"

"ठीक है, जाइये...सम्भव हो तो अपने माता-पिता को भीं ले आइये।" कहा यशवन्त ने। रचना ने सबको प्रणाम किया और एक झटके से निकल पड़ी।

विकल जी ने मुस्कराकर कहा—"साहब! रूप के अनुरूप ही इस महिला में गुण भी भरा हुआ है। व्यक्ति को सिद्धान्तवादी कभी नहीं होना चाहिए। कभी-कभी सिद्धान्तों को तोड़कर स्वतन्त्र निर्णय लेना पड़ जाता है। वादग्रस्तता एक निश्चित मापदण्ड तक ही सीमित रहती है। जिस तरह ऊँचाई में निकल जाइये, सम्पूर्ण बन्धन की दीवारें टूट जाती हैं। यह मेरे जीवन का प्रत्यक्ष अनुभव है। यह सच है कि स्त्रियों का स्वभाव पुरुषों को पसन्द नहीं आता। प्रायः वे उच्छृंखल और पल-पल बदलनेवाली होती हैं। वे किसी निर्णय पर स्थिर नहीं रह सकतीं। पुरुषों से टकराना, उन्हें कठपुतली समझकर सूत्रधार की तरह व्यवहार करना, उनकी प्रकृति होती है। वे पुरुषों को कुछ नहीं समझतीं। क़ानून के साथ उनकी सत्ता और इयत्ता का विशेष मान है। स्त्री-पुरुष सभी उन्हीं के पक्षधर होते हैं। यहाँ पुरुषों को दबना पड़ता है। दूसरे पक्ष में नारी पुरुष की शोभा होती है। एक क्षण के लिए यहाँ की फ़िज़ा कुछ दूसरी थी। अब...?"

सभी लोग हँसने लगते हैं। श्रीप्रसाद जी ने कुछ विद्रूप हँसी के साथ कहा—"आप अनुभवी गृहस्थ साहित्यकार हैं। स्त्रियों के मर्म को आप .ख़ूब जानते हैं। कहना तो आपका सोलह आने सत्य है। *यत्र नार्यस्तु पूज्यंते रमंते तत्र देवताः।* योग्य नारी का सम्मान करना चाहिए।"

यशवन्त सिंह ने गम्भीर मुद्रा में कहा—"स्त्रियों में छल-कपट बहुत होता है भाई! केवल काम-धाम तक सीमित रहें तो कोई कठिनाई नहीं लेकिन इनकी प्रवृत्ति ही कुछ ऐसी है, जिन्हें पुरुष पसन्द नहीं करते। कुछ न भी आये तो चतुराई से काम निकाल लेती हैं। यह पहली स्त्री मिली है जो रूप-गुण दोनों में योग्य लगती है। अब चलना भी चाहिए। काफ़ी समय हो गया..."

कल्पनाएँ जब कर्म के रूप में प्रत्यक्ष होती हैं और सफलताएँ उत्तरोत्तर दामन चूमने लगती हैं, तब किसी भी मनुष्य का साहस दूना होने लगता है।

•

सभी अध्यापक तन-मन से पढ़ाने में जुट गये थे। प्रधानाचार्य यशवन्त सिंह की इच्छा के बिना महाविद्यालय का कोई पत्ता भी नहीं हिल पाता था। पढ़ाई के लिए अनुशासन भी कठोर था। सह-शिक्षा होने से कठोरता शिक्षा का अनिवार्य अंग थी। कॉलेज में मानों सतयुग का गुरुकुल उतर आया था। छात्रा-छात्र अपने गुरुओं के चरण-स्पर्शकर अघाते नहीं थे। इतनी आस्था, इतना विश्वास इस युग के लिए गधे की सींग के समान है।

किन्तु निरन्तर चली आ रही रूढ़ गुत्थियों को निकालना और विचारों को निर्मल करना अत्यन्त कठिन है। लगभग एक माह व्यतीत होते-होते जातिवादी अलगाव और मनोविकार उत्पन्न होने लगे। और अध्यापकों के प्रति भावनाएँ वही थीं किन्तु श्रीप्रसाद जी के प्रति विषयगत जातिवादी तनाव शुरू हो गया। जिन छात्र-छात्राओं ने संस्कृत ले रखी थी, जाति का पता लगने पर उनके चरण-स्पर्श छोड़ दिये थे। सामने नमस्कार करते, पीछे से गालियाँ देते—"युग बदल गया भाई! अब चमार संस्कृत पढ़ा रहा है। वेदोपनिषद्, व्याकरण और साहित्य।"

प्रधानाचार्य को यह बदलाव मालूम हो गया। केवल सवर्ण छात्रों को जाति से नफ़रत है, न कि उनकी पढ़ाई से। एक बार उन्होंने सभा की और मंच से कहना शुरू किया—"प्रिय छात्र-छात्राओ! मुझे सखेद कहना पड़ रहा है कि शिष्य गुरु की जाति देखने लगे हैं। उन्हें उनके गुणों को देखने चाहिए। तुम्हें यह मालूम होना चाहिए कि जातियाँ ईश्वरकृत नहीं, मानवकृत दोष हैं। मनुष्यों ने अपने में अलगाव करक्रे युद्ध और ईर्ष्या का मार्ग प्रशस्त किये हैं। मैं इसे मिटाने के लिए कृतसंकल्प हूँ। जाति योग्यता की होती है, शरीर की नहीं। इसी आधार पर समाज के कार्यों का विभाजन हुआ। किन्तु

जब जिस काल में वे अयोग्य मूर्ख थे; किसी जाति की संज्ञा दे दी गयी। आवश्यक नहीं कि मूर्ख की सन्तान भी मूर्ख हो। परिवर्तन संसार का शाश्वत सत्य है। विद्वानों के घर में मूर्ख और मूर्खों के घर में विद्वान् पैदा हुए। जाति परिवर्तित होती गयी किन्तु हम उसी रूढ़विचारों पर आज भी गिरह बाँधे हुए हैं, जो सर्वथा उचित नहीं। गुरु, गुरु है। वह ज्ञान, चरित्र और शिक्षा के लिए पूज्य है। मैंने देश-कोस से खोजकर शिक्षक लाये। जिनकी विद्वत्ता में किसी प्रकार का संशय नहीं। मैं यह भी जानता हूँ कि गाँव-गिराँव के मूर्ख-अनपढ़ आप लोगों को ऐसी शिक्षा दे रहे हैं, जिससे आपकी आस्था स्वयं नष्ट होकर आपका ही विनाश करेगी। आप मुझसे अयोग्यता की शिकायत कीजिये। स्वीकार कर लूँगा। श्रीप्रसाद जी जैसा विद्वान् खोजने से भी नहीं मिलेगा। आपके ऊपर केवल एक जाति की मुहरभर है। नहीं तो आपका पालन-पोषण, संस्कार और शिक्षा—सभी कुछ बाबू अग्रसेन सिंह ने किये। आप लोगों ने उनका नाम सुना होगा। इस प्रकार वे क्षत्रिय हैं। आपने एम. एससी. बी. एच. यू., काशी में करके तृप्ति न मिलने के कारण पुनः व्याकरणाचार्य और साहित्याचार्य, पी-एच. डी. किये। अब भारतीय दर्शन पर खोज और वेदोपनिषद् की टीकाएँ नये ढंग से लिखते हैं। आपकी टीकाएँ प्रशंसनीय और प्रामाणिक माना जा रही हैं। इस प्रकार कर्म से आप ब्राह्मण हैं और यही सच भी है।

मैं अच्छी तरह जानता हूँ छात्र पुआल की तरह हैं। पुआल में एक चिनगारी ही पर्याप्त है। गाँव-गिराँव के ब्राह्मण-राजपूत यही कर रहे हैं। उन्हें योग्यता और संसार की संरचना का पता ही नहीं। इन्हीं शब्दों के साथ मैं आपसे कहूँगा कि उनकी मूर्खता से बचें, नहीं आपका ही विनाश होगा। दावाग्नि से जंगल जलकर ख़ाक हो जाते हैं। आप जंगल हैं। अपनी हरियाली को श्रद्धा, आस्था और स्नेह-विनम्रता से बरक़रार रखें—यही आपकी जिजीविषा और उपलब्धि होगी।"

किन्तु विरोधी धारणाएँ जंगल की आग की तरह फैलने लगीं। संस्कृत में वेदप्रकाश पाण्डे छात्रों का अगुआ था। इसके मन में ब्राह्मण होने का गर्व इस तरह हिलोरें मारता कि वह श्रीप्रसाद जी को देखकर नमस्कार भी नहीं करता। वह छात्रों से खुलेआम कहता—"हमारा प्रिन्सिपल बेहद मूर्ख और अड़ियल गधे की तरह है। क्या उन्हें संस्कृत में कोई योग्य ब्राह्मण नहीं मिल रहा है? यह सरासर बदमाशी है। ब्राह्मणों को जलाना है। क्या इतना ज़माना बदल गया कि अब ब्राह्मणों को वेदोपनिषद् चमार पढ़ायेगा? माना कि वे योग्य हैं लेकिन शूद्र का हम ब्राह्मण पाँव कैसे छुवें? कैसे नमस्कार करें?"

"बात तो ठीक कहते हो गुरु लेकिन इससे हमको क्या लेना-देना है? बेचारे सज्जन आदमी हैं। बेहद विद्वान् हैं। हमें अपने विषय से मतलब है। जैसा वे पढ़ा देते हैं, शायद कोई पढ़ा सके।" अजय सिंह ने विरोध करते हुए कहा—"तुम किसी तरह नक़ल करके पास हुए हो। बी. ए. में संस्कृत ले रखी है। संस्कृत कठिन है। तेरी नानी मरती है। गधों को केवल बुराइयाँ ही दिखायी देती हैं। कोई ब्राह्मण होता, ख़ूब चापलूसी करते।

पढ़ाई-लिखाई से तुमसे कोई मतलब है नहीं। मोटी चोटी बाँध ली, तिलक लगा लिया—ब्राह्मण बन गये। ठेले पर आमलेट खाने के लिए पहले ही दौड़ पड़ते हो। वाह गुरु! तुम्हारा ब्राह्मणपन भी अजीबोग़रीब है। हाथी के दाँत खाने के और, दिखाने के और। श्रीप्रसाद जी हमारे लिये श्रद्धेय गुरु हैं। उनके ज्ञान, तप और सादगी को समझने के लिए तुम्हें वहाँ तक पहुँचना पड़ेगा। वे संस्कृत में जितने योग्य हैं, उससे अधिक साइन्स-गणित में हैं। एक दिन वे प्रधानाचार्य का क्लॉस लेकर फ़िजिक्स पढ़ा रहे थे। लड़के गद्गद थे। योग्यता की कोई जाति नहीं। योग्यता की क़दर और हिफ़ाजत करो। हमारा देश इसीलिए पीछे है योग्यता से अधिक यहाँ जातियाँ देखी जाती हैं। क्यों भाइयों? श्रीप्रसाद जी जैसा दूसरा अध्यापक मिलेगा?''

''बिलकुल नहीं। हम उन्हीं से पढ़ेंगे।'' ग़ैरब्राह्मणों का एक दल हो गया। जिसका लीडर अजय सिंह हो गया। ब्राह्मणों का लीडर वेद प्रकाश था। अजय का दल दौड़कर उनके पैर छूता। ब्राह्मणों का दल नमस्कार भी नहीं करता। उसके दलवाले और अकड़पन में गम्भीर तिलक-चोटी का सेवन करने लगे। क्लास ख़ाली था इसलिए बहस का यही विषय हो गया था।

घण्टी लगते ही श्रीप्रसाद जी आ गये। पैंतालीस मिनट से अधिक समय लेकर उन्होंने व्याकरण पढ़ाया। व्याकरण को गणितीय विधि से इस तरह पढ़ाते कि एक-एक अक्षर अलग-अलग होकर स्पष्ट हो जाता। कहीं भी सन्देह की सम्भावना नहीं रह जाती। पूरे एक घण्टे के बाद निकले। इसके बाद किसी का क्लास नहीं था। ब्राह्मण छात्र पिछले गेट से निकले। शेष छात्र उनके पीछे चलने लगे। अब श्रीप्रसाद जी छात्रों को समझाते हुए चल रहे थे। कभी-कभी रुक जाते। छात्र चारों ओर खड़े होकर उनकी बातें सुनते। इस समय विषय के बाहर संस्कृत साहित्य, वेदोपनिषद्, ज्योतिष, न्याय, मीमांसा, दर्शनादि पर चर्चा करके संस्कृत भाषा को विश्व में सबसे धनी, अपार असीम ज्ञान का उद्गम बताते। इस समय किंचित् अंग्रेज़ियत में रँगे छात्रों को यह जानकर बड़ा कौतूहल होता। हमारे ही घर में देशी घी की खान है, हम वनस्पति घी के लिए पागल हो रहे हैं। निरी अज्ञानता ही है। क्या ऐसा है जो संस्कृत में नहीं है? वे छात्र श्रीप्रसाद जी की ज्ञान-चर्चा से अघाते न थे। जाति-पाँति की गुत्थियों को भी वे कभी-कभी उखाड़ने के लिए भरपूर ज़ोर लगाते। इस दल पर उन्होंने विजय पा ली थी। छात्रों का भ्रम दूर हो गया था। संसार में मानव एक जाति है जो चौरासी लाख योनियों में सबसे भिन्न और मुक्त होने का मार्ग खोजने और साधना करनेवाली है। ऊँच-नीच का नियमन शासनात्मक दृष्टि से किया गया जो मौलिक सत्य नहीं, नैतिक ही हो सकता है। कालान्तर में यही नियम फलने-फूलने लगा।

वेदप्रकाश के मन में प्रिन्सिपल के प्रति भी घृणा उत्पन्न हो गयी थी। उसने अपने दल को एक घने वृक्ष के नीचे ठहराया और बोला—''तुम लोग क्या समझते हो?

प्रिन्सिपल ने ब्राह्मणों के मुँह पर थप्पड़ मारा है। काशी में एक-से-एक दिग्गज विद्वान् ब्राह्मण पड़े हुए हैं। पर दुष्ट ने चमार ही को लाकर हम लोगों को अपमानित किया है। हम लोगों ने ब्राह्मण जानकर श्रीप्रसाद के पाँव छुये। ख़ैर! अनजाने में भूल को भूल नहीं कहते। परन्तु इस बात को हम लोग गुप्त नहीं रखेंगे। तुम लोग हमारा साथ दो तो मैं पण्डा जी से यह बात कहूँ। फिर देखो। मज़ा आ जायेगा। मेमने का कान पकड़कर उमेठना वे ख़ूब जानते हैं। रँगुआ सियार कब तक सिंह बनकर दहाड़ेगा? मैं तो कहता हूँ भाई, ब्राह्मण ही नहीं, और भी हिन्दू जातियाँ श्रीप्रसाद को पसन्द नहीं करेंगी। बाभन नाचै, धोबी तमाशा देखै। वाह भाई! घोर कलिकाल आ गया। अब बेद चमार पढ़ेगा, बाभन सुअर चरायेगा। कितनी अनीति है। चल रहे हो तुम लोग...?"

"क्यों नहीं? हम लोग ख़ाली हैं। घाम भी नहीं है। मौसम कितना रसीला है। चलो साइकिल से...कै मिनट लगेंगे...? प्रिन्सिपल एकदम पागल है। कुछ झक्की भी मालूम पड़ता है। जब देखो कमान पर तीर चढ़ाये रहता है। कॉलेज क्या खोल दिया उसने—आई. पी. एस. की तरह अकड़ने लगा।" विनोद तिवारी ने दल से कहा और दल चल दिया।

सबके मन में उद्वेग, वयोचित उत्साह और व्यवस्था के विरुद्ध खड़े होने की अपरिमित शक्ति थी। छात्र जिधर चल पड़ते—मानो तूफ़ान उमड़ पड़ता। थोड़ी ही देर में वह दल आलमपुर आ गया। पण्डा जी खाट पर बैठे सावनी हवा का आनन्द ले रहे थे। लड़कों का दल द्वार पर आ गया। सभी आज्ञानुसार चौकी पर बैठ गये। वेदप्रकाश ने सारी व्यथा कह सुनायी। जलती आग में लड़कों ने ज़ोरों से मिट्टी का तेल फेंके। पण्डा जी की आँखें मानो अपलक आसमान पर चढ़ने लगीं।

"अरे! इ बात हो गयी रे बालकों! यह तो घोर अनर्थ है।" पण्डा ज़ी सकते में आ गये। ज़रा संकुचित होकर बोले—"बेद पढ़ना तो शूद्रों को भगवान् ने ही मना कर दिया है। संस्कृत भाषा तो देवताओं की है यानी ब्राह्मणों की। अब शूद्र संस्कृत पढ़ाने लगा। घोर कलिकाल आ गया है, घोर कलिकाल। अब शूद्र राज कर रहे हैं। बाभन जूते ढोयेंगे। चमार कथा बाँचेंगे, शंख बजायेंगे, आरती करेंगे। हम चुपचाप देखकर सब्र करेंगे। अच्छा जा। मैं जसवन्त से कल पूछूँगा कि इनवरसीटी खोलने के लिए हमारा बीस बिगहा तुम्हारी आँखों में खुभा हुआ है। यह क्या कर रहे हो? चमार के सिर पर बाभन तेल रखेगा? न तुम्हें लाज, न उसे सरम। कैसे बेद छूता है भाई? शूद्रों को तो बेद-मन्तर सुनना भी नहीं चाहिए। यह सब उस ठाकुर की चाल है। देखने में कैसा मूरत लगता है लेकिन एकदम जहर से भरा हुआ है।"

बहुत देर तक लड़कों ने अपनी गुहार की। पण्डा के तेवर बदल गये थे। विचार में आया कि चलकर उस जसवन्त की जबान खींच लूँ और श्रीप्रसाद को तुरन्त वहाँ से भगा दूँ। लड़के उसी उत्साह से लौट गये। जैसे सावनी कबड्डी में विजय उनके हाथ लगी।

सुबह के छह बजे थे। सावनी हवाओं से शरीर का रोम-रोम आनन्द से आह्लादित हो रहा था। ऐसा शीतल समीर पाकर उमस से ऊबा-आकुल शरीर शक्ति-स्फूर्ति और ताज़गी से अभिसिंचित हो रहा था। यशवन्त सिंह की गरिमा सुबह के प्रकाश की तरह चतुर्दिक् बढ़ रही थी। वे आस्था ही से नहीं, साधना से भी और कठोर होते जा रहे थे परन्तु उनके हृदय-प्रदेश में न्यायिक कोमलता की हिमतरंगिणी लहरा रही थी। माँ दुर्गा के मन्दिर में बैठकर सप्तशती का पाठ पूर्ण करके ध्यान की मुद्रा में अवस्थित अपनी कामनापूर्ति का वर माँग रहे थे। 'हे शेषशायिनी माँ जगदम्बे! लोभ-मोहरहित, अनासक्त करो शारदे! तेरी ही छाया में संसार लीलामय, गतिमय, छविमय—गतिशून्य हो जाता है। हे अखिल ब्रह्माण्ड-धात्री माँ! तेरी चाह ही मेरी राह है। अलख को लखानेवाली कृष्णे! सबमें तेरी ही माया पंचभूत-अभूत दिख रही है। वे थोड़ी देर तक एक पैर पर खड़े होकर माँ से कुछ फ़रियाद कर घण्टा-घड़ियाल बजा, तिलक लगाकर बाहर निकले। आँखें अभी तक उसी मुद्रा में अर्द्धोन्मीलित समरस थीं। मानो इस समय संसार का प्रत्येक प्राणी उनके लिए समान है। सभी में उसी माँ की अलौकिक छवि दिख रही है। आकर चौकी पर बैठ गये। सिलबिल ने शीघ्र ही चाय देकर प्रसाद लेकर वितरित किया।

बोला—"जीजा! आलमपुर के पण्डा जी बैठे हुए हैं। आपसे मिलने आये हैं। वहाँ चाय पी रहे हैं। बुला लूँ?"

"भेज दो यहीं...।" मन में उनके खेत की झलक आ गयी। विश्वविद्यालय का नक़्शा आँखों में घूम गया। क्या माँ ने उन्हें सद्‌बुद्धि दे दी? बड़े सवेरे आये हैं। प्रसन्नता से रोम-रोम प्रफुल्लित होने लगा।

एकाएक कुछ सोचकर स्वयं उठकर पण्डा जी के पास आ गये। पण्डा जी ब्रेड के साथ चाय का आनन्द ले रहे थे। यशवन्त ने विनम्रतापूर्वक हाथ जोड़कर प्रणाम किया। सामने चौकी पर बैठते हुए बोले—"इतना सवेरे किसलिए आपने कष्ट किया है?" अभी तक उनके हाथ प्रणम्य मुद्रा में बँधे थे।

"देश के सभी बाभन मर गये क्या ठाकुर, जो चमार से संस्कृत पढ़वाने लगे?" पण्डा जी माथा सिकोड़, आँखें निकाल, जरा शब्द को चुभलाते हुए बोले—"मैं नहीं समझता था कि बाबूसाहब ऐसी ग़लती करेंगे। वह भी संस्कृत और बेद-सास्तर। शूद्र को तो इसे छूने से पाप लगता है। भला पढ़ने से कितना पाप लगेगा, कुछ कह नहीं सकता? इसीलिए सब जगह पाप बढ़ रहा है।" बग़ल में रखा सिगरेट सुलगाकर पीने लगे।

यशवन्त का शरीर जल उठा। मन में एक भयंकर विस्फोट हुआ लेकिन भावी सम्भावनाओं को देखकर उसे दबाना पड़ा। मानो सवेरा होते ही चोर को भागने की कोई जगह नहीं मिल रही है। उनकी आँखें जैसे क्रोध से बाहर निकल आयीं। उन्होंने पलकें मूँद लीं। ज़रा संयत होकर बोले—"गुरुदेव! मैं ही नहीं, सारा संसार योग्यता का क़ायल है, जाति का नहीं। योग्य अध्यापक से ही आपका बच्चा योग्य बनेगा। अध्यापक मनुष्य

बनाने का मिस्त्री है। कारीगर की कोई जाति नहीं। स्कूल कारख़ाना है, जिसमें योग्य आदमी तैयार किये जाते हैं। कारीगर ठीक नहीं होगा, काम ठीक नहीं होगा।''

''मैं सबके लिए नहीं कहता बाबूसाहब! बस, संस्कृत में चमार के लिए कहता हूँ। दूसरा कुछ भी पढ़ाता, मुझे कोई उज्र न होता। लेकिन धर्म पर आघात मैं कैसे सह सकता हूँ? न बाभन मिले, कोई दूसरी जात का ही सही। मगर शूद्र से यह मत पढ़वाइये। घोर अनर्थ कर रहे हैं। एक ओर पूजा कर रहे हैं, दूसरी ओर धर्म को भ्रष्ट कर रहे हैं।'' पण्डा जी ने कुछ स्वाभिमान से कहा—''अभी इसे इनवरसीटी बनाने का सपना देख रहे हैं। मैं भी कमेटी का एक सदस्य हूँ। जड़ को ही तेज़ कुल्हाड़ी से काटने लगे।''

यशवन्त सिंह की घिग्घी बँध गयी। वन-बाग़ दोनों को रखना था। अभी सिद्धान्त बघारने से कहीं ज़मीन नहीं दी तो विश्वविद्यालय का स्वप्न अधूरा ही रह जायेगा। वे पैंतरा बदलकर बोले—''मैं तो कहता हूँ, आप ही पढ़ाइये या स्वयं एक विद्वान् खोजकर ला दीजिये। आज भी कमेटी के वरिष्ठ सदस्य हैं। कॉलेज मेरा ही नहीं, आप सबका है।''

''बात तो ठीक कहते हो बाबूसाहब! मैं गँवार गादमी ठहरा। आठवीं फेल हो गया, छोड़ दिया। संस्कृत पढ़ने नहीं आती। हिसाब में एक नम्बर का गदाई था। हमको पढ़नेवाली बुद्धि ही नहीं मिली। जीवन-भर अखाड़े से प्रेम किया। क्या जानूँ पढ़ाई और विद्वान्? हाँ, यह शोभा नहीं देता। धरम बिगड़ रहा है। आप राजपूत होकर धरम बिगाड़ोगे तो कैसे अच्छा लगेगा? बस, इतना ही कहने आया था। लड़के भी शिकायत कर रहे थे। मुझे क्या मालूम कि संस्कृत में चमार रखा गया है। देश के बाभन मर गये इसीलिए न?''

यशवन्त सिंह से सहन न हुआ। एक चूड़ी चढ़ाते हुए बोले—''आप भी तो ब्राह्मण हैं। मांस, मछली, मुर्ग़ा, शराब, सिगरेट कुछ छूटा है? यह सब अधर्म नहीं है क्या? एक तपस्वी आदमी की आप जाति देख रहे हैं। श्रीप्रसाद जी विद्वान्-तपस्वी हैं। कोई भी विद्वान्-तपस्वी ब्राह्मण है। ब्राह्मण आसमान से नहीं टपका है। सबका उद्गम-स्थल एक ही है। सभी मानव की एक जाति है। उनसे बड़ा विद्वान् ला दीजिये, मैं हटा दूँगा बल्कि साइन्स पढ़वाऊँगा।''

''इसका मतलब बाबूसाहब! अपनी थाली में खिलाओगे, खाट पर बैठाओगे और उचित समझोगे तो अपनी जाति में शादी भी करा दोगे? ''पण्डा जी का स्वर धीरे-धीरे कठोर हो रहा था।

''हाँ-हाँ, सब होगा। युग देखिये। सच्चाई सामने आ रही है। थाली और खाट तो बेभाव मिट गयी हैं। मिट रही हैं।'' स्वाभिमान की आग को हवा देते हुए बोले यशवन्त सिंह—''मैं करूँ या न करूँ। समय सब कर देगा। आप मेरी बातें समझ नहीं सकते, नहीं ऐसी बात ही न कहते।''

"क्यों नहीं समझूँगा?...ऐसा क्या है, जिसे मैं न समझ पाऊँ...?" वे पुनः शब्दों को मुँह में घुलाते हुए बोले—"इसका मतलब बाबूसाहब! आप ब्राह्मणों से रंज है। इसीलिए आप ऐसी बातें करते हैं।"

"मैं ठीक कह रहा हूँ गुरु! आपके समझ के बाहर है। पहले तो आप ख़ुद अयोग्य हो गये। दूसरे, अब सभी लोग पढ़-लिख रहे हैं। बुद्धि, ज्ञान, तपस्या किसी की बपौती नहीं, जो चाहे करे। आप अपने यहाँ ही बताइये...कोई एम. ए. है? श्रीप्रसाद जी एम. एससी. व्याकरणाचार्य, साहित्याचार्य, पी-एच. डी. हैं। अब आपकी समझ में बात नहीं आयेगी।" यशवन्त सिंह ने हाथ जोड़ लिये—"आप विद्वान् की इज़्ज़त कीजिये। मैंने छाँट-खोजकर अध्यापक लाये। उनके ज्ञान और अध्यापन में कोई शिकायत नहीं। जो है, जातिगत। यह कोई कमी नहीं।"

पण्डा जी उठकर खड़े हो गये। लम्बा-चौड़ा दोहरा शरीर हाथी की तरह लग रहा था। बदन पर सिल्क का कुर्ता, माथे पर रोरी, रंग गोरा-बुढ़ापे में भी शरीर से आभा निकल रही थी। किन्तु अशिक्षित होने से सबमें विषम गन्दगी का आभास हो रहा था। ज़रा आँखें निकालकर बोले—"जाता हूँ जसवन्त। समझने की कोशिश करूँगा...।" और उन्होंने इतना लम्बा क़दम किया, मानों एक बार अपने अहम् की आग में पुनः जल गये।

यशवन्त सिंह मुँह में बुदबुदाये—"दुष्ट, राक्षस! राम-राम के पहर यही पूछने आ गया। अपना ढींढ नहीं देखता, दूसरे की फूली निहारता है। लम्पट, गँवार। तुम क्या समझोगे? अनपढ़, बस एक ही जिद।"

"बड़ा ज़िद्दी बाभन लग रहे थे जीजा।" पास आकर बोला सिलबिल—"ज़माना कहाँ गया, वे अभी कहाँ हैं। वाह भाई।"

यशवन्त अग़ल-बग़ल देखकर बोले—"और क्या करेंगे? उनका बीस बीघे का चक है, कॉलेज से सटा हुआ; उसी पर फूल-पचक रहे हैं। नहीं दूँ तो विश्वविद्यालय नहीं बनेगा। अरे भाई! तुम अब कितने दिन के मेहमान हो? तुम नहीं दोगे, तुम्हारे लड़के से ले लूँगा। जाओ...बिरादरी को लेकर चाटो। पहले योग्यता पैदा करो, फिर बात करो। तुम ख़ुद देश के राक्षस, हमें समझाने चले हो। कोई कुकर्म बाक़ी नहीं।" वे उठकर टहलने चले गये।

•

एक साथ कई काम हुए। व्यथित जी का एक ग्रन्थ चार माह पूर्व 'अछूत' प्रकाशित हुआ था जिस पर डेढ़ लाख का पुरस्कार मिला। सरकार इस पुस्तक को प्रकाशक से ख़रीदकर सरकारी अल्प मूल्य पर शूद्रों को उपलब्ध कराने लगी। नया प्रकाशन भी सरकारी होने लगा। व्यथित जी की चर्चा देश में होने लगी। 'अछूत' शूद्रों के लिए रामचरितमानस की तरह हो गया और लेखक तुलसीदास की तरह पूज्य हो गया।

इस पुस्तक का प्रभाव शूद्रों पर अधिक पड़ा। ज़मींदारों, काश्तकारों और सवर्णों की पामर दशा का आश्चर्यजनक ख़ुलासा मिलने लगा। जनता में विद्रोहात्मक भावना का उदय होने से वे बड़े लोगों से कतराने ही नहीं लगे बल्कि ईर्ष्या भी करने लगे। इसी किताब का यह प्रभाव हुआ कि प्रदेश सरकार ने आदेश जारी कर दिया। बंजर भूमि शूद्रों को वितरित कर दी जाये। यह ख़बर जंगल में लगी आग की तरह फैल गयी। शूद्रों के पौ बाहर हुए। उन्होंने बिना किसी सिफ़ारिश के ही बंजर ज़मीनों पर फूस की मँड़ई रखनी शुरू कर दी।

आलमपुर की दशा सबसे बदतर हुई। चमारों की संख्या अधिक थी। पचीस-तीस घर सवर्णों के अतिरिक्त दस-बीस घर अन्य जातियों के लोग। शूद्रों ने पहला क़ब्ज़ा साधारण आबादी पर करके अम्बेडकर-भवन का निर्माण कर दिया। विरोध सबके मन में था। किन्तु खुलकर सामने कोई नहीं आया। साधारण आबादी से सवर्णों से क्या मतलब? पिछड़ी जातियों के लोग घुल रहे थे। देखते-देखते उन्होंने खलिहान की ज़मीन पर भी अपनी मँड़ई डाल दी। आलमपुर में सुलगती आग अब लपटों का रूप धारण करने लगीं। गाँव के सभी काश्तकार इस पर खलिहान करते थे। बग़ल में तालाब और

हनुमान जी का मन्दिर भी है। भविष्य अन्धकारमय दिखने लगा। सभ्य जातियों के लोग पूजा करने, नहाने कहाँ जायेंगे? उनके मवेशी कहाँ धोये जायेंगे? आदि प्रश्न गाँव के लिए दीवारों की तरह सामने खड़े हो गये। लोगों ने पण्डा जी से गुहार की। क़ानून के विरोध में खड़े होने की शक्ति पण्डा जी में नहीं थी। हाँ, कल-बल और छल के प्रयोग इस ढंग से किये जायें कि क़ानून हाथ में न लेना पड़े।

पण्डा जी के दिमाग़ में केवल एक व्यक्ति दिखायी देता था—यशवन्त सिंह। दुष्टों को इसने ही जगह दे रखी है और स्वयं शूद्रों का संचालन भी कर रहा है। कॉलेज अशिक्षितोद्धार के लिए खोला है या शूद्रों को हमसे लड़ाने के लिए।

शाम की वेला थी। गाँव के कितने लोग पण्डा जी के द्वार पर उपस्थित थे। एक व्यक्ति ने हाथ जोड़कर कहा—"चाचा! हम लोगों का गाँव में रहतब नहीं है। कहाँ खलिहान होगा और कहाँ हम और हमारे मवेशी नहायेंगे? शूद्र मन्दिर भी अशुद्ध कर देंगे। वहाँ घर हो जाने पर उनके लड़के मन्दिर में ही खेलेंगे। टट्टी-पेशाब सब करेंगे। बल्कि मन्दिर उनके सोने के काम में आने लगेगा। बहुत बुरा हो रहा है। तालाब भी पाट डालेंगे। इधर कई साल से वे हम लोगों के घाट पर नहाने और लादी छाँटने लगे हैं। उनके घर की स्त्रियाँ सीढ़ियों पर बेशुमार गन्दगी कर देती हैं। यहाँ तक कि उनके बच्चे सीढ़ियों पर टट्टी भी कर देते हैं। आज मैं जब नहाने गया, मेरी तबीयत भिनक गयी और चला आया। अब यही सब होगा।"

"हमीं लोगों में कमियाँ हैं। हमीं ने उन्हें सिर चढ़ाया है तो भोगेगा कौन?" पण्डा जी ने शब्दों को चुभलाते हुए कहा—"क्या कहूँ? जसवन्त से कहा कि उन दुष्टों को निकालकर ठाकुर-बाभन रख लो। वह हमारे ऊपर ही बिगड़ गया। इसके लिए क़ानून तोड़कर कुछ नहीं किया जा सकता। हाँ, दाँव-पेंच से ही काम हो सकता है।"

एक बहुत पढ़े-लिखे व्यक्ति ने कहा—"ग़रीबों, मज़दूरों को आप लोगों ने बहुत सताया है। अब यह नहीं चलेगा। उन्हीं के साथ क़दम मिलाकर चलिये, तभी कल्याण होगा। आप बुरा समझकर ईर्ष्या करेंगे, रूप और भयानक होगा। हानि के अलावा और कुछ न मिलेगा। समय अब सच्चाई का आ रहा है। सभी लोग पढ़-लिख रहे हैं। अन्तर जातियों का नहीं है। धन का है। धन ही संसार का सबसे बड़ा सत्य है। मान लीजिये शूद्र राजा या धनवान् रहे होते, वे ही सवर्ण, दबंग और बड़े कहलाते। कुछ आश्चर्य नहीं कि सवर्ण शूद्र ही रहे हों। समर्थ लोग अपनी जातियाँ बदल लेते थे। हमने बदल ली हों। वे सवर्ण ग़रीब रहे हों। हमने उन्हें शूद्र घोषित कर दिया। प्रायः ऋषि लोग शूद्र ही थे। अगस्त, कृष्णद्वैपायन, वाल्मीकि, वशिष्ठ, नारद आदि ब्राह्मण कहे जा रहे हैं। हम लोग मज़दूर कुरूप एवं निर्धन होकर ख़ानाबदोश रहे होते। मेरी समझ में जातियाँ पहले नहीं बनी थीं। गुण और योग्यता के आधार पर जिसने जो काम किये, उपाधियाँ बनकर जातियों में परिवर्तित हो गयीं। लोहार, सोनार, तेली, तमोली, ग्वाला, गड़ेरी कोई

जातियाँ नहीं, उपाधियाँ हैं। आगे चलकर यही परम्परा रूढ़ होकर जाति बनती गयी। सबका मूल शक्ति है धन और नैतिक ज्ञान।''

''भाई साहब ने सोलह आने सत्य कहा है।'' बोला एक व्यक्ति—''जिस हरिजन के पास पद और धन है, उसकी प्रतिष्ठा है। हम उसे चमार कहने में संकोच करते हैं। उसके घर के सभी लोग हम लोगों में कितने लोगों से आगे, साफ़-सुथरे हैं। धन से ही संस्कार बनता है। सभी रास्ते धन ही से खुलते हैं। जो धनवान् रहे, वे ही राजा और बड़े कहलाये। ग़रीब मज़दूर होकर कुरूप हो गये।''

खड़े होकर तीसरे व्यक्ति ने कहा—''भक्ति और भगवान् समृद्धों के आनन्द लेने का दूसरा रास्ता है। कुछ असम्भव नहीं कि भगवान् की राजनीति करके उनके ऊपर शासन किया गया हो। और यह सच भी है, वर्ना कौन भगवान् को पाता है? मेरी समझ में सब नाटक या दिखावा ही है। जो है—शुद्ध धन। धनी व्यक्ति को किसी की आवश्यकता नहीं। वह सब कर लेता है। वह जितना पाप करता है, कहाँ उसे दण्ड मिलता है? संसार का सम्पूर्ण विधान बल का है। जो जहाँ से कमज़ोर है, उसका हेतु धन ही है। आपके पास बल था, दुरुपयोग किया। अब आपका अहंकार आपको कष्ट दे रहा है। हमारे सामने जो तनकर खड़े नहीं होते थे, एक आवाज़ सुनकर दौड़े आते थे। अब वह ज़माना बदल गया। वे आपके सेवक नहीं हैं। हम लोग उनके मोहताज़ हैं। खेती वे करते हैं। श्रम उनके हाथ है। हम कायर हैं। अब ग़रीब होने के लिए तैयार रहें। जो परिश्रम करेगा, हक़ उसका है। जनमत का युग है। जो हो रहा है, वही न्याय है। आपका तो कुछ नहीं ले रहे हैं। नाहक दर्द पाल रहे हैं। उनके पास क्या है? सरकार बंजर भूमि दे रही है। हम-आप दबाये हुए हैं। इसीलिए छोड़ने में कष्ट हो रहा है।''

चौथा व्यक्ति—''पाँचू ने मुनादी करायी है। कल सभी सड़कों की नापी होगी। लेखपाल आयेंगे। सरकारी हुक्म है। सड़क पहले नापी जाये।''

''जो हमारा रक़बा कम होगा? ''बोला एक व्यक्ति—''तब भी सड़क निकाल लेंगे? जी. एस. ले लेंगे? वाह भाई! हमारा नम्बर पूरा नहीं करेंगे?''

''बिलकुल नहीं। आपके नम्बर से सड़क से क्या मतलब? आप दरखास्त देकर अपने चक की नाप कराइये। चकरोड और बंजर से क्या मतलब?'' बोला दूसरा—''हाँ, उनकी सहायता और सुविधा बन्द कर दीजिये।''

''दानूपुर में जो हिन्दी का मास्टर है, वही न व्यथित है? ''पण्डा जी ने ज़रा मुचमुचाकर कहा—''बड़ा लुच्चा है भाई! उसने ऐसा क्यों लिख दिया, जिससे देश में बग़ावत हो? वह तो चमार नहीं है? किसी अच्छी जात का मालूम पड़ता है। फिर शूद्रों ने क्या दे दिया उसे?''

''देखने में तो ब्राह्मण ही लगते हैं। लेखक ऐसी ही चीज़ें खोजते रहते हैं। जिससे वे लाइट में आयें। पुरस्कार पायें।'' बोला एक व्यक्ति—''व्यथित जी बहुत बड़े विद्वान्

हैं। मेरा साबका पड़ा है उनसे। बड़े सरल व्यक्ति हैं। लेखक का हथियार तो क़लम ही है। वे उसमें मुरौवत नहीं करते।''

''क्यों न हम लोग वहीं से पैरवी करें। कम-से-कम वे लोग तो सँभाले। कैसा आन्दोलन हो रहा है। हम लोग अब गाँव में नहीं रहेंगे क्या?'' पण्डा ने अफ़सोस से कहा—''क्यों ऐसी चीज़ें पढ़ा रहे हैं और लिख रहे हैं? हम तो सबसे बड़ा दोषी उन्हीं लोगों को मानते हैं जो दो अच्छर पढ़कर विष बो रहे हैं।''

''नहीं चाचा! पहले जो असमानता थी—हम लोगों ने पैदा कर रखी थी। अब चाहकर भी इसे नहीं रोक पायेंगे। शूद्र डी. एम., सी. डी. ओ. और अच्छे-अच्छे पदों पर जा रहे हैं। आप उन्हें शूद्र कहेंगे? कुछ दिनों में सब मिट जायेगा। जातीय और छूआछूत की असमानता नहीं रहेगी। जो रहेगी—वह धन और पद की असमानता। ग़रीबी और अमीरी की असमानता। इसे कोई नहीं मिटा सकता। वे ग़रीब थे, हम-आप सताते थे। अब समय ने अपना असली चेहरा बेनक़ाब कर लिया है। कुछ भी झूठ नहीं चलेगा। वेद-शास्त्र, तन्त्र-मन्त्र सब समृद्धि के लिए हैं।''

''कल बहुत धैर्य और विवेक से काम लीजियेगा। लेखपाल सड़क या बंजर ही नापकर निकालेगा। आपकी ज़मीन बेबाक रहेगी। नहीं तो कुछ हंगामा करेंगे, 'हरिजन उत्पीड़न ऐक्ट' में बन्द हो जायेंगे। ज़मानत नहीं होगी। लड़ते-लड़ते मिट्टीपलीद हो जायेगी। वक़्त का नज़ारा चुपचाप देखकर ही निर्णय लीजिये... ।'' रामयश राय हिन्दू विश्वविद्यालय से एम. ए., बी. एड. करके इण्टर कॉलेज में प्रवक्ता थे। सवर्णों में उनकी बातों पर सबको भरोसा था। उठते हुए बोले—''आप लोग जाइये, अपना-अपना काम कीजिये। कहीं भी हस्तक्षेप मत कीजियेगा। वक़्त आपके वश में नहीं। आप समय के वश में हैं। केवल अपनी रक्षा कीजिये, इस समय। हो सकेगा तो हम लोग भी उन्हीं के साथ क़दम मिलाकर चलेंगे। सड़कें सबकी हैं, सबके लिए हैं। बनने दीजिये। सड़कों ही से गाँवों के विकास होंगे। यह सबकी पहली आवश्यकता है। इन्हीं के अभाव में गाँव पीछे होते गये। धनी सुविधाओं के लिए शहर में भागने लगे। सड़कें, अच्छी शिक्षा और अच्छे अस्पताल यदि गाँवों में मिलने लगें, लोग शहर में क्यों भागेंगे? स्वास्थ्य के लिए सबसे बड़ा ख़तरा शहर ही से है। शहर में ऐसा कोई है जो बिना दवा के जी रहा है? वायुप्रदूषण, जलप्रदूषण नगरों में ही हैं। कम-से-कम गाँव इससे सुरक्षित हैं। ऊँच-नीच और राजनैतिक बुराइयाँ मिट जायें तो गाँव जैसा नगर नहीं। गाँवों को ही स्वर्ग बनाने की कोशिश कीजिये। इसे बिगाड़िये मत। जो बन रहा है, बनने दीजिये। सड़कों का महत्त्व उनसे ज़्यादा हमारे लिये है। अहंकार छोड़कर निरभिमान हो जाइये, कष्ट नहीं होगा।''

सभा उठा गयी। सभी लोग चले गये परन्तु सभी भावी अपशकुन से भयभीत थे। चिरदिनों की बनी पल्लवित जिजीविषा नष्ट होने लगी थी।

●

यशवन्त सिंह आज बहुत प्रसन्न थे। शरीर और शरीरी की व्याख्या करते-करते सौन्दर्य तक पहुँच जाते। जिस सिद्धान्त की गिरह बाँध रखी थी, वह आज विपरीत दिखायी देता। सत्य अब क़ाबू के बाहर होने लगा। जीवन में, छात्र-चुनाव में या अकारण कई बार स्त्रियों से टकराव हो गया था। उनसे लड़ना नीति-विरुद्ध ही नहीं, क़ानून-विरुद्ध भी है। वे कई बार उनसे हार कर दूर भाग निकले। तभी से स्त्रियों के प्रति उनके मन में सैद्धान्तिक गिरह बँध गयी थी। बात भी सत्य है। किन्तु कहीं-कहीं सिद्धान्त हल्का पड़ने लगता है। आज विद्यालय में देर तक अध्यापकों के बीच वार्ता हुई। रचना एक सुलझी हुई स्त्री लगी। उसने स्त्रियों के स्वभाव की बड़ी सच्ची और सरस व्याख्या की। सच्चाई को उजागर करने में थोड़ा भी संकोच नहीं किया। इससे उसके सौन्दर्य में जो रमणीयता उत्पन्न हो रही थी—अध्यापकवृन्द भ्रमर की तरह रसपान कर रहे थे।

यशवन्त सिंह ने स्पष्ट कह दिया—"रचना! अब तो आप अपने माता-पिता को ले आयीं। नौकरी भी पक्की है। अपनी शादी कर डालें तो बेहतर होगा। कुमारी के साथ लोकदृष्टि कुछ और होती है और विवाहिता के प्रति कुछ और।"

"आपकी बातें सोलह आने सत्य हैं किन्तु लड़की की शादी हो जाने पर वह पति के घर चली जाती है। मेरे साथ जरा कठिनाई है। पहले माँ-बाप को देखना है।" रचना की बातों में क़ाफी दम था। सत्य को काटना किसी के लिए भी कठिन होता है।

प्राध्यापक होने से सबमें समानता आ गयी थी। हँसी-मज़ाक भी चलने लगा था। व्यथित जी ने एक रद्दा चढ़ाते हुए कहा—"इस समय दो ही कुँवारे दिख रहे हैं। श्रीप्रसाद जी और आप। एक ढेले से दो चिड़ियाँ मार लीजिये।"

कक्ष में ज़ोरों का ठहाका गूँज उठा। यशवन्त सिंह ने कहा–"हम लोगों का पूरा सहयोग रहेगा। समय एकदम बदलता जा रहा है। सभी अपनी सुविधाएँ देख रहे हैं।"

थोड़ी देर तक कक्ष में सन्नाटा रहा। जैसे लोग अपने तर्क के कोश में कुछ तत्त्व ढूँढ़ रहे हों। सबके चेहरे पर अनुपम सौन्दर्य की लालिमा उभर आयी थी। यशवन्त सिंह अत्यन्त गम्भीर हो गये थे। श्रीप्रसाद कुछ विश्लेषण करने लगे। मानव-मन अद्‌भुत गतिमय और चंचल है। जिस जाति को जोखिम समझकर इतना दूर भाग खड़ा हुआ था, आज उसी को देखकर मन कितना प्रसन्न हो रहा है। यह आनन्द उसके सौन्दर्य का है या सत्य-विश्लेषण का, नहीं कह सकता। परन्तु पुरुष का एक पक्ष जो स्त्री से भरकर ही पूर्ण होता है, शायद उसी अतृप्ति को भरने के लिए उद्वेलित हो। पुरुष का वही स्थान रुपवती को पाकर पुष्पित हो जाता है। जैसे दो अर्धस्थ पदार्थ प्रत्याकर्षण से पूर्णता पाने के लिए विकल रहते हैं।

मौन भंग करते हुए श्रीप्रसाद ने कहा–"जो संरचनात्मक सत्य है, उसे नहीं झुठलाया जा सकता। उसके विरुद्ध हमारा हठ है। हठ कभी भी सुख नहीं देता। उससे तन-मन को कष्ट होता है। पुनः जीव को भी कष्ट होता है। इसीलिए प्रकृति और पुरुष का सामंजस्य ही सृष्टि का उद्‌गम है। जहाँ गतिमयता का प्रवाह है, वहीं नवीनता का आनन्द-रस भी है। अविवाहित जीवन गतिहीन जड़ है जो रूढ़ होकर सड़ रहा है। अकेले जीवन में कभी ख़ुशबू नहीं आ सकती। स्त्री-पुरुष का सौन्दर्य है, सुचारु व्यवस्था है। पुरुष उनकी कोमलता का कवच है। दोनों अनुपूरक हैं।"

"दाम्पत्य-जीवन ही पूर्ण है। अकेला जीवन भावहीन, संवेगरहित है। अपने दुःखों में वेदना का उतना अतिक्रमण नहीं होता, जितना अपनों के दुःखों से होता है।" व्यथित जी ने भावों को कुछ गम्भीर करते हुए कहा–"मान लो आपके पास खाने को नहीं या बीमार हैं, रुपये नहीं; झेलने में उतना व्यग्रता-बोध नहीं, जितना अपना बच्चा भूखा या बीमार हो–आप अभावग्रस्त हैं। यहाँ जो भाव फूटते हैं, वह अपने दुःखों से नहीं, दूसरों के दुःखों से। यही दशा जब पूर्णतः दूसरों पर लागू होने लगे तब वह व्यक्ति ऊँचे क़िस्म का सन्त हो जाता है।"

तभी रणविजय आ गया। बोला–"चाचा! दादा जी आये हैं। दो बजे के ऊपर होने से मैं समझ गया कि क्लास के अलावा विलम्ब हो रहा है।"

"बाबू जी आये हैं क्या?" प्रसन्न होकर बोले यशवन्त सिंह–"मैं भी बहुत व्यग्र हो रहा था। बाबू जी के दर्शन किये कितने दिन बीत गये। क्यों न हम भी साथ ही चलें।" सभी लोग उठकर बाहर निकल आये।

"मैं भी ऐसे पुरुष का दर्शन-लाभ चाहती हूँ।" रचना भी साथ हो ली। दरअसल यशवन्त सिंह ने एक पूरा 'टीचर्स-वार्ड' ही अलग से बनवा दिया था। सभी प्राध्यापक इसी में रहते थे। तीन कमरे का सुन्दर आवास था। आँगन-बरामदा के साथ थोड़ी परती भूमि, जिसमें सुन्दर वृक्ष और पौधों से उसकी सुन्दरता बढ़ायी गयी थी।

थोड़ी ही देर में सभी लोग आ गये। सबने बाबू जी के पाँव छुये। यशवन्त सिंह आनन्द से निहाल हो रहे थे। रचना खोज के तर्क में उलझी हुई थी। सभी लोग कुर्सियों पर बैठ गये थे। बाबू अग्रसेन जी चौकी पर बैठे थे। बिजली का छतपंखा चल रहा था। हल्की उमस थी। रणविजय ने सभी खिड़कियाँ खोल दीं। बाहर की ठण्डी हवाओं से सबके शरीर में ताज़गी आ गयी। रणविजय ने सबके लिए देशी घी की मिठाइयाँ अलमारी से निकालकर तश्तरी में रखकर मेज़ पर रख दीं।

बाबू जी ने कहा–"पहले आप लोग जलपान कर लें...फिर कुछ बातें करें।"

सभी लोग खाने लगे। सबको कौतूहल हो रहा था पर बीच में बोलने का आदेश नहीं था। जलपान के बाद रचना ने कहा–"बाबू जी! ऐसी मिठाइयाँ आज तक मैंने नहीं खायी हैं। किस दुकान की हैं?"

"अपने घर की बनी हैं बेटी। रणविजय की माँ ने श्रीप्रसाद बाबू के लिए बनायी हैं। उन्हें हर समय चिन्ता इन्हीं की लगी रहती है। क्या खाते होंगे? कैसे खाते होंगे? वे चित्रसेन और श्रीप्रसाद बाबू को एक साथ एक ठहर पर भोजन कराती थीं।" बोले अग्रसेन सिंह–"मर्द अपने हाथ से बनाकर क्या खायेगा? आदमियों का अकेला जीवन तो आधा-अधूरे का होता है। कच्चा-पक्का कुछ भी खा लिया। चना-चबैना पर ही रह लिया। अकेला पुरुष फाँका भी बहुत करते हैं। आदमी का जीवन तो पूर्णतः कुरूप है। स्त्री न हो तो उसके जीवन में कोई सौन्दर्य नहीं। शादी के लिए बहुत बार कहा लेकिन मिनकते ही नहीं। नहीं तो ऐसी लक्ष्मी खोजकर लाता कि घर में अँजोर हो जाता।

श्रीप्रसाद जी ठूँठ का जीवन बिताना चाहते हैं, ऐसा भी कोई जीवन है बाबू जी?" बोली रचना पाठक–"जिसमें न कोमल किसलय हों, न फूल-फल। ऐसे वृक्ष का उगना, न उगना एक समान है।"

"सभी बातें तो मेरी मान लेते हैं। लेकिन यही एक बात...शायद सोचते हों कि नौकरी नहीं की या धनोपार्जन नहीं किया तो क्यों इस पचड़े में पड़ूँ?" बोले अग्रसेन सिंह–"अब भी समय है। अभी भी तैयार हो जायें तो कोई कठिनाई नहीं। चित्रसेन और श्रीप्रसाद–दो ही तो मेरे घर में सदस्य हैं। एक-का-एक वंश यह बालक है। श्रीप्रसाद ने अपने वंश को न बढ़ाने का मानों संकल्प ले लिया है। अभी मैं जीवित हूँ। कोई बात न होगी। मेरे बाद चित्रसेन का मिज़ाज कब फिर जाये, क्या ठिकाना? रणविजय बाहर चला जायेगा। कौन आपको रोटियाँ देगा? मैं दूर तक देखता हूँ। ये पाँव तक ही देखते हैं। हालाँकि ऐसा होगा नहीं। लेकिन बाप का जो फ़र्ज़ है बेटों के प्रति... ।"

श्रीप्रसाद चुपचाप चाय बनाने लगे। रणविजय ने बहुत मना किया लेकिन उसे इशारे से हटा दिया–"तुम पानी-वानी पिलाओ। तुमसे उतनी अच्छी चाय नहीं बनेगी। ज़रा बाबू जी..."श्रीप्रसाद बाबू जी के सामने कम बोलते हैं। पूरा लिहाज़ रखते हैं। इस समय

जब उनकी शादी के लिए बातचीत चल रही हो, बच्चों की तरह शरमा रहे थे। ज़रा झुँझला रहे थे। बाबू जी ने क्या पचड़ा शुरू कर दिया? अब प्रिन्सिपल साहब भी दबाव डालते रहेंगे। जो नहीं सोचता हूँ, उसी पर चर्चा हो रही है।

"बाबू जी अपने जीवन का पूरा सत्य अनुभव बता रहे हैं श्रीप्रसाद जी। मुँह मत चुराइये। बच्चे नहीं हैं। कर लीजिये। जीवन हरियाली से भर जायेगा।" बोले प्रिन्सिपल साहब—"अकेला जीवन कोई जीवन है? बाबू जी के पास अपार सम्पत्ति है। खानेवाला कोई है ही नहीं। आप इस सौभाग्य का उपयोग कीजिये।"

"मैंने तब भी बहुत कहा था लेकिन पता नहीं क्या सोचते हैं।" वे ज़रा मूँछों में हँसकर बोले—"ठाकुर को क्या? जिसको जो चाहा बना लिया। हम जो चाहेंगे, तुम्हें बना देंगे। तुम्हारा मूल्य मैं जानता हूँ। समर्थों की कोई जाति नहीं होती। पहले तुम तैयार तो हो जाओ...देखो मैं बाजे-गाजे के साथ ख़ूब धूमधाम से करता हूँ।"

यशवन्त सिंह की आँखें अपलक बाबू जी को देखने लगीं। इतनी निर्भीक चुनौती। बड़े आदमियों में बड़े होने और व्यवस्था बदलने के सभी गुण होते हैं। छिछोरे ही अल्प-प्राप्ति मद से पागल हाथी हुए जाते हैं। कितना निर्मल विचार है। लोकदृष्टि को ही जो बदल देने की क्षमता रखता हो, उस पर भी जिस व्यक्ति को विश्वास न आये या स्वयं संस्कारगत वह अनासक्त, विरक्त, हो—दूसरी बातें हैं। एक ऐसा व्यक्ति जो निरंकुश दरिद्रता का बोझ बरबस ढोता चला जा रहा है—केवल आशा के उन्माद में या जीवन को यन्त्रवत् मानकर। उस पशुता से निजात पाने की उसकी न कोई इच्छा होती है, न किसी लम्बे पैंतरे की आवश्यकता। आगे आनेवाला कल ही उसके जीवन-यन्त्र को पूर्ववत् चलाता चलता है। इसी तरह कितनी जीवनियाँ नष्ट होती चली जाती हैं। हम भी क्या इसी जीवनी की एक जीवन-रेखा हैं, जो आज बने, कल मिट जांये?

श्रीप्रसाद ने सबको चाय दी। रणविजय ने प्लेट में नमकीन रख दिये। रचना भीतर जाकर रणविजय के साथ चाय पीने लगी। बाबू जी के सामने स्त्रीजनित लज्जा का संकोच था। थोड़ी ही देर में रचना निकली, बाबू जी के पाँव छूकर चली गयी।

बाबू जी ने कहा—"स्त्री का दूसरा नाम शोभा है। जहाँ रहती है, वहाँ सुन्दरता का आनन्द बना रहता है। मनुष्य का अकेला जीवन जड़ है। जैसे जल बिना नदी का हो।"

"यह बात तो सभी जानते हैं बाबू जी! किन्तु मुझे जो अनुभव होता है, सम्पूर्ण झंझटों को दुराग्रहपूर्वक इनके कारण ही स्वीकार करने पड़ते हैं। मैं सम्पूर्णरूप से इस जाति को क़तई पसन्द नहीं करता। इनमें सभी ऐब होते हैं। पुरुष से छल करना इनका स्वभाव होता है।" कुछ सोचकर बोले यशवन्त सिंह—"आज तो रहेंगे न।"

"हाँ, आज रहूँगा। कल शाम को जाँऊगा चित्रसेन से सब अकेले नहीं हो पाता। बाहरी काम मैं ही देखता हूँ। एक आदमी का घर रहना तो आवश्यक है। कहता हूँ, ज़रा बाहर भी जाया-आया करो। ध्यान नहीं देते।"

"क्यों नहीं हमारे यहाँ चलते?"

"इन लोगों के लिए आया हूँ तो एकाध रात बिताऊँ इनके साथ।"

यशवन्त सिंह ने पाँव छुये और चले गये—"कल पुनः आऊँगा।"

चार बज रहे थे। रणविजय फुटबाल खेलने चला गया। बाबू जी लेट गये थे। श्रीप्रसाद पोथियाँ लेकर बैठ गये थे। कुछ पढ़ने के मूड में थे। तभी कोई आया। पीछे देखा—बाबू जी खड़े मुस्करा रहे थे। जैसे भगवान् आज प्रसन्न होकर प्रकट हो गये हैं। वे हँसकर बोले—"श्रीप्रसाद! मैं राजपूत हूँ। जिसका मैंने पालन-पोषण किया, अपनी रसोई में जिसे खिलाया, पुत्र की तरह माना—क्या मैं उसकी जाति नहीं बदल सकता? समर्थ जाति-पाँति से बाहर होता है। सन्त, लेखक या विद्वान् की जो जाति-पाँति निर्धारित करे, वह समाज अथवा समाजशास्त्र—दोनों निकृष्ट हैं। सोचते-सोचते यही मेरे मन में आया कि एक नया काम करूँ। जातियाँ बहुत बदली हैं किन्तु सामन्ती युग में। तुम जानते हो—चन्द्रगुप्त किसका लड़का था? बिन्दुसार की पत्नी ब्राह्मण-कन्या थी जिसके गर्भ से अशोक पैदा हुआ था। इतिहास देखो तो कहीं कुछ भी एक धरातल पर नहीं लगता। सर्वदा परिवर्तन हुआ है। मैं भी तुम्हें क्षत्रिय बनाकर ही मरूँगा। आज प्रजातन्त्र में बातें ज़रा रूढ़ हो गयी हैं। अब तुम श्रीप्रसाद सिंह लिखोगे और कहोगे। जिन बातों से तुम्हें भय है, मैं मुक्त कर दे रहा हूँ। आख़िर तुम्हारा पालन-पोषण एक क्षत्रिय-कुल में हुआ है। मज़दूर की तरह नहीं, एक राजपूत की तरह। तुम्हारे और चित्रसेन में मैंने कोई भेदभाव नहीं किया। अब भी मेरे पास पाँच सौ बीघे खेत हैं। तुम जानते हो, अपने गाँव के सुन्दरीकरण, पाठशाला और शूद्रों को बसाने में मैंने अधिक भूमि दे दी। तुम्हें मैंने सौ बीघे लिख दी है। यह काग़ज़ ले लो...।" उन्होंने अपने झोले से निकालकर देते हुए कहा—"आज से तुम क्षत्रिय हो। मैं तुम्हारी शादी करना चाहता हूँ ताकि चित्रसेन अकेले न हों। मैं जानता हूँ, जिस दिन विजय पढ़कर निकल जायेगा, तुम घर छोड़कर साधू हो जाओगे। इसलिए मैं तुम्हें रोकना चाहता हूँ। तुम्हारे संस्कार की पीढ़ी आगे तक बढ़े। तुम्हारे लड़के भी तुम्हारे जैसे विद्वान् हों ताकि देश में मूर्खों और अन्धों की संख्या कम हों। जब देश बुद्धिजीवियों से भर जायेगा। तभी पूरी स्वतन्त्रता समझना। मैं निष्पक्ष लोगों से परिपूर्ण अपने देश को देखना चाहता हूँ, यही मेरी कामना है।"

श्रीप्रसाद कुर्सी से उतरकर उनके चरणों से लिपट गये। मुँह से शब्द नहीं निकल रहा था। आँखें अश्रुपूरित थीं। यह आशातीत परिवर्तन। जातियों का अर्थ कुछ नहीं होता। एक अहंकार का क्षेत्रफल है। बड़ी मुहर पाने से व्यक्ति का स्वाभिमान बड़ा हो जाता है। समाज का ऊँचा दर्जा और सम्मान स्वयं मिलने लगता है। वह थोड़ा करके भी बड़ा हो जाता है क्योंकि एक बड़ी जमात का वह व्यक्ति होता है। उसमें सभी योग्यताएँ स्वयं हाथ जोड़े खड़ी रहती हैं। एक छोटी जमात है, जिसका नामोच्चारण करने

मात्र से सम्पूर्ण अयोग्यताओं के परिचय मिलने लगते हैं। उसके छोटे रहन-सहन, विचार, कार्य एवं शरीर तक उसका परिचय मिलने लगता है। उसके लिए गुलाब नहीं चाहिए। गेहूँ पाने ही में उसके जीवन का अन्त है। गुलाब पाया भी तो उसके लिए उपयोग क्या है? अभी वह ककहरा सीख रहा है। पहली गोल का छात्र है। धूल-मिट्टी लपेटना और भूख पर भोजन के लिए प्रयत्न करना ही उसका परिक्षेत्र है। जब वह अन्तर्क्षेत्र के विस्तृत मैदान में उतरेगा, अनन्तता से भर जायेगा। वहाँ गेहूँ बहुत छोटा, केवल औपचारिक मिलेगा। वहाँ तो अनेक गुलाबों की सुगन्धियाँ उड़ रही हैं। सबसे ऊपर मानस की तृप्ति चाहिए। वह सभी जमातों से बाहर, अलौकिक होगा। एक दिव्यात्मा अपने अन्तर्क्षेत्र को और विस्तृत करने के लिए बेचैन है, जहाँ पूरा सत् चित् आनन्द है। जमात स्थूल जगत् की इयत्ता का बोधक है।

बाबू जी कुर्सी पर बैठ गये। इशारा पाकर श्रीप्रसाद चौकी पर बैठ गये। जैसे आज भक्त-भगवान् का मिलन हो गया। श्रीप्रसाद की आँखों में अब भी आँसू थे। बाबू जी भावविह्वल थे। बोले—"श्रीप्रसाद! विद्वान् होने के बाद उसकी जमात लुप्त हो जाती है। कोई यह नहीं पूछता कि अभी किस कक्षा में हो? किन्तु कक्षा—नामधारी छात्र अपनी जमात के अनुसार ही श्रेष्ठता की सूची में आता है, चाहे उसे कुछ भी न आये। वही पद है, जिसे स्थान का सम्मान मिलता है। हम ब्राह्मण को, मूर्ख होने पर भी उसकी जमात को नमस्कार करते हैं न कि उस मूर्ख को। कभी समय था, उस जमात के लोग विद्वान्-ऋषि होते थे। आज छोटी जमात का व्यक्ति अपना परिचय देकर छोटा संस्कार होने की भावना उत्पन्न कर देता है, जिसे प्राथमिक परिचय का विचार कहेंगे। उसे विशेष रूप से अपनी योग्यता बताकर सम्मान लेना पड़ता है। फिर भी उस सम्मान को नहीं पाता, जिसे बड़ी जमातवाला सहज में पा जाता है। दोनों वास्तविक सत्य नहीं हैं। लेकिन भारत में लोकदृष्टि को नहीं बदला जा सकता। इसलिए यह मेरी सेवा ले लो। तुम उच्चकोटि के विद्वान् हो। छोटी जमात में तेरा भीतरी रुदन ही है—जिससे भागकर जीने की सोचते हो। किन्तु मैं तुम्हें रोने नहीं दूँगा। जिसे मैंने बचपन में नहीं रोने दिया। स्वयं कटोरी से दूध पिलाया, उसे अब इतना योग्य बनाकर ऊँचाई न दे सकूँ तो मेरी कायरता और कुण्ठा ही होगी। जमात का अर्थ योग्यतानुसार लोकदृष्टि है, जो सामन्ती जमाने में रूढ़ थी; आज नहीं। आज कोई भी कार्य करने के लिए, चिन्तन के लिए, पढ़ने-लिखने के लिए प्रत्येक जाति अपनी क्षमतानुसार स्वतन्त्र है। प्रकृति ने किसी जाति-विशेष को विशेष कार्य देकर नहीं भेजा है। अपने कुल-परिवार के कार्य के अनुसार अभ्यास से कोई भी कला आ जाती है। शरीर भी उसी के अनुसार ढल जाता है। सामन्ती युग में लोगों ने उन्हें बाँधकर अपने शासन और सुख को सुरक्षित किया। अथवा पारिवारिक रुचि के अनुसार ये स्वयं भी करने लगे। भोजन जीवन का अभिन्न अंग है। वह सब करने के लिए बाध्य कर देता है। जो जहाँ, जिस हाल में रहा; पेशा करने

लगा। सामन्ती युग मानव-विकास के अतिक्रमण थे। आश्चर्य की बात है कि मनुष्य का मालिक मनुष्य होता था। मालिक उसके साथ कुछ भी कर सकता था। आज सबका मालिक क़ानून है। उस समय प्रतिभावों को भी विकसित होने नहीं दिया जाता था। अब वह बात नहीं। कहीं भी रहकर अपनी शक्ति का विकास सम्भव है। पहले राजकुमारों और ब्राह्मणों के अलावा पढ़ने का हक़ किसी को नहीं था। यह शासनादेश और व्यवस्था थी। मैं सब जानता हूँ इसीलिए मैंने कभी किसी को दबाया नहीं। तुम जानते हो, एक बार सूखा पड़ गया था। फ़सल न होने तक सभी ग़रीबों को मैं रक़म देता रहा। श्रीप्रसाद ज्ञान में तुम मुझसे बहुत बड़े हो। इसलिए तुम मेरे पूज्य भी हो। मेरी वाणी को सफल करो...।" बाबू जी की आँखों से अनवरत आँसू झर रहे थे। श्रीप्रसाद भी रोने लगे थे। पुनः बाबू जी बोले—"जिसको कोई दुःख होता है, ज़रा उसके जीव को देखो। उसकी आँखों में झाँककर देखो...उसमें तड़पते प्राणों को देखो...वहीं सच्चा वैराग्य हो जाता है। अहिंसा वहीं से शुरू हो जाती है।"

"बाबू जी! आप साधारण मनुष्य नहीं हैं। राजर्षि हैं। आपने कई सौ एकड़ ज़मीन दान दे दी। आप महान् आत्मा हैं। आपकी इच्छा पूर्ण होगी।" बाबू जी के खड़े होते ही श्रीप्रसाद खड़े हो गये थे। बाबू जी ने आँसू पोंछकर दीवाल-घड़ी की ओर देखा। पाँच बज चुके थे। वे शीघ्रता से टहलने निकल पड़े। श्रीप्रसाद अवाक् देखते रह गये। बाबू जी सीधी पटरी पकड़कर चले जा रहे थे। श्रीप्रसाद अभी तक जड़वत् देख रहे थे। यह अस्थि-मांस का पुतला वैभव का ही धनी नहीं, विचारों और कार्यों का भी सम्राट् है। संसार को बड़ी गहराई से उन्होंने समझ लिया है। सब मृण्मय है। कुछ भी स्थिर नहीं। सभी जड़-चेतन नश्वर हैं। वाह बाबू जी! आप मानव नहीं, देव हैं। इतना पवित्र विचार धन पाने पर हों ही नहीं सकता। धन आने पर व्यक्ति और पाने के लिए पागल हो जाता है। आप सबका योग—मूल्य देख रहे हैं।

बदली छँट चुकी है। इधर ऊँची जमीन है। जिस पर ज्वार, बाजरे, चना, मटर, आलू या सब्ज़ियों के अतिरिक्त धान नहीं होते। कितने स्त्री-पुरुष सुबह के लिए बाजरे का बोझ सिर पर रखे चले जा रहे हैं। अभी सूर्यास्त नहीं हुआ है। सूर्य की धूप पीली दीप्ति लिये बाजरों की पत्तियों पर चमक रही है। सम्पूर्ण सिवान स्वर्णमय लग रहा है। बाबू जी एकान्त स्थल की ओर चले जा रहे हैं। लोगों के आवागमन से चारों ओर मनसायन लग रहा है।

एकाएक किसी के आने की पगचाप सुनायी दी। श्रीप्रसाद ने उधर फिरकर देखा। बोला—"अरे पाँचू भाई! आओ...।"

पाँचू ने हाथ जोड़कर सलाम किया। फिर आकर चौकी पर बैठ गया। श्रीप्रसाद कुर्सी पर बैठ गये। पाँचू ने इधर-उधर देखकर कहा—"भैया! आलमपुर का हाल तो सब मालूम ही है? सरकार ने हमको जी. एस. बंजर देने की घोषणा कर दी। हम लोगों ने उस पर

क़ब्ज़ा भी करना शुरू कर दिया। ठाकुर-बाभन माँगने से नहीं दे रहे हैं। मामूली अनंत किये हैं? इतने दिनों से जोत रहे थे, अब नानी मर रही है। मैंने सभी चमारों को एक होकर इसके प्रति आन्दोलन करने के लिए कह दिया है। आशा है दो-चार दिनों में दानूपुर के भी चमार निकल पड़ेंगे।''

श्रीप्रसाद ने ज़रा गम्भीर होकर कहा—''बात तो आप ठीक कहते हैं। प्रधान जी! लेकिन लड़ाई में शक्ति और साधन-सामर्थ्य की आवश्यकता पड़ती है। मज़दूरों के पास क्या है? न खेत, न खलिहान। घर बनाने के लिए भी भरपूर ज़मीन नहीं है। जिसके घर के पास तालाब, बावड़ी या पोखरी है—लोग पाटकर फैल गये। यह भी सत्य है कि बिना संघर्ष के धन या धरती नहीं मिलती। ठीक है, जैसा उचित हो, करो। बाद में कोई रास्ता निकलेगा तो हम बतायेंगे। यों सब बदल रहा है। यहाँ कुछ भी शाश्वत नहीं है। सभी जगह अधिकारों का वर्चस्व है। जब तक अनुसूचित जातियों के हाथों में अधिकार नहीं आयेंगे, तब तक यह जाति सदा दुर्बल निरीह बनी रहेगी। भोजन, शिक्षा, रहन-सहन, स्वास्थ्य-शक्ति-सब सम्पदा पर ही निर्भर है। जिसे कमाने-खाने से फ़ुरसत नहीं, नयी चीजें क्या सोच सकेगा?''

''बात तो ठीक कहते हैं भैया। इन लोगों ने कम अत्याचार नहीं किये। चकरोड, चकनाली सभी अपने खेतों में मिलाकर जोत रहे हैं। सबको निकालने का आदेश हो गया है। बिना लड़े-भिड़े कुछ नहीं होगा। हमारी संख्या उनसे चौगुनी है। अब हमें कोई नहीं रोक सकता।'' पाँचू श्रीप्रसाद का मुँह देखने लगा।

''आप लोगों की कुछ ज़्यादती भी सुनने में आ रही है। नैतिक संघर्ष ठीक है लेकिन आप लोग पिछड़ों को भी सताने लगे हैं। मुझसे ख़ुद आलमपुर का एक लड़का परसों कह रहा था कि चमारों ने साधारण आबादी पर भी फूस की मँड़ई रख दी है। जब सभी पिण्डियों पर पेशाब करेंगे, कौन बचा सकता है? और भी छोटी-छोटी बातें प्रकाश में आयी हैं। पिछड़ों के साथ आप लोग ज़्यादती कर रहे हैं। मुँह की खानी पड़ेगी। काम जब अच्छा, सिद्धान्तगत होता है, व्यक्ति की हार कभी नहीं होती। अत्याचारी किसी-न-किसी मोड़ पर अवश्य धोखा खाता है।''

पाँचू ने चेहरे को खींचकर दाँतों को निकालते हुए कहा—''बहुत-सी बातें तो पैदा की जाती हैं। यह भी मान लेता हूँ कि कुछ लौंडे हैं जो नुक़सान कर देते हैं। परन्तु यह नुक़सान ग़रीबी के कारण है। मरता क्या न करता? जिसके पास दर्जन-भर लड़के हैं, वह कहाँ तक सबका पेट भरेगा? किसी की ऊख तोड़ लेना, आलू खोद लेना, आम, कटहल, जामुन, अमरूद आदि तोड़ लेना अपराध है किन्तु अभाव में? वे भूखे मर रहे हैं। धान काट लेते हैं। गेहूँ के दिनों में गेहूँ की बालियाँ तोड़कर हाबुस भूनकर खाते हैं। चना-मटर अब सिवान में नहीं रह गये। हैं तो बचना कठिन है। यह शरारत नहीं है, दरिद्रता में उबलता आक्रोश है। इसे सँभालना बड़ा कठिन है।''

"तो इतने लड़कों की जरूरत क्या है? कम पैदा करो। उन्हें पढ़ाओ-लिखाओ। जो खेती करता है, अपने लिये। तुम्हारे लिये नहीं। चाहे अमीर हो या ग़रीब। किसी की जायदाद नष्ट करना अपराध ही है। हाँ, ग़रीबों के लिए विकास के बहुत-से रास्ते हैं। मेरी समझ में कुमार्ग पर चलना ही अपराध है। यह मैं मानता हूँ कि सवर्णों के पास पर्याप्त धन है। जगह-ज़मीन है लेकिन उनके पुरखों ने बनाये, तब वे आज ऐश कर रहे हैं। हमारे पुरखे बेवकूफ़ थे। डरपोक थे। सामन्ती युग में नहीं बना पाये तो अब युद्ध का युग नहीं है, जिसे तुम लड़कर ले लो। आज भी तुम्हारे हाथों में वह शक्ति नहीं है। तुम कभी भी सवर्णों के मुक़ाबिले में खड़े नहीं हो सकते हो। उनमें से एक तुम्हारे दस के बराबर है। हाँ, क़ानून तुम्हारे पक्ष में है किन्तु सभी पदों पर उनके ही लोग हैं। काग़ज़ में कुछ होगा, मौक़े पर कुछ। यह युग बुद्धिवादी है। मूर्ख केवल जानें दे सकते हैं। इससे कुछ न होगा।"

"बिना क़ुर्बानी के विकास कदापि नहीं हो सकता। तीस वर्ष में बहुत परिर्वतन हुआ है और लगातार होता रहेगा। हम भी ठाकुरों-बाभनों की तरह कठोर होंगे तभी किसी शक्ति या सत्ता को पा सकेंगे।" पाँचू ने भावावेश में कहा—"आप जानते हैं, हमें ठाकुरों-बाभनों की नाँद काछने और खेत जोतने के लिए ही गाँव में रहने दिया गया। पहले गाँवों का ही महत्त्व था। अज्ञानतावश हमारे पूर्वज गाँवों में बस गये थे। किन्तु जब बाबा साहेब ने यह माँग की कि अनुसूचित जातियों को नगरों के पास आबाद किया जाये। गाँधी जी ने इक्कीस दिनों तक अनशन किये। जब वे मरने के कगार पर आये तब अपनी माँग वापस लेने के लिए नेताओं ने बाबा साहेब पर दबाव डाला। विवश होकर मानना पड़ा। अब हम सोचते हैं कि अम्बेडकर साहेब कितने दिमाग़दार थे। सभी शूद्र नगर के पास या नगर में होते तो स्वरोज़गार से जीते। किसी की बेग़ारी न करते। आपने पढ़ा होगा कि सवर्णों ने कितने बेग़ार लिये। खाने को भी नहीं देते थे। इसीलिए हम और टूटते गये। मज़दूर की यदि मज़दूरी भी मिलती जाये तो एक-दो पीढ़ियों में वह बदल सकता है। धन कमाने की तरफ़ सभी प्रयत्नशील हैं। हम इतने कायर नहीं हैं। किन्तु हमारे रास्ते रोके गये। आज भी वही सब जगह है। काग़ज़ी क़ानून के पालन के लिए भी अपने आदमियों की ज़रूरत है। सभी क्षेत्रों में जब तक हम घेराव नहीं करेंगे, सदा सताये जायेंगे। आज हम खेती पर विजय पा चुके हैं। ठाकुरों, बाभनों और लालों से खेती नहीं होगी। धूप लगेगी। कीचड़ से सुन्दरता बिगड़ जायेगी। उनकी स्त्रियाँ बाहर खेतों में नहीं जा सकतीं। अकेले वे इस मामले में सदा कमज़ोर रहेंगे। उन्हें हमारी ज़रूरत है। मज़दूर अब नहीं मिल रहे हैं। अब हमारा ही मूल्य होगा। लिखा-पढ़ी के काम नहीं रह गये हैं। हमारी शक्ति बढ़ रही है। उनकी शक्ति घट रही है। यह हो सकता है कि समय लगे। किसी भी विकास में समय लगता है। बीज अंकुरित होकर धीर-धीरे पौधा से वृक्ष बनता है। फल लगने में कई वर्ष लग जाते हैं। हम निराश होनेवाले नहीं। हम इन्क़लाब को बुलन्द करेंगे—चाहे जान रहे या जाये। हम तीतर-बटेर नहीं जो बन्दूक़ से भून डालेंगे। हम लोग छाती खोलकर तैयार हैं—मारो गोलियाँ।

कितनी गोलियाँ हैं तुम्हारे पास? आख़ीर में तुम्हें झुक़ना ही पड़ेगा। हम अपना हक़ लेकर रहेंगे। कितनी बेईमानी करोगे? क्या चमार आदमी नहीं हैं? उनके परिश्रम से तुम्हारे घर में हरियाली है। मनों गल्ले बेच रहे हो। शराब की बोतलें उड़ रही हैं। क्या उन्हें पेट-भर मजूरी नहीं दे सकते? भैया! हमारे बिना उनका एक काम नहीं हो सकता। हाँ, हमारे लिये भी मजूरी के वे ही आधार हैं। यह हम ख़ूब जानते हैं। फिर हमारे साथ दुर्व्यवहार क्यों करते हैं? हमें जाने-आने के लिए जो रास्ते मिले हैं—क्या वे उससे नहीं जाते-आते हैं? हम परस्पर एक-दूसरे पर निर्भर हैं। क्यों एक इतना बड़ा और दूसरा बहुत छोटा है?''

श्रीप्रसाद ने मुस्कराकर कहा—''मैं अब समझ गया कि शूद्रों की आँखें खुल गयी हैं। विकास के प्रति बोध हो चुका है लेकिन अभी परिष्कार बाक़ी है। ज़रा विकृतियाँ हैं, इनका शोधन हो जाये तो अमली ज्ञान हो जाये। किन्तु अपने साथ ज़रा पिछड़ों को भी मिलाकर चलने की कोशिश करो। शक्ति का विकास किया जाता है, ह्रास नहीं। बहुमत और वोट का युग है। जिसके पास बहुमत है, क़ानून भी उसके पक्ष में है। ठीक है, जाओ लेकिन ग़लत काम न हो।''

''भैया! पुनः मैं कहे देता हूँ। सही से कभी शासन नहीं किया जा सकता। जो आज शासक हैं धनवान् हैं। बता सकते हैं कि उन्होंने सही काम करके इस महातिम को प्राप्त किये हैं? शक्ति सर्वदा ग़लत कार्यों से ही आती है। मज़दूर को एक फूस की झोंपड़ी के अलावा कच्चा मकान भी नसीब नहीं हो सकता। माफ़ियाओं के सैकड़ों मकान शहरों में किराये पर चल रहे हैं। बसें चल रही हैं। धन की बरसात हो रही है। कौन बड़े विद्वान् और वैज्ञानिक हैं। हमारे देश में विद्वान् और वैज्ञानिक तो भूखों मर रहे हैं। अफ़सर भी कम चोर और डकैत नहीं हैं? उनके ख़ुद कई मकान शहर में हैं। उनके लड़के भी अफ़सर बनाये जा रहे हैं। योग्यता उनमें नहीं है। नौकरी उनके घर की खेती है। अब आप बताइये, ईमानदारी किस घाट पानी पीने चली गयी? यह सब ईमानदारी और सच्चाई फ़ज़ूल हैं। हाँ, व्यक्ति की अलग-अलग प्रकृति होती है। जो सहज सरल ईमानदार हैं, वह सदा कमज़ोर और कमाने-खाने तक सीमित रहेगा। सरकारी सेवा मिल गयी तो कुछ थोड़ी-सी हरियाली आ जायेगी। नहीं तो इसी तरह घुट-घुटकर मर जायेगा। बड़े लोग कहीं भी किसी को घुसने नहीं देंगे। व अपने लिये सम्पूर्ण मज़मून बना लेंगे। मूर्ख होकर भी विद्वान् का प्रमाण-पत्र पा जायेंगे। ठीक होकर विकलांग हो जायेंगे क्योंकि वही सब जगह हैं। उनके लिए कुछ भी असम्भव नहीं है। हमारे लिये सभी दरवाज़े बन्द हैं। काग़ज़ों में नहीं—हक़ीक़त में, कर्म में, प्रयोग में।''

''पाँचू! आज मैं हार गया। पढ़ाई से अधिक आपको अनुभव है। यह आवाज़ आत्मा की है। जाइये। अब अपने ढंग से काम कीजिये। जब ज़रूरत हो, मुझे याद करना।'' श्रीप्रसाद ज़रा मुस्कराकर बोले—''शून्य के बाद ही एक गिनती आरम्भ होती है। सौ के बाद पुनः एक ही जुड़ता चलता है। बस यही बात समझ लो। अब वह दिन आ

गया है जब शूद्र भी अपने हक़ों के लिए मैदान में उतरेंगे। अँधेरा हो गया है, बाबू जी आते होंगे।''

''कौन बाबू जी? भगवानपुर के बाबू अग्रसेन सिंह जी? अब मैं बिना उनके दर्शन किये कदापि नहीं जाऊँगा। वे आदमी नहीं हैं, देवता हैं, देवता। उनकी शोहरत कहाँ नहीं है? केवल ठाकुर जाति में वे पैदा हो गये हैं। राम भी ठाकुर जाति में ही पैदा हुए थे। किन्तु उन्होंने शूद्रों और नीचों को ही गले लगाया था। जंगल में पहाड़ों पर, जिनकी चर्चा भालू-बन्दर के रूप में की जाती है, वे शायद भालू-बन्दर नहीं थे। वे जंगली असभ्य जातियों के लोग थे, जिनका उद्धार राम ने किया था। उन्होंने अपने जीवन का सुख-भोग कभी नहीं किया। सभी कुछ ग़रीबों के लिए समर्पित करके जीवन की लीला समाप्त कर ली। उसी प्रकार हमारे बाबू जी हैं। वहाँ हमारी बहिन तपेसरी ब्याही है। कभी-कभी मैं वहाँ जाकर कटाई करा देता था। शायद बाबू जी हमको पहचान भी लें। आज मैं परधान हूँ, नहीं बहनोई के साथ उनके खेतों में महीनों खटता था। वह मजूरी मिलती थी कि वाह-वाह! यहाँ के ठाकुर क्या देंगे? गरकट्टा। पायें तो हमारी भी गठरी मार लें। मैं तो बाबू जी के मुँह पर कहूँगा। वे बुरा नहीं मानते। सत्य को कहना और सुनना उनका स्वभाव है। वे वहाँ हँसकर कहते थे—''यहाँ किसी का कुछ भी नहीं है पाँचू! यह साढ़े तीन हाथ का शरीर भी अपना नहीं है। ख़ाली शेखी है। अब आप सोच लें। यदि ऐसे ही लोग हो जायें, मैं सच कहता हूँ; राष्ट्रीय एकता कभी नहीं टूट सकती। कहने भर के लिए हम हिन्दू हैं। हमारा छुआ पानी कोई नहीं पीता। हमें ज़मीन पर बैठना पड़ता है। किसी भी सवर्ण या पिछड़ों के यहाँ भी हमें खाट नहीं दी जाती। उनकी खाटों में कौन-से सुरख़ाब के पर लगे हैं, जो हमारे बैठने से झड़ जायेंगे? वे हमारे पलँग पर बैठते हैं। कुछ परिवर्तन नहीं होता। यह केवल दिमाग़ी भेद-भाव है। ऐसें कभी राष्ट्रीय एकता नहीं आ सकती। हम टूट रहे हैं नहीं, तोड़े जा रहे हैं। कल जब भारत आज़ाद हुआ, मुसलमानों ने पाकिस्तान माँग लिया। सिक्ख ख़ालिस्तान माँग रहे हैं। वह दिन दूर नहीं, जब हम शूद्रिस्तान की माँग करेंगे या चमरिस्तान की। क्यों नहीं करेंगे? जिस देश में हमें इज़्ज़त न मिले, हमें अछूत कहा जाये। सम्मान न मिले। विरोध करने पर लोग बन्दूक़ों से भूनें, उसमें हम क्यों हिन्दू बनकर रहें? मैं आन्दोलन करने के पक्ष में हूँ। हमारी बहुत बड़ी आबादी हो चुकी है। हमारा शूद्रिस्तान अलग कर दीजिये। हमारा धर्म रैदास है। हम शूद्र हैं। इस देश की ऐसी जातीय नीति ही है कि देश टूटेगा। ईमानदारों की कमी हो गयी है। मैं गाँधी को गाली नहीं देता लेकिन हमारे लिये उन्होंने अच्छा नहीं किया। इसीलिए कि देश टूट जायेगा। वे महात्मा थे लेकिन हमारे आँसुओं के बारे में उन्होंने ज़रा भी नहीं सोचा। हमारे मजूरी करते लालों को कलेवा में ज़हर खिला दिया जा रहा है। इसलिए कि मजूरी देनी पड़ेगी। गोली मारकर उल्टा फँसाया जा रहा है कि डाका डालने आये थे सब। आप सोचें—बड़ों के साथ यदि यही व्यवहार हम करें,

अत्याचारी कहलायेंगे। सबकी बन्दूकें हमारी तरफ़ घूम जायेंगी। इसी उम्र में मैंने वह सब देख लिया है, जिसे मज़बूरीवश सहना पड़ता है। हमारे बच्चे नमक-भात खाते हैं। तरकारी-दाल तो मिलती ही नहीं, दूध के बारे में कहाँ तक सोच पायेंगे? अपना कुछ है नहीं। मरते दम तक हमको मजूरी करनी है। बुढ़ापा मजूरी करने के लिए है? यह सब अन्याय नहीं तो और क्या है? हमें हिन्दू कहा जा रहा है किन्तु मन्दिरों में जाने से रोका जा रहा है। पढ़ने से रोका गया। क्यों? बाहर हम हिन्दू हैं कि उनके साथ मिलकर रहें। भीतर से हम पशु हैं। उनकी लादी ढोने के लिए काम करने के लिए। हमारी कमाई वे खाते हैं। हम अपनी मजूरी खाते हैं। वह भी जो हमारा हक़ है, कदापि नहीं मिलता। अब मैं आन्दोलन करूँगा। हमें हिन्दू रहने की कोई ज़रूरत नहीं। कर दो हमको अलग। हम तुम्हारी नाँद नहीं काछेंगे। हम शहर में जाकर काम करेंगे। हमारा अलग धर्म और जाति है ही। तुम्हारे साथ किसी भी मामले में मेरा कोई सरोकार नहीं। तुम जैसे करते हो, हमको करने में पाप लगता है। तुम्हारे धर्म-स्थलों में छूत लग जाती है। तुम्हारे बरतन, खाट सब अशुद्ध हो जाते हैं। हम अपना अलग देश लेकर रहेंगे। तब देखेंगे कि तुम्हारे खेत कैसे रोपे जाते हैं? कटाई कैसी होती है? तुम्हारे घरों में स्त्रियाँ फूल की तरह सींची जाती हैं। हमारे घरों की चुड़ैल हैं, जो रात-दिन छाती पीटने के लिए बाध्य हैं। भैया! बहुत हो गया। अब नहीं सहा जाता। कोई मन्त्री, प्रधानमन्त्री आये, न्याय नहीं कर सकता। शोषण नहीं मिटा सकता। कितना अन्तर है? अन्तर केवल बुद्धि का हो, धन का हो—ठीक है। खटिया और बरतन का अन्तर? मन्दिरों में अन्तर? भगवान् में अन्तर? बात समझ में नहीं आती। क्या एक ग़रीब ब्राह्मण या ठाकुर अपनी ही जाति में उनके द्वार पर अछूत समझा जाता है? जब हम ग़रीब हिन्दू हैं तो एक हिन्दू क्यों बहुत दूरी पैदा कर रहा है? सबमें समानता हो। अन्तर अमीरी-ग़रीबी का सबके साथ एक जैसा हो—बात समझ में आती है। परन्तु यहाँ मानव का मानव से भेद-भाव है। हम मूर्ख हैं, कोई विद्वान् है। हमसे किसी क्षेत्र में अधिक गुणवान् है। यही अन्तर स्वाभाविक और सत्य है। उसे मैं भी सलाम करूँगा। किन्तु भैया...।''

''तर्क तुम्हारा ठीक है लेकिन किसी के विचारों को तुम अपने अनुसार नहीं कर सकते। इस पर एक दिन मैंने बहुत सोचा। बात अपने-आप समझ में आ गयी।'' बोले श्रीप्रसाद मुस्कराकर—''अपने गाँव, घर पर ख़ूब साफ़-सुथरा बिस्तरा डालकर बैठा हुआ मैं कुछ पढ़ रहा था। एकाएक लदुवा आ गया और बिना कुछ सोचे-समझे मेरे बिस्तरे पर बैठ गया। कुछ पगलूस है भी। जाँधिया पहने था—चीकटदार। शरीर पर पसीने और धूल के चकत्ते दाग़ थे। बड़ी बदबू आ रही थी। दिन-भर मछलियाँ मारता है—रोप और नहर में। सफ़ाई नहीं। क्या करूँ? मुझे भगाना पड़ा, पढ़ने के बहाने। तभी से मेरे दिमाग़ में एक बात आयी। किसी साधू के यहाँ या बड़े आदमी के यहाँ ही गन्दगी से जाओ, उसके साफ़-सुथरे फ़र्श पर पाँव रखने की हिम्मत नहीं होगी। बल्कि उसके पास जाने

में भय होगा। अब तुम सोचो...। दूरियों के यही सब कारण हैं। एक साफ़-सुथरा आदमी किसी गन्दे को कभी पसन्द नहीं करेगा। उसका छुआ पानी नहीं पियेगा। उसके बरतनों और खाटों से भी परहेज़ करेगा। इन्हीं कारणों से हमारे बीच दूरियाँ पैदा हो गयीं। कुछ और भी छोटी जातियों के गन्दे खान-पान को देखने के कारण हैं। नये जनरेशन में यह धीरे-धीरे मिट जायेगा अपने-आप। जिसने हमको मुर्दा गाय-बैल खाते देखा है, हमारे बड़े होने पर भी वह हमसे बचेगा। दूसरी पीढ़ी में हमारे-उनके लड़के साथ पढ़ रहे हैं। खान-पान और रहन-सहन में समानता आ गयी तो यह अन्तर बहुत थोड़ा रह जायेगा। और आगे जाकर एकदम मिट जायेगा। एकाएक यह भेद-भाव सम्पूर्णता से मिट जाये, असम्भव है। कुछ समय तो लगेगा ही।''

''मैं लड़कपन में एक बार कमाने पंजाब भाग गया था। जाति मैंने नहीं छिपायी। किन्तु वहाँ बरतनों और खाटों में कोई छूत-छात की बात नहीं थी। गुरुद्वारे में भी गया—अपने मालिक के साथ। जो जैसे आ रहा है, उसी क्रम से दरी पर बैठ रहा है। यह नहीं था कि बाबूसाहब या पण्डा जी आ गये तो आगे ऊँचे आसन पर बैठाओ। धार्मिक समानता भी उनमें दिखायी दी।'' बोला पाँचू—''वहाँ बड़े घरों की स्त्रियाँ-पुरुष सभी खेतों में काम करते हैं। उसमें वे छोटे-बड़े नहीं कहे जाते। परदा नहीं है। बड़े साफ़-दिल के लोग हैं। यहीं सारे ऐब और नाज़-नख़रे हैं। वहाँ धन और कारोबार का बड़प्पन है। परिवार से काम नहीं सध पाता, मजूर रखते हैं। उन्हें भी अपने ही बरतनों में खिलाते हैं। मेरा तो जी वहाँ से आने का नहीं होता था लेकिन जन्मभूमि की मोहब्बत, माता-पिता का प्रेम खींच लाया।''

तभी किसी आहट से श्रीप्रसाद शान्त हो गये। पाँचू ज़ोर-ज़ोर से नाक सुड़क रहा था। मानों घोर निद्रा में खर्राटे ले रहा था। फ़्लैट का दूसरा तल था। एकाएक बाबू जी आ गये। उठकर पाँचू ने बड़ी शालीनता से उनके पाँव छुये। आदेश पाकर चौकी पर बैठ गया। श्रीप्रसाद भी खड़े थे। बैठ गये। बाबू जी कुर्सी पर बैठ गये। बोले—''आजकल तपेसरी के यहाँ नहीं आते?...और कैसा हाल-चाल है...?''

पाँचू—''जीवन के पचड़े से कहाँ फ़ुरसत है बाबू जी? हम ग़रीबों के हाल-चाल में क्या रखा है? चार-छह माह ठीक से बीत जाता है। और तो खींच-तानकर ही चलता है। कौन हमारे बाप-दादों ने जगह-ज़मीन बनायी? आप ही लोगों की सेवा से जीना है। इधर कई बेर बहनोई आ गये, इसलिए भी नहीं गया। इस समय गाँव की परधानी मिल गयी है। उसके पचड़े कुछ और हैं।''

बाबू जी मूँछों में मुस्कराकर बोले—''तब तो दोनों हाथों में लड्डू हैं। कुछ लाभ हो जाता है कि नहीं?''

''क्या होगा बाबू जी? जैसा धन उसी में चला जाता है। रोज़ थाने, कचहरी, ब्लाक से फ़ुरसत ही नहीं मिलती। बड़ा रद्दी गाँव है। थोड़े-से ठाकुर-बाभन हैं, गाँव में आग

लगी हुई है। कोई किसी का मददगार नहीं है। इस समय सबसे बदतर दशा हमारे गाँव की है। मालूम पड़ता है, कुछ नौ-डिगर होकर रहेगा। छेदी सिंह ने अली रास्ता ही रोक रखा है। एक तरफ़ उनका घर है, दूसरी ओर उनका खेत। बीच में तीन डिस्मिल बंजर है, जो मुख्य मार्ग है। इसी से पूरे गाँव का निकास है। इस समय मात्र एक मेंड़ है। ज़रा पानी बरस जाये, बीस गज़ पानी हेलकर जाना पड़ेगा। कुछ अवैध निर्माण से भी उस पर क़ब्ज़ा किये हुए हैं। मेरे होश से पहले का वह रास्ता है। हम चमार हैं। हमारे पास साइकिल के अलावा और क्या है? उस रास्ते पर गाड़ी-घोड़े से जाने-आनेवाले बड़े लोग ही हैं। बहुत दिनों से मुक़दमा भी चल रहा था। मैं जीत गया। डी. एम. और एस.डी.एम का आदेश भी करा लिया है। फिर गाँव के कितने लोग उनके पैरों पर गिर गये। मैंने स्वयं कहा—'बाबू जी! अब बुढ़ौती है। आपकी शान रह गयी। प्रेम से सड़क बन जाने दीजिये। बड़ा जस मिलेगा। नहीं तो अब बेइज़्ज़त भी होना पड़ेगा।'' उन्होंने तमककर कहा—''मेरे द्वार से चमारों के लौंडे साइकिल पर चढ़कर जायेंगे। यह मुझसे बरदास नहीं होगा। तुम लोग जिस दिन आओगे, लाचार होकर मुझे गोली चलानी पड़ेगी। अपने जीते जी उस रास्ते को कभी चालू नहीं होने दूँगा, चाहे मेरी जान चली जाये।'' पूरी सड़क पिच हो गयी है। वही बीस गज़ नरक रह गया है। गाँव-भर उनको गालियाँ देता है। दूसरे गाँव के लोग तो मुँह पर गरियाते हैं लेकिन कोई लाज नहीं। मैंने भी सोच लिया है, अपने जीते-जी उसे खोलवाकर ही दम लूँगा।''

बाबू जी ने जरा मुँह बिगाड़कर घृणा के भाव से कहा—''बड़ा नीच आदमी है भाई! तुम्हारी ज़मीन भी नहीं है। ऐसे में अपनी ज़मीन देकर मार्ग बनवा देना चाहिए। जहाँ इस तरह गाँव विरोध कर रहा है, वहाँ तुम झूठी सोच में अपनी शान क्यों दिखला रहे हो? बुड्ढा सनक गया है। गोली भी चला सकता है। ज़माना कहाँ गया और तुम क्या सोच रहे हो? क्या होटल में खाते-पीते नहीं हो? चमार तुम्हारे काम नहीं करते हैं? फिर कैसी झूठी शान? कुछ होनी बाक़ी है। सँभालकर काम करना।''

''बाबू जी! हम पशु थे। दुखों का एहसास नहीं होता था। ज्ञान होने पर ही दुखों की प्रतीति होती है। यह हम कर नहीं रहे हैं, स्वयं हो रहा है। मनुष्य कितना अलग था। कितना एक होता जा रहा है—केवल मानव आकृति के धरातल पर। सामूहिक आधार तोड़कर आज हम व्यक्तिगत जीवन जीने के लिए बाध्य हैं। समय का फेर है सब। जो शाश्वत सत्य है, वह अब प्रत्यक्ष हो रहा है। जो ग़रीबों, दीनों, दलितों को पशु मानते थे या आज भी मान रहे हैं, मैं उनसे पहले उन्हें ही पशु मान रहा हूँ। यह तो समय का अन्तर है। पशुओं को चाहे जितना सिखाया जाये, वे मनुष्य कभी नहीं हो सकते। मनुष्य चाहे जितना पशुवत् है, है तो मनुष्य ही। किसी विशेष दशा के कारण उसमें पशुता आ गयी है। जिस देश, समाज के लोग पशुवत् होंगे—क्या वह राष्ट्र कभी विकसित हो सकता है? हम तो दोनों को पशुवत् समझते हैं। जो पशुवत् मानते हैं और जो हैं। क्यों बाबू जी?'' पाँचू ने शब्दों पर ज़ोर देकर कुछ विशेष भावोद्रेक में पूछा।

"भई! तुम तो दोनों से ज़्यादा पशुवत् हो गये...। "बाबू जी ज़ोर से हँसने लगते हैं। फिर सभी ठहाका मारकर हँसने लगते हैं।

"देखा बाबू जी को? कैसी तुम्हारी बातें पकड़ते हैं।" बोले हँसते हुए श्रीप्रसाद जी—"तुम सबको पशुवत् मानते हो इसलिए पहले तुम्हीं पशु हो गये।" फिर एक अट्टहास बरामदे में गूँज उठता है।

पाँचू ने उनके पाँव छूकर खड़े होते हुए हाथ जोड़कर कहा—"बस बाबू जी! आपके दर्शन से मैं धन्य हो गया। आसिरबाद दीजिये कि मैं अपनी परधानी में गाँव के संकट दूर कर सकूँ। मैं आपसे ही प्रेरणा ग्रहण करके कार्य करता हूँ। मालूम पड़ता है, आप सामने खड़े रास्ता बता रहे हैं।"

"ठीक है, जाओ...मेरा तो सदा आशीर्वाद है। अच्छे कार्यों में मृत्यु भी वीरगति के समान होती है। शरीर तो एक दिन नष्ट हो ही जायेगा।"

पाँचू ने पुनः पाँव छुये और चला गया। एक गम्भीर भाव सबके मुखमण्डल पर छा गया था। मानों शुभकामना में कल्पद्रुम और अधिक झुक गया था।

•

ख़ुशी का वेग, प्रवाहित जलधारा, हृदय की अथाह पीड़ा, उत्कट प्रेम, मादक द्रव्यों की गन्ध छिपाये नहीं छिपती। बाबू जी ने श्रीप्रसाद को सौ बीघे वसीयत कर दिये। इस चर्चा ने बाबू जी को ऊँचा तो उठाया ही, श्रीप्रसाद को भी गर्वोन्नत कर दिया। बाबू जी सच्चे जौहरी हैं। हीरा को पहचानते हैं। ऐसी क्रान्ति लानी चाहिए जिससे पुनः योग्यताओं के आधार पर जातियों में संशोधन हो। प्रत्येक बीस वर्ष में एक ऐसा भी क़ानून होना चाहिए। दुःख है कि वही पुराना, जीर्ण-शीर्ण मानक आज तक घिसता-पिटता चला आ रहा है। न जिसमें सच्चाई रह गयी है, न सच्ची परिभाषा ही। सवर्णों में भी ग़रीब मज़दूरों को दलितों अथवा पिछड़ों में होना चाहिए। न उनके पास एक डिस्मिल ज़मीन, न सरकारी नौकरी। केवल जातीय बड़प्पन का ताज़ पहने भूखों मरने के लिए बाध्य हैं। दलितों और पिछड़ों में भी ऐसे लोग हैं, जिनके घरों में पचास हज़ार से लाख रुपये तक मासिक आ रहे हैं। मानक रोज़ बदल रहा है किन्तु क़ानून उसी धरातल पर अडिग और दृढ़ है—जैसे अचल हिमालय की तरह उसमें कोई परिवर्तन नहीं होना है।

लगभग दिन के दो बज रहे थे। रचना को निचले तल का पूरा लाभ मिल रहा था। यों यशवन्त सिंह ने स्वयं सभी फ़्लैट में विभिन्न फूलों और झाड़ियों से युक्त गमले रखवा दिये थे। नीचे की ख़ाली ज़मीन का पौधों और वृक्षों से सुन्दरीकरण भी किया गया था। फिर भी महिलाएँ कुछ विशेष उद्योगिनी होती हैं। रचना ने कुछ लौकी, सेम, कुम्हड़े, नेनुवाँ और करैले के बीज बो दिये थे। अपने घर की तरकारी का विशेष आनन्द खाने से अधिक अपनेपन का होता है। यह हमारे घर का है—बिलकुल शुद्ध ओरिजिनल। दूसरों को बाँटने में और प्रसन्नता होती है। यही सम्बन्ध गाँवों की एकता को टूटने से

रोकता है। मिल-बाँटकर खाओ। शत्रुओं से अपनी रक्षा सामूहिक ढंग से करो। किसी के दुःख में दौड़ पड़ो। पर हाय! पश्चिमी सभ्यता से जहाँ मानवता की सच्चाई खुल रही है, अस्पृश्यता मिट रही है; वहीं मनुष्य अकेला होता जा रहा है। एकदम एकाकी। एक बुराई को दूर करने में यदि सैकड़ों बुराइयाँ अपना ली जायें, अच्छा है, हम एक ही बुराई में पड़े रहें।

रचना सँभाल-सँभालकर सब्ज़ियों की लतरों को ऊपर चढ़ाने का उद्योग कर रही थी। जैसे कोई माँ अपने नन्हें बच्चे की अँगुली पकड़कर बहुत हौले-हौले उसे चलना सिखाती हो। आज वह बहुत प्रसन्न थी। बेलों की शोभा द्विगुणित हो रही थी। सरपुतिया फूलने लगी थी। बाँसों के झाड़फूस पर लिपटी यह लता एक बालक के कनटोप जैसी लग रही थी। रचना इन्हें देखकर आज के हालातों पर गम्भीरता से विचार कर रही थी।

इस युग ने स्त्रियों को कितनी स्वतन्त्रता दे दी है। इसका शुद्ध उपयोग मानव-जाति के विकास में सतत गुणकारी है, उच्छृंखलता बाधक। अपमानजनक। उसे जड़िमाग्रस्त बनाने में उतना ही निर्मम कठोर। नारियों का प्रबन्धन भी उनकी संरचनात्मक विवशता को देखकर ही किया गया है। जिसमें उनकी मौलिक सुरक्षा निहित थी। सबसे मुक्त होकर उसने पश्चिम आकाश की ओर देखा। सफ़ेद रूई के ढोके की तरह बादल उठ रहे थे। उनके बीच से काले और सिन्दूरी रंग के उठते बादल विभिन्न प्रकार के चित्र बनाते हुए उनसे मिलकर सघन होने लगे थे। एकाएक उसने कुछ विचार पक्का किया। दीवार-घड़ी देखी। ढाई बज गये थे। बरामदे में उसके वृद्ध पिता लेटे व्यथित जी का उपन्यास पढ़ रहे थे।

सामने आकर रचना ने कहा—"बाबू जी! अभी थोड़ी देर में आती हूँ।"

केशव पाठक ने लेटे-लेटे कहा—"अच्छा।" और पुनः पढ़ने में तल्लीन हो गये।

रचना आ ही रही थी कि आवास के बाहर श्रीप्रसाद दिख गये। बाबू जी ने एक छोटी-सी गाय भेज दी थी। दूध ख़रीदना पड़ता था। ग्वालों का विश्वास नहीं। दोनों जून चार लीटर दूध देती थी। काले रंग की अत्यन्त सीधी-सरल। जब इच्छा हो दुह लो। इस समय श्रीप्रसाद गाय के लिए सानी चला रहे थे। अतिरिक्त दूध व्यथित जी को देते थे। बाबू जी ने जाते-जाते कहा था कि एक नौकर भी भेज दूँ, जो सभी कार्य कर दे। गो-सेवा से लेकर रसोई तक। किन्तु श्रीप्रसाद ने स्वयं मना कर दिया था। हम लोग बैठे-बैठे कोढ़ी हो जायेंगे। श्रम करने से शरीर स्वस्थ रहता है। स्वस्थ शरीर से ही किसी की भी सेवा हो सकती है। तभी से गाय उनके लिए खिलौने की तरह हो गयी थी। गोबर दूसरे को देते थे। बलवन्त का नौकर भूसा दे जाता है। श्रीप्रसाद जब लिखने-पढ़ने से ऊबते, गाय की सेवा में लग जाते।

रुकती हुई रचना बोली—"गाय कब ख़रीद ली?"

"बाबू जी ने भेज दी है।" खड़े होते हुए बोले श्रीप्रसाद—"दूध उठौना आता था। ठीक नहीं था। एक दिन ग्वाले से कहा-सुनी हो गयी। बस, बाबू जी ने तुरन्त भेज दी। नौकर भी भेज रहे थे। मैंने मना कर दिया। मैं क्या आदमी नहीं हूँ? सारा दिन बैठा क्या करूँगा? इसी से मनोरंजन और शरीर-श्रम भी होगा। अमृत की तरह दूध भी मिलेगा। काली गाय का दूध अधिक गुणकारी होता है। कहाँ जा रही हैं?"

"सुना कि गाय आयी है तो देखने चल पड़ी और साथ-साथ शुद्ध दूध की चाय पीने भी।" रचना ने एक रद्दा चढ़ाते हुए कहा।

"चलिये...ऊपर हाथ धोकर आता हूँ।"

रचना के पीछे श्रीप्रसाद भी आ गये। गैस-चूल्हा जलाकर दूध का भगौना रख दिया। रचना ने उनको हटाते हुए कहा—"आप रहने दीजिये। मैं स्वयं चाय बना देती हूँ।"

श्रीप्रसाद ने रोकते हुए कहा—"आप हमारे घर आयी हैं। अतिथि के समान हैं।"

"हम लोग सहकर्मी हैं। सहकर्मी जब अपने मूल निवास पर आये तब अतिथि होता है। हम लोग तो एक ही बिल्डिंग के अलग-अलग आवास में रहते हैं। यहाँ अतिथि का कोई प्रश्न नहीं है। हाँ, यदि आप अपने हाथों की स्वादिष्ट चाय पिलाने के इच्छुक हैं तो ठीक है, बनाइये..."

श्रीप्रसाद रचना की स्त्रीजनित भावनाओं को समझकर हट गये। बोले—"रसोई-धर्म पर स्त्रियों का ही अधिकार माना जाता है। महिलाएँ इस धर्म का पालन बड़ी रुचि से करती हैं। भोज्य के स्वाद से कहीं अधिक सुस्वादु उनका लगाव और परसेवा की भावनाएँ होती हैं। इसीलिए नारी को देवी कहा गया है।"

"चाय से ज़्यादा स्वादिष्ट तो आपकी व्याख्या होने लगी।" चाय को चलाते हुए रचना ने कहा—"विजय रहता तो वह भी गरमागरम चाय का लुत्फ़ लेता।"

"आता होगा या छुट्टी होने पर ही आयेगा।" श्रीप्रसाद चौकी पर बैठ गये थे।

"हमको और आपको अकेला देखकर कोई बुरा तो नहीं समझेगा?"

श्रीप्रसाद ने हँसकर कहा—"हम दो हैं। कोई अकेला तो नहीं।"

रचना भी हँस पड़ी। बोली—"कितना सही आपका तर्क है। इसी को तात्कालिक बुद्धि कहते हैं। तभी आपमें उच्चकोटि की प्रतिभा है।"

"सो तो है लेकिन वक़्त कहाँ गया? अब छोटी मानसिकता के लिए जगह नहीं।" बोले श्रीप्रसाद—"अपने यहाँ गर्ल्स हॉस्टल अलग होता है। विदेशों में गर्ल्स-ब्वॉयज़ की भावना ही नहीं। एक ही रूम में छात्र-छात्रा दोनों रहते हैं। उनमें कोई दुर्भावना नहीं। दूरियाँ जितनी बढ़ती गयीं, बुराइयाँ भी उतनी ही बढ़ती गयीं। वहाँ लड़की-लड़के एक साथ पढ़ते हैं। दूरियाँ मिटीं, बुराइयाँ भी मिट गयीं। हमारे यहाँ इन दूरियों के साथ जाति-पाँति, ऊँच-नीच आदि भावनाओं को मिटाने के लिए ही इंग्लिश स्कूल चलाये जा रहे हैं। कुछ बुराइयाँ मिट रही हैं तो अंग्रेज़ी स्टाइल में जीने और अकेलेपन की ज़्यादा

बुराइयाँ आ रही हैं। भारतीय संस्कृति और सभ्यता—दोनों मिट रही हैं। माता-पिता या परिवार नगण्य हो गया है। जीवन केवल दाम्पत्य-सुख और आनन्द के लिए समझा जा रहा है। बड़ी दुविधाजनक स्थिति हो गयी है।''

''आप बिलकुल सत्य कह रहे हैं। परन्तु संवेगों का धरातल सबमें एक-सा ही होता है। हाँ, मूर्ख ज़रा कम संवेदना-विह्वल होते हैं और विद्वान् अधिक। इसीलिए विद्वानों में संवेग तीव्रतर दिखायी देते हैं। जो जितना ही संवेगयुक्त होगा, उतना ही चिन्तनशील होगा। अमली बुद्धिलब्धि इसी को कहते हैं। ''रचना ने चाय का कप रखते हुए कहा—''और भी कुछ है?''

आलमारी से निकालकर दालमोठ देते हुए श्रीप्रसाद ने कहा—''इसीलिए रचनाकार सदा दुःखी और चिन्तित दिखायी देते हैं। ऐसे लोगों का जीवन कुछ दूसरे ढंग का होता है। ऋषि जैसा या अटपटा।''

''उनका स्वभाव वज्र से भी कठोर और फूलों से भी कोमल होता है। वे जिधर मुड़ जायें, जलधारा की तरह अनवरत प्रवाहित होने लगते हैं।'' सामने कुर्सी पर बैठी चाय की चुस्की लेती हुई रचना ने श्रीप्रसाद को इस तरह देखा मानों उसने किसी बड़े यथार्थ को प्रत्यक्ष कर दिया है। एक क्षण के लिए बरामदे में मौन छा गया।

श्रीप्रसाद ने कुछ हास्य के भाव से कहा—''आपकी समझ भी गहरी है। यथार्थ को कहने में आप संकोच नहीं करतीं। यह अच्छा गुण है। परन्तु स्त्रियाँ बड़ी लचर और जिद्दी होती हैं। अपने ग़लत कार्यों को ही सही मान लेती हैं। एक प्रकार से ओवर-ऐक्टिंग के गुण उनमें ज़्यादा होते हैं। इसीलिए लोग स्त्रियों से दूर रहना अधिक पसन्द करते हैं। किसी भी कार्य को सूझबूझ से करें, कोई आपत्ति नहीं। उन्हें जीवन-जगत् और लाभ-हानि के बारे में सोचकर क़दम रखना चाहिए, न कि वाहवाही लूटने में अपने साथ दूसरों के भी गले रेत डालें।''

''इसे मैं स्वीकार करती हूँ। समाज में दुष्टात्माओं की कमी नहीं।'' कहा रचना ने—''स्त्री प्रसन्न है तो आप पर फूलों की वर्षा कर देगी और रंज है तो भाला बनने में भी कसर नहीं करती। यही उनकी बुराई है। प्रसन्नता में सब अर्पित, नाराज़गी में सर्वनाश। इसी को सँभालकर चलें तो देवी, नहीं तो राक्षसी। गुण ही किसी को भी महान् बना देता है। दुर्गुण तो प्रायः विनाशकारी ही होते हैं।''

''स्त्रियों के अत्याचार बड़े सूक्ष्म होते हैं। माना कि पुरुष बलवान् होता है। बल के अत्याचार प्रत्यक्ष स्थूल होते हैं। किन्तु स्त्रियों की शक्ति बड़ी सूक्ष्म होती है। वे ऐसा डंक मारेंगी कि पता भी नहीं चलेगा और आदमी तड़पता-छटपटाता जान दे देगा। पुरुषों की आत्महत्याओं के पीछे स्त्रियों के ही हाथ होते हैं।''

''आप सभी जगह दर्शन छेड़ने लगते हैं।'' कप चौकी पर रखते हुए रचना ने कहा—'व्यवहार और जीवन-दर्शन—दोनों दो चीज़ें हैं। व्यवहार में लोकसम्मति आवश्यक

है किन्तु दर्शन में नहीं। कहीं-कहीं व्यवहार में भी लोकदृष्टि को अनावश्यक मान लिया जाता है।''

''यह मुझे मालूम है। सबलों, समर्थों के लिए लोकसम्मति की आवश्यकता नहीं। सम्पूर्ण प्रतिवन्ध मध्यम या असमर्थों के लिए ही हैं। क्यों...?''

''आपका कहना बिलकुल सत्य है। आपके सूक्ष्म चिन्तन को धन्यवाद। अविवाहित होकर भी स्त्रियों के स्वभाव की जो व्याख्या की, मुझे भी अधिकांश सत्य प्रतीत हो रहा है। शायद इसीलिए प्रिन्सिपल साहब स्त्रियों से कटे-कटे रहते हैं।'' बोली रचना—''परन्तु स्त्री के बिना जीवन में सुन्दरता नहीं आती।''

''जीवन का अर्थ ही है—स्त्री-पुरुष। किसी एक का कोई जीवन नहीं। वह आजीवन है—एक पेण्डुलम की तरह। साधु-संन्यासी आजीवन ही को साधते हैं। साध लिया तो सिद्ध, नहीं तो प्रायः जीवन की ही खाईं में गिर पड़ते हैं। यह जो स्त्री-पुरुष के बीच अत्यन्त सूक्ष्म जीवन-दर्शन है, बहुत विराट् और निराला है। इससे बचाव ही गिरावट है। जो प्राकृतिक है, क्यों बचते हो, इससे भाई...?''

''वे इससे बचते नहीं हैं।'' बोली रचना—''उनकी विवशता है। ऐसे बहुत-से कारण हैं जिनके कारण वे घर-द्वार छोड़कर भाग जाते हैं। अन्यथा वैभव का जीवन किसको अच्छा नहीं लगता? वैभव का अभाव ही तो उनके पलायन का कारण होता है। स्वर्ग में देवताओं के लिए अप्सराएँ हैं। मृत्युलोक में दोनों एक-दूसरे के लिए। तभी जीवन की गाड़ी आनन्दमय ढंग से चलती है। अकेला जीवन तो एक हाथ की ताली के समान है। भला एक हाथ से कभी ताली बज सकती है?''

''भई! आप जीतीं, मैं हारा।'' बोले श्रीप्रसाद—''बड़ी गम्भीर चर्चा हम लोगों ने की।''

तभी बलवन्त सिंह का नौकर थप्-थप् करते हुए आ गया। बोला—''मास्टर जी! बजरे की कुट्टी नीचे रख दी है। अब जाऊँ न?''

''अरे भई बुद्धू! थोड़ी-सी नाँद में डालकर चला दो। मैं ज़रा मेहमान की ख़ातिर में लगा हूँ।''

बुद्धू ने रचना की ओर घूरकर देखा। बोला—''अच्छा मास्टर जी! करो ख़ूब ख़ातिर...।'' वह चला गया।

''ठीक है। बहुत अच्छा लगा आपसे बातें करके। हम लोगों ने काफ़ी गम्भीर चर्चा की। विचार-विनिमय से मन हल्का हो जाता है। दिन-भर में कुछ बतियाना भी आवश्यक होता है। इससे मन साफ़ हो जाता है। अच्छा अब चलूँ...बाबू जी घबराते होंगे।'' रचना चली गयी।

●

अभी एक सप्ताह नहीं बीत पाया था। निरभ्र आकाश था। लोग अतिवृष्टि की प्रतीक्षा में उठनेवाले बदलों पर दृष्टि लगाये हुए थे। खेतों की जुताई नहीं हो रही थी। लोग खेतों को कीचड़ (लेव) में घासदार जोतकर उनमें सड़न पैदा करना चाहते थे। इससे रोपाई में खेत पथराते नहीं और घासों के सड़ने से मिट्टी बजबजाने लगती है। केंचुए चलने लगते हैं। जिससे धान की उपज दूनी-तिगुनी बढ़ जाती है।

तड़के ही पाँचू नित्यक्रिया से निवृत्त होकर बैठकर दातौन कर रहा था। गाँव में पूर्वी मुहल्ले का माहौल गर्म था। यों रास्ता खुल जाने के लिए सभी हृदय से चाह रहे थे किन्तु छेदी सिंह के सामने पड़े कौन? पक्के मुक़दमेबाज़। दस-बीस मुक़दमे तो घास-पात की तरह उनकी झोली में पड़े रहते। कचहरी रोज़ जाते। गाँव का ऐसा कोई न था, जो उनसे मुक़दमे की दलील न पूछता हो। इसलिए खुलेआम किसी की हिम्मत उनके विरोध में आने की न थी। इसका निराकरण चमार ही कर सकते थे। उनकी एकता की शक्ति के सामने इस समय कोई नहीं टिक रहा है। पाँचू चाह ले तो उनका अवैध क़ब्ज़ा भी चमार तोड़कर मिनटों में साफ़ कर दें। आलमपुर के लिए रावण बना यह व्यक्ति परोक्ष सबको सता रहा है। क्या मज़ाल कि कोई नववधू गाड़ी में बैठे गाँव में चली आये। गाँववाले ऊबकर भी छेदी का प्रतिवाद नहीं कर पाते।

छेदी सिंह एक सप्ताह से सुन रहे थे कि अब हमारी शान टूट जायेगी। मुक़दमा हार चुका हूँ। पाँचू भी अड़ गया है। भेड़ियों से आबरू कैसे बचेगी?

पाँचू सोच रहा था—बाबूसाहब लोग परधान रहे तो ख़ूब मक्खन-पालिश मारते रहे। अब मैं परधान हूँ। दूध-का-दूध पानी-का-पानी करके ही रहूँगा। आज रास्ते पर काम

लगेगा। चमार तैयार हैं। बंजर भूमि उनके बाप की नहीं। चमारों को बाँट देने क़ा आदेश हो गया है। सीधी अँगुली से घी नहीं निकलता। इस बेमगज बुड्ढे ने जीवन-भर ग़रीबों को सताया। वही आदत आज भी है। चमार आदमी नहीं हैं क्या? उनके ख़ून का रंग दूसरा है? बाबूसाहब का ख़ून लाल है। केवल यह ऐंठन है। ज़माना बदला। लोग बदले। अभी तुम उसी रंग में अकड़ रहे हो।

पाँचू लौहपुरुष था। सत्य को इतने ऊँचे स्वर से सत्य कहता कि चापलूसों की नानी मरने लगती। लोग उससे डरते थे। झूठ बोलने या चमचागिरी की चाल उसके सामने एकदम न चलती। वह निर्भय अपने द्वार पर बैठा दातौन कर रहा था। एक ओर छोटी-सी पोखरी थी जो जलकुम्भियों और घासों से ठसाठस कसी हुई थी। बहुत गहरी होने से उसका पानी नहीं दिख रहा था। भ्रमवश कोई पशु या बालक इसमें गिर पड़ता तो वह निकल न पाता। ऐसी कई घटनाएँ हो चुकी थीं। पट भी नहीं पाती थी क्योंकि प्रतिवर्ष गर्मियों में लोग इसी की मिट्टी निकालकर अपने घर-द्वार पाटते। इसी पोखरी का एक किनारा पाटकर पाँचू ने फूस की मँड़ई रख दी थी। बगल में आदर्श कुआँ। सामने हनुमान जी का मन्दिर। एक कनेर का पेड़, जिसकी जड़ में अनेक पत्थरों की टूटी-फूटी मूर्तियाँ एवं पिण्डियाँ भारतीय आध्यात्मिक आस्था की प्रतीक बनी हुई थीं। लोग नित्य कुएँ पर स्नान करते और यहाँ जल चढ़ाते। पाँचू पक्का भक्त-दरसनिया था। ओझाई में चिल्लाता-हँकड़ता या पचरे नहीं गाता था। केवल दो-चार अगरबत्तियाँ जलाकर मौन विनय द्वारा ही बड़े-बड़े भूतों को मना लेता। इस समय वह कुछ भावावेश में था। सोचने में दातौन के समय की याद न रहा। तब तक छेदी सिंह आ गये। पाँचू ने कुर्सी मँगायी। वे बैठ गये। उसने जल्दीबाज़ी की। हाथ-मुँह धोकर कुएँ की जगत पर बैठ गया।

कुछ रुक्षं नजरों से देखकर बोला—''इतना सवेरे कैसे मालिक का आंना हुआ?'' कथन के साथ उसका क्रूर स्वाभिमान उसके पतले-दुबले अधमरे काले-कलूटे शरीर पर वज्र की रेखा की तरह तरंगित होने लगा। इस समय वह केवल एक मैली-कुचैली जाँघिया पहने था। चौरस-चौबन्द गन्दे दाँत उसकी ईमानदारी को सहज कठोरता से व्यक्तं कर रहे थे। बदबूदार पोखरी के किनारे मँड़ई की जीर्णावस्थां दैन्य प्रदर्शित कर रही थी। सभ्य समाज के लोग यहाँ खड़े भी नहीं हो सकते, बैठना तो दूर। पाँचू उसी मुद्रा में दाँत चियारे उत्तर की प्रतीक्षा करने लगा।

''पाँचू! सुना कि आज सवेरे मेरा क़ब्ज़ा हटाया जायेगा और रास्ता बनेगा?'' बोले छेदी सिंह विश्वस्त स्वाभिमान की मुद्रा में—''इसीलिए मैं कहने आया हूँ कि यदि कोई चमार वहाँ गया, गोली अवश्य चलाऊँगा।''

''आपकी ज़मीन है वह, जिसके लिए गोली चलायेंगे?'' पाँचू ने उसी कठोरता से कहा—''आप अपनी ज़मीन के मालिक हैं। सरकारी ज़मीन में हम रास्ता बनायेंगे। चमार ही क्यों? क्या आप लोग उस रास्ते से नहीं आयेंगे-जायेंगे? ख़ाली चमारों की ही

बहू-बेटियाँ कार में आयेंगी? चमारिन् तो पैदल भी आ सकती है। हमको क्या दिक्क़त है? न मोटर, न गाड़ी। बड़े लोग सोचें कि कैसे उनकी आबरू रहेगी? हमारी इज़्ज़त तब भी नहीं थी, अब भी नहीं है। लेकिन जो न्याय है, वह तो होकर ही रहेगा।''

छेदी सिंह ने अकड़कर कहा—''तुम्हारी बिरादरी में कौन माई का लाल है जो वहाँ आयेगा? चमार न आये तो किसी की हिम्मत नहीं। दो-चार बनिये हैं जो चाल चल रहे हैं। वे वक़्त पर घर में घुस जायेंगे। यानी रास्ता बनेगा...मानोगे नहीं...?''

''एकदम नहीं।'' पाँचू ने कठोर स्वर में कहा—''सरकार का आदेश हो गया है। अब बाबूसाहब परधान नहीं हैं जो आँखें मूँद लेंगे। अब चमार एकदम नहीं मानेंगे। चाहे गोली चलायें या तोप। मुर्ग़ियाँ नहीं मारनी हैं। मारना दस-बीस चमारों को...।''

छेदी सिंह उठकर चलने लगे। बोले—''आना...देखूँगा...।'' वे तिर्यक् नज़रों से देखकर चले गये।

पाँचू बड़बड़ाया—''बुड्ढा सठिया गया है। जान देने और लेने पर आमादा है। बाप की जमीन होती तो न जाने क्या करता? दूसरे के धन पर इतना गुमान?'' पाँचू भावी आशंका से नहीं गया। धोती, क़मीज़ पहनी, साइकिल लेकर चल दिया। सोचा—आज टाल दूँ। फिर कभी देखूँगा। क़हीं ख़ून-ख़राबा हो गया तो आफ़त।

होनी को कौन टाल सकता है? इधर छेदी सिंह ने पूरी तैयारी कर ली। चटपट बन्दूक़ की नाल साफ़ कर ली। दुनाली में दो गोलियाँ लोड कर लीं। उनके लड़के भानू ने तक़रार किया—''बन्दूक़ हमें दे दो...तुमसे अब नहीं सँभलेगी। मैं चमारों को एक-एक करके बिछा दूँगा। जेल जाऊँगा, कोई ग़म नहीं। तुम रहोगे तो सब गिरस्ती सँभाल लोगे। बाबू! चुपचाप दे दो...कोठरी खोलो...कारतूस की पेटी भी लगा लूँ। अभी कितनी गोलियाँ होंगी पेटी में...?''

भानू पढ़े-लिखे न थे। कुछ दृष्टिदोष होने के कारण आठवीं कक्षा तक डिग्री ले पाये थे। अपने को अयोग्य समझकर खेती में जुट गये थे। छेदी सिंह परम मुक़दमेबाज़ थे। उन्हें एक सहायक की भी ज़रूरत थी। बुढ़ापे की लाठी भानू ही था।

''तुम क्यों हुज्जत कर रहे हो? मैं ज़रा अक़्ल से काम लूँगा। साँप भी मर जाये, लाठी भी न टूटे। तुम्हारा ख़ून अभी गरम है, चला दोगे।'' कुछ गिड़कर बोले छेदी सिंह—''मैं मरने के क़गार पर आ गया हूँ। लाइसेन्स भी हमारे नाम है। कहीं नौ-डिगर हुआ तो दोनों फँसेंगे। तुम रहोगे तो सब ठीक रहेगा। मैं हवाई फ़ायर करके ज़रा हड़का दूँगा। चमार डरपोक जात—भाग जायेंगे। इस समय अपनी शान बचानी है। बन्दूक़ छोड़ो...हल्ला मत करो...।''

भानू ने बन्दूक की नाल पकड़ ली। बोला—''तुम बुड्ढे हो। भाग भी नहीं सकते। तब तक चमारों का दल आकर टूट पड़ेगा। उनकी संख्या बहुत है। उनका सामना तुम नहीं कर पाओगे। चुपचाप हमको दे दो। आज के बाद चमारों की हिम्मत नहीं पड़ेगी

आने की। इतना अनेत? जहाँ देखो, वहीं मँड़ई। खलिहान की ज़मीन पर हम लोगों का खलिहान होता था। चमारों ने मँड़ई लगा दी। अब वहाँ चमार रहेंगे। ठाकुर-बाभन के बीच में। ठाकुर जी का मन्दिर तो भाँड़ ही रहे हैं, और भ्रष्ट कर देंगे। उसी में चमार सोयेंगे। तुम्हें मालूम है कि नहीं? पीतल का घण्टा चुराकर चमारों ने बाज़ार में बेच दिया। क्या वे हिन्दू नहीं हैं? आपसी लड़ाई अपनी जगह है। धर्म के मामले में क्यों टाँग अड़ाते हो भाई? कृष्ण भगवान् की मूर्ति थी। एक चमार ने पोखरी में फेंक दी। अब पोखरी भी नहीं रहने पायेगी। पूरा गाँव उसी में नहाता था। ऐसा सुख किस गाँव में था? बाराती जेठ में गाँव की तारीफ़ करते अघाते न थे। अब चमारों ने पाटकर सत्यानाश कर दिया। बाबू साहब लोगों के पैख़ाने भी उसी में खुल गये। पानी में कभी शौच नहीं करना चाहिए। कितना निर्मल जल था। सब नरक हो गया। धन का बढ़ना ठीक है, मन का नहीं। अब इस गाँव में कुछ भी ठीक नहीं रहेगा। शूद्रों का शासन है। बस, चुपचाप बन्दूक़ दे दो। तुम भी कहीं चले जाओ। तुम ठीक रहोगे तो हमको बचा लोगे। हम भी जैसा देखेंगे, वैसा ही करेंगे।"

"तुम सबको सुधार दोगे? नाल छोड़ो भाई। ज़िद न करो। बन्दूक़ हमारे नाम है। क़ानून को हाथ में नहीं लेना चाहिए। चमारों को रोकना इस समय कठिन है। उनके पौ बाहर हैं। अब सोच रहे हैं कि ठाकुरों-बाभनों की ज़मीन-जायदाद हड़प लें।" भानू का हाथ छुड़ाते हुए बोले छेदी सिंह—"सरकार ने इन्हें छूट क्या दे दी, सिर पर चढ़ गये। कोई काम सही नहीं कर रहे हैं। जहाँ देखो, वहीं चमारों का आतंक। ऊख तोड़ ले रहे हैं। बरसीम काट ले रहे हैं। चमारिनें रात में धान और गेहूँ काटकर घर पकड़ा दे रही हैं। प्राइमरी में तुम्हारे लड़के को चमारों के लड़के पीट रहे हैं। वे कड़े होकर पढ़ने जाते हैं। उन्हें तो पढ़ना ही नहीं है। वज़ीफ़ा और अनाज के लिए बुड्ढों के भी नाम लिखा दिये जाते हैं। बदले की भावनाएँ उनमें कूट-कूटकर भरी हुई हैं। हमारे लड़के नरम पड़ते हैं। स्कूल से आते समय रास्ते में छेंक लेते हैं। उनकी टोपियाँ, काँपियाँ, किताबें, स्लेट-सब छीन लेते हैं। किससे-किससे फौज़दारी करते फिरोगे? मास्टर भी अधिकतर चमार ही हैं। उनसे कोई मतलब नहीं। लड़के आपस में चाहें कट जायें। सरकार भी कितनी निकम्मी है। एक मास्टर के सिर पर पाँच-पाँच कक्षाएँ। भला वह क्या पढ़ायेगा? गड़ेरिया की दशा हो गयी है। किसको-किसको रोके? सभी बग़ावत पर आमादा हैं। कोई दूसरा स्कूल भी नहीं, जहाँ अपने बच्चों को पढ़ा सकें। तुम जल्दी करो...कहीं भाग जाओ...। अब तो हम लोगों का जीना ही व्यर्थ है। चमारों के पीछे जान तल्ख़ हो गयी है। कहाँ और कितना अगोर करेंगे? ये बरसाती टिड्डे की तरह पैदा हो रहे हैं। एक स्त्री के दर्जन-भर लड़की-लड़के हैं। ज़मीन एक धूर नहीं। वे जायेंगे कहाँ? सरकार हमारी-तुम्हारी ज़मीन कम करेगी, उन्हें बसायेगी। रहने के लिए उन्हें ज़मीन तो चाहिए ही। बड़ा ख़राब समय आ गया है भानू।"

भानू ने नाल तो छोड़ दी किन्तु उनके साथ से हटा नहीं। दोनों बँगले के बरामदे में खड़े मज़मून बनाते तर्क कर रहे थे। भानू ने सोचा—कहीं मैं हट जाऊँ, बाबू अकेले पड़ जायें। चमार आकर लाठी छोड़ दें। ये संकोची हैं। मैं रहूँगा, बन्दूक़ इनके हाथ से लेकर फैर कर दूँगा। डरपोक जात चमार। बन्दूक़ के सामने भाग जायेंगे सब।

बरामदे के बाहर झाँकते हुए छेदी सिंह ने कहा—"तुम भी कपड़े पहन लो। मान लो, कुछ हो ही गया तो भाग निकलोगे। एकदम तैयार रहो। "छेदी सिंह जैसे तैयार होकर पाँचू क़े यहाँ गये थे, उसी प्रकार अब भी थे। वे चमारों की प्रतीक्षा करने लगे। तब तक भानू भी आ गया। बाप-पूत आज मरने-मिटने के लिए तैयार थे। राजपूती ख़ून खौल रहा था।

इधर रात में मज़मून बना था। कुछ राजनीतिक लोग भी थे। वे छेदी सिंह की मनसा जानकर सवेरे ही गाँव छोड़ चुके थे। चमारों का कोई भरोसा नहीं। 'हरिजन उत्पीड़न ऐक्ट' में नाम दर्ज करा दें। बाबूसाहब के सिर पर काल नाच रहा है। कहीं बन्दूक़ न चला दें। हैज़े के भय से गौरैयाँ पहले ही गाँव छोड़ देती हैं।

आज सवेरे से ही पूर्व प्रधान सेवाराम की चौकी गरम थी। यह जाति का बनिया था लेकिन दस भूमिहारों की बुद्धि अकेले रखता था। यह कभी छेदी सिंह का पुराना मित्र था। आज रास्ते को लेकर खटपट हो गयी थी। दोनों पड़ोसी थे। एक साँपनाथ तो दूसरा नागनाथ। दोनों हमउम्र, मुक़दमेबाज़—वज्र बेहया। दोनों ने मिलकर गाँव को ऐसा बिखेरा कि अब कोई किसी से मतलब न रखता। इसी आम रास्ता को लेकर सेवाराम ने ख़ूब मुक़दमेबाज़ी की। रास्ता खोलने का आदेश भी हो गया। तभी से दोनों मित्रों में जानी दुश्मनी हो गयी। छेदी सिंह की ओर ठाकुर, भूमिहार, ब्राह्मण हो गये। सेवाराम का चमारों पर या चमारों का सेवाराम पर वरदहस्त था। एकाध ठाकुर भी सेवाराम की मदद में थे। क्योंकि आम रास्ता के मुद्दे को लेकर छेदी सिंह एकदम ग़लत थे। जिस बाधा से सम्पूर्ण गाँव का अहित हो, विकास अवरुद्ध हो—उसे हटाना आवश्यक था।

किन्तु किसी भी युद्ध में सेवाराम का बाल-बाँका न होता। आज वह विशेष सतर्क था। ठाकुर की मन्शा जान चुका था। चमार अबोध हैं। सनक जाते हैं। क़ानूनी दाँव-पेंच के बीच-बचाव से सर्वथा अनभिज्ञ। मरने-मारने के लिए चाहे जहाँ झोंक दो। बेवकूफ़ ही कहीं भी मर सकता है। सुलझा हुआ व्यक्ति कभी कोई लड़ाई नहीं लड़ सकता। भारत में क़ानूनी और सैद्धान्तिक लड़ाई का कोई मतलब भी नहीं निकलता। सत्य प्रायः झूठ हो जाता है। झूठ का पलड़ा भारी होना चाहिए। लड़नेवाला सभी ओर से दबंग हो। क़ानून के घेरे में जाकर घटना पूर्णतः हक़ीक़त में बदल जाती है। मरा आदमी। क़ानून ने कुत्ता प्रमाणित कर दिया।

चमारों और बनियों की दौड़ शुरू हो गयी थी। शेर मैदान लेने के लिए तैयार थे। चूहे बिलों में छिप गये थे। आज रास्ता बनना है। कोई दिख नहीं रहा है। छेदी सिंह

का क़ब्ज़ा उखाड़कर फेंक देना है। बिरादरी के लोग मानों गाँव में हैं ही नहीं। न पाँचू का पता, न सिंहों का। कौन जानता था कि आज का पलेथन शावकों पर जा गिरेगा? देखते-देखते आठ बज गये। सेवाराम के दायाद सोमनाथ ने वीरता दिखायी। चमरौटी में घूमकर लोगों को इकट्ठा करने लगा। तब तक पाँच-सात की संख्या में चमारों के लड़के आकर उसी रास्ते पर खड़े हो गये। प्रतीक्षा करने लगे। आज काम लगेगा कि नहीं? कोई दिख नहीं रहा है।

छेदी सिंह के सिर पर भूत सवार था। समझ गये। चमारों का दल आ गया। देखने के लिए सिवान से और जातियों के लोग भी आने लगे थे। जरा देखूँ—कैसे छेदी सिंह का क़ब्ज़ा टूटता है? वे कैसे इन सिंहों के सामने गीदड़ दिखायी देते हैं? बड़ा गाँव को सताया है। सताने का अब ज़रा मज़ा चख लें। गाँव का आवागमन बन्द कर रखा है। वाह रे जवाँमर्दी! अब आओ इनके सामने। पूरा गाँव तुमसे डरता है। चमार अब लोहा लेंगे। जिस धूल को तुमने ख़ूब रौंदा, अब वही तुम्हारे सिर पर बैठकर खुजली उत्पन्न कर देगी—चाहे जितना साबुन लगाओ, कभी नहीं छूटनेवाली।

"दुम् धाँय! दुम् धाँय!"

एकाएक द्वार पर आकर छेदी सिंह ने फ़ैर कर दिया। बूढ़े बाप को सँभालने में भानू भी बन्दूक़ को पकड़े हुए था। शायद छेदी सिंह विनाश के पूर्व भयभीत करके भगा देना चाहते थे। लगभग पहली बार हवाई फ़ायरिंग हुई किन्तु नाल को दबाकर भानू ने तुरन्त दूसरा ट्रिगर भी दबा दिया। अब क्या? दो चमार वहीं गिर पड़े। कुहराम मच गया। चमारों का सैलाब इस तरह उमड़ पड़ा मानों किसी ने एक बन्दर को मारकर पूरा माहौल आतंकित कर दिया। भीड़ में से कुछ लोग गिरे हुए को सँभालने लगे। दोनों शीघ्र ही जिला-अस्पताल भेज दिये गये। तीस वर्षीय युवक के हाथ में गोली लगी थी, बच गया। दूसरा उन्नीस वर्षीय युवक तत्काल मर गया था। केवल आपाधापी थी। उसकी छाती में गोली लगी थी।

इधर सेवाराम ने अपने लड़के को दूसरे गाँव भेज दिया। अपने किवाड़ बन्द करके बिल में हो गया। अब भीड़ खों-खों करके लाठी-डण्डे, फावड़े, बाँस आदि से छेदी सिंह और भानू को खोजने लगी। विनाशकाल में बुद्धि भ्रष्ट हो जाती है। छेदी सिंह रसोई-घर में जा छिपे। भीतर से कुण्डी बन्द कर ली। भानू का कुछ अता-पता नहीं। हवा की तरह कहाँ निकल गया? चमारों को कुछ आहट मिली। किवाड़ तोड़ दिये। छेदी सिंह को खींच लाये। एक ने तौलकर एक लाठी सिर पर दी। आँखों के सामने अँधेरा छा गया। वे गिर पड़े। घसीटकर द्वार पर लाये गये। सबने लातों-घूसों से अपनी ख़ुमारी उतारी। बन्दूक़ छीन ली गयी। एक चमार ने रोका—"जान से मत मारो। केस बिगड़ जायेगा। हाथों-पैरों से मारो। मरने न पाये।"

पूरे आलमपुर में सि़यापा छा गया। लोग बिलों में दुबक गये। भीड़ किसका क्या कर देगी? कदाचित् विश्वास न होता था। पण्डा जी अपने पम्पिंग सेट पर थे। दूसरे गाँव में भाग गये। कई बार दल ने उन्हें भी खोजा। उनके किवाड़ भी पीटे गये।

क़रीब दो घण्टे के बाद छेदी सिंह का द्वार पुलिसों एवं अधिकारियों से भर गया। लिखा-पढ़ी हुई। मुक़दमा दर्ज हुआ। तीन व्यक्ति 302 के मुज़रिम हो गये।

मरे हुए युवक के बाप को डेढ़ लाख की राशि सरकार द्वारा मंज़ूर हुई। दूसरे को पच्चीस हज़ार। दूसरे के बाप ने दुःखी होकर कहा—"ससुर तुम भी मर गये होते...।"

आलमपुर में पी. एस. सी. का कैम्प लग गया। गाँव में मूर्दनी छा गयी। कई दिनों तक बाहर कोई न दिखता था। छेदी सिंह पुलिस की हिरासत में सरकारी अस्पताल में भर्ती कराये गये। फ़रार दोनों मुज़रिम भी एक सप्ताह के भीतर हाज़िर हो गये। छेदी सिंह की गृहस्थी के सम्पूर्ण सामान नष्ट कर दिये गये थे। उन्होंने अपने बयान में पाँचू सहित कई लोगों पर डकैती की तहरीर दी। उनकी ओर से मुक़दमा दर्ज हुआ। इधर जमानत के लिए सवर्णों की दौड़ तेज़ हो गयी। रुपये और सोर्स से पिल गये। चमार अब निरीह होने लगे। कौन रुपये ख़र्च करे? इधर खाने का ही ठिकाना नहीं। जमानत न होने पाये। सोर्स की खोज होने लगी। आपस में चन्दा लगा लेकिन सब व्यर्थ। आँत-से-जाँत चलता है। जनपदीय अदालत से ही 302 की ज़मानत मंजूर हो गयी।

शेर की खालों में गुर्रानेवाले चमार ठण्डे पड़ने लगे। लौह पुरुष परीक्षा में अब खरे उतरने लगे। मालिक और मज़दूर की पहचान भी होने लगी। सिंह जब तक सो रहा था, चूहों ने पुदिया लिया था। जागते ही बिलों में छिप गये। शक्ति की परीक्षा समय पर होती है।

●

यशवन्त सिंह के यहाँ जितने रिश्तेदार टिककर प्रोफ़ेसर बनने के लिए अखाड़ा चला रहे थे, सितम्बर के आते ही कुछ ने मुँह पर गालियाँ दीं, कुछ ने पीछे से। झगड़े की नौबत आ गयी और वे भाग गये। उनके पिता क्रुद्ध होकर आये। मानों चक्रव्यूह के भेदन में अपने पुत्रों को असमर्थ पाकर अर्जुन की तरह जयद्रथ को स्वयं ललकारा। यशवन्त सिंह से कहा-सुनी हो गयी।

"स्कूल खोल लिया तो ख़ुदा हो गये क्या?" एक रिश्तेदार ने मुँह बिगाड़कर टाण्ट कसा—"सोचा कि घर का स्कूल है, रिश्तेदारों का गुज़रं हो जायेगा। इस जुग में भगवान् मिल सकता है पर नौकरी नहीं। दुनिया अपना देखती है। तुम राष्ट्र और योग्यता देख रहे हो। लानत है तुम्हारी बुंद्धि को। देश कहाँ जा रहा है, तुम कहाँ? बड़े-बड़े नेता देशों को लूटकर अपना घर भर रहे हैं। एक तुम हो कि आदर्शवाद का चोंगा पहने अपना ही घर लुटा रहे हो। चमारों और पिछड़ों को प्रोफ़ेसर बना रहे हो। ब्राह्मण ग़लत आन्दोलन नहीं कर रहे हैं। अब शूद्र वेद-शास्त्र पढ़ायेंगे। वाह रे जसवन्त। तुम्हारी मति फिर गयी है। तुम्हारी बहिन का लड़का, तुम्हारा भी लड़का होता है। वह भूखों मरेगा, तुम कैसे देख सकोगे?-अभी तुम जातिवाद के चक्कर में नहीं पड़े हो। यह बरसाती घास कितनी तेज़ बढ़ रही है, तुम्हें कुछ ख़बर ही नहीं। दुनिया पढ़े या जहन्नुम में जाये। तुम ठीक तो सभी लोग ठीक। आज का वक़्त नहीं देख रहे हो। कितना व्यक्तिवादी युग हो गया है। अब स्कूल अपनी दुकान है, जिसमें घर के लोग जी-खा रहे हैं। लड़का घर जाकर इतना रो रहा था, जिसका कुछ हिसाब नहीं। कहा—"जब अपने ही घर में नौकरी नहीं मिलती, दूसरी जगह क्या आशा करूँ?"

यशवन्त सिंह ने बड़ी विनम्रता से समझाया—"आपको नाराज़ नहीं होना चाहिए। एक व्यक्ति के ठीक होने से ही दूसरा ठीक होगा। इस तरह सुधार होता जायेगा। एक चोर के साथ दूसरा भी चोर निकल जाये—तब देश का क्या होगा? हर चोर, चोरों से ही घिरा रहेगा। यही दशा इस समय हमारे देश की है। चपरासी से लेकर मन्त्री तक। सभी एक ही घाट का पानी पी रहे हैं। विद्यालय कोई घर की दुकान नहीं है। यह एक ऐसा कारखाना है, जिसमें इनसान बनाये जाते हैं। कारीगर का योग्य होना परमावश्यक है। इससे एक व्यक्ति का हानि-लाभ होता तो मैं भी वही करता, जिसे लोग करते हैं। किन्तु यहाँ लोकमंगल के विनाश का सवाल है। इसमें मैं समझौता नहीं कर सकता। मैं आप ही से सवाल करता हूँ। क्या अपने लड़के के हित के लिए एक हज़ार लड़कों के सिर रेत सकते हैं? यदि काट सकते हैं तो आप जैसा निकृष्ट, निर्दयी संसार में दूसरा कोई नहीं। यह कोई मोटर-पार्ट्स बनाने का कारख़ाना नहीं है कि जिसको चाहूँ, रख लूँ। कुछ नहीं करेंगे तो लोहा ही ढोयेंगे। बाबू जी! आज शिक्षा में गिरावट का यही कारण है। न गुरु, गुरु रह गये। न शिष्य, चेला। क्यों? आप ही जैसे विचारवालों के कारण। जैसे हलवाही है। चिथरू नहीं हैं तो चहेंटू चले गये।"

"क्या रत्नबन्धु सिंह में योग्यता नहीं? बनारस पढ़ा। गठरी-भर रुपये लगे। दस साल वहीं रह गया। अन्तिम पढ़ाई तक पढ़ लिया। अंग्रेजी ख़ूब बोलता है। अब कैसी योग्यता चाहिए भाई?" बाबू जी अपने समय के हाईस्कूल पास थे। अब दबने लगे। ज़मींदारी में किताबी विद्या भूल गयी थी। शासन और चापलूसी के सिवा कुछ न जानते थे। सोचा—ऐसे काम नहीं होगा तो ज़रा अँगुली टेढ़ी करने से काम बन सकता है। बोले—"तुम्हारी बहिन का लड़का है। हँसी-खेल नहीं। तुमसे हक़ माँगना हमारा अधिकार है। दहेज़ के नाम पर तुम्हारे बाप से कुछ नहीं लिया था। कुल देखकर शादी कर दी थी। उसका यह मतलब निकलने लगा। समझदार को समझाया जाता है। नासमझ के मुँह में अँगुली डालने से काट लेता है।"

"दस बरस नहीं, बीस साल रहे। रहने से कुछ नहीं होता। प्रत्येक काम की अलग-अलग क्षमता होती है। प्रतिभाशाली विशिष्ट व्यक्ति दो-चार प्रतिशत ही होते हैं। उनमें भी सृजनात्मक शक्ति लाख में एक के पास होती है। पढ़ाना सबसे कठिन काम है। यहाँ जो अध्यापक साहित्य में हैं, सभी साहित्यकार हैं। रचनाकर कई जन्मों के पुण्य के बाद बनता है। वह ऋषि एवं तपस्वी होता है। मेरा जैसा ख़्याल है, मैंने अध्यापकों के चुनाव किये। हाँ, जैसी योग्यता रत्नबन्धु में है, वह इण्टर कॉलेज के लायक़ भी नहीं है। मैं हाईस्कूल और इण्टर भी खोलनेवाला हूँ। उसमें रख सकता हूँ लेकिन इस शर्त पर कि वह सबसे योग्य हो। मैं किसी की हत्या नहीं कर सकता। यदि योग्यता की हत्या मैं करता हूँ तो यह मानकर चलिये कि यहाँ जितने छात्र पढ़ने आयेंगे, मैं नृशंसतापूर्वक तब तक उनकी हत्याएँ करते चल रहा हूँ, जब तक वह व्यक्ति अपने

पद पर रहेगा। जितनी त्रुटियाँ पनपती हैं, सभी अयोग्यता ही में। योग्य व्यक्ति स्वनियन्त्रित योजनाबद्ध काम करनेवाला संयमित सन्त होता है। उसे चाबुक मारने की ज़रूरत नहीं। मूर्ख पलायनवादी होते हैं। आज स्कूलों में अध्यापक क्यों नहीं पढ़ाते? इसीलिए कि उन्हें कुछ आता ही नहीं। वे प्रायः अवकाश के लिए हड़ताल या कोई बवाल कराना चाहते हैं ताकि छात्र पढ़ाने का अनुरोध न कर सकें। थोड़ी गड़बड़ी से पूरा देश खाईं में गिरता जा रहा है। प्राइमरी से लेकर एम. ए. तक। जड़ में कोई दम नहीं। डिग्री लेता चला गया। बड़ा होने पर कुछ अपने संज्ञान से पाँच-सात प्रश्न तैयार कर लिये। परीक्षा पास हो गया। गुरु के पढ़ाने का कुछ अलग अर्थ होता है। मूल से लेकर पूरा वृक्ष सुपुष्ट हो जाता है। अब के गुरु गाइड लिखकर धनार्जन करने लगे हैं। बाबू जी! कुएँ में भाँग पड़ी हुई है। कुछ कहने लायक़ नहीं है।" यशवन्त सिंह उपेक्षा से दूसरी ओर देखने लगे।

बाबू जी चुपचाप उठकर चलने लगे। यशवन्त सिंह ने रोका—"बाबू जी! साँझ हो रही है, कल चले जाना। वे उठकर दस-पाँच क़दम चले भी किन्तु बाबू जी ने एक बार रुककर पीछे घूमकर यशवन्त को देखा। फिर चलने लगे। उनकी आँखों से मानों आग की दमनात्मक लपटें निकल रही थीं। यशवन्त रुक गये और पीछे लौट आये।

शाम के लगभग चार बज रहे थे। धूप तेज़ थी लेकिन किरणें पीली पड़ गयी थीं। मानों जाड़ा की सूचना दे रही हों। बाबू जी चले गये। यशवन्त सिंह का दिमाग़ कुछ उलझन में पड़ गया था। विद्यालय क्या खोल लिया, सैकड़ों, हज़ारों लाठियों की चोट के लिए सिर को मज़बूत करना पड़ रहा है। थोड़ा थमकर वे टहलने निकल गये।

सिलबिल सानी-पानी करके चौकी पर बैठा दूध की चाय पी रहा था। वह जानेवालों में न था। जिसकी बहिन अन्दर, भाई सिकन्दर। सिलबिल अब सिकन्दर ही हो गया था। सभी उम्मेदवार चले गये थे। अब मैदान ख़ाली हो चुका था। कहीं-न-कहीं गोटी फँस सकती थी। उसकी प्रसन्नता का कोई ठिकाना न था। बाप ने शादी नहीं की। कहीं नौकरी करो तब विवाह करूँगा। तुम्हारी मेहरिया का ख़र्च कौन उठायेगा? बँटवारे में खेती चौथाई हो गयी। अब वह रौनक़ नहीं। मजूर मिलते नहीं। चौगुनी बन्नी-मजूरी देनी पड़ जाती है। तब भी लेबरों के मुँह सीधे नहीं रहते। ठाकुरों-बाभनों की दशा सबसे ख़राब है। कोई पैतृक पेशा है नहीं। लड़के कामचोर निकले। खेतों की मेंड़ों पर कीचड़ लगते हैं। पेट-तन कैसे चलेगा? राजा-महाराजा हो नहीं। वहीं जाकर अपने बहिन का दामन पकड़ो, पार कर देगी। तब से बेचारे यहीं डटे हुए थे। मास्टरी न मिले, चपरासी ही सही।

यशवन्त सिंह जब से यहाँ रहने लगे थे, उम्मेदवार ही अब तक भोजन बनाते, खाते-खिलाते थे। सिलबिल बड़े प्रेम से बनाते। गाय दुहते। सानी-पानी करते। बलवन्त के चरवाह की यहाँ आवश्यकता न थी। एक ही गाय के लिए बाबूसाहब स्वयं भी लग

जाते थे। सानी-पानी के साथ उसे साबुन लगाकर खूब मल-मलकर धोते। जुएँ निकालते। गो-सेवा के बड़े प्रेमी थे।

आज सिलबिल कुछ अधिक प्रसन्न थे। तर्क कर रहे थे। भीड़ में दुष्टों ने मेरा भी काम चौपट कर दिया था। चाय पी रहे थे और सोचकर मुस्करा रहे थे। बरतन माँजने के लिए कहारिन थी। चार बजते ही वह आ गयी। सिलबिल कभी-कभी मज़ाक भी कर लिया करते थे। कलावंती अपनी माँ की सबसे छोटी लड़की थी। दो बहनें ससुराल चली गयी थीं। कोई लड़का न था। दस घरों की मज़ूरी-धतूरी से माँ-बेटी आज़ाद थीं। लोग शादी में पुरजोर मदद भी कर देते थे। दोनों लड़कियाँ खाते-पीते घरों में गयी थीं। यहाँ आतीं तो चार-छह माह रहकर माँ की मदद करतीं। जगनी अभी काम कर लेती। सोचती—जिस दिन पौरुष थकेगा, इस घर में दो हिस्सा कर दूँगी। आबादी तीन डिस्मिल है। छोटी लड़की को दे दूँगी। यहाँ भी रहो, वहाँ भी। ज़मीन-जैजात बेचना नहीं चाहिए। बाल-बच्चे बढ़ेंगे, कहाँ जायेंगे? जगह-ज़मीन अब नहीं मिलेगी। कलावती पढ़ती-लिखती न थी। हाँ, गाँव के प्राइमरी में पाँचवीं तक पढ़ी थी। पन्द्रह साल की हो रही थी। जगनी रिश्तेदारों से कह चुकी थी। दोनों दामाद वर की तलाश में हो गये थे। वह दूसरे के घर में गयी तो यहाँ कलावती को भेज दिया। कभी-कभी वही आ जाती। दूर आश्रम होने से आलस आता। कहार की जाति, दिन-भर दौड़ते बीतता। मुँह देखकर कोई नहीं देता।

उसे देखकर सिलबिल ने कहा—"कल्लो! वहाँ भण्डार में तेरे लिये चाय रखी हुई है, पी लेना। ठण्डी होगी तो गरम कर लेना।"

"अच्छा! आज कुछ ज़्यादा ख़ुश हैं। मालूम पड़ता है, नौकरी मिल गयी है।"

"नहीं रे कल्लो! भला ऐसा हो जाये तो...अरे हाँ, अखण्ड कीर्त्तन सुनूँ और भोज दूँ।" बोले सिलबिल गम्भीर होकर—"मेरी नसीब में नौकरी नहीं कल्लो..."

"क्यों नहीं? तुम्हारे तो बहनोई हैं। अपनी बहिन से कहो। उनका नहीं सुनेंगे तो किसका सुनेंगे?" कहती हुई वह रसोई में जाने लगी।

सिलबिल आगे बढ़कर अपना कप उसे पकड़ाते हुए बोले—"भगवान् करे तुम्हारी बात सत्य हो जाये। तुम भी मेरे लिये उनसे कहो। मेरी तो हिम्मत नहीं। मेरी नौकरी लग गयी तो तुम्हें शूट के कपड़े अवश्य दे दूँगा। सच कल्लो। मेरे जीजा तो शिव हैं। कब प्रसन्न होंगे, नहीं कह सकता।"

"अब तुमसे और तुम्हारी बहिन से प्रसन्न नहीं होंगे तो किससे होंगे? तुम्हारे जीजा पर अधिकार है। कहीं रख सकते हैं।" बोली कलावती—विश्वस्त भाव से—"तुम मेरी बात मानों तो किसी से मत कहो। लोग हँसेंगे। खाली अपनी बहिन से कहो। उन्हीं के पीछे पड़े रहो...बस...भला समझो..." सिलबिल आकर चौकी पर बैठ गये। तब तक यशवन्त सिंह आ गये। सिलबिल ने बैठे-बैठे पूछा—"कहाँ गये थे जीजा?..."

"कहीं नहीं। ज़रा बाबू जी को झाँकने गया था। बहुत नाराज़ होकर गये हैं।" वे आकर चौकी पर बैठते हुए बोले—"मन्दिर को धो देना। आज मेरा दिमाग़ ठीक नहीं

है। भोजन क्या बनाओगे सिलबिल? न हो, दोनों मास्टर साहब को यहीं बुला लाओ...आज खीर-मकुनी बन जाये...।''

''अभी बुला दूँ?''

''और क्या। और बाज़ार से आवश्यक सामग्री भी ले लेना। चने का सत्तू नहीं है। बैंगन, आलू और टमाटर भी ले लेना। कहते हुए चले जाना।''

कलावती दत्तचित्त बरतन माँज रही थी। यशवन्त ने कहा—''कलिया! बरतन माँजकर वहाँ ज़मीन पर अहरा बोझ दे। एक आलू-बैंगन भूनने के लिए दूसरा लिट्टी के लिए। तुम भी खाकर जाना। कोई कठिनाई तो नहीं?''

''नहीं मामा, रात होने पर जाने में...दूर है न...माँ बिगड़ती है। देर होने तक वह ख़ुद चली आयेगी।''

''अच्छा होगा। वह भी गरम-गरम लिट्टी खा लेगी।''

''ज़मीन बहारकर गोबर से लीप देती हूँ। किसके-किसके पाँव पड़े हैं यहाँ।'' वह काम में लग गयी।

''पगली, यह कहने की बात है? जहाँ भोजन बनेगा, सफ़ाई नहीं होगी? वहाँ आँवले के नीचे साफ़ कर लेना। बहुत अच्छा रहेगा। अहरा बोझकर जा अपनी माँ को भी बुला ला।'' आदेश पाकर कलावती ने सब कर दिया।

यशवन्त सिंह किलककर बोले—''बहुत अच्छा बेटा। अब जा अपनी माँ को बुला ला।''

दोनों अध्यापकों के साथ रणविजय भी आ गया। यशवन्त ने सबको बैठाते हुए कहा—''विजय बच्चा! यदि पढ़ाई में बाधा हो तो जाओ पढ़ो...खाने के वक़्त हम बुला लेंगे। नहीं, आनन्द लेना हो तो रहो। तुम भी लग जाओगे तो और जल्दी हो जायेगा।''

''कुछ मनोरंजन भी तो होना चाहिए। अभी तक तो पढ़ता ही था।'' रणविजय वहीं दूसरी चौकी पर पीछे बैठ गया।

तभी सिलबिल भी आ गये, भोजन की सम्पूर्ण सामग्री लिये। चौकी पर रखकर बोले—''थाली, चाकू, लकसुन, प्याज सब लाकर रख देता हूँ।''

श्रीप्रसाद ने कहा—''हाँ-हाँ, लाइये लहसुन हम छीलते हैं। विकल जी! आप प्याज काट डालिये। हमारी आँखों में बहुत तेज़ लगता है। सिलबिल भाई! हम लोग सामान तैयार कर दे रहे हैं। और जो हमारे लायक़ हो, बताइये...''

''अहरा सुलग रहा है। आप आलू-बैंगन और टमाटर भूनिये...।'' यशवन्त सिंह ने उठते हुए कहा—''सिलबिल! सारा काम गड़बड़ हो गया। अभी तक गाय नहीं लगी। सेवई बैठा देते।''

''मैं अभी लगा देता हूँ। तब तक आप लोग और मसाला तैयार कीजिये।'' कहकर सिलबिल ने बछिया खोल दी।

यशवन्त ने लपककर गाय की टाँगे छान दीं। बोले—"तुम जाकर आटा गूँधो। आग हो गयी है। मैं स्वयं गाय दुह देता हूँ।" वे बछिया को अकेले खींचने लगे। जाती ही न थी। दो माह की जरसी बछिया जैसे गाय की तरह हो गयी थी। दौड़कर श्रीप्रसाद भी लग गये और बछिया बाँध दी। यशवन्त सिंह दुहने लगे। दो सेर भी नहीं दुह पाये थे। हाथ फटने लगे। आदत नहीं थी। चिल्लाने लगे—"सिलबिले आओ...अब नहीं चलेगा...अभ्यास छूट गया है।"

सिलबिल आटा पोते बाहर निकले—"हाथ धोने पड़ेंगे..."

श्रीप्रसाद गाय के थन के पास बैठते हुए बोले—"आइये...मैं दुह देता हूँ। सबके दाँव-पेंच होते हैं। आप पूरी छेमी खींच रहे हैं। दुहने की अच्छी कला आपके पास नहीं। मैं बाबू जी की गाय-भैंस दुहते-दुहते अभ्यस्त हो गया हूँ। देखिये...बल भी नहीं लगेगा और दूध भी निकलने लगेगा।" श्रीप्रसाद ऐसे दुहते मानो छू रहे हों।

यशवन्त सिंह खड़े होकर अपना हाथ देखते हुए बोले—"इस गाय की छेमी बहुत कड़ी है। हमारी तो मुट्ठी ही नहीं बँध रही है। सच श्रीप्रसाद जी! आप कलाकार हैं। अच्छा, हम लहसुन छीलते हैं।"

"मैंने सब छील दिया चाचा!" रणविजय ने छीलते हुए कहा।

"तुम भी मशीन हो गये हो भाई। कब लिया और कब छील मारा।" यशवन्त सिंह बैठकर हाथ सीधा करने लगे। बाँहें भर आयी थीं।

प्रदोष की सिन्दूरी आभा चतुर्दिक् फैल चुक थी। श्वेत-श्याम बादल ललछौंहें होकर आसमान के पथ पर दौड़ लगा रहे थे। मन्दिर के प्रांगण में पक्षियों का कलरव शुरू हो गया था। मानो सन्ध्या ने घर जाने का निमन्त्रण दे दिया था। यशवन्त सिंह इस भोज में तनावग्रस्त चिन्ताएँ भूल गये थे। एकाकी जीवन चिन्ताग्रस्त होता ही है। सामाजिक जीवन यदि निर्विवाद हो, मानसिक सुख इससे बढ़कर कहीं नहीं मिल सकता। यही एक ऐसी पृष्ठभूमि है, जहाँ मनुष्य अकेला, चोर-जीवन कभी नहीं जी सकता। उसे सुख-दुःख बाँटना ही पड़ता है। हँसी-मज़ाक के दौर में सामाजिक जीवन कितना निष्कलुष, निरापद आनन्दमय होता है, संसार का सम्पूर्ण वैभव छोटा दिखने लगता है। क्योंकि वैभव की व्यक्तिगत पूँजी सामाजिक एकता की सम्पन्नता से बढ़कर हो ही नहीं सकती। इसी शक्ति ने गाँव, नगर और राष्ट्र का निर्माण किया। इसी ने सबको पराजित किया। इसकी व्यवस्था जब टूटती है, मनुष्य रुग्ण, विकृत, ईर्ष्यालु सभी कुछ होने लगता है। इसीलिए मानव रचनात्मक जीवन जीने की कोशिश करता है। वहाँ वह अकेला नहीं रह सकता। उसे व्यक्तियों और पदार्थों से घिरना पड़ता है। एक व्यक्ति जब तक कई भागों में बँटा हुआ जीता है, निर्विकार मन से स्वस्थ शरीर रहता है। जैसे-जैसे वह सबसे छूटता, अकेला होता जाता है, रोगों और विकारों से घिरता चला जाता है। पचास फ़ीसदी रोग मानसिक सम्भावनाओं पर ही निर्भर रहते हैं। शारीरिक रोग तो सामान्य दवाओं से

ही ठीक हो जाते हैं। बस, उसे मानसिक रोग नहीं होने चाहिए। अकेलेपन में निष्क्रिय हो जाने से शरीर की कोशिकाएँ भी धीरे-धीरे निष्क्रिय होकर व्यक्ति को रोगी बना देती हैं।

कुछ क्षण के लिए यशवन्त सिंह सोच में डूब गये थे। श्रीप्रसाद गाय दुहकर बाल्टी लाते हुए बोले—''आपके हाथ दुःख गये। गाय-भैंस दुहना भी अभ्यास और युक्ति पर निर्भर करता है। न हो तो भगौने में दूध पलटकर एक अहरे पर बैठा दूँ।''

सिलबिल ने गूँधे आटे का बरतन चौकी पर रख दिया। सामान तैयार हो चुका था। व्यथित जी मकुनी के मास्टर थे। चटपट सत्तू तैयार करके बाटी बनाने लगे। रणविजय भी लग गया। श्रीप्रसाद भगौने में दूध पलटकर अहरा की ओर चल पड़े। कलावती आलू-बैंगन और टमाटर भून रही थी। थोड़ी देर में सभी लोग अहरा के पास ही घेरकर बैठ गये। कोई बाटी डालने लगा। कोई पलटने लगा। कोई फफाते दूध को चलाने लगा। मानों किसी के विवाह में बारातियों के स्वागत—भोज के लिए जल्दी किये हुए हैं। भोजन सुन्दर और स्वादिष्ट हो, गालियाँ न सुननी पड़ें। सिलबिल दौड़-दौड़कर सामान दे रहे थे।

क़रीब दो घण्टे में सब बनकर तैयार हो गया। यशवन्त सिंह ने माँ दुर्गा को भोग लगाया। घण्टा-घड़ियाल बजाया। वहीं सबकी थाली में पारस होने लगा। तभी कलावती की माँ आ गयी। रास्ते-भर बड़बड़ा रही थी। यहाँ आते ही आवाज़ बन्द हो गयी।

सामने खड़ी होकर बोली—''तभी देर हो गयी। मैंने सोचा, आज क्या हो गया? कौन-सा पहाड़ ढकेलने लगी वहाँ? जुग-ज़माना ठीक नहीं...।''

''नहीं रे कमरिया! यहाँ किस बात का डर? मैंने कहा, तुम भी लग जाओगी तो जल्दी हो जायेगा।'' बोले यशवन्त सिंह, हाथ रोककर—''तू भी बैठ जा...कल्लो! अपनी माँ को भी दे दे...अब गरम-गरम मकुनी खाकर मतारी-बिटिया घर जाना। भोजन के बाद बरतन माँज देना या कल सुबह...जैसी तुम्हारी इच्छा...।''

''नहीं मालिक! दे दो...घर ले जाकर हम लोग खा लेंगी। सबेरे बरतन माँज दूँगी। कैसी अँधेरी रात है। रास्ता नहीं सूझ रहा है। उस मुहल्ले की स्त्रियों को क्या कहूँ... हरजाइयों को सड़क पर ही गन्दा करना है। पाँव रखने लायक़ नहीं है। खेत में उतरते कसाला होता है। कल्लो! चलती हो कि...।''

''ले लो जितना खाओगी... कटोरा ले लो...उसमें सेवई और प्लेट में चोखा भी...।''

बोले यशवन्त सिंह—''मैं तो कहता हूँ, यहीं आँवले के नीचे गरम-गरम बट्टियाँ खाकर जाती। आँवले के पेड़े के नीचे खाने का कुछ और फल होता है। तुम भी लगी हठ करने। एक साथ खाने का कुछ और ही रस है। थोड़ा उधर जाकर तुम लोग भी खा लो...।''

"मरद के साथ स्त्री नहीं खाती, आयु घटती है।" बोली जगनी—"वह तिरिया कैसी, जो मरद के मुँह पर उसके साथ खाये? हमसे तो यह नहीं होगा।"

"तुम भी वही पुरानी बात करने लगी। ज़माना बदला, लोग बदले। अब की स्त्रियाँ अपने आदमी की थाली में साथ खा रही हैं। दोनों एक-दूसरे के मुँह में कौर डालते हैं। समझी...?" जगनी गाँव के नाते यशवन्त की भाभी लगती थी। कुछ मज़ाक के स्वर में बोले—"जगनी भाभी! सच कहना, तू अपने मरद की थाली में एक साथ खायी है कि नहीं? नहीं खायी तो मुक्ति नहीं बनेगी।" लोग हँसने लगते हैं।

"खाओ ख़ूब मनडब्बी की थाली में। खाकर तर जाओ...।" जगनी ने बिगड़कर कहा—"हरजाइयों को मौगड़ अपनी थाली में अपने हाथ से खिलाते हैं। मुझे तरना-वरना नहीं है। तुम्हीं ख़ूब तरो..." एक अट्टहास गूँज उठता है।

"जगनी! बतियाने में एक मकुनी अधिक खा गया। बड़ा आनन्द आया। अब हम लोग खा चुके हैं। तुम लोग भी खा लो।" यशवन्त सिंह उठ गये।

भोजन के बाद माँ-बेटी चटपट बरतन माँजकर रख दीं। कौन अब सवेरे आये? और भी काम हैं। दोनों जब चलने लगीं, सिलबिल ने बचे खाद्य को दे दिया। लपककर दोनों घर आयीं। हाथ-पाँव धोकर खाने बैठ गयीं।

जगनी ने हँसकर कहा—"मुझे तो डर लगने लगा। क्या हो गया जो अभी तक नहीं आयी। बहू-बेटियों पर बड़े लोगों की निगाहें कुछ दूसरी होती हैं।"

"होकर क्या करेंगी? जब अपनी गाँठ ठीक रहेगी, कोई क्या कर लेगा?" कलावती ने कुछ गम्भीरता के साथ कहा—"हाँ, जब हरजाई ही निकल जाये तब क्या छोटा, क्या बड़ा? हमारी जात ही ऐसी है। मजूरी-धतूरी न करूँ तो पेट-तन कैसे चले?"

"जात-पाँत की बात नहीं है पगली-असली बात धंन की है। कोई जात छोटी-बड़ी नहीं है। जिनके पास धन-दौलत है, उनके मान-मरजाद हैं।" बोली जगनी—"ठाकुर-बाभन क्या मजूरी नहीं करते? यहाँ बड़े बनते हैं। बाहर रिक्शा चलाते हैं। आकर कहते हैं कि फैक्टरी में मैनेजर हैं। ठेंग हैं। तुम्हारे बाप हमको कलकत्ते ले गये थे। फैक्टरी में काम करते थे। दानूपुर के एक बाबूसाहब का लड़का वहीं दूध बेचता था, सड़क पर बैठकर। यहाँ आकर कहता था, तबेला चलाता हूँ। बड़े लोगों की बातें ही बड़ी हैं। ज़रा घर में झाँककर देखो। कुछ तो चुड़ैल से भी बदतर रहती हैं। कैसे घर में खपती हैं बाबा, ऐसी स्त्रियाँ? नाक पर माछी नहीं बैठने पाती। रूप तो भगवान् का ही बनाया हुआ है। दिन में देख लो तो छर जाओ। ऐसे ही स्त्रियों के आदमी दूसरी तिरिया को देखकर तरसते हैं। उनकी आँखें फूटें। नखड़ू के घर का हाल तो तुम जानती ही हो? मैंने पानी भरना छोड़ दिया।"

"वह तो बड़ा बदमाश लगता है। कैसे ताकता है। ऐसे न रहता तो मेहर बीच जवानी में ही मर जाती।" कलावती ने नाक-भौं सिकोड़कर घृणा प्रदर्शित की।

"तुम नहीं जानती क़ल्लो। वह बड़ी चालू औरत थी। नखड़ को जब मालूम हुआ, बहुत पीटा उसे। बस, उसने माहुर खा लिया।" जंगनी ने आँखें निकालकर गम्भीर चेहरा बनाकर कहा—"बड़ी जिद्दी औरत थी। कोई ख़राब भी नहीं थी। चार बच्चे की माँ थी। लड़कों का भी उसने मुँह नहीं देखा।"

"हरजाई ऐसी होती ही हैं। अपने सवाद के आगे लड़कों की क्या मुहब्बत आयेगी। औरत ठीक है तो लक्ष्मी है। बदचलन निकल गयी तो डायन समझो।"

"तुम नहीं जानती हो। तुम्हारे जनम के पहले की बात है। मैं ख़ूब जवान थी। सालभर के बाद ही बुढ़िया ने हमको बखरी में पानी भरने के लिए लगा दिया। वह ख़ाली कुएँ से पानी खिंचवा देती थीं। पानी लेकर घर में मैं ही जाती थी। तुम्हारे बाप कलकत्ता नौकरी करते थे। उस समय नखड़ के घर में भी पानी भरती थी। दोनों हाथों में पानी की बालटी लेकर जैसे ही घर में गयी, उसने मेरे ऊपर हाथ लगा दिया। मैं नहीं जानती थी। उसकी घरवाली नहीं थी। घर में कोई न था। मैं गालियाँ देने लगी। अब क्या कहूँ, वह मेरे पाँव पर गिर गया। हाथ जोड़कर माफ़ी माँगने लगा। दया आ गयी। छोड़ दिया। नहीं, हल्ला किया होता तो पीटा जाता। बड़े ठाकुर बिना पीटे नहीं छोड़ते।"

"ऐसा बदमाश है दोग़ला?" कलावती ने आश्चर्य से आँखें निकाल लीं।

"तुम नहीं जानती हो। जवानी में मैंने कैसे अपनी इज़्ज़त बचायी। वही नहीं, कितने थे। रुपये-अनाज मेरे सामने रख देते थे। सुपारिस करते थे। कहते—'रानी! दूध की कुल्लियाँ करोगी। बस एक बार मेरा अरमान रख दो। तेरी सूरत आँखों में खुब रही है। उस समय जवानी थी। मैं भी अपने को कुछ समझती थी। उन्हें और तड़पाती थी। मन में कहती—'मरो दोग़ले। तुम्हारी आँखें मुझे देख-देख फूटें। मैं ज़रा और बन-ठनकर जाती थी। सासू जलतीं थीं। मैं भी जलाती थी। लेकिन अपने गाँठ की कच्ची नहीं थी। किसी का पंजा नहीं लगा। मैंने सबको ऐसा छकाया कि वे ही जानते होंगे। सबने मेरे लिये क्या नहीं किये? तुम्हारी नानी बड़ी कड़ी औरत थी। क्या मज़ाल कि कोई खर नज़र देख ले। बड़े-बड़े के घरों में सारा दिन काम करती। लोग उन्हें इज़्ज़त से देखते। वह ज़माना ही कुछ और था। उन्होंने मुझे पहले ही बता दिया। सँभल के रहना। ज़रा-सी कच्ची पड़ेगी तो बुरा हो जायेगा। ये लोग जिसको चाह लें, आबाद भी कर दें और बरबाद भी। इसलिए ऐसे रास्ते से चलो, बन-बाग़ दोनों बना रहे। हमें जीवन-भर उन्हीं के घर में चाकरी करनी है।"

"औरत का दूसरों के घरों में मजूरी करना ही ठीक नहीं है। अपनी लाचारी है। कैसी-कैसी नज़रों से लोग देखते हैं। मुझे तो लाज आती है।"

"यह सब ग़रीबी के तक़ाज़े हैं। घर में अँटता तो क्यों जाती? हम अब्बर हैं। ज़मीन-जैजात नहीं है, नहीं अपनी खेती कर लेती। पता नहीं, कब से हमारे बाप-दादों ने यही पेशा अपनाया है। उनको अपना काम करने को नहीं था क्या?"

"तुम नहीं जानती। बड़े दादा के लड़के पढ़ते हैं। रजिन्दर बनारस पढ़ता है। एक दिन वह बताने लगा कि हम लोग भी छत्री हैं। पहले हमारे बाप-दादे ही यहाँ के राजे थे। आर्य आये, बड़ा युद्ध हुआ। बाप-दादे हार गये। बन्दी हुए। आर्यों ने उनसे अपने घरों में पानी भरवाये और भोजन बनवाये। बस हमारा यही पेशा हो गया। नहीं तो हम भी खरबंसी ठाकुर हैं। कोई डोम-धरकार नहीं हैं।" कलावती ने बरतन पनारे रख दिये। बाँस के दो छोटे खाट आँगन में बिछा दिये।

"बात तो ठीक ही कहता है। छूछे को कौन पूछे? नेग-दस्तूरी का रिवाज़ खुल गया। हम उनके चाकर हो गये। हमारी बेटी-बहनें उनकी रखैल होने लगीं। जो चालाक थीं, अपनी आबरू बचाकर काम कीं। जो उनके रंग में बहने लगी—बह गयीं। इसीलिए कहारों की कोई इज़्ज़त नहीं थी। अब तो ज़माना बदलने लगा है। लोग सब पहचानने लगे हैं। कुछ दिनों में यह सब भी छूट जायेगा। "जगनी ने कथरी बिछायी। दोनों खाट पर गिरकर कुछ और देश-कोस की बातें करते-करते कब सो गयीं—कुछ पता नहीं।

* * *

अभी कोई सात बजे थे। सभी लोग चौकी पर बैठे डकार रहे थे। मकुनी और सेवई की सुगन्ध आ रही थी। व्यथित जी ने ज़ोर से डकारा—"समाज में खाने का कुछ और ही आनन्द है। मकुनी और सेवईं दोनों ज़्यादा खा ली।"

"फ़ील्ड में दौड़ लगाइये, सब पच जायेगा।" श्रीप्रसाद मुस्कराये।

"कुछ हमें भी अधिक हो गया। लगता है, कल फ़ास्ट करना पड़ेगा।" यशवन्त ने कौतूहल व्यक्त करते हुए कहा—"हम लोग भोजन की धुन में भूल गये थे। आलमपुर का काण्ड तो बड़ा घृणित और लोमहर्षक है। सुना कि छेदी सिंह ने दो चमारों को गोली मार दी। एक उन्नीस साल का लड़का मर गया। चमार बग़ावत पर आमादा हो गये हैं। छेदी की सरासर ग़लती है। गाँव का आवागमन रोक रखा है। बुढ़ापे में यह जोश। बन्दूक़ चला रहे हैं। न्याय-अन्याय की कोई परवाह नहीं। वही पुराना ज़माना सोच रहे हैं। अब तो लड़के का पूरा जीवन ख़राब। एक पुश्त के लिए पीछे हो गये।"

"ये सब घटनाएँ इनसान को सौ साल पीछे कर देती हैं।" बोले व्यथित जी—"यही दशाएँ जातिवाद पैदा कर देती हैं। माना कि चमार ग़रीब मज़दूर हैं। क्या मज़दूरों और ग़रीबों को जीने का हक़ नहीं? यह उनकी बदतमीज़ी है। अंग्रेज़ चले गये, अंग्रेज़ियत लोगों को दे गये। अब जीवन-भर जेल में सड़ो। शायद पण्डा जी भी 302 के मुज़रिम हैं। इस समय गाँवों की दशा सबसे बदतर है। राजनीति जो गाँवों में घुस गयी।"

"मनुष्य धन की हविश में अन्धे हो गये हैं। व्यक्ति जब भीतर से ख़ाली होता है, उसका उदग्र अहंकार ही फलीभूत होने लगता है। किसी के पास कुछ है नहीं। न शिक्षा, न समाज। पुस्तकों से पलायन शुरू हो गया है। सम्पूर्ण ज्ञान किताबों में है। मनोरंजन

के प्रसाधन बढ़े हैं। टेलीविज़न ने अध्ययन, शिक्षा और व्यायामों की ही हत्या नहीं किये, इनसान को विलासी, आलसी और ज़ाहिल भी बना दिये हैं। "श्रीप्रसाद आक्रोश में कह रहे थे—"यही भारत धर्म, ज्ञान और कर्म की ध्वजा पूरे विश्व में फहराता था। अब विद्वानों और सन्तों का अवमूल्यन हो रहा है। सर्वोपरि हैं, फिल्मी अभिनेता। मैं इन्हें महँगे भाँड़ों के अतिरिक्त कुछ नहीं मानता। संसार के सम्पूर्ण अवॉर्ड इन्हें दिये जा रहे हैं। इनकी प्रतिमाएँ बन रही हैं। सभ्य घरों की लड़कियाँ भी अश्लील फ़िल्मी ज़िन्दगी जीने के लिए सभी कुछ दाँव पर लगा दे रही हैं। आज अपमानित और अनियन्त्रित विलासी जीवन ही सर्वोपरि है। इसमें क्या है? नाचने-कूदने के अलावा कुछ गम्भीर तथ्य है? अब आप बताइये...पूरा देश भाँड़ हो गया है। यही ख़िदमत में पेश किये जायेंगे। विद्वानों से गरिमा बढ़ती है। वे उपेक्षित, जीवन की आशा में टिमटिमाती रोशनी देख रहे हैं।"

"अब आन्दोलन की आवश्यकता है। चमार इसलिए चमार है, क्योंकि वह ग़रीब है, मज़दूर है। हमारे देश के कुछ तथाकथित कम्युनिस्ट विद्वान् रचनाकार हैं, पर हैं वे रईस। उनके पास क्या नहीं है? बड़े-बड़े शहरों में उनके बँगले हैं। मोटरें हैं। शराब की बोतलें और मादक द्रव्य वे उड़ाते हैं। भोग-विलास में वे कितने रुपये ख़र्च कर देते हैं, कोई गणना नहीं। ग़रीबों के मसीहा निर्बलों को उलटे छुरे से रेत रहे हैं। "बोले यशवन्त सिंह—"जिस देश की ऐसी दशा है, राजनीतिक लोग नोट की गड्डियों पर सोते हैं। उनसे देश का कल्याण सोचना अन्धापन है। इस देश में कदापि सुधार नहीं आ सकता, जब तक भीषण क्रान्ति नहीं होगी।"

"जिसके पास ताक़त और सत्ता है, वही चोर है। ग़रीबों से ईमानदारी की गुहार की जाती है। अब रांमराज्य आने में विलम्ब नहीं। आज का मनुष्य बहुत विकसित मानस हो चुका है। रामराज्य अर्थात् जनता पर किसी व्यक्ति विशेष का शासन अर्थात् राजतन्त्र। यह तो सबसे बुरा है, जिसमें आम आदमी का कोई अधिकार नहीं। लोकतन्त्र से अच्छा राजतन्त्र कदापि नहीं हो सकता। जिस तन्त्र में किसी को अपने विचार रखने के अधिकार नहीं, वह अच्छा कैसे हो सकता है? गाँधी का सपना बिलकुल ग़लत था। जनता इतनी जाग चुकी है कि राजतन्त्र को कदापि पसन्द नहीं करेगी। चाहे वह राजा स्वयं भगवान् ही क्यों न हो। राजा प्रजा को दास समझता है। दास का मूल्य वस्तु से अधिक नहीं होता। जैसे वस्तु की अपनी कोई इच्छा नहीं। उसी प्रकार प्रजा की अपनी कोई इच्छा नहीं, राजा चाहे जैसे इस्तेमाल करे। जब जिसे चाहा, फाँसी दे दी। किसी की बेटी या बहू को अपनी पत्नी बना ली। क्योंकि उनके लिए स्त्रियाँ भी वस्तु ही थीं। रामराज्य का ऐलान करनेवाला एक नम्बर का प्रवंचक है। लोगों को गुमराह करके ख़ूब लूटो। रामराज्य आ रहा है। पहले तुम अपना पेट भरो। जो भरनेवाला नहीं, तुम कब तृप्त होने लगे? यह तो वह आग है, जो एक बार जंगल में लग जाये, बस—हज़ारों साल

सुलगती रहे। अब किसी बड़े विस्फोट की आवश्यकता है।" बोले व्यथित जी—"जातियाँ ईश्वर ने नहीं बनायीं। ये मानव-प्रदत्त हैं। सबका मापदण्ड धन और सत्ता है। माना कि वह भी उसी शक्ति का होता—छेदी के घर में कोई बचता?"

"ग़रीबों को जीने का कोई हक़ नहीं। जंगली राज है। कोई न्याय नहीं। उनका कुछ होगा भी नहीं। उन्हीं के आदमी बड़े-बड़े अधिकारी, मन्त्री, पुलिस सभी कुछ हैं। उनका बाल-बाँका भी नहीं होगा और छूट भी जायेंगे। एकदम भ्रष्ट शासन है। उलटे वे ही सज़ा पायेंगे—जो बेगुनाह, कमज़ोर, मज़दूर हैं। ऐसे राष्ट्र में आप विकास, समायोजन और सच्चाई की बात कहते हैं। कोरा अन्धों को दीपक ही दिखाना है। कुछ होनेवाला नहीं है। मैं जैसा सोचता हूँ।" श्रीप्रसाद ने अपना तर्क रखा—"जब कि किसी के बिना किसी का काम चलनेवाला नहीं है। मज़दूरों को कमाने की जगह चाहिए। मालिकों को लेबर चाहिए। केवल नासमझी है। दोनों के अभिन्न सम्बन्ध हैं।"

"टकराव भी सम्बन्धों ही में होते हैं। मेरा तो विचार है कि इसके लिए कोई मुहिम चलायी जाये। तीनों व्यक्ति त्रिकोण में काम करें। पिछड़ों की ओर से व्यथित जी और आप दलितों की ओर से। मैं सवर्णों की ओर से हो जाता हूँ। एक ऐसा आन्दोलन चलाया जाये जिससे छोटी-छोटी जड़िमाग्रस्त दुर्व्यवस्थाएँ नष्ट हो जायें। मनुष्यों में जाति का क्या अर्थ है, मैं नहीं समझ पाता? ख़ैर! लोग मानते हैं, मानें। किन्तु मन्दिरों में ऊँच-नीच की भावनाएँ रखना, अस्पृश्यता, ,खाटों और बरतनों का परहेज़ करना। मैं नहीं समझता कि इसमें कोई विशेष तथ्य है।" यशवन्त सिंह प्रश्नसूचक दृष्टि से सबको देखने लगे।

"'अछूत' उपन्यास में मैंने एक खोजपूर्ण विचार रखा है। वह यह कि शूद्रों के खान-पान और रहन-सहन इतने घृणास्पंद थे कि विकसित लोग उन्हें दूर बैठाते थे। अपना आसन नहीं देते थे। यहीं से दूरी पैदा होते-होते जातीय स्तर पकड़ ली। किसी महात्मा को छूने की हम लोगों की हिम्मत नहीं पड़ती है। वे भी दूरियाँ बनाकर रहते हैं। इन्हीं भेदों ने कई प्रकार के अलगाव पैदा कर दिये। आप स्वयं अपवित्र होकर मन्दिरों में नहीं जाना चाहेंगे। आपकी आत्मा आपको ख़ुद फटकारेगी। यही सब छोटे-छोटे कारण वृहदाकार हो गये। उस समय संक्रामक रोगों का इतना प्रकोप था कि गाँव-का-गाँव साफ़ ही जाता था। उपचार का कोई उपाय न था। सबको अपनी जान की पड़ी थी। इसलिए भी लोग छूआछूत से बहुत परहेज़ करने लगे थे। आकस्मिक मृत्यु ने लोगों के बीच में कई प्रकार की दूरियाँ पैदा कर दीं। वही रूढ़ होकर आज तक चली आ रही है। मनुष्य-मनुष्य में अन्तर हो गया। वैज्ञानिक युग में बहुत-से मिथ्यावादी तथ्य नष्ट हो रहे हैं। आप तो ख़ुद ही देख रहे हैं।" व्यथित जी चुप हो गये।

"यह भिन्नता पूरी तरह नहीं मिट सकती। जहाँ आचार-विचार का सवाल है, समानता कठिन है। आत्मा सदा पवित्रता को स्वीकारती है। परिवर्तन का आधार वही

है। हाँ, पहले गन्दगी अधिक थी, अस्पृश्यता भी थी। आप चमार से दूर रहते हैं। चमार, डोम-भंगी से दूर रहते हैं। रहन-संहन का अन्तर है। उसी स्तर का उनका खान-पान भी है। यह लम्बी परिपाटी इतनी जल्दी नहीं मिट सकती। डोम या मुसहर को आप अपनी खाट पर बैठायेंगे? क्यों? आपकी आत्मा जो खोज रही है, वह उनमें नहीं है। बस, आप छूना पसन्द नहीं करेंगे। ऐसा नहीं कि वे मनुष्य नहीं हैं। उनके कार्य और रहन-सहन सब दुर्गन्ध से भरे हुए हैं। पहले आप उन्हें स्वच्छ रहने की बातें बतायें। घृणित काम छोड़ें। धीरे-धीरे ख़ुद ही समानता आने लगेगी। स्कूलों के माध्यम से यह और आसान हो सकता है। इसीलिए गणवेश लागू रहता है। किसी में हीनग्रन्थि का विकास न हो। ऊँच-नीच का भेद मिटे। एकता बने।'' श्रीप्रसाद ने अनुमोदन के भाव से यशवन्त सिंह को देखा।

''आपने तेरह छटाँक की बातें कही हैं। किन्तु बुद्धिजीवियों के भी कुछ धर्म-कर्म होते हैं। जो स्वयं हो रहा है, उसी पर विश्वास करके अकर्मण्य हो जायें या आगे बढ़ें?'' बोले यशवन्त सिंह—''वीर योद्धा ही ऐतिहासिक बनता है। ऐश करनेवाला नहीं। इस समय देश का बहुत ज़ोरों से पतन हो रहा है। इसे सँभालना हमारा आपका कर्त्तव्य है। प्रत्येक व्यक्ति टूटता जा रहा है। एक दिन राष्ट्र भी टूट सकता है। व्यक्तियों का जोड़ ही समाज और क्रमशः राष्ट्र है। फिर हमारी क्या गति होगी, यह भी सोच लेना है।''

हम आपके विचारों से सहमत हैं। एक दिन इस विषय पर गोष्ठी हो। विचार पक्का करके हम लोग आन्दोलन में भिड़ जायें।'' कहा व्यथित जी ने।

''व्यथित जी! जिस आन्दोलन को आप करने चल रहे हैं, पहले उसका पालन करना पड़ेगा। पहला पलेथन हमारे सिर। तब दूसरे को उपदेश दीजिये। उपदेशक के दायित्व आम आदमियों से कठोर होते हैं। इस समय इसी की कमी हमारे देश में आ गयी। जितने उपदेशक, साधु, महात्मा या नेता हैं—प्रवचन, भाषण तो ख़ूब चिकना करते हैं किन्तु सबसे घटिया काम वही करते हैं। कर्म-साधना से शब्द-साधना मन्त्र की तरह हो जाती है। चोरों के उपदेश देने से क्या परिवर्तन होनेवाला है? मैं उनसे ज़्यादा सभ्य जनता को मानता हूँ। जो त्यागी हैं, उपदेशक नहीं हैं। पातकियों ने कमाने के धन्धे बना लिये हैं। उपदेश और योग की बातें करो।'' श्रीप्रसाद कहने के साथ कुछ जड़ता धारण कर लेते हैं। मानो तत्त्व किसी यन्त्र से निकल रहा हो।

''आप लोग रहेंगे तो सब ठीक हो जायेगा। यहीं क्यों नहीं सोते?'' यशवन्त सिंह ने आग्रह किया।

''नहीं साहब! अपने आसन के अलावा अन्यत्र नींद नहीं आ सकती। हम लोग सदा आपके साथ हैं, रहेंगे।'' श्रीप्रसाद के साथ सभी लोग उठकर चलने लगे। रात के आठ बज गये थे। लोग ऐसे चल रहे थे मानों ज्ञान के मद से झूमते हाथी।

●

जातिवाद ज़ोर पकड़ने लगा। चमारों में चन्दे लग गये। कुछ चमारों ने टाण्ट चढ़ाये। जनाब लड़के की मौत का नज़राना डेढ़ लाख रुपये पाये हो, ख़र्च करो। लड़ाकर ठाकुरों-बाभनों की मिट्टीपलीद कर दो। दस-बीस लोगों के नाम 'हरिजन-उत्पीड़न ऐक्ट' में डाल दो। ठण्डे हो जायेंगे। अब सामन्ती व्यवस्था नहीं चलेगी। सेवाराम से रुपये लो। हम लोगों से क्या मतलब था? उन्हीं के कहने से चमार आग में कूद गये। अब निकालो रुपये। दूसरों के कन्धों से कब तक बन्दूक़ चलाओगे?

सेवाराम की चौकी पहले से और बढ़-चढ़कर गर्म रहने लगी। सवेरा होते ही चमारों की बैठकी शुरू हो जाती। कोई जाता, कोई आता। मानो धर्मशाला हो। कुछ समझ में नहीं आता। सेवाराम बनिया के पास क्या है? लोग खिंचे आते। न एक कप चाय, न बीड़ी। इतनी अवमानना के बाद सेवाराम मानों इन्द्र बना बैठा है। कोई सहायता भी नहीं करता। गल्ले का व्यापारी है। क्या मज़ाल किसी को उधार दे दे। सड़े हुए गेहूँ और चावल अच्छे अनाजों में मिलाकर व्यापार को चोखा किये हुए है। सेवाराम ने न किसी का झगड़ा सुलझाया, न साफ़ काम किया। भाई-को-भाई से, बेटे को बाप से, पति को पत्नी से लड़ाने की अद्‌भुत कला थी। लोग उसके पास आप ही पहुँच जाते। वह सबकी पंचायत करता। साव से कहता जागो। चोर से कहता मूसो। उधर सवर्णों से भी मिला हुआ रहता, इधर चमारों और पिछड़ों से भी। अन्धों को ख़ुद पता नहीं, जिस कुल्हाड़ी से हमारी जड़ काटी जा रही है, उसे चलानेवाला सेवाराम के अलावा दूसरा नहीं। सेवाराम ने सम्पूर्ण गाँव में विद्वेष और झगड़े की ऐसी आग लगायी, जब तक पूरा गाँव नहीं जल जायेगा;, कभी बुझ नहीं सकती। बचा-खुचा छेदी सिंह ने पूरा कर दिया। इस क़त्ल ने

लोगों को और शंकालु बना दिया। कोई किसी से बातें नहीं करता। इस गाँव में यह नहीं मालूम, कौन हमारा दोस्त या दुश्मन है। कोई किसी को देखना नहीं चाहता। शायद ही कोई ऐसा घर बचा हो जो फ़ौजदारी में शरीक न हो। किसी को गाय ने मारी, दुश्मनों के नाम रपट दर्ज हो गयी। गवाह मिल गये। कोई मोटर साइकिल से गिर गया या शौच के लिए तालाब की ओर गया है, पाँव फिसल जाने से गिर गया—थाने में रपट दर्ज हो गयी। पुलिस को इस गाँव से अच्छा मुनाफ़ा हुआ तो चस्का लग गया। अब आलमपुर में बराबर पुलिस रहने लगी। समर्थ शान्तिप्रिय बुद्धिजीवी गाँव छोड़ने लगे। गीदड़ों और ईर्ष्यालुओं के लिए सुअवसर मिल गया। राजनीति का सिक्का ख़ूब बैठायेंगे। खेत अधिया देकर सम्पूर्ण दिन ताश में काटने लगे। दिन काटे न कटता था। अब आसान हो गया। दस बजे रात तक सेवाराम के यहाँ भीड़ लगती। क्या बातें होतीं? कौन-सा मुक़दमा सुलझाया जाता? कुछ समझ में नहीं आता। यही वह अखाड़ा है, जहाँ सम्पूर्ण ख़ुराफ़ातों के मन्सूबे बनाये जाते। सेवाराम जब प्रधान हुआ तभी से जातिवादी आग गाँव में लगी थी। अब और ज़ोर पकड़ती जा रही है। पिछड़े बचाव के रास्ते ढूँढ़ते। सेवाराम कुछ बनियों और चमारों के साथ सवर्णों के विरोध में आन्दोलन को नया रूप देना चाहता। वह ऐसा निशाना मारता, दूसरे फँस जाते; वह बाल-बाल बच जाता।

इधर सवर्ण इकट्ठा होने लगे थे। आलमपुर में ही नहीं, अन्य गाँवों की भी हवा प्रदाहक हो गयी थी। सियार भी शेर की खाल ओढ़ने लगे। जिसमें पुश्तैनी अदावत और मुक़दमेबाज़ी चली आ रही थी, वे भी एक जगह बैठकर मन्सूबे बनाने लगे। जो 'हरिजन ऐक्ट' के बाहर थे, वे अन्य सवर्णों से नज़रें नहीं मिलाते। कौन जाये फँसने? क्या मिलेगा इससे? कहीं लड़के जेल चले गये तो सरकारी नौकरी लाख योग्यताओं के बाद भी नहीं मिलेगी। शेष लोग उनसे नाराज़ रहने लगे। कैसे बच गये? हमारे साथ चमारों के दमन में क्यों नहीं चलते? क्या शादी चमारों के यहाँ करोगे? अब उनके साथ टाट-भात करोगे? तुम्हारा छुआ पानी कौन पियेगा? राजपूत होकर लाज भी नहीं आती? तुम्हारे भाई-बन्धु जेल काट रहे हैं। तुम हँस रहे हो। चमारों के आतंक से तुम भी परेशान हो लेकिन कायरों की तरह चुपचाप सह रहे हो। देश की आज़ादी की लड़ाई में तुम्हारे जैसे ही ग़द्दार थे। हम तो सीना तानकर लड़ेंगे। सभी लोग एक-एक बीघा खेत बेचकर राइफ़ल लाओ और आतंकवादियों का भेजा छलनी कर दो। नीचों ने कम नहीं सताये। हमारी मटर रात में उखाड़ ले रहे हैं। चना एक डाँटी बचने नहीं पाता। बीच में बैठकर सारी ऊख चूस जा रहे हैं। बरसीम काट ले रहे हैं। आम तोड़ ले रहे हैं। इनके मारे जीना दुर्भर हो गया है। अब सबको एक होना होगा, नहीं हमारी इज़्ज़त सुरक्षित नहीं रह सकती। सवर्णों को सरेआम पीट रहे हैं। तुम लोग भी अपनी आबादी बढ़ाओ, नहीं एक दिन इनके गुलाम बनकर रहोगे। जो कहेंगे वही करना पड़ेगा। हमारी बहन-बेटियों

से शादियाँ करेंगे। इनकी मन्शा ख़राब है। तुम लोग अपनी एकता बुलन्द करो और जो भी बोलते हैं, मिलकर पीटो। दिखा दो कि हम सवर्ण हैं। पिछड़ों में भी कुछ चमारों को चन्दा दे रहे हैं। ये हम लोगों का साथ नहीं दे रहे हैं, नहीं तो चमारों की हिम्मत नहीं पड़ती। जहाँ चाह रहे हैं, मँड़ई रख दे रहे हैं। बंजर हड़प ले रहे हैं। पोखरी; तालाब पाट ले रहे हैं। वाह रे गुण्डई! सरकार इन्हीं को सह दे रही है। ये दलित और शोषित किस मामले में हैं?

यह सुनकर पिछड़ों का आक्रोश अलग जाग्रत होने लगा। हम किस मामले में छोटे हैं? हमसे ज्यादा ज़मीन है कि रुपये-पैसे हैं। शिक्षा में भी हम आगे हैं। मेंढकियाँ भी नाल मढ़ाने लगीं। जो हाईस्कूल या इण्टर पास हैं, महाविद्यालय या यूँनिवर्सिटी कभी देखा नहीं। नर्सरी में पाँच सौ रुपल्ली की मास्टरी करने लगे तो मन बढ़ गया। किसने नहीं पीटा? चरित्रहीन हमसे मुक़ाबिला लेता है। अपने को सवर्ण समझता है। हम तो उसे चमारों से भी गया-गुज़रा समझते हैं। कितने सवर्ण हैं, जिनके घरों में रोज़ अरहर की दालें बनती हैं? नीचों को देखो...चेहरे पर मांस नहीं, उच्च बनते हैं। मियाँ का क्रोध दाढ़ी पर उतारते हैं। तुम मरो या जीयो, हमसे मतलब नहीं। अपनी करनी का फल नहीं पाओगे? आज चमार तुम्हारे दुश्मन हैं। दौड़कर उन्हीं की खाटों पर पायताने बैठकर रोपाई और हलवाही के लिए सिफ़ारिशें करते हो। क्या है तुम्हारे पास, जिसके बल पर कूदते हो? रस्सी जल गयी, ऐंठन अभी बाक़ी है। घबराओ मत। अपने घरों में बैठाकर चमारों को मट्ठा नहीं पिलाओगे? अपनी ढींढ़ नहीं देखते, दूसरे की फूंली निहारते हो। देश के चोर और डकैत तुम—दूसरे को बदनाम करते हो। अदब बनाने के लिए चरित्र चाहिए। तुम्हारे पास यही नहीं। दूसरे की बहिन-बेटियों को देखकर तुम्हारी लार टपकती है। तुम अपने घर में भी महापतित हो। लात नहीं खाओगे? तिलक-रोरी लगाकर बगुला भगत बन गये हो। मरने का काम करोगे, मरोगे। आदर्श क़ायम करो। छल-कपट छोड़कर हमसे मिलो, फिर देखो। तुम लोग अपनी कमी पहले देखो। जिस पत्तल में खाते हो उसी में छेद करने लगते हो। तुम्हारी हड्डियाँ-पसलियाँ टूट गयीं, शेख़ी बाक़ी रह गयी। चमारों के हाथों तुम लोग पीटे जा रहे हो। आख़िर क्यों? कभी सोचा है? हम तुम्हारा साथ देकर भी बद्दू ही रहेंगे। तुम हमसे भी खाटों का परहेज़ करते हो। हमारे-तुम्हारे बीच कोई अन्तर नहीं है। हम तुम्हें अपना समझते हैं। तुम हमसे कतराते हो। दोस्ती में छल अवश्य करोगे। लेन-देन में पूरी ईर्ष्या प्रदर्शित होती है। तुम साफ़ बनो, दर्पण की तरह। कपटी का साथ देकर हम जान क्यों देने जायें? तुम हमारे दरवाज़े पर आते हो, हम कितना सम्मान देते हैं। हम जाते हैं, अपमान-भरी दृष्टि से देखते हो—यही तुम्हारे पतन के कारण हैं। खिसियाकर खम्भा नोचोगे और कुछ नहीं कर सकते। एक ने गोली चलायी, कितने लोग अंजाम भुगत रहे हो। वह ज़माना गया, जब गधे अंगूर खाते थे। ख़्याल बदलो। आदमी के साथ आदमी बनकर मिलो। अंग्रेज़

बनोगे, चमार पीटकर ठीक कर देंगे। देखा न, एक पुश्त को पीछे ढकेल दिया। मित्रो! ठण्डा लोहा ही गरम को काट सकता है। आग-से-आग कभी नहीं बुझ सकती। पानी बनो पानी। पूरा पानीदार, फिर देखो—कौन तुम्हारा नहीं होता है?

चमार सशंकित होकर क्रुद्ध हो गये थे। रास्ता सबको चाहिए। मरने के लिए चमार हैं। क्या उस रास्ते से ठाकुर-बाभन नहीं जायेंगे? सबसे पहले उन्हीं की गाड़ियाँ दौड़ेंगी। चमार बेहूदे हैं, जो जान देने के लिए आग में कूद पड़ते हैं। धन का बढ़ना ठीक, मन का नहीं। सोचा कि पिछड़े हम लोगों का साथ देंगे। पता चला है कि चुपके-चोरी ठाकुरों को चन्दा भी दे रहे हैं। ये किसी ओर के नहीं हैं। इस बार कोई काण्ड होता है तो पिछड़ों के भी नाम थाने में दे दो। ये भी दुरुस्त हो जायें। चमारिनें सवर्णों के लपेट में पिछड़ों को भी ख़ूब गालियाँ देतीं। कोई सुकवि या कम्युनिस्ट ही उनकी गालियों का यथावत् वर्णन कर सकता है।

अब चमार ठाकुर-बाभन बनने लगे हैं। सीरीप्रसाद मास्टर अब चमार से ठाकुर हो गया। चमारिन उसे पसन्द नहीं है। ठकुरानी से ब्याह करेगा। कुकुर गंगा नहाकर शेर बन गया। अब हँड़िया नहीं चाटेगा। तुम्हारा ख़ून बदल गया। इसीलिए ब्याह नहीं कर रहा था। हम लोग अपना समझकर नाल मढ़ाते थे। तुमने पाँव में काँटा ठोक दिया—कसाई कहीं का। ठाकुर-बाभन ऐसे-वैसे नहीं। तुम्हें अपने कोल्हू में ऐसा पेरेंगे कि तुम भी याद करोगे। बनने चले हो चमार से ठाकुर।

क्या हो गया व्यक्ति और समाज को? कुछ समझ में नहीं आता। लोग सबसे, सब तरह से टूटते जा रहे हैं। क्या परिवार में रहकर भी व्यक्ति अपने-आपको अकेला समझेगा—एक दिन? समाज से गया, भाई से गया; माता-पिता से गया। एक समय वह स्वयं से अलग हो जायेगा। पूरा विक्षिप्त। न संन्यासी, न गृहस्थ। फिर राष्ट्र का क्या होगा? चोरों-बेईमानों का बाज़ार रोज़ गर्म होता जा रहा है। एक-एक आदमी को चुन-चुनकर मिटा देंगे—वे माफ़िया या तथाकथित राजनीतिक। गाँव, नगर, प्रदेश अथवा देश के किसी कोने में सुरक्षा नहीं। कोई समूह नहीं, समाज नहीं, एकता नहीं।

तीनों वर्ग टूटकर तीन तरफ़ बिखर गये। दलित-शोषित अलग। पिछड़े अलग। सवर्ण सबसे दूर। त्रिवर्ग त्रिकोण में स्थित होकर स्वयं में क्लेशयुक्त जीवन जीने के लिए बाध्य हो गये। क्या यही वैज्ञानिक विकास है? मुँह पर समर्पण, पीछे छुरी। पिता-पुत्र चाहे कोई हो। यही वह आग है जो सबके भीतर पूर्णरूपेण जलकर विषाक्त जंगल नष्ट कर देगी। जो भुनगे फूटेंगे, कोपलें निकलेंगी—शुद्धता से पूर्ण। आन्दोलन का यही रूप है। क्रान्तियाँ आग लेकर उत्पन्न होती हैं। सामन्ती युग से ही मानव-उत्पीड़न की आग बुझी राख में भी धधक रही थी। बड़ों ने ख़ूब पानी फेंके। उसे और घूरों से ढँके किन्तु वह बुझ न सकी। आज लपटों का रूप धारण कर चुकी है। मानवता का इतना बड़ा अपमान! इतना बड़ा अन्तर! कौन—सी संरचनात्मक इकाई

मज़दूरों, ग़रीबों से भिन्न है? तुमने कुछ धन-संग्रह कर लिया है। संग्रह के पूर्व तुम भी शून्य ही थे। कोई भी गणना एक से शुरू होती है। सौ पर पहुँचने के पूर्व तुम क्या थे—सोचो? जो शून्य तुम्हारे बायें था, अब दाहिने हो गया। फिर एक पर आओगे। उस दिन की प्रतीक्षा करो, जब सौ पर पहुँचोगे। एक तरफ़ से टूटकर दूसरी ओर से टूटने लगे। जड़ धन से जुड़ गये। मानवता के महत् आनन्द से टूट गये। और कुछ नहीं है, तुम्हारे पास। केवल पूरा-का-पूरा अहंकार है। बिलकुल फूले हुए पानी के बुलबुले जैसे। पहले तुम आदमी थे। किसी के दुःख-दर्द में दौड़ पड़ते थे। अब तो पशु भी नहीं रह गये। क्योंकि तुम अब हँसने लगे हो, दूसरों की ग़रीबी पर, बेबशी पर; बदहाली पर। तुम अपने ही अहं की आग में अपनी ईर्ष्या से जल रहे हो।

सेवाराम कौन-सा मन्त्र फूँक देता था कि लोग अनायास उसकी चौकी पर पहुँच जाते थे? उसने एक घर में चौकी बिछा रखी थी। जीर्णता से भरी हुई एकाध चारपाई भी थी। सेवाराम समृद्ध था। किन्तु उसे या उसके घरवालों को जीने की सुन्दर कला नहीं मालूम थी। स्वयं उसकी धोती से चीकट बहते। उसने चमरौधे जूते कभी नहीं पहने। प्लास्टिक के जूते गूँथ-गाँथकर तब तक पहनता, जब तक उसका कोई भी अंग साथ देता। बातें सिद्धान्तों में करता। उसके कई नाम हो गये थे। ब्राह्मण उसे भूमिहार कहते। ठाकुर लादेन। पिछड़े चाणक्य। लेकिन था वह बहुत होशियार। कहता—"मोटा खाओ, मोटा पहनो। हो सके तो एक को महीन कर दो। दोनों महीन होने पर पर तंग रहोगे आदि।" पुराने ज़माने का मिडिल पास था। दल ख़ूब बनाता किन्तु मौक़े पर निर्दल सिद्ध होता। किसी में प्रेम, विकास अथवा सुन्दर खान-पान, वस्त्रादि देख लेता—ऐसी तिकड़मी चाल चलता, उसे अदालत या थाने में पहुँचा ही देता। आँखें निकाल, माथा सिकोड़कर बातें करता। न चाहते हुए भी सामनेवाले के मुँह पर थूक डालता।

उसकी चौकी बारह मास गरम रहती। प्रातः होते ही लोग आने लगते, जाने लगते। रात के दस बजे तक आवागमन लगा रहता। बैठने के लिए छोटी-सी कोठरी में स्थान नहीं रहता। एक ओर चौकी, दूसरी तरफ़ अनाजों के बोरे। लोग बोरों पर ही बेहिचक बैठ जाते। यहाँ हीन भावना या झिझक नहीं होती। जैसे स्वर्ग में कहीं भी खड़े होने के लिए बित्ता-भर जगह मिल जाये।

अब वह और पैंतरे से काम लेने के लिए युक्ति सोचने लगा। सभी सवर्ण इकट्ठा हो रहे हैं। अब भारी पड़ेंगे। यदि पचासी फ़ीसदी एक हो जायें तो पन्द्रह फ़ीसदी लोगों को ठण्डा करना बायें हाथ में हो जाये। यह है कि उनके पास असलहे हैं। उन्हीं के लोग बड़े पदों पर हैं। एम. पी., एम. एल. ए., अफ़सर, पुलिस। एकाएक उसने आँखें निकालकर सामने खिड़की से बाहर देखा। बादल घुमड़ रहे थे। चहल-पहल बन्द थी। दिन के ग्यारह बज रहे थे। पाँचू कुर्सी पर बैठा बीड़ी पी रहा था। कुछ पिछड़े चौकी पर और चमार बोरों पर बैठे थे। आगे का निराकरण सोचा जा रहा था। पण्डा की ज़मानत

हो गयी थी। छेदी और भानू जेल में थे। वे भी आ जायेंगे। ख़ब्त इस बात का था कि पुलिसवालों ने तिनके से भी नहीं छुआ। किसी ने तख़मीना लगाया होगा, रुपये पहुँच गये होंगे। पुलिस और व्यापारी किसी के नहीं होते। बाप भी मिल जाये तो नहीं छोड़ते। दूसरे ने कहा—"नहीं साब! सरे मुहकमें उन्हीं से भरे पड़े हुए हैं। अपने लोगों को क्यों मारें? कोई दूसरी जाति होती तब देखते। पुलिसवाले ही मारकर ठीक कर देते।"

सेवाराम ने कहा—"ठीक कह रहे हो। हर तरफ़ से हमीं लोग हारे हुए लग रहे हैं। पाँचू! अब हमारे ऊपर तो डाका का केस तो हो ही गया है। छेदी यदि आ गये तो पैरवी इस तरह करेंगे कि हमारे ऊपर केस सत्य साबित हो जायेगा। पण्डा से इतना भय नहीं है। एक उपाय मुझे सूझ रहा है। दानूपुर स्कूल के सीरी मास्टर और विकल जी हम लोगों के साथ हो जायें तो लड़ाई ज़्यादा आसान हो जायेगी। क्या राय है?"

"सेवा भैया! बात तो बहुत दूर की सोची आपने। श्रीप्रसाद जी चमार हैं और विकल जी भी पिछड़े हैं। "पाँचू ने गम्भीरता से कहा—"ये लोग भी एक हस्ती हैं। यदि हमारा फेबर करते हैं तो काम आसान हो जायेगा। क्यों न हम लोग उनके बँगले पर ही मिल लें। ज़रा उनसे भी सलाह ले लें। ऐसे मौक़े पर क्या करना चाहिए?"

"और जो कह दिया, हमसे कोई मतलब नहीं। ठाकुर के स्कूल में पढ़ाते हैं। हँसिया अपनी ओर ही खींचा जाता है। यों जसवन्त सिंह जैसा आदमी खोजने से नहीं मिलेगा। बहुत ईमानदार, न्यायप्रिय लेकिन वक़्त का तक़ाज़ा है। सवर्णों के दबाव से बदल सकते हैं। "सेवाराम ने दोनों आँखों से दो तरफ़ देखते हुए कहा—"हम तो कहते हैं, जसवन्त ही से कहा जाये। क्या हम लोग गाँव छोड़ दें? हमारे गाँव की हालत तो सबसे बदतर है। अब यहाँ न रहने लायक़ हैं, न जीने लायक़।"

संयोगवश उसी रास्ते से पण्डा जी जा रहे थे। सुनकर बोल पड़े—"अरे अरे! तुम्हारे रहने लायक़ तो और नहीं रह गया है। मारा कि सारे गाँव को रसातल में पहुँचा दिया, तब भी तुम्हारा पेट नहीं भरा। अभी और कुछ करना चाहते हो, कर डालो..." वे एक क्षण के बाद मूँछों को ऐंठते हुए चले गये। चमारों में सन्नाटा छा गया। कौन बोलकर पहचान में आये। पण्डा भी कभी इसी अखाड़े के पहलवान थे। सुबह और शाम यहाँ अवश्य बैठते। चमारों के साथ गोल बनाते। उन्हें काम पर लगाकर चने-मटर की घुघुनी खिलाकर दही-मट्ठा डाला हुआ खाँड़ का रस भरपेट पिलाते। चमार पण्डा का काम लूटकर करते। आज उन्हीं की छुरी उन्हीं के पेट में घुस गयी है।

सेवाराम सिटपिटा गया। मानो घर में कोई है ही नहीं। पिछड़ों के चेहरों पर एक हरियाली आकर विलीन हो गयी। एकदम दो-टूक कहा है। यही वह चोर है जो सबके घरों में सेंध खोदकर चोर की तलाश के लिए योजनाएँ बनाता है। निराकरण के उपाय ढूँढ़ता है ताकि लोग इस पर शंका न कर सकें।

"मुझे ज़रा कम दिखायी पड़ता है। आप लोग बाहर की आहट लेते रहिये। "सेवाराम ने आँखें मलकाकर कहा—"देखा न? रस्सी जल गयी, ऐंठन अभी बाक़ी है। पण्डा अब मूँछ ऐंठकर चल रहे हैं।"

"उखड़ जायेगी वह भी।" बोला पाँचू बीड़ी सुलगाते हुए—"अब जुग-ज़माना बदल गया है। कब तक किसी के कपार पर मूतोगे? अब वक़्त आ गया है...। कब चल रहे हो? देर मत करो। हम लोगों का पक्ष कमज़ोर पड़ रहा है।"

एक व्यक्ति—"कमज़ोर तो हम लोग सदा से हैं। इतनी जल्दी उन पर भारी नहीं हो पायेंगे। कभी उनके सामने खड़े होने की भी ताक़त नहीं थी। अब मुक़ाबिले से ज़रा उन्नीस हैं। धीरे-धीरे सीढ़ियाँ टूटती हैं। एक दिन वे ख़ुद ही हमसे जान बचाते फिरेंगे।"

दूसरा—"अभी फिर रहे हैं। वे हमसे टकराना नहीं चाहते। ऐक्ट उनके लिए बड़ा महँगा सिद्ध हो रहा है। हाँ, जब भिड़ जायेंगे तो हमको हार खानी पड़ेगी। यदि बनरघुड़की ही से अपना उल्लू सीधा रहे तो तलवार चलाने की क्या ज़रूरत है? उस स्थान पर वे हमसे बीस पड़ेंगे, बच-बचाकर रहना ही उचित है।"

तीसरा—"अब सच्चाई खुल गयी है। कोई डोम-चमार या ठाकुर-बाभन नहीं है। हमारे पुरखे बेवकूफ़ थे। जीविका के लिए जो आसान देखा, कर लिया। बस, वही उनकी जाति हो गयी। किसी के माथे पर जात-बिरादरी नहीं लिखी रहती। कर्म-फल का संसार है। जो पढ़ेगा-लिखेगा ऊँचे ओहदे पर रहेगा। वह बड़ा आदमी होगा। वह अच्छा खायेगा, पहनेगा। अच्छे मकान में रहेगा। ख़ुद-ब-ख़ुद बड़प्पन उसमें आ जायेगा। चाहे जिस बिरादरी का वह हो। बड़े लोग सलाम करेंगे। उसके लड़के-बच्चे भी उसी संस्कार में जायेंगे। रुखा-सूखा खाकर दिन-भर धूप और मिट्टी में काम करनेवाला काला और कुरूप ही रहेगा। यों तो अपना काम करना सबसे अच्छा है परन्तु काम के अनुसार भोजन चाहिए। हमारे देश में दूसरे की चाकरी अच्छी नहीं मानी जाती।"

चौथा—"घाम और काम से सुन्दरता नहीं बिगड़ती भाई। जो किसान होगा, दूध-घी भी उसी के पास होगा। बस, कंजूस नहीं होना चाहिए। यह नहीं कि दूध-घी बेचकर धन इकट्ठा करे। गाँव में ऐसे लोगों की कमी नहीं। वे ज़िन्दगी से बढ़कर धन को मानते हैं। कड़ी मेहनत के अनुसार भोजन करें तो स्वास्थ्य निखरकर और सुन्दर हो जायेगा। नीरोग से सुन्दर कौन हो सकता है?"

पाँचू—"मजूरों को मरते दम तक मजूरी करनी पड़ती है। यह सबसे बड़ा ख़ौफ़ है। ग़रीबी के कारण लड़के-बच्चे भी साथ छोड़कर अलग हो जाते हैं। सुम्मड़ को देखो...अठहत्तर साल के क़रीब हो रहे हैं। रोज़ फावड़ा चलाते हैं। कहीं खपरैल ठीक करते हैं। ऊँचे मकान की ढलान पर चढ़कर फेरौती करना या ठाटना—इस उमरवालों के लिए नहीं है। जवान लोग सरककर गिर जाते हैं। यह बुड्ढा जान पर खेलकर काम करता है। क्या मज़ाल कोई जवान अभी उनके मुक़ाबिले में फावड़ा चला दे। काम करना

कोई बुरी बात नहीं है। अपने आनन्द, विकास और स्वास्थ्य के लिए घण्टे-दो-घण्टे काम कर लिया, दूसरी बात है। मज़बूरी में आठ घण्टे तक दूसरे की मजूरी करना, अफ़सोस की बात है। यह समय आराम से बुढ़ापा काटने और भजन करके अगला जनम बनाने का है। इसीलिए मज़दूर भगवान् के कृपा-पात्र कभी नहीं हो पाते। बबूल बोने से आम तो नहीं मिलेगा। ख़ैर! जल्दी यह उपाय बताइये, क्या किया जाये? कैसे श्रीप्रसाद और विकल हो मिलाया जाये? इस समय एकता की आवश्यकता हो गयी है।''

सेवाराम ने आँखें निकालकर कहा—''यही तो सोच रहा हूँ। बन-बाग़ दोनों रह जाये। सीरीप्रसाद और विकल की सुरक्षा पर भी ध्यान देना है। साँप भी मर जाये और लाठी भी न टूटे। मुद्दई उपाय नासे। मैं तो कहता हूँ, दलितों की एक सभा की जाये। सबके साथ जसवन्त को भी बुलाया जाये। एक प्रस्ताव रखा जाये—हम लोगों की क्या ग़लती है जो हम लोग गोलियों से भूने जा रहे हैं? रास्ता सबका है। सभी जायेंगे-आयेंगे। हम जनता के साथ हैं। दबंग हमें भून रहे हैं। आपकी क्या राय है?''

एक ने ज़ोर से घुड़का—''धत्त! बनिया पाई छेर मरकही। इसका मतलब साफ़ है। हम तुमसे डरते हैं। हमारा उद्धार करो। हमारा कोई क्या कल्याण करेगा? हाँ, यह कहना उचित है कि ऐसी दशा में हमें क्या करना चाहिए? आलमपुर में क़रीब तीन सौ घर चमार हैं। सवर्ण कुल चालीस-पचास घर हैं। अकेले चमार चाह लें तो मुक्के से मार डालें। एक बार बन्दूक़ चला दी तो चला दी। बन्दूक़ भी गयी, वे भी गये। अब बड़े-छोटे का लिहाज़ कैसा? जब हमारे सीने पर गोलियाँ दाग़ी जा रही हैं। भीख मत माँगों। सलाह करो और तन-मन से लड़ो। लड़कर ही वे आज बड़े हैं। हम नहीं लड़ने से चमार कहलाये। सभा करो, प्रस्ताव करो—ठीक है।''

सेवाराम ने शीघ्र ही अपना पैंतरा बदलते हुए कहा—''अभी जो अतवार आ रहा है, रख दीजिये प्रोग्राम। पाँचू! लेकिन पहले ही कह देना होगा। इससे यह भी मालूम हो जायेगा, आयेंगे कि नहीं। विचार हो तो तीन बजे के बाद चलो। चार बजे तक तो छुट्टी हो जाती होगी। क्यों, कैसा रहेगा?''

पाँचू ने हँसकर कहा—''प्राइमरी और मिडिल की तरह डिग्री कॉलेजों में चार बजे छुट्टी नहीं होती। वहाँ तो दिन-भर पढ़ाई और छुट्टी रहती है। चलिये...पहले मिल लेना उचित है।''

प्रोग्राम तय हो गया। इतवार को दो बजे दलितों की सभा होगी। यशवन्त, श्रीप्रसाद, विकल और क्षेत्र के मानिन्द लोग आहूत होंगे। इसके लिए कुछ विशेष ख़र्च की व्यवस्था हुई। मैटर तैयार कर कार्ड छपाने का भी इन्तज़ाम किया गया। छोटा तम्बू, कुछ चौकियाँ तथा कुछ कुर्सियाँ। जलपान की अलग व्यवस्था। मज़मून बनाकर सेवाराम, पाँचू और दो-तीन लोग तीन बजे निकल पड़े।

मन में अनन्त उल्लास और अपेक्षा थी। विजय-पताका हमारे हाथों लगेगी या छेदी सिंह के। हम एक क़दम पीछे नहीं हटेंगे। सांसारिक जीवन लड़ने और समायोजन करने के लिए ही होता है। जीत से हार का मूल्य कम नहीं है। रणक्षेत्र में लड़नेवाला ही हारता है। हारने से जीतने के गुर मिलते हैं। हर जीतनेवाला अपनी व्यवस्था और तैयारी के प्रयोग में न जाने कितनी बार हार चुका होता है। हार व्यक्ति को बार-बार पुष्ट करती जाती है। वह जितनी बार हारता है, उतने कोणों से पैंतरे की जानकारी हो जाती है। विजयी से हारनेवाला कहीं अधिक सतर्क और अनुभवी होता है। यदि शिक्षा लेनी हो तो हारनेवाले से। क्योंकि पचीसों बार का हारा, पचीसों अभावों से सचेत होकर लड़ेगा। पुनः हार गया, उसका दुर्भाग्य है। कोई अलग परिस्थिति आ गयी उसके सामने। जिसे छब्बीसवाँ कह सकते हैं। जीवनेवाला भाग्यशाली होता है। सम्पूर्ण परिस्थितियाँ योग्य हो जाती हैं। इसलिए उसके अनुभव में कोई व्यापकता नहीं आती। वह फलाँगते हुए आगे चला गया। अभावों और विपत्तियों की बढ़ी हुई नदी उसके सामने कभी पड़ी ही नहीं। एक समतल सपाट मैदान। चलता चला गया।

पण्डा जी के मन में यशवन्त के प्रति भीषण आन्दोलन चल रहा रहा था। इसने नीचों को अपने कॉलेज में जगह क्यों दी? क्या ठाकुर-बाभन मर गये थे? चमार संस्कृत और वेद पढ़ा रहा है। भगवान् ने स्वयं स्त्रियों और शूद्रों को वेद छूने से मना कर दिया है। तुम भगवान् का विरोध कर रहे हो। कैसे तुम्हारा विकास होगा? नीच काम करके राष्ट्रहित की बातें करते हो। देश को बड़ा बनाने चाहते हो। सभी शूद्रों को शिक्षित बनाकर राष्ट्र को विश्व में सबसे ऊँचा उठाना चाहते हो। फ़ज़ूल, निरर्थक। तुम्हारा भ्रम है। गदहे घोड़े नहीं हो सकते। विद्या बाभनों के लिए बनी है। तुम्हारा भी धर्म केवल युद्ध करना था। अब तुम पढ़कर बाभन बन गये हो और देश के गीदड़ों को भी पण्डित बनाना चाहते हो। अब सुन रहा हूँ कि तुम ग़रीबों के उद्धार के लिए आन्दोलन करनेवाले हो। देश का छूआछूत मिटाओगे। सबको समानता का दर्जा दोगे। ठाकुर-बाभन के साथ अब चमार खटिया पर बैठेंगे, उनके साथ भोजन करेंगे। यह सब तुम कम कर रहे हो। जिस आग को हम लोगों ने कभी बढ़ने नहीं दिया, बल्कि राख में ज़रा भी गरमी आयी, पानी फेंक दिया। सब मामला ठीक रहता था। न सियार जागता था, न कुत्ते भूँकते थे। तुमने तो सियारों को ही शेर बनाने का ठीका ले लिया है। अब बड़े लोग कैसे जीयेंगे? वाह रे जसवन्त सिंह! चमार के जनमें हो क्या भाई? अब तो बुढ़ापा आ गया, नहीं ऐसी पटकनी देता कि बच्चू की हड्डी-पसली एक हो जाती। सारा कमीनापन निकल जाता। एकदम पागल हो। ज़रा भी रणनीति नहीं। अपने शत्रुओं की मदद करके तुम स्वयं मिटने का रास्ता बना रहे हो। इनका वश चले तो हम लोगों को जीवित ही खोदकर गाड़ दें। यह कहो कि विवश हैं। नीच ने उस दिन अपने भाषण में कहा

था—केवल शादी-विवाह में जातियों का भेद होना चाहिए। बल्कि यह भी मिटकर सार्वभौमिक हो जाना चाहिए, जिससे विश्व-मन्दिर का निर्माण हो सके। और मामले में तो जाति-भेद राष्ट्र में केवल संघर्ष पैदा करके उसे विभाजित करना है। सम्बन्ध भी केवल योग्यताओं के आधार पर होने से स्वयं उनमें भेद आ जाता है। व्यक्तिगत एकता तो कभी नहीं हो सकती। इसका आधार योग्यता ही होनी चाहिए। शेष सब व्यर्थ है। सामाजिक एकता से राष्ट्रीय एकता तय होती है।

पण्डा जी जब से जेल से आये हैं, मन में प्रतिक्रियाएँ हो रही हैं। बहुत बड़ों में छोटे लोगों के प्रति कभी ईर्ष्या नहीं होती। उन्होंने कभी दुःख देखे नहीं, इसीलिए ग़रीबों के उद्धार एवं रोज़ी देने-दिलाने में शीघ्र ही समर्पित हो जाते हैं। यह उनकी करुणा नहीं, बड़प्पन और उदारता है। छोटा, बड़ा भी होगा तो कितना? किसी भी उच्च जाति में ग़रीबों और छिछोरों का संस्कार ईर्ष्यामुक्त हो ही नहीं सकता। ये लोग ही नीचों से राग-द्वेषवश कलह उत्पन्न करके सबको जातिवादी या वर्गवादी बना देते हैं। यह चिनगारी सुलगकर बड़े लोगों तक पहुँचकर उनके भी सुखों में बाधक हो जाती है। जब कि बड़ों के दुखों का कोई कारण नहीं होता। उनके अपने अपरिमित दुःख अलग है। किन्तु दूसरों के विचारों को लेकर वे भी ईर्ष्या की आग में जलने लगते हैं। उच्च जाति-प्रसूत ग़रीबों के संस्कार बिगड़कर छोटे तबके के लोगों जैसे ही हो जाते हैं। अवशेष में उनका जातीय अलंकार मात्र होता है, जो समाज में विरोध और झगड़े का कारण बनता है। अधिक बड़ों के लिए छोटे सेवक या मज़दूर ही होते हैं। मज़दूर से मालिक की कोई ईर्ष्या नहीं हो सकती। बल्कि अनियमितता और असंयम का आक्रोश हो सकता है।

पण्डा जी पहलवान थे, बुद्धिमान् नहीं। किन्तु शासन और बड़प्पन ने कूटनीतिज्ञ बना दिया था। गाँव का माहौल इतना ख़राब हो चुका था, सभी एक-दूसरे को शंका की दृष्टि से देखते। शत्रुओं की अपेक्षा मित्रों से कहीं अधिक सावधान रहने लगे। इन्हीं हालातों ने गाँव के बच्चों में भी ईर्ष्याभाव और दलबन्दी पैदा कर दी। छलछिद्र के प्रयोग अब खुलकर किये जाने लगे। पण्डा जी ने यशवन्त को ठीक करने के लिए एक चाल चली। माण्डवी को पत्र लिखा। वे अब रचना पाठक पर आसक्त हैं। स्त्री का विरोधी, उसी से हार गया।

दूसरा वार सेवाराम पर था। उसकी चौकी पर बैठकर सभी तिकड़मी चाल जान गये थे। यहीं से क़ानून की सभी धाराएँ बनतीं और लागू होती हैं। जब तक सेवाराम रहेगा, उसकी चौकी बन्द नहीं हो सकती; न गाँव से कूटनीति साफ़ हो सकती है। सबको सबसे लड़ाने का श्रेय यही है। ग़लती की, 302 का मुल्ज़िम हो गया; अनजाने में। पहले ही मालूम रहता, सेवाराम को ऐसी लाठी मारता कि बच्चू के साथ गाँव की राजनीति ही मर जाती। यह गाँव में न रहे तो गाँव आधा से अधिक साफ़-सुथरा हो जाये। छेदी भी मर जाते तो पूरा स्वच्छ हो जाता। दोनों मित्रों ने गाँव को बरबाद कर दिया। अच्छा

हुआ जो छेदी से अनबन हो गयी। चोर-चोर मौसेरे भाई। छेदी ने डाका लिखा दिया है। क़ानूनबाज़ आदमी है। एक बार सेवाराम भी जेल चला जाता तो मज़ा आ जाता।

पण्डा जी बरामदे में चौकी पर बैठे शोकग्रस्त थे। पीठ में धूल लग गयी। जो कभी नहीं हुआ था, वह हो गया। जेल कितना कष्टदायक है। कोई स्वतन्त्रता नहीं। कूड़े-कचड़े जैसा भोजन। मच्छरों की भयंकर सेनाएँ। शौचालयों की दशा तो पूछने लायक़ नहीं। स्वर्ग-नरक पृथ्वी पर ही है। जेल ही धरती का नरक है, जिसमें तरह-तरह की सज़ा दी जाती है। जेलर गालियाँ दे। मारे-पीटे। नम्बरदार गालियाँ दे। क़तली चोरों से पाँव दबवाते हैं। वाह रे! जेल लोक की ख़ूबियाँ। पूरा-का-पूरा नरक है। रोज़ कई बार पापियों की हाजिरी होती है। तौलकर भोजन मिलता है। न खाओ तब भी पीटे जाओगे। मेहतर भी बुहारते समय दस-बीस गालियाँ हवा में उड़ा जाता है। वाह! अब ज्ञान हो रहा है। क्या स्वर्ग है, क्या नरक? समृद्धि में जवानी के दिन पत्नी के साथ कुछ दिन स्वर्गिक ही होते हैं। न कोई बाधा, न आपत्ति। यौवन और सुखों के आनन्द में इठलाते-इतराते जो दिन बीत जाते हैं—कितने सुन्दर होते हैं। यही स्वर्ग का जीवन है। अप्सरा-सी पत्नी हर समय सर्वांग सेवा के लिए तत्पर रहती है। हम भोग-विलास को ही संसार का परम तत्त्व मानकर खोये रहते हैं। न कोई लक्ष्य, न अवधारणा। भूत-भविष्य शून्य हो जाते हैं। वर्तमान हरे-भरे फूलों-फलों से लदे बाग़ की तरह लहराता-झूमता दिखायी देता है। हम खोये-खोये जवानी के दिन काट देते हैं या ऐसे बीत जाते हैं, जैसे सपने।

पण्डा जी एक-एक चिन्तन की स्वीकारोक्ति पर सिर हिला-हिलाकर हामी भरते हैं। जीवन की विविधता पर कभी-कभी मुस्कराते भी हैं। उनके सामने इस समय उनके जीवन का अतीत सचित्र हो रहा था। कितना उन्मादयुक्त, उदग्र वह जीवन था। जिसको चाहा पटका। अखाड़े में कितना लड़ता-भिड़ता था। पसेरी-भर दूध रोज़ पी जाता था। एक हज़ार डण्ड मारकर सपाटा खींचता था। शरीर थकता ही नहीं था। वह कैसा जंग-ज़ोर था? किसी को कभी कुछ समझा ही नहीं। देह शीशा की तरह चमकता था। वह सदाचारी जीवन अद्भुत था। शादी हुई, बहुत बुरा हुआ। रंग में भंग पड़ गया। जब बलात् उधर लपका तो वह हरा-भरा मैदान दिखायी दिया, जिसकी सीमा अन्तहीन थी। चलता चला गया। कहीं तो किनारा मिलेगा। व्यापकता बढ़ती गयी। वही विस्तार, वही अनन्तता। ज़रा रुककर चारों ओर देखा—हरियाली-ही-हरियाली। आगे-पीछे दायें-बायें सब अनन्त। यही स्वर्ग है। मैं स्वर्ग में हूँ। यह पुण्यों का स्वर्ग लोक है, जिसका कभी अन्त नहीं। पाप होते ही सब अदृश्य हो गया। खोजने पर भी नहीं मिलता। अब जो देख रहा हूँ—अनन्तता वही है, विस्तार भी वही। किन्तु चारों ओर कुश-काँटे। झबरीली-कँटीली झाड़ियाँ। ऊबड़-खाबड़ पहाड़ी वीरानियाँ। उड़ती हुई धूलें। अन्धड़ चक्रवात। कुत्तों-सियारों के रोदन। उड़ते गृद्ध और बगुले। उलूकों की भयावनी आवाज़ें।

गधों का रेंकना। कहीं हरियाली नहीं, नदी-झरने नहीं। केवल दुखद अन्धकारमय खाइयाँ। ऊसर-बंजर पर जहाँ-तहाँ ठूँठे नीरस भयानक वृक्ष। सड़े मांसों और मलों की दुर्गन्ध। दौड़ने लगा, और तेज़। भागता गया। पीछे देखता—वही। आगे देखता, दायें-बायें—जैसा का तैसा। वही अनन्तता। यह पाप का नरक लोक है—जिसका अन्त पापों के अन्त के बाद ही हो सकता है।

एकाएक पण्डा जी बेहोश होकर चौकी पर गिर पड़े। शाम के पाँच बजे थे। चौकी पर ज़ोर की आवाज़ से घर की स्त्रियों के साथ पड़ोसी लोग भी दौड़ पड़े। ऐसा हट्टा-कट्टा जवान, जिसने कभी पछाड़ नहीं खायी—एक-ब-एक क्या हो गया?

*   *   *

अपराह्न के दो बजे थे। माण्डवी अपने क्लास से निवृत्त होकर जरा दम मार रही थी। तब तक आकर डाकिया ने चिट्ठी दी। प्रेषक का नाम देखकर उसे अपने बैग में रख ली और शीघ्र ही उठकर चलने लगी। चेहरे पर चमकती पसीने की बूँदें सूख चुकी थीं। पढ़ाने में लगातार बोलने से दोनों होंठों पर सफ़ेदी आ गयी थी। मुख की चंचलता में किंचित् सुस्ती का समावेश था। हल्की थकान की सिहरन ने पूरे शरीर को अस्त-व्यस्त कर दिया था। कॉलेज परिसर में ही अध्यापकों के वार्ड थे। वह शीघ्र ही लम्बे क़दम से अपने आवास पर आ गयी। लड़के पढ़ने गये थे। उसने किवाड़ खोले। आकर बिस्तरे पर लेट गयी। हाथ में पत्र था। खोलकर पढ़ने लगी—

प्रिय बेटी!
ब्राह्मण का आशीष!

बहू! मैं तुम्हें बेटी कह रहा हूँ। पढ़ा-लिखा कम हूँ। उदारता और प्रेम से जो आ रहा है, लिख रहा हूँ। ब्राह्मण के लिए सभी लोग पुत्रवत् ही होते हैं। लिखना तो बहुत चाहता हूँ लेकिन मेरे पास शब्द नहीं। कहना यह है कि बाबूसाहब ने स्कूल खोला है, ज्ञान की वृद्धि और धर्म की रक्षा के लिए कि भ्रष्टाचार के लिए? चमार अब संस्कृत पढ़ा रहा है। जिसे वेद और उपनिषद् छूने की मनाही है, वही अब आचार्य बना बैठा है। यहाँ ब्राह्मणों और ठाकुरों पर चमारों के बहुत आतंक हैं। सब जगह ज़मीन हड़प रहे हैं। बाबूसाहब का शह उन्हें ख़ूब मिल रहा है। उनके पौ बाहर हैं। अब हम लोगों का धर्म नहीं रहेगा। मन्दिरों की मूर्तियाँ पोखरी-तालाब में फेंक दे रहे हैं। घण्टे चुरा ले जा रहे हैं। भगवान् पर ज़ुल्म हो, हम कैसे बरदाश्त करेंगे? छेदी सिंह से नहीं रहा गया, गोलियाँ चला दीं। एक चमार मर गया। मैं भी 302 का मुल्ज़िम हूँ।

ख़ैर! सबसे बड़ा अनर्थ रचना पाठक के कारण हो रहा है। इस बात को गुप्त रखना। बाबूसाहब घण्टों पूजा करते हैं। झूठ नहीं बोलते। ग़रीब को नहीं सताते। सब दिखावा है। रचना से उनकी ख़ूब साँठ-गाँठ चल रही है। वह कुमारी है। रचना की सुन्दरता पर कितने लोग लट्टू हैं, मैं कह नहीं सकता। लेकिन बाबूसाहब का चरित्र अब उजागर

हो गया। आकर सँभालो। मैं बताकर अच्छा तो नहीं कर रहा हूँ। बाद में मैं ही दोषी बनूँगा। किन्तु मैं ब्राह्मण हूँ। भूले को मार्ग बताना, धर्म और चरित्र की रक्षा करना—मेरा ही कर्त्तव्य है। शीघ्र आकर सँभाल लो, नहीं आगे क्या हो सकता है, मैं नहीं कह सकता।

विद्यालय अत्यन्त पवित्र स्थल है। यहाँ किसी भी प्रकार का दुराचार, राजनीति, अनैतिकता देवी सरस्वती के ख़िलाफ़ है। सोचो—कितनी धूमधाम से माता दुर्गा की पूजा हुई। लोगों में कितना उत्साह और प्रेम था। अब सब पर पानी फिर गया। इस उम्र में बाबूसाहब एक नाचीज़ के पीछे दीवाना हैं। रचना तुम्हारे पैरों की धूल के बराबर भी नहीं है। वे कामान्ध हो चुके हैं। अन्धा व्यक्ति सब-कुछ करने पर उतर आता है। बाबूसाहब की भी यही गति है। यदि गाँव आओ, मुझसे अवश्य मिल लेना। हो सकता है, तुम्हें विश्वास न आये। बुद्धिमान् बड़ी बारीक़ी से काम करते हैं। हवा को भी ख़बर नहीं लगती। सदा मिठाई खाने के लिए दुकान को स्थिर अंजाम दे रहे हैं। रचना की शादी श्रीप्रसाद चमार से ठीक कर रहे हैं। सुना कि बाबू अग्रसेन ने उसे ठाकुर बना दिया है। अब तुम ख़ुद सोचो...इसका क्या मतलब हो सकता है? अग्रसेन भी इतने नीच होंगे, मैं नहीं समझ पा रहा हूँ। ख़ैर! बाबूसाहब को उबारो...तुम उनकी धर्मपत्नी हो। उनका उद्धार करो। बस।

पण्डा जी

पढ़ते—पढ़ते उठ बैठी। क्रोध और क्षोभ से शरीर की नसें तन गयीं थीं। वह प्यासी नागिन हो रही थी। होंठ फड़कने लगे। उसने पत्र को ज़ोर से बिस्तरे पर पटका—नहीं, यह कदापि नहीं हो सकता। बाबूसाहब ऐसे कदापि नहीं हो सकते। यह लुच्चई स्वयं पण्डा की है। जिसने परायी स्त्री को भर-नज़र देखा नहीं, वह ऐसा कदापि नहीं कर सकता। जिसने अपनी त्याग-तपस्या के पुण्य को विद्यालय का रूप दिया हो, उससे ऐसी उम्मीद करना मूर्खता ही नहीं, पाप भी होगा। चलूँ, अभी पण्डा को पकड़ूँ और बाबूसाहब के सामने ले चलूँ। कहूँ कि प्रमाणित करो। वे पानी-पानी हो जायेंगे। लेकिन नहीं, ऐसे तथ्य को इस प्रकार प्रमाणित नहीं किया जा सकता। काम-क्रीड़ा को हावों-भावों से भाँपा जा सकता है। उनको मालूम होते ही सतर्क हो जायेंगे। छिपकर छल से इसे परखा जा सकता है, पकड़ा नहीं। पण्डा जी बूढ़े ब्राह्मण हैं। ऐसा बेजा मज़ाक क़तई नहीं करेंगे। कुछ रहस्य अवश्य होगा। पुरुषों पर विश्वास करना निरी मूर्खता होगी। वे सिंह होते हैं। जब तक पेट भरता रहता है, दूसरे शिकार की तरफ़ नहीं लपकते। फिर क्या भरोसा? आदमी मनचले होते हैं। स्वाद बदलना सभी चाहते हैं। सुनती हूँ, चालीस के बाद पुरुषों का सन्तोष-सेतु टूट जाता है। सारी कामनाएँ अबाध गति से प्रवाहित होने लगती हैं। लोभी पुरुष सुन्दर रमणी को देखकर विचलित हो सकता है। पण्डा जी ने मुझे बताकर बहुत उपकार किया है। ऐसे व्यक्ति के चरणों को सैकड़ों बार स्पर्श करना चाहिए। वृद्ध ब्राह्मण हमारा शुभ ही चाहेगा।

माण्डवी विक्षिप्त थी। सोच रही थी—छुट्टियाँ लेकर चल चलूँ और हक़ीक़त का पता लगाऊँ। बांबूसाहब कैसा गुल खिला रहे हैं? इसी बहाने कॉलेज और बाबूसाहब को देखने-परखने का अवसर मिलेगा। मेरी आत्मा पहले ही खटक रही थी। क्या भरोसा? प्राइवेट कॉलेज है। स्त्रियाँ चतुर होती हैं। नौकरी अब कहाँ मिल रही है? ऐसा आकर्षक वेतन किसी महाविद्यालय में नहीं। बाबूसाहब भी रंगदार हैं। आदमी का दिमाग़ कब बदल जायेगा, कोई ठिकाना नहीं। सुन्दर पदार्थ को देखकर सबका जी ललचा जाता है। मुझे बुढ़िया समझ रहे हैं। वह कलोर बछिया है। किसको पसन्द नहीं आयेगी? रूप-रंग से भी ज़रा आकर्षक है।

इसी प्रतिस्पर्द्धा में माण्डवी का क्षोभजनित उत्साह जाग्रत हुआ। मेज़ पर रखे दर्पण को उठा लिया। अपना चेहरा देखकर तुलनात्मक प्रतिकार करने लगी। अभी मुझमें क्या हुआ है? उससे किस मुआमले में कम हूँ? मनोविकार अपना चेहरा उघाड़ने लगे। वह उठकर खड़ी हो गयी। आदमक़द शीशे के सामने होती हुई बालों में कंघी करने लगी। इच्छा हुई, जरा मैं भी शृंगार कर लूँ। तब तक लड़कों की याद आ गयी। चार बजे आयेंगे। मेकअप देखकर क्या कहेंगे?

स्नान-घर में जाकर उसने हाथ-मुँह धोये। तौलिया से पोंछकर फेसक्रीम लगाया। बालों में कंघी करके सहजता से गूँथ लिये। घड़ी देखी। तीन बज गये थे। अभी प्रिन्सिपल साहब चार बजे तक रहेंगे। कभी-कभी पाँच से भी ऊपर हो जाते हैं। उसने शीघ्र ही एक पत्र लिखकर दो दिनों की छुट्टियाँ लीं। कुछ शृंगार के समान और साड़ियाँ बैग में रखकर चल पड़ी।

रात के दस बजे गाड़ी पर बैठ गयी। दूसरे दिन बारह बजे के लगभग घर आ गयी। सिलबिल बहुत प्रसन्न हुआ। वह बरामदे में सो रहा था। बहिन को देखकर पेठा और पानी लाकर रख दिये। पानी पीकर उसने स्नान किया। ज़रा ठीक-ठाक हुई। सिलबिल ने भोजन की थाली भी ला दी।

बोला—“बहिन! आज सबेरे पूड़ी तरकारी और सेवई बनी थी। जीजा ने कहा कि भोजन रोज़ बदलते रहना चाहिए। इससे स्वाद के साथ पेट की शक्ति भी बढ़ जाती है। शरीर में अवयवों की नवीनता से ताज़गी और स्फूर्ति का संचार होता रहता है। सप्ताह में एक समय जो भोजन बन जाता है, वह फिर उस सप्ताह में नहीं बनता।

माण्डवी ने इसका आशय बहुत गहराई से लगाना शुरू कर दिया। स्वाद-परिवर्तन की लत जिसको पड़ जाये, कदापि नहीं छूट सकती। ऐसा राजसी-तामसी भोजन करनरेवाले सात्त्विक विचारों के कदापि नहीं हो सकते। वाह रे! बाबूसाहब! आदर्श की आड़ में ख़ूब शिकार कर रहे हैं।

व्यूह के प्रथम फाटक पर ही अशुभ की सूचना मिल गयी। कुछ देर चुप रहकर मुँह में कौर डालकर निगलते हुए पूछा—“जीजा कैसे हैं? कोई नयी बात तो नहीं? इस समय कॉलेज होंगे न?”

"हाँ, तब कहाँ जायेंगे?" बोला सिलबिल—"आलमपुर में गोली चल गयी है। एक चमार मर गया। यहाँ भी सब इकट्ठे हो रहे हैं। सबों ने बंजर ज़मीनों पर मँड़ई रख दी है। उनके आतंक से कुछ सवर्ण परेशान हैं।"

"और कुछ...?" माण्डवी ने प्रश्नसूचक दृष्टि से सिलबिल को देखा।

"और कुछ नहीं। ज़माना एकदम बदल रहा है। शहर के लोग उदास होकर सबसे अलग होते जा रहे हैं। गाँवों में तो कुछ पूछने लायक़ ही नहीं। कहीं जातिवादी तो कहीं पारिवारिक झगड़े। गाँवों में सभी लोग रास्ते ही बन्द कर रहे हैं। मालूम पड़ता है, अब इसी प्रकार की लड़ाइयाँ होती रहेंगे। कोई किसी से बोलता ही नहीं। गृहयुद्ध सबसे भयंकर होता है। गाँव में जो प्रेम और सहानुभूति पहले थी, अब नहीं रह गयी। कोई किसी का सहयोगी नहीं। ईर्ष्या की आग में पूरा गाँव जल रहा है। आगे क्या होगा, नहीं कहा जा सकता।" सिलबिल ने तार्किक विवेचना से कहा—"जो थोड़े-से सिद्धान्तवादी लोग हैं, अपने उसूलों पर जान दे रहे हैं। किन्तु उन्हें पूछनेवाला कोई नहीं। चोरों, बेईमानों, उचक्कों, घूसखोरों और चापलूसों का ज़माना है। रुपये लेकर जो काम कर देते हैं, वे सत्य हरिश्चन्द्र हैं। मैं भी उन्हीं को अच्छा मानता हूँ। वे पक्के सिद्धान्तवादी हैं। मुझे बहुत दुःख है बहिन! जीजा ने सबको रखा, मुझे कोई जगह नहीं दी। मेरी सेवा व्यर्थ है। सभी रिश्तेदार गरियाकर गये। मेरे मन में भी कोई अच्छा भाव नहीं। लोग कहते हैं कि जातिवाद और सम्बन्धवाद फल रहा है। सब झूठ है। संस्कृत में चमार रखा गया हैं। हिन्दी में कोई पिछड़ा है। मैं सगा साला होकर झख मार रहा हूँ। मैं यही सोच रहा था, बहिन से अपनी मनोव्यथा कहकर आत्महत्या कर लूँ। चाहे कहीं जाकर मजूरी करूँ। यहाँ मैं नौकर हूँ। सानी-पानी करना, गाय दुहना, भोजन बनाना। तुम जानती हो, बाबू जी घर में रहने नहीं देंगे। हर समय लगी हुई बातें बोलते हैं। अब तुम्हीं सोचो...कहाँ जाऊँ...क्या करूँ?"

"तुम्हारे जीजा का दिमाग़ बिलकुल ख़राब हो चुका है। उन्हीं के इलाज के लिए मैं आयी हूँ।" माण्डवी ने सिलबिल की आँखों में जिन भावों को पढ़े, वे हृदय को टूक-टूक कर देनेवाले थे। इतनी उम्र बीत गयी, सिलबिल ने कभी इतनी आत्मग्लानि नहीं प्रदर्शित की थी। मोटी बुद्धि के आदमी प्रायः कम संवेदनशील होते हैं। दुखों के द्रुत दल आकर सरक जाते हैं। उन्हें एहसास भी नहीं होता। उनकी स्वरित्र तन्त्रियाँ इतनी कठोर और स्पन्दनहीन होती हैं कि किसी भी वेदना का कोई प्रभाव नहीं। किन्तु कभी-कभी जब उनका रागात्मक कपाट खुलता है, अश्रुनद ऐसा प्रवाहित होता है कि रुकता ही नहीं। वे कुछ कर डालने के लिए बाध्य हो जाते हैं।

माण्डवी ने कुछ कठोर होकर कहा—"मैं तुम्हारे ही काम के निर्णय के लिए आयी हूँ। तुम यहीं रहो। मैं वहीं कॉलेज पर बाबूसाहब से भेंट करती हूँ। उसने कलाई-घड़ी देखी। एक बज रहा था। नागिन की तरह लपकती हुई कॉलेज पर आ गयी। शरीर में

बिजली की गति थी और हृदय में आग की लपटें। वह बरामदे में धीरे-धीरे चल रही थी। प्रिन्सिपल-ऑफ़िस के क़रीब जाकर चपरासी को बुलाया। मुन्नू लपककर पास आ गया। माण्डवी को ख़ूब अच्छी तरह जानता था। उसने आश्चर्य से देखा। बोला—"क्या है सरकार?"

"आफ़िस में कौन-कौन हैं?" माण्डवी ने फुसफुसाकर पूछा।

"साहब हैं और रचना पाठक।"

इतना सुनते ही जैसे आग की एक लपट एड़ी से उठकर चोटी तक पहुँच गयी। कुपित भावों को दबाते हुए पूछा—"साहब क्या कर रहे हैं?"

"कुछ बतिया रहे हैं।" मुन्नू ने सहजता से कह दिया। जैसे उसे छलछिद्र की कोई चिन्ता नहीं। केवल उनका हुक्म बजाने से मतलब है।

"साहब के पासवाली खिड़की खुली है?"

"नहीं, बन्द है। कोई बात है क्या? साहब से कह दूँ?"

"मुन्नू! जरा मैं सुनना चाहती हूँ, क्या बातें हो रही हैं? साहब को बताना नहीं। मैं खिड़की के पास खड़ी हो जाती हूँ। जब साहब उठेंगे तब गेट से हमको इशारा कर देना। मैं कमरे में चली जाऊँगी और किवाड़ों के आड़ में हो जाऊँगी।"

अब मुन्नू के कान खड़े होने लगे। दाल में काला मालूम पड़ता है। लेकिन साहब तो बड़े कठोर आदमी हैं। क्या मज़ाल कि कोई स्त्री उन पर डोरा डाल दे। मैं बचपन से ही देख रहा हूँ। माण्डवी की शंका तो व्यर्थ है।

उसने मुस्कराकर कहा—"कोई छनग है क्या? बाबूसाहब तो ऐसे नहीं। आप खड़ी होकर सुन लें, क्या बतिया रहे हैं।"

माण्डवी को जैसे एक झटका-सा लगा। मैं अपने ही घर को अपने हाथों क्यों जलाने लगी? यदि बाबूसाहब साफ़ पाक होंगे तो नाहक इस मूर्ख को शंका होगी। मूर्ख का सन्देह निर्मूल होता है। फिर कोटि उपाय करके भी उसे दूर नहीं किया जा सकता। इस श्रेणी के लोग दूसरों की निन्दा या शिकायत करके ही प्रसन्न होते हैं। बातें करने के लिए इनके पास न साहित्य, न दर्शन ही। अपना तर्क या ठोस विचार भी इनके पास नहीं। ये दूसरों के विचारों पर चलनेवाले जीव होते हैं।

शीघ्र ही उसने ताड़कर कहा—"ऐसी कोई बात नहीं है। मेरे भाई को साहब ने नहीं रखा। किसी भी अध्यापक से क्या बातचीत कर रहे हैं, ज़रा इसकी ख़बर मैं चाहती हूँ, बस... ।"

मुन्नू गेट पर चौकसी करने लगा। माण्डवी बन्द खिड़की के पास थी। भीतर दोनों की वार्त्ता चल रही थी—

साहब—"जीवन में स्वाद का बहुत महत्त्व है। स्वाद-रस से शरीर पुष्ट होता है। रस ही संसार का मुख्य द्रव्य गुण है। इसकी स्थिरता शरीर की जड़ता है। यह जितना ही

परिवर्तित द्रुततर रहता है, व्यक्ति में उतनी ही तीव्र उन्नत ऊर्जा का संचार होता है। यों स्वाद तो इन्द्रियस्थ है। विज्ञान गति में ही शक्ति स्वीकार करता है। बहुत छोटी-सी लोहे की गोली है। हाथ से फेंककर किसी को मारने से कोई प्रभाव नहीं। छोटे मटर जैसी गोली जब बन्दूक़ में लग जाती है, उसका वेग इतना तीव्र हो जाता है कि शरीर का भेदन करके उस पार चली जाती है। वेग का सबसे अधिक महत्त्व है। कोई भी तत्त्व अपनी स्थिरता में भी क्षीण होता रहता है। गति से नवीनता की शक्ति आती है। स्थिर आदमी भी सड़ जाता है। उसी प्रकार इन्द्रियाँ भी निष्क्रिय हो जाती हैं। बीमारियों के यही लक्षण हैं। इसीलिए व्यायाम से उसकी गति और क्रियाशीलता बनी रहती है।''

रचना–''रस ही शरीर का प्राणतत्त्व है। तमाम खाये पदार्थों से रस-रक्त बनता है, जिन पर शारीरिक क्रियाएँ निर्भर करती हैं।''

साहब–''सो तो है किन्तु गतिशीलता ही रस है। रस का अर्थ ही संचरण करना है। कबीर भी रस झरने की बात कहते हैं। रस गगन गुहा में अझर झरे। इसका मतलब रस में तरलता है जो शाश्वत प्रवाहित हो रहा है। इसी रस के निरन्तर प्रवाह को पाने के लिए साधु-सन्त व्याकुल रहते हैं। रस का अर्थ यदि हम आनन्द करते हैं, और सूक्ष्म हो जाता है। किन्तु यह भी स्थिर जड़ नहीं। यह उमड़ता रहता है, अखण्ड मेघों की तरह और सदा बरसता रहता है। सिद्ध योगी इसी रस की वृष्टि में शराबोर होकर संसार से अलग हो जाते हैं। यह बहुत सरल है और बहुत कठिन भी। कहते नहीं बनता। माँ दुर्गा के सामने जब होता हूँ, अनन्त भावों में डूब जाता हूँ। यही भाव रसों का रेला है, जो ज्वार-भाटे की तरह आकर मुझे बहा ले जाता है। उस समय संसार नीरस, मुर्दा लगने लगता है। पीछे देखने पर पुनः वही आकर्षक संसार। वही चहल-पहल। दुनियादारी का आनन्द।

माण्डवी ने सिर हिलाया। अरे धूर्त! कपटी! ख़ूब रस ले रहे हो। रसों में इसे बहका, फुसलाकर फँसाना चाहते हो। अब समझ गयी। तुम बगुलाभगत हो। ठग कहीं के। नौकरी इसीलिए छोड़ी। वहाँ यह रस कहाँ? स्कूल खोलकर नमकीन सूरतें रख लो और पियो ख़ूब छककर रस। यह अबला अनुभवहीन है। विवश है। धन किसको काटता है? रचना को धन चाहिए और तुम्हें गतिशील रस। रसीली तुम्हारे सामने है। धन कॉलेज में बरस रहा है। फिर चुपके–चुपके क्यों यह रस ले रहे हो? समर्थ हो, प्रिन्सिपल हो। प्रत्यक्ष रख लो। ठाकुर कैसा जो रखैल न रखे। पूजा-पाठ, मूर्ति-मन्दिर सब दिखावा है। बाबू जी थे कि योगी। किसी स्त्री को फटकने नहीं देते थे। तुमने नये रसों के संचरण के लिए ही जाल-जेंवर बटकर कॉलेज तैयार किया है। बेहिचक शान्तिपूर्वक रस बदलते रहो। मैं अब बूढ़ी हो गयी। वह रस नहीं जो रचना में है। अभी यह कलोर बछिया है, उदन्त। इसे भी रस चखा दो। बड़े दाँव-पेंच से चिड़िया फाँस रहे हो। और कुछ कहो। सुनूँ...क्या कहते हो?''

रचना—"संसार के बाहर तो कुछ भी नहीं है। जो है, संसार में ही। संसार [illegible] रस नहीं। निराशा, क्षोभ, पलायन, विषाद—सब नीरसता के प्रमाण हैं।"

साहब—"नहीं, रसोद्रेक में बाधा निराशा है। अप्राप्ति क्षोभ है। जिससे पलायनवाद और हीनग्रन्थियों के विकास होते हैं। विषाद से यह ज्ञात होता है कि जो रस मिल रहा था, अब नहीं मिल रहा है। विषाद रसों का कायाकल्प करता है। दुःखों से ही रसों की नवीनता और उसके महत्त्व का ज्ञान परिपक्व होता है। शाश्वत सुख, दुःख ही हो जाता है। जैसे लगातार दिन का उजाला ही रहे तो दिन का अस्तित्व-बोध नष्ट हो जाता है। हम उसके महत्त्व को कदापि स्वीकार नहीं कर सकते हैं। सभी ऊबे हुए व्याकुल, असन्तुष्ट होंगे। रात्रि की शीतलता का अलग आनन्द है। दिन की कठोरता का अलग। दोनों मिलकर रसों को नवीनता प्रदान करते हैं। इसीलिए चाहे जितनी लम्बी उम्र तक जी लो—जीने की इच्छा कभी समाप्त नहीं होती। हम रोज़ ढलाव में भी नवीनता पाते रहते हैं। इसीलिए कभी भी मरने की इच्छा नहीं होती।"

रचना—"अर्थशास्त्र में तो धन स्वयं एक रस है। पुरुषो अर्थस्य दासः।"

साहब—"नहीं, धन जड़ है किन्तु इससे रसों की निष्पत्ति होती है। मैं यह नहीं कह सकता कि सम्पूर्ण रसों को धन ही प्रदान करता है। धन सहायक हो सकता है। धन से अच्छा-से-अच्छा भौतिक सुख-साधन प्राप्त कर सकते हैं। लेकिन धन अच्छी नींद नहीं दे सकता। अच्छा-से-अच्छा पकवान बनवा सकता है लेकिन अच्छा पाचन और अच्छी भूख नहीं दे सकता। किसी ग़रीब की नींद, भूख—अमीर को कभी नहीं मिल सकती। एक महारस आया, उससे दूसरा अति सूक्ष्म रस विदा हो गया। साधनों से उत्पन्न रस प्रायः इकहरे ही होते हैं। अपने भीतर जाग्रत रस सर्वांगपूर्ण और अबाध होते हैं। सात्त्विक वृत्तियों का रस ही वास्तविक और शाश्वत होता है।"

"आपकी बहुत अच्छी पकड़ हो गयी है। यह सब पूजा-पाठ और आत्मचिन्तन का प्रभाव है।" कहा रचना ने—"हमको लगता है, एक उम्र में जाकर चित्त के चिन्तन की दिशा एकदम बदल जाती है।"

"कभी नहीं, भोगी मनुष्य भोग के ही जुगाड़ में सुख अनुभव करते हैं। अर्थ और कामपूर्ति ही धन हो गया है। समाज में इन्हीं दो तत्त्वों की प्रधानता रह गयी है।"

माण्डवी के शरीर में आग की लपटें उठने लगीं। क्रोध से शरीर बेक़ाबू होने लगा। मन में आया कि अभी चलूँ और साहब का परदा खोलकर रख दूँ और उस भोली को भी समझा दूँ कि यह आदमी ऐसा नमाज़ी और रोज़े रखनेवाला है, जो डूबकर पानी पीता है। तुम्हें क्या पता, काम और अर्थ समझा रहे हैं। दोनों की पूर्ति तुमसे होगी। चलो घर, बताती हूँ। तुम्हारी सारी क़लई खोलकर रख देती हूँ। इसीलिए तुमने रचना पाठक को रखा है। गुड़ खाय, गुलगुला से परहेज़। भक्त की पूँछ हो गये हो। स्वाद बदलने से शरीर ताज़ा रहता है। स्फूर्ति बनी रहती है। बदलो ख़ूब स्वाद। पण्डा जी ने सही

लिखकर भेजा। अभी चलूँ, उनके पैरों पर गिरूँ और इसका निराकरण पूछूँ। आप धन्य हैं सच्चे ब्राह्मण। एक व्यक्ति का विनाश होने के पूर्व ही आगाह कर दिया। लोग नाहक आपको बदनाम करते हैं। जा रही हूँ ठाकुर साहब। ख़ूब आँखें चार कर लो। ऐसी चिकनी-चुपड़ी रसभरी परी नहीं मिलेगी। मुझमें अब क्या रखा है? दो लड़कों की माँ हो गयी? सारा रस निकल गया। इसीलिए स्त्रियाँ पुरुषों पर कभी विश्वास नहीं करतीं, चाहे गंगा में प्रवेश करके लाख क़समें उठायें। धूर्त, चालबाज़, चटोरे पुरुष। मैं पुरुषों की नस पहचानती हूँ। गँवार नहीं जो बहका दोगे। आदमी स्त्रियों को कमज़ोर और मज़बूर पाकर उन्हीं पर दोषारोपण करते हैं। अब नहीं चलेगा। मैंने प्रत्यक्ष देख लिया है। मुन्नू गवाह है। पण्डा जी को कैसे ख़बर लग गयी? इसका मतलब पहले से ही खिचड़ी पक रही है। तभी तो इसकी दुर्गन्ध दूर तक फैली। तुम अपने को सत्य हरिश्चन्द्र समझते हो। समझते रहो। मनुष्यों की समझ के अनुसार समाज नहीं चलता। समाज के अनुसार तुम्हें चलना पड़ेगा। सोच रहे हो, अब न जाति-बन्धन है, न समाज। जो चाहे करें। डोमिन रखो या कुँजड़िन। छिप-छिपकर क्यों पानी पीते हो? खुलेआम रख लो। कौन तुम्हारा हाथ पकड़ता है? सब इज़्ज़त-आबरू घोलकर पी गये हो। बुढ़ापे में इश्क़बाज़ी की सनक सवार है। स्वाद बदल रहे हो और शरीर को ताज़ा कर रहे हो। इतिहास साक्षी है। पुरुषों ने सदा स्त्रियों के साथ अन्याय और अत्याचार किये हैं। उन्हें भोग की वस्तु समझकर इस्तेमाल किये। वाह रे पुरुष वर्ग। सब करके भी पवित्र बने हुए हो। स्त्रियाँ अशुद्ध होती हैं। उन्हें छूने से पाप लगता है। क्यों दूसरों से हँसती हैं। जीव और मनुष्य में उनकी गणना नहीं है।

थू है ऐसे ढोंगी पुरुष पर। यही करना था तो विवाह क्यों किया? इसलिए कि पुरुषों का यही स्वभाव है। अपनी ब्याहता भी रहे और रखैल भी। रण्डी-पतुरिया रखने की तुम लोगों की पुरानी आदतें हैं। इसे पुरुषों का धर्म और बड़प्पन कहते हो। शास्त्र और इतिहास भी इनके उदाहरणों से भरे पड़े हैं। अमुक राजा ने तीन हज़ार रानियाँ रखी थीं। अमुक ने हज़ार। वाह रे मर्द! कैसे रख लेते थे? बात समझ में नहीं आती है। एक स्त्री के सामने तो तुम्हारे प्राण निकले जाते हैं। मैदान छोड़कर भाग जाते हो। दो-तीन के साथ कैसे निर्वाह कर पाओगे? केवल मन की सनक है और कुछ नहीं। जाती हूँ पण्डा जी के यहाँ। तुम्हारा इलाज ठण्डे दिल से करूँगी। माण्डवी ताव में आकर चलने लगी। अब भी दोनों की वार्त्ता हो रही थी।

यवशन्त ने कहा—"इस बार रविवार को हमारे यहाँ आओ। मकुनी और खीर का प्रोग्राम रहेगा। स्पेशलिस्ट लोग अलग-अलग पकवान तैयार करेंगे। आपका जो प्रिय खाद्य हो, उसे आप तैयार करेंगी। बड़ा आनन्द आयेगा। सामूहिक भोजन का आनन्द कुछ और ही होता है। मैं तो सोचता हूँ, यह कार्यक्रम साप्ताहिक हुआ करे। इससे आश्रम की गरिमा भी रहेगी और दस लोग भोजन करके हमें कृतार्थ भी करेंगे। कुछ पुण्य भी होते रहना चाहिए।"

माण्डवी के क़दम पुनः रुक गये। उसने तर्क किया। अभी मछली जाल में फँसी नहीं है। फँसाने के सारे उपाय किये जा रहे हैं। लोग तुम्हें कृतार्थ करेंगे और तुम रचना को तारना। लम्पट, दग़ाबाज़। तुमको भरी सभा में बेइज़्ज़त नहीं किया तो अपने बाप की बेटी नहीं। तुम अभी नहीं जानते हो। स्त्री जिस पर समर्पित होती है, जाति, कुल, धर्म–सब पीकर उसके लिए प्राण तक दे देती है। और जिस पर कुपित होती है, उसका सर्वनाश बड़ी आसानी से कर डालती है। वह यदि प्रसन्न है तो तुम्हारा मार्ग आसान कर देगी। नाराज़ है तो सारा जीवन दाहक ज्वाला में फूँक देगी। किसी स्त्री के साथ छल मत करो। तुम कपट करोगे, कपट ही स्त्री के रूप में अवतरित होकर आया है। जब कपट निष्कपट हो जाये, समझ लो स्त्री की नज़रों में तुम सभी कुछ हो, फिर भी विश्वास मत करो। अतिशय प्रेम में भी वह महाछलना ही प्रमाणित होती है। तुम ऐसी जाति के साथ छल कर रहे हो या छले जा रहे हो, ख़ुद नहीं जानते।

माण्डवी अब रुक न सकी। शीघ्रता से आयी अपने बँगले पर। सिलबिल अपनी चौकी पर लेटे बेसुध थे। माण्डवी ने जगाकर कहा–"सुन रहे हो?"

सिलबिल ने आँखें मुचमुचाते हुए कहा–"क्या है?" और कुछ प्रसन्नता के समाचार के लिए उठ बैठे। माण्डवी का मुखमण्डल तेज़ धूप से तमतमाया हुआ था।

बोली–"सिलबिल! जीजा आयें तो अभी मेरे विषय में कुछ न बताना। मैं आकर कहूँगी कि अभी आ रही हूँ तुम्हारी नौकरी के लिए मैं गुप्त प्रयत्न कर रही हूँ। शायद काम हो जाये।" उसने अपने कपड़े छिपाकर रख दिये। और उसी उद्वेग में चल पड़ी आलमपुर। दानूपुर से आलमपुर लगभग एक किलोमीटर दूर है। आलमपुर के लोग दानूपुर के छोटे-से बाज़ार में आवश्यक सामान ख़रीदते और बेचते हैं। यहाँ रेलवे-स्टेशन और बस-स्टैण्ड भी है।

माण्डवी में अभी ख़ूब स्फूर्ति है। स्वास्थ्य की दृष्टि से उसने दो लड़कों के बाद अपने को संयमित कर लिया। इसलिए अभी भी रूप-रंग में विशेष अन्तर नहीं आया था। वह क्रोधावेश में नागिन की तरह लपकती, मचलती आ गयी आलमपुर। एक व्यक्ति से उसने पण्डा जी का घर पूछा था। उसने गाँव के पूर्वी छोर पर बताया था। वह शीघ्र ही आ गयी। अपराह्न के तीन बजे थे। पण्डा जी गाय-भैंस को सानी चला रहे थे। सितम्बर का आख़ीर था। उमस तेज थी। आकाश कभी बादलों से घिर जाता, कभी साफ़ हो जाता। उसने द्वार पर देखा, कोई न था। घर में चली गयी। पण्डा जी की पुत्रवधू ने आश्चर्य से देखा और आसन देकर जलपान कराया। तदुपरान्त परिचय पूछा। माण्डवी ने सब बताकर पूछा–"पण्डा जी कहाँ हैं?"

बहू–"द्वार पर तो थे।"

माण्डवी–"द्वार पर तो कोई नहीं था।"

बहू—"गोसवारे की ओर सानी-पानी कर रहे होंगे। मजूर अब काम नहीं कर रहे हैं। यह गाँव एकदम नरक हो गया है। सभी लोग रास्ता ही बन्द कर रहे हैं। बैठिये, ज़रा झाँककर आती हूँ।"

बहू बाहर जाकर फिर आ गयी। बोली—"हैं तो बहिन। भैंस-गायों को नाँद में लगा रहे हैं। थोड़ा ठहर कर जाना। हाथ धोने यहीं आयेंगे।"

माण्डवी आश्वस्त होकर बैठी थी। थोड़ी ही देर बाद थप-थप करते पण्डा जी आ गये। सिंहनाद के स्वर में बोले—"बेटा! ज़रा हाथ धुलाना।" और पनारे के पास खड़े हो गये। माण्डवी ने लपककर पाँव छुये। पण्डा जी ने विस्फारित नेत्रों से भाँहों को ज़रा सिकोड़कर प्रश्नसूचक दृष्टि से देखा। यह देवी कहाँ से हमारे घर में टपक पड़ी? कौन है? कोई परिचित तो नहीं। माण्डवी ने अपना नाम और ग्राम बताये। वे अभी जूठे हाथ खड़े-खड़े पंचम स्वर में बोले—"ख़ूब जीयो बहू...ख़ूब जियो...। मेरी चिट्ठी मिल गयी थी? हाँ, याद आया। लिखा था, मुझसे अवश्य मिल लेना। बैठ जाओ बेटा। ज़रा हाथ धो लेने दो। अरे बहू! कुछ जलपान कराया कि नहीं?"

बहू ने हाथों को धुलाते हुए कहा—"दही-खाँड़ दिया था। चाय पक रही है।"

"बहुत अच्छा किया।" वे लुंगी में हाथ पोंछते हुए बड़े-से आँगन में एक कोने बने पत्थर पर आकर बैठ गये। बोले—"माण्डवी बेटा! तुम उस खाट पर बैठ जाओ। तुम कहोगी कि पाँड़े बाबा घूरकर देख रहे थे। इस समय गाँव की हालत पूछने लायक़ नहीं है। किसी पर विश्वास नहीं। हर आदमी यहाँ निर्णयहीन दिखायी दे रहा है। सोचा कि यह कौन अनजान स्त्री आ गयी। भई, ख़ुफ़िया से तो डर हो गया है। कौन कब आग लगा देगा। कोई ठीक नहीं। एक माह जेहँल काट के आया हूँ। मार न पीट। मैं सिवान में गया था, खेत देखने। इस साल ठीक से बारिश न होने से मन ज़रा यों ही उदास था। किसान बीया को देखकर पछताते। तब तक इधर गोली चल गयी। हमको जब ख़बर मिली, चुपचाप दानूपुर सरक गया; नहीं जान न बचती। चमारों ने टिड्डियों की तरह आक्रमण कर दिये थे। संजोग अच्छा था। हम लोग मार से बच गये। सुना कि छेदी सिंह की बहुत पिटाई की। बहुत घसीटा। घर में कोई सामान नहीं बचा। राशन-गल्ला सब नष्ट कर डाला सबों ने। घर खाली हो गया। बुड्ढा पक्का मुक़दमेबाज़ है। दो-चार दिनों में उनकी भी ज़मानत हो जायेगी। भानू की ज़मानत हो गयी। बुड्ढे ने ऐसा बयान दिया कि चौदह लोग कई धाराओं में फँस गये हैं। आठ लोग जेल में बन्द हो गये। छह लोग घर छोड़कर फ़रार हैं। कहाँ जायेंगे? वारण्ट जारी हो गया है। अब जान नहीं बचेगी। छेदी आ जायें तो लड़ाकर मिट्टीपलीद कर देंगे। हमको क्या? अब तो आख़िरी है। बहू! ब्राह्मण के लिए सेवा का हुक्म करो।"

"आपको धन्यवाद देने आयी हूँ। बड़ा उपकार किया। बात सच लग रही है लेकिन आपसे हाथ जोड़ती हूँ बाबा! प्रोपेगैण्डा न हो। ज़रा और तह में डूबकर बाबूसाहब का पता लगाना चाहती हूँ।" कहा माण्डवी ने—"आदमी कर्म से उतना बेआबरू नहीं होता,

जितना प्रचार और अफ़वाह से। बड़े लोग कुकर्म को छिपाकर जीने में मर्यादा का अनुभव करते हैं तो छोटे लोग सच्चाई को कहने में, प्रचार करने में। मैं ऐसा नहीं चाहती। चुपके से साँप मर जाये और लाठी भी न टूटे।''

''बहू! ब्राह्मण झूठ नहीं बोलता। मिथ्यावादी ब्राह्मण शूद्रों से भी गया बीता चाण्डाल होता है।'' पण्डा ने हिकारत से कहा—''ब्राह्मण सबका हितचिन्तक होता है। ईर्ष्यालु, निन्दक, अभक्ष्य खानेवाला ब्राह्मण हो ही नहीं सकता। इस आधार पर मैं पूरा कलंकित और अपवित्र हूँ। भगवान् ने जो मुझे सज़ा दी, वह गाँव की कूटनीति की नहीं, ब्राह्मण होकर कुपथ पर चलने की। अब मैं सबका त्याग कर रहा हूँ। क्या कहूँ, सुरती-सिगरेट नहीं छूटता। फिर भी सोचता हूँ—सत्य बोलूँ। दूसरे की भलाई करूँ ताकि अब भी भगवान् मेरी ग़लती माफ़ कर दे। हाँ, मुझसे निशाख़ातिर रहो। मेरा जो धरम था, कह दिया। अब तुम्हें जो समझ में आये, करो। यह है कि बाबूसाहब के आचार-विचार ठीक नहीं। मुझे सबसे बड़ा कष्ट उनके विचारों से है। बुढ़ापे में इश्क़ सूझा है। इसीलिए सोचा कि ऐसा तालाब खोदो जिसमें अच्छी-अच्छी मछलियाँ पाली जा सकें और इच्छानुसार स्वाद लेता रहूँ। बहू! जब आदमी कहीं से कमज़ोर होता है, छोटे लोगों का ही साथ देता है। वहाँ कोई रोक-टोक नहीं, जो चाहें, करें। नहीं तो संस्कृत में चमार को रखने की क्या ज़रूरत पड़ गयी? अब ठाकुर-बाभन चमार से वेद पढ़े? पाँव लगें? ज़माना इतना उलट गया कि बाभन चमार के पाँव छुये? थू है ऐसे राज पर। भगवान् भी नहीं माफ़ कर सकता। उस शूद्र का कैसे भला हो सकता है? सारे पापों की जड़ बाबूसाहब हैं।'' कहते-कहते पण्डा जी का चेहरा तमतमा गया। वे गर्दन इधर-उधर करके अपना आक्रोश शान्त करने लगे।

''हमारा एक भाई कब से चौकीदारी कर रहा है, उसके लिए कोई जगह नहीं। पूरा बगुला भगत हो गये हैं। स्वजातियों का अपमान कर रहे हैं। आप ही नहीं, सभी फ़ॉरवर्ड उनके ख़िलाफ़ हैं। कितने हित-नात रंज होकर चले गये। धोबी-चमार को उन्होंने अध्यापक रख लिया है। इस विषय में मेरी कोई पूछ नहीं। कहते हैं कि तुम भी त्याग-पत्र देकर यहीं पढ़ाओ। अब बताइये, सरकारी नौकरी छोड़कर घर की चौकीदारी करूँ?''

''मति मारी गयी है, और कुछ नहीं।'' पण्डा जी ने उपदेशक के भाव से कहा—''जब विनाश आता है, बुद्धि भ्रष्ट हो जाती है। बाबूसाहब के सिर पाप चढ़ा है। अब महियामेट करके ही छोड़ेगा। शास्त्र झूठा नहीं। रमणी के साथ कभी एकान्तवास नहीं करना चाहिए। आफ़िस में घण्टों अकेली न जाने क्या बतियाती रहती है। मैंने ही नहीं, बहुतों ने देखा है। भई, हमारा तो तर्क है, वह स्त्री है। स्त्रियाँ धन की बहुत लोभी होती है। उन्हें धन देकर उनका सब-कुछ लिया जा सकता है। थोड़े धन से नहीं तो कुछ अधिक धन पर तैयार हो जायेंगी। स्त्री माया है। माया का स्वरूप सदा परिवर्तित होता

रहता है। रचना कामिनी है। कंचन और कामिनी किसको भ्रष्ट नहीं कर देते? मैंने अपना धरम निभाया। पुराने जजमान हैं। ज़रा देखा नहीं जाता। बिनाश और बुराई को बताना पुरोहित का फ़र्ज़ होता है।

पण्डा जी ने गर्म लोहे पर हथौड़े की सैकड़ों चोटें लगायीं। विनाश प्रत्यक्ष हो उठा। सभी बातें सत्य हैं। माण्डवी का मस्तिष्क भावी कल्पना से काँप उठा। वह अब और नहीं सुनना चाहती थी। उठकर खड़ी हो गयी। बोली—"बाबा! जाती हूँ। स्कूल में आग लगा दूँगी, चाहे स्वयं आग में जल मरूँगी।" उसने दाँत पीस लिये।

पण्डा खड़े हो गये। हाथ फैलाकर माण्डवी को रोका—"नहीं बेटा! यह तो घोर अनर्थ होगा। आत्महत्या से बड़ा दूसरा कोई पाप नहीं। ऐसे को मैं संसार का सबसे कायर व्यक्ति समझता हूँ। क्षत्रिय तो लड़ना जानते हैं। हार-जीत दोनों में यश मिलता है। तुमने कोई दुराचार तो किया नहीं? आत्महत्या तो वह करता है जो मुँह दिखाने लायक़ नहीं रहता। पानीदार होता है या समस्याओं से लड़ नहीं पाता। तुम्हारे दो बच्चे हैं। स्वयं डिग्री कॉलेज की नौकरी करती हो। यह वादा करो कि आत्महत्या नहीं करोगी, नहीं मैं जाने नहीं दूँगा। बुढ़ापे में सारा पाप मेरे ही सिर। क़सम खाओ, नहीं यह ब्राह्मण अभी आज ही तुम्हारे द्वार पर फाँसी लगायेगा।"

"क़सम खाती हूँ। इसका निवारण करूँगी। आत्महत्या नहीं करूँगी। अब जाने दीजिये।" माण्डवी ने उनके चरण-स्पर्श किये।

"जीती रहो। भगवान् तुम्हें लम्बी उमर दें।" पण्डा जी ने रास्ता छोड़ते हुए, जाते-जाते कहा—"एक ब्राह्मण की क़सम, जो आत्महत्या किया।" माण्डवी तीर की तरह निकल गयी।

माण्डवी के एक-एक क़दम से क्रोध की अभिव्यक्ति हो रही थी। शरीर में कुछ अस्वाभाविक शक्ति की स्फूर्ति क्रोध के आवेश के साथ चपल हो रही थी। मानों शक्ति स्वयं गतिमय हो गयी थी। पैरों में तूफ़ान का बल था और हृदय में दमनात्मक अग्नि की लपटें उठ रही थीं। मस्तिष्क में भावी कल्पनाएँ सजीव हो रही थीं। प्रत्येक क्रिया में बाबूसाहब के साथ अपने स्थान पर रचना पाठक को स्थापित कर कलुषित हो रही थी। मानों एक विषैली नागिन सौत बनकर उसका सर्वस्व लूट रही हो और चिढ़ा रही हो।

मनुष्य की सभी कल्पनाएँ सत्य नहीं होतीं किन्तु कल्पनाओं से जीवन का अगला भाग पिछले भागों से अधिक सुन्दर और स्वर्णिम बनता रहता है, जो व्यक्ति को और आगे तक जीने के लिए ललचाता रहता है। कल्पनाहीन पूरे पशु होते हैं। कल्पना वह विद्युत्-शक्ति है, जिसकी स्फीत ऊर्जा से इनसान गतिमय रहता है। उसकी अक्षय शक्ति का विकास कल्पनाओं के साक्षात्कार में ही सदा सक्रिय रहता है। इसी की पराकाष्ठा काव्य, विज्ञान और संसार की समस्त नयी खोजें हैं।

माण्डवी रचना के सौन्दर्य के सामने फीकी पड़ रही थी। पुरुष के प्रतिकर्षण का कारण सदा विकृत रूप और सौन्दर्य के साथ गुण-धर्म ही होता है या और कुछ? वह समझ नहीं पा रही थी। सौन्दर्य-लोभ के कुछ क्षण होते हैं जिसमें व्यक्ति के प्रेम या घृणा के लिए उसकी वासना विशेष पक्षधर होती है। वही आगे चलकर रूढ़ संस्कृति और सम्बन्ध का निर्वाह करने लगती है। प्रज्वलित दीपशिखा की विकीर्ण धारा के सामने बुझते दीप की टिमटिमाती रोशनी का क्या मूल्य? सदा के लिए बुझ जाये। नयी-नवेली कोमल कलिका की सुवास व्यक्ति के सर्वांग पर आधिपत्य जमा लेती है। वासनान्ध पूर्व के सभी धर्म-बन्धनों को तोड़कर उदग्र हो जाता है। उस दशा में धर्मपत्नी उपेक्षित, प्रताड़ित, पराश्रित केवल जीविका और वस्त्रों के लिए सब देखकर भी मूक, सब पी जाने के लिए बाध्य हो जाती है। इसीलिए पुरुषों ने स्त्रियों पर सदा अत्याचार किये हैं। नारी चुपचाप सहती रही है। इसके कई कारण हैं। पराश्रय, निर्बल, पुरुष-प्रधान समाज; उनका आधिपत्य। अच्छा, मैं इसे तोड़कर मुक्त हो जाऊँगी। देखती हूँ, तुम क्या कर लेते हो। दो लड़के हैं, ऐसे रंगेटकर पिटावाऊँगी, तुम्हें भी याद आयेगी; ऐसी ग़लती नहीं करूँगा। लड़के तुम्हारा पक्ष कभी नहीं लेंगे। मैंने नौ माह तक पेट में ढोया है। कौन-सा दुःख नहीं सहा? तुम तो एक क्षण के लोभी थे। यहाँ तो हज़ारों क्षणों तक तल्ख़ होना पड़ा। माँ का स्थान बाप से भारी है। तुम बलवान् हो इसीलिए पुरुषों का अधिकार समाजिक मर्यादा बन गया, नहीं तो सम्पूर्ण इबारत हमारी है। तुम क्या हो? केवल निमित्त मात्र।

अपने आश्रम के फाटक के पास पहुँचकर वह एकाएक चौंक पड़ी। कब आ गयी, कुछ पता ही नहीं चला। शरीर कितना अस्त-व्यस्त है, जैसे किसी दूर यात्रा से चली आ रही हो। शीघ्र ही भवन के पास आ गयी। बाबूसाहब चौकी पर लेटे विश्राम कर रहे थे। सोच रहे थे, कैसे महाविद्यालय का विस्तार हो? गाँव अपराधमुक्त हो। शहर से भी बदतर गाँव होता जा रहा है। जैसे प्रेम और विश्वास नाम की कोई चीज़ ही नहीं। बौद्धिक स्तर का ऊँच-नीच प्राकृतिक है किन्तु जो मानवकृत दोष हैं, वही आज झगड़े की जड़ें हो गयी हैं। छूआछूत तो अधिक-से-अधिक मिट चुका है किन्तु लोग जातियों के आधार पर बड़े-छोटे के स्तर पर टूटते जा रहे हैं। एक दिन पूरा राष्ट्र टूटकर विखण्डित हो जायेगा। फिर हम किसी दबंग समूह के ग़ुलाम होंगे।

बाबूसाहब की बन्द आँखें किसी आहट से खुलीं। उठकर बैठ गये। चौकी पर एक किनारे होते हुए बड़ी सरलता से बोले—"बैठे जाओ...। किस गाड़ी से आ रही हो? लेट थी क्या? ज़रा दम मार लो तो पानी पियो।"

माण्डवी बाबूसाहब की आँखों में झाँकती हुई बैठ गयी। उनकी आँखों में पत्नी की प्राप्ति का उत्साहजनित आनन्द था। किन्तु उन्होंने जो देखा—लम्बा विद्रोह, उमड़ता हुआ क्रोध। आनन्द और प्रसन्नता की जगह निराशा की विक्षिप्तता।

"हाल-चाल तो ठीक है न? तुम प्रसन्न नहीं दिख रही हो? कुछ हो गया है क्या?... "बोले यशवन्त सिंह—"कितने दिन की छुट्टी है?"

"छुट्टी नहीं है। ज़रा मेरी तबीयत घबड़ा रही थी इसीलिए चली आयी। दो-एक दिन बाद चली जाऊँगी।" पसीना पोंछते हुए माण्डवी ने कहा—"कोई ख़बर नहीं मिल रही थी। तुम भी एकदम बदलते जा रहे हो। न चिट्ठी, न पत्री। स्कूल क्या खोल लिया, सबसे दूर होते जा रहे हो। कम-से-कम अपनों का तो ध्यान रखना चाहिए।"

"ध्यान सर्वदा है। मुझे विश्वास है कि तुम ठीक होगी।" यशवन्त ने कहा—"उत्तम पुरुष लक्ष्य-सिद्धि के लिए जी-जान से लग जाते है। मैं भी लग गया हूँ। अब मुझे यही लग रहा है कि केवल अपने ही अपने नहीं हैं, सभी अपने हैं। सबका विकास आवश्यक है। हम पशुता से उबरकर मनुष्य हो गये। फिर मानव से हटकर पशु बनने के प्रयत्न जारी हैं। देखती नहीं हो, सभी लोग अकेले होते जा रहे हैं। यही विज्ञान की देन है। आत्मनिर्भरता का अर्थ पशुता तो नहीं? हमारा सम्बन्ध और सबल होना चाहिए। साधनों की कमी से हम कुछ क्षेत्र तक ही सम्बन्ध बना पाते थे। दूर तक गमनागमन कठिन था। अब तो वैश्विक सम्बन्ध हो जाना चाहिए लेकिन हम अपनों से ही टूटते जा रहे हैं। आगे क्या होगा, कुछ नहीं कहा जा सकता।"

"क्यों चकमा पढ़ा रहे हो? पहले अपने कर्म को देखो, फिर दूसरे के।" माण्डवी ने तिरछी चितवनों से बाबूसाहब को देखकर मुँह फेर लिया।

बाबूसाहब के ऊपर मानों घड़ों पानी पड़ गया। आशय नहीं समझ पा रहे थे। मन की स्थिरता भंग होने लगी। जिस आनन्द-रस में डूबना चाहते थे, बाधा पड़ गयी। स्त्रियाँ स्वाभाविक कठोर होती हैं क्या? क्या बिगड़ गया, जो व्यंग्य बोलने लगीं? वे पत्नी की आँखों में नज़रें डालकर ज़रा मुस्कराये। माण्डवी ने क्रोधजनित उपेक्षा से मुँह फेर लिया।

यशवन्त ने आकाश की ओर देखा। साँझ की शीतल छाया फैलने लगी थी। अब वह धीरे-धीरे सघन होती आ रही थी। वे उठते हुए बोले—"जाता हूँ टहलने। तुम ज़रा विश्राम करके कोई नयी चीज़ बनाकर खिलाओ। संसार के सभी भोगों में दिव्य व्यंजन ही होता है। इसी से मनुष्य बुढ़ापे में भी जवान बना रहता है।"

माण्डवी कुछ न बोली। बाबूसाहब चले गये। समझ गये—स्त्रियाँ अकारण नख़रे करती हैं। हास-विलास, क्षोभ-शोक, बनना-बिगड़ना इनकी प्रकृति होती है। प्रकृति का विरोध बेवकूफ़ी ही नहीं, उद्दण्डता भी है। वह आप से ठीक हो जायेगी।

जब तक घूम-टहलकर आये, रात के आठ बज चुके थे। भोजन बन चुका था। माण्डवी ने सिलबिल के सहयोग से मालपुए बनाये। महीन चावल का खीर। देशी घी की पूड़ियाँ, तरकारी, टमाटर और हरे मटर की मीठी चटनी। यशवन्त सिंह प्रसन्न थे। तीनों साथ भोजन पर बैठ गये थे। इस बार कलावती पारस ही लेकर चली गयी।

यशवन्त ने भोजन की बड़ी प्रशंसा की। कहा—"बिना पत्नी जीवन निर्जीव-सा लगता है और माँ-बाप के रहने से लगता है, चारों ओर से भरा हुआ है। कहीं कोई कमी नहीं। ऐसा भोजन कहाँ मिलता है? आधा-अधूरा, जो बन गया; वही बहुत है। इसीलिए कहा कि यहीं पढ़ाओ। अपनी ग़ुलामी करो। क्या ज़रूरत है वहाँ पढ़ाने की? लेकिन तुम्हें सरकारी नौकरी की सनक है। हमको नहीं देखती हो।"

माण्डवी ने मुँह में कौर डालते हुए आँखें आसमान पर चढ़ाकर देखा—"पराश्रय ने ही स्त्रियों को सब-कुछ सहने के लिए बाध्य कर दिया। नहीं, पुरुष शेर बनकर नहीं अकड़ते। आज जो स्त्री पराश्रित नहीं है, पुरुष उसका दास है। वह जैसे चाहती है, पुरुष को नचाती है। मर्द चुपचाप कठपुतली की तरह नाचता रहता है।"

यशवन्त ने हँसकर कहा—"मैं तो तुम्हारा दास और कठपुतली—दोनों हूँ। जैसे चाहो, नचाओ। सच मानो, स्त्रियों ने जैसे चाहा, मर्दों को नचाया। आज भी नचा रही हैं। यह अधिकार—रज्जु बड़ी सूक्ष्म है, एकदम अदृश्य। नारियों पर पुरुषों के अत्याचार के इतिहास बनें किन्तु नारियों की दासता पुरुषों ने सहर्ष स्वीकार की है। इनके उदाहरण साहित्य में हज़ारों हैं। प्राय पुरुष वही करता है जो उसकी पत्नी चाहती है। नोक-झोंक, मार-पीट, गाली-गलौज सभी प्रेम में निजत्व के अभिप्राय हैं। प्रेम चलता चला गया, पुराना होने लगा। नया होने के लिए ज़रा विद्रोहात्मक हो गया। याद रखो, प्रेम कभी पुराना नहीं होना चाहता। पुराने प्रेम में प्रेम लुप्त हो जाता है, केवल व्यवहार ही रह जाता है। माना कि वह समर्पित होता है। जब कि प्रेम की सीमा व्यवहार नहीं है। इससे बहुत ऊपर, आकाश की तरह अनन्त; सदा नवीन। इसीलिए प्रेम कभी भी मिलन से ऊबता नहीं। समय का भी कोई एहसास नहीं। वह एक क्षण के लिए भी पलकों से कभी ओझल होना नहीं चाहता। अनुपस्थिति में भी उसकी तसवीर प्रेमी की आँखों में सदा प्रत्यक्ष होती रहती है। यही बेक़रारी उसकी निस्सीमता का परिचायक है। प्रेम की परिभाषा किसी विरहिणी अथवा विरही की मूक आँखों से पूछो। तुम स्त्री हो, कठोरता और कोमलता तुम्हारी प्रकृति है। पुरुष स्त्री की अपेक्षा बहुत कमज़ोर होता है।"

माण्डवी ने आँखों के इशारे से कहा—"सिलबिल बैठा है। ज़रा दायरे में।"

"मैं जो बातें कह रहा हूँ, एकदम सैद्धान्तिक। जब कि प्रेम की कोई सिद्धान्त-सीमा नहीं। प्रेम के आधार पर लोग नये फ़ार्मूले तैयार कर लेते हैं। बेवकूफ़ हैं, बिलकुल हृदयहीन। प्रेम जितना एकान्तवासी होता है, उतना ही विस्तृत। मेरा मतलब यह फैलाव नहीं चाहता। केवल ऊँचाई में जाना चाहता है, जहाँ दो एक हो जायें। बल्कि एक की भी सत्ता खो जाये। दोनों के अस्तित्व-बोध का मिटना ही सम्पूर्ण विलय है। ऐसा प्रेमी उच्छृंखल नहीं हो सकता।"

माण्डवी का दम घुट रहा था। सिलबिल के सामने क्या कहे? कुकर्म करके बतबढ़ावन कर रहे हो। स्वयं आग लगाकर दूसरे का दोष दोगे। मर्दों की यह आदत

नहीं, स्वभाव है। सच्चाई खुल जाती है। आप से तुम्हारे क़दम उधर ही जा रहे हैं, जो तुम कर रहे हो। तुम्हारा उद्‌गार किसी-न-किसी रूप में व्यक्त होगा। इन्हीं लम्बी-चौड़ी बातों में तुम हमको गुमराह कर रहे हो कि मैं तुम्हारे मार्ग से सदा के लिए हट जाऊँ और तुम रचना के साथ प्रेम का ऐकान्तिक रस लूटो। चोर चोरी के पूर्व सम्पूर्ण मज़मून बना लेता है, ताकि वक़्त पर धोखा न हो। तुम भी यही कर रहे हो।

सिलबिल ने हाथ धोये और जाकर खपरैल की मँड़ई में पड़ गये। योगेन्द्र सिंह ने अपने काल में चारों ओर से खुली, ईंटों के खम्भे की एक लम्बी मँड़ई बनवा रखी थी। इसमें पचासों चारपाइयाँ पड़ जाती थीं। हर तीसरे वर्ष फूस का छाजन बदलवा देते थे। यशवन्त सिंह ने इसे अंग्रेज़ी खपरैल से छवा दिया था। कौन झंझट मोल ले? जाड़ों के अतिरिक्त इसमें आठों मास चारों ओर की हवा का आनन्द मिलता। क्या मज़ाल कोई लेटे और नींद न आ जाये। गाँव की यह अनुपम जलवायु शहर में कहाँ? टिकिया-टैबलेट ही जहाँ नींद के विकल्प हों। यहाँ तो शहर की अनिद्रा भी प्रगाढ़ निद्रा में सो जायेगी। सिलबिल चौकी पर गिरते ही खर्राटे लेने लगे। यशवन्त सिंह ने भक्तों, अतिथियों के लिए इसमें बीसों चौकियाँ रखवा दी थीं।

अवसर पाकर माण्डवी ने आग को कुरेदा—"इसीलिए खूब डूबकर पानी पी रहे हो। भाई था, तुम्हें लाज भी नहीं लगती। अब एकदम निर्लज्ज होते जा रहे हो। रचना ने तुम्हें कोई जड़ी पिला दी है। क्या?"

"हाँ, और बहुत गम्भीरता से। मुझे नश्वरता का बख़ूबी ज्ञान हो चुका है। ज्ञान और कर्त्तव्य-निर्वाह, दोनों दो रास्ते हैं। ज्ञान से कर्त्तव्य में आनन्द-बोध होता है। नश्वरता से आसक्ति नहीं रहती। व्यक्ति तटस्थ चलता चला जाता है।" यशवन्त सिंह ने हाथ धोते हुए कहा—"रचना कॉलेज का सौन्दर्य है, यह अब समझ में आया है। चाहे जैसी हों, स्त्रियाँ सौन्दर्य की पर्याय हैं। उनके अभाव में निराली शोभा भी फीकी पड़ जाती है। जहाँ सुन्दरता अपनी पूर्ण छवि से प्रस्फुटित होने लगती है, कीट-पतंगे उसे नष्ट करने के लिए चारों ओर से घेर लेते हैं। यही प्रकृति का नियम है।"

माण्डवी ने क्रुद्धभाव से कहा—"नियम हमको मत समझाओ। तुम्हारे काले कारनामे की अफ़वाह चारों ओर फैल चुकी है। जलाशय बनाकर चुपके-चुपके मछलियाँ खाना चाहते हो। आँखें खोलकर समाज को भी देखो।"

यशवन्त को काटो तो ख़ून नहीं। विरसभाव से अवाक् हो गये। जैसे किसी ने गर्म लोहे को अथाह जल-राशि में डाल दिया।

●

आज इतवार का दिन है। मुँह अँधेरे ही चमारों की बहुत बड़ी सेना गाँव के उत्तरी मैदान में गोबर, झाड़ू और फावड़े के साथ आ डटी। कोई ऊबड़-खाबड़ ज़मीन रोलकर ठीक करने लगा। कोई झाड़ू से पिल पड़ा। कुछ लोग सरकारी भवन के सामने गोबर से लीपने लगे। चमारों में अजीब उत्साह था। पाँचू और सेवाराम देखभाल कर रहे थे। कोई हँसी-मज़ाक के साथ लोक-गीत की एकाध कड़ी गा रहा था। मानों किसी ज़मींदार के घर में बारात आनेवाली है। मज़दूर अभी से सफ़ाई में लगे हुए हैं। मज़दूरों में अपने काम बड़े मनोरंजन के साथ मालिकों के घर से अधिक होते हैं। पाँचू डाँटता—"मज़े से झाड़ू मारो। बेग़ारी मत करो। सफ़ाई ही हमारी पहचान बनेगी। बड़े लोग हम लोगों को गन्दा समझकर ही हमसे क़तराते आये। दूरी पैदा होने से ही तनाव और सारी बुराइयाँ आ गयीं। पहले जड़ सुधारो। हम लोग दिखा दें कि हम लोग भी आदमी हैं। हमारे पास भी दिल-दिमाग़ और सुख-दुःख का एहसास है। हम निरे पशु नहीं। वहाँ देखो... रामजनम पनारू को हलकान किये हुए है। वाह भई! गये वहाँ की घास साफ़ करने और मज़ाक शुरू कर दिया। रामजनम ने पनारू के दोनों हाथ पीछे करके गमछे से बाँध दिये। वह केवल गमछा पहना था। दोनों बहनोई-साला थे। रामजनम गमछा खींचकर भागा। पनारू ने उसी तरह दौड़ा लिया। लोग हँसते-हँसते लोट-पोट हो रहे थे। पाँचू और सेवाराम हँसते—हँसते खाँसने लगे। पाँचू ने गुस्से में डाँटा—"तुम लोग बहुत दुष्ट हो भाई। सरल आदमी को इस तरह परेशान करते हो?" बेचारा पनारू मैदान-भर दौड़ लगाता, थककर बैठ गया। पाँचू ने उसका हाथ खोलकर गमछा पहनाया। हाथ खुलते ही वह रामजनम पर टूट पड़ा। उसके हाथ रामजनम की धोती आ गयी। रामजनम जाँघिया पहने ही भागा और नाली में आकर पनारू के ऊपर कीचड़ फेंकने लगा। पनारू ने आराम से उसकी धोती कीचड़ में डाल दी।

इसी मनोरंजन में सात बजते-बजते पंचायत-भवन, सरकारी भवन और प्राइमरी स्कूल तथा लम्बे-चौड़े मैदान की ऐसी मनोहारी सफ़ाई हो गयी—जी करता, जहाँ चाहो, लेट जाओ। किसी कार्य में सुन्दरता से मन प्रसन्न रहता है। प्रसन्नता से स्वास्थ्य की वृद्धि होती है। मन-मस्तिष्क की प्रफुल्ल दशा से उम्र बढ़ जाती है। व्यक्ति उदार और सहज हो जाता है। तनाव से मुक्त सौन्दर्य-प्रेमी काल्पनिक होकर काव्य और ज्ञान-भक्ति के और क़रीब होने लगता है। तब नये चिन्तन के विविध आयाम फूटने लगते हैं। वह संसार को तुच्छ समझकर संयमित और सुधारवादी हो जाता है, जो समाज या देश का विशिष्ट व्यक्ति कहा जाता है। यहीं से अच्छे संस्कारों के सूत्रपात होते हैं। जातियों और सामाजिक बुराइयों का विलय करके वह व्यक्ति एक सच्चा मनुष्य दिखायी देता है। ऐसे इनसानों में खोटेपन के लिए कोई जगह नहीं। वह जहाँ, जिस परिस्थिति में रहेगा—अकेला ही दिखायी देगा।

जैसे ही यह काम समाप्त हुआ, तम्बू आ गया। पाँचू ने रोका—"पहले घुघुनी खा लो, फिर काम करो। खाली पेट मजूर काम नहीं करते।"

चार आदमी बड़ी कड़ाही लिये आ गये। दो लड़के महुआ के पत्ते तोड़ लाये। एक ने नीम की सींकें बटोर लीं। कई मिलकर दोने बनाने लगे। बात-की-बात में बहुत दोने बन गये। रामदीन ने एक-एक कलछुल घुघुनी देनी शुरू की। बड़ी कलछुल में एक अँजुली घुघुनी आती थी। चने, प्याज और आलू की बनी मसालेदार घुघुनी। इत्मीनान से बैठकर लोग चटखारे ले-लेकर खाने लगे। वाह! सामूहिक खान-पान में कितनी लज़्ज़त है? केवल सहयोग और प्रेमरस के योग से इसका स्वाद कितना बढ़ गया? इसी का नाम गाँव है। जहाँ अधिक संख्या में भेद-भावहीन लोग एक विचारों के होकर रहते हैं, खेलते, आयोजन करते और बाँटकर खाते हैं—वहीं स्वर्ग उतर आता है। कुछ अवांछित तत्त्वों ने विष बोकर इसे कितना दूषित विषाक्त कर दिया है कि भाई, भाई के ख़ून का प्यासा है। माँ की अर्थी जा रही है। गाँव उमड़ पड़ा है लेकिन एक लड़का घर में बैठा आँसू बहा रहा है। बाप, बेटों से अलग होकर भूखों मर रहा है। वाह रे गाँव की कूटनीति! तुमने राष्ट्रनीति को ही ख़राब नहीं किया बल्कि गाँव के आनन्द-रस में विष घोल दिया।

घुघुनी और रस का नाम सुनते ही सेवाराम ने घर की राह ली। कौन चमारों का छुआ खाये? चालाक आदमी मेहमान आने के पूर्व ही घर छोड़ देता है। ऊपर से कितना चिकना, सफ़ेदपोश, भीतर से कितना कलुषित, कपटी, ईर्ष्यालु। चमार इसे जातिगत सामाजिक व्यवस्था मानते। उन्हें ज़रा भी कोफ़्त न होता किन्तु पाँचू सब समझता। कौन-सी छूत इसमें लग गयी? ख़ैर, गाड़ी जैसे चले।

चाय की व्यवस्था नहीं थी। एक घूँट चाय पीकर शहरवाले दोपहर तक भूख की प्रतीक्षा करते हैं। यहाँ तो भूखों प्राण जाने लगते हैं। बुड्ढों के पेट में भी सुबह सात

बजे ही लाला मार देता है। कुछ ठोस रक़म न मिलने पर अपनी बुढ़िया पर लोग टूट पड़ते हैं और भूख की ज्वाला गालियों से शान्त करके भी नहीं अघाते। ज्यों ही बहू कुछ सामने बढ़ा देती, सारा क्रोध पानी हो जाता। गाँव के हवा-पानी से भूख इतनी खुलकर निरापद लग जाती है कि घुघुनी से पूरी तृप्ति कहाँ, जब तक खाँड़ का रस दो-चार लोटे न मिल जाये। पाँचू ने दस सेर खाँड़ दी थी। दो चमारों ने सजाव दही के मटके ही ला दिये थे। एक कण्डाल रस घोलकर छाना गया। एक बालटी में पूरा दही फेटकर शरबत में डाल दिया गया। कुम्हार के यहाँ से बड़े पुरवे आ गये थे। मजूर बैठ गये पीने। बाजी लग गयी। बीस-पचीस पुरवा तक पहुँच गये। एक बालटी रस पेट में गया कि पीठ में, फिर भी किसी का पेट बाहर न निकला। डकारते हुए लोग तम्बू तानने, खूँटा गाड़ने में पिल गये। अब गाँव में बढ़ई की भी ज़रूरत नहीं। चमारों ने ख़ुद ही सब सीख लिये। दो आदमी बाँस छीलते। एक आदमी खूँटे गढ़ने लगा।

सेवाराम जब जाने लगे, पाँचू ने उन्हें रोककर कहा—"परधान जी! थोड़ा दही पुरवा मैं देता हूँ, जलपान कर लो। दूध-दही में कौन-सा छूत है? भैंस का शुद्ध दूध। मटकी में जमाया हुआ दही। थोड़ी-सी खाँड़ डालकर दूँ?"

सेवाराम ने आँखें आसमान पर चढ़ाकर कहा—"पचेगा नहीं, बीमार पड़ जाऊँगा। दही तो और कड़ा होता है। सजाव दही में बड़ी गरमी होती है।"

एक मन ललच रहा था। दूसरा मन रूढ़िवादी गुत्थियों का विश्लेषण कर रहा था। एक तो चमार के घर का, दूसरे मिट्टी का बरतन छूने मात्र से ही अशुद्ध हो जाता है। ज़रा-सा स्वाद और आनन्द के लिए क्यों अपना लोक-परलोक बिगाड़ूँ? जिस भावना का निर्वाह इस उम्र तक करता चला आया, भावुकता में आकर एक क्षण में क्यों बिगाड़ दूँ? है तो कुछ नहीं। हमारे और उनके घर के दही में क्या अन्तर है? केवल मन का भ्रम है। चमार के घर का दूध उठौना आता है, पीता हूँ। कोई छूत नहीं। दूध जब दही बन गया, अस्पृश्य हो गया। यह मानवकृत है। दूध प्राकृतिक है, ईश्वर द्वारा दिया हुआ। चमार कुछ अपना पानी अवश्य मिलाते हैं। नहीं-नहीं, जिसको यहाँ तक निभाया, अब मरने के वक़्त तोड़ना उचित नहीं। क्षमा माँगकर घर चले गये। पाँचू सब समझता था। यह विष से भरा घड़ा है। एकता की दुन्दुभि देनेवाला, ख़ुद जब उससे क़तराये, मानवीय सत्यता से मुकर जाये; पीछे भागे—उसे कपटी और लड़ाने-भिड़ानेवाला ही कहा जायेगा। जो मनुष्य होकर मानव से किसी भी स्तर पर एक नहीं हो सकता—वह रणनीति का खिलाड़ी ही कहा जायेगा।

किसी भी जाति अथवा सम्प्रदाय की एकता खान-पान तक आकर अधिक सुदृढ़ हो जाती है। हिन्दुओं से इतर जातियों और सम्प्रदायों में खान-पान का अलग वर्गीकरण नहीं है। इसीलिए उनकी एकता का मानक जाति नहीं, सम्प्रदाय है। हिन्दुओं की एकता का मानक जातिगम टाट-भात है। इसीलिए सम्पूर्ण हिन्दू एक होकर भी खान-पान की

जगह कभी एक नहीं हो सकते। यही कारण है कि भेद-भाव बढ़ते-बढ़ते उनमें ऊँच-नीच के भाव के साथ अस्पृश्यता आ गयी। हिन्दू-समाज टूटने लगे। ऊबे हुए लोग जातियाँ और सम्प्रदाय बदलने लगे। कालान्तर में पूरा विश्व ग़ैरहिन्दुओं से भर गया, फिर भी हिन्दुओं ने अपनी मौलिक बुराइयाँ दूर नहीं कीं। अरब के देशों में सभी सामी जातियाँ कभी घोर मूर्तिपूजक हिन्दू ही थीं। आज वे इस्लामपरस्त हैं।

तम्बू तन गया। हर्षोल्लास में काम का पता नहीं चलता था। शीघ्र ही चौकियाँ आ गयीं। एक ओर मंच बन गया। ग्रामोफ़ोन आ गया। पाँचू ने एक छोटा-सा ड्रामा खेलने का विचार बना लिया था। यह प्रोग्राम अँधेरा होने तक चलेगा। रात होने पर लड़के मनोरंजन के लिए नाटक खेलकर बिरहा (लोकगीत) गायेंगे। बाहर से कुछ लाना नहीं है। सब गाँव में उपलब्ध है। ढोल, हारमोनियम, नगाड़ा और वादक भी। आलमपुर में दो लौंडे हैं। तीन लौंडे दानूपुर में—नाचने के लिए तैयार हैं। सम्पूर्ण व्यवस्था होते-होते दोपहर हो गयी। तीन बजे से अतिथियों के भाषण हैं।

आज लोग नहा-खाकर यहीं आ जाते। हो-हल्ला और ग्रामोफ़ोन के बजने से यहाँ ख़ूब चहल-पहल थी। दूसरी जातियों के लोग प्रायः नहीं आते थे। उनकी दृष्टि में अभी हत्या का वही वातावरण बना हुआ था। जिसके घर में मौत हुई, वह रुपयों में भूल गया। क्या धन की आँच से पुत्र-शोक की तपन कम हो जाती है? क्या विष की ओषधि विष ही है या सोच का अलग-अलग पैमाना? मज़दूर लड़के की मृत्यु से पर्याप्त धन मिल जाये तो इससे शुभ और क्या हो सकता है? मज़दूरों की मानसिकता बड़ी क्षुद्र होती है। ये किसी भी गहराई और विस्तार को केवल धन से नापते हैं।

दो बजते-बजते कई गाँवों से चमार, दुसाध, धोबी, भड़भूँजे, बँसोड़, मुसहर, डोम, खटिक, नाई, लोहार, क़हार, कुम्हार आने लगे थे। और भी कितनी छोटी जातियों के लोग पण्डाल में जगह छेकने लगे थे। गाँवों में अपने अतिरिक्त मित्रों को बैठाने का अधिक ख़्याल रहता। कभी-कभी झगड़े भी हो जाते और लाठी-डण्डे की नौबत आ जाती। अब पण्डाल में केवल एक ही गन्ध चारों ओर फैल रही थी। मज़दूरों में बीड़ी पीने और सुरती खाने का अधिक प्रचलन है। स्त्रियाँ भी बैठ गयी थीं। पाँचू माइक से सबको व्यवस्थित बैठ जाने का अनुरोध कर रहा था। पूरे पण्डाल में बीड़ी का धुआँ फैल रहा था। बीड़ी या सुरती बाँटकर पीने-खाने से मित्रता और प्रगाढ़ होती है। सामूहिक स्थानों में प्रेमवश इनके उपयोग अधिक होते हैं! कुछ विशिष्ट लोग दूर मेंड़ों पर बैठ गये थे। पंचायत-भवन, सरकारी भवन और प्राइमरी स्कूल की सीढ़ियों पर खचाखच भीड़ लगी हुई थी। व्याख्यान सुनने सवर्ण भी आ गये थे किन्तु वे बाहर टहल रहे थे और बातें कर रहे थे। इस समय लोगों के पास अनेक सैद्धान्तिक मसले थे, जिसे आपस में लोग तर्क द्वारा हल कर रहे थे।

दो बजे तक मालाएँ भी मँगा ली गयी थीं। दलितों की सभा के प्रति लोगों में बड़ा कौतूहल था। अब चमार कौन-सी, कैसी एकता बनाना चाहते हैं? सारा खेल सेवाराम

का है। सन् 1980 में जब यह पहली बार प्रधान हुआ, तभी से गाँव में जातिवाद आग की लपटों का रूप धारण करने लगी थी। शायद वह इसी अवसर की तलाश में था। गाँव जब तक नष्ट-भ्रष्ट न हो जाये, तब तक उसे चैन नहीं। मालिकों से मज़दूरों को लड़ाया, दलितों को सवर्णों से। ताकि वह एकच्छत्र शासन कर सके। सम्पूर्ण गाँव का दिवाला निकल गया लेकिन सेवाराम का बाल-बाँका न हुआ। धूल में उसने ऐसी रस्सी बटी कि सम्पूर्ण गाँव की सीमा को दो लट्ठा आगे ठेल दिया। अपने द्वार पर चकरोड को दो लट्ठा आगे करके लम्बा सहन बनाकर, गाय-भैंस रखकर चरनी भी बना ली। जिनका मकान गिरा, चक आगे भागा, खेत कम हुआ—वे गालियाँ देकर चुप हो गये। छल-कपट में इतना प्रसाद तो मिलेगा ही।

तीन बजते-बजते असंयमित भीड़ संयत हो गयी थी किन्तु चिल्ल-पों और कोलाहल का अन्त नहीं हुआ था। पाँचू के अलावा हरिजनों में भी और पढ़े-लिखे, अधिकारी लोग आ गये थे। एक ने पाँचूराम को विश्राम दिया और माइक सँभाल ली। अतिथियों के आने के पूर्व ही दुर्जनराम ने अपना भाषण देना शुरू कर दिया था। वे बिहार में क्रीड़ा विभाग के निदेशक थे। बड़े मज़ाकिया, निर्भीक, स्पष्ट वक्ता, हँसोड़े। छात्र-जीवन गाँव की बड़ी टीम में फुटबाल खेलते व्यतीत किया था। मंच पर खड़े होते ही तालियाँ बजने लगीं। भीड़ को सिद्धान्तों से अधिक मनोरंजन पसन्द आता है। दुर्जनराम के शब्द कुछ ऐसे ही होते हैं। बोले—

लण्ठ चमार भाइयो! पहले सऊर से बैठना सीखो। लुंगी-गंजी पहनकर चले आये हो। बीड़ियों की दुर्गन्ध और हल्ला के अलावा तुम्हारे पास कुछ भी नहीं है। (तब तक एक ठहाका भीड़ में गूँज उठा) समाज में सभ्य की तरह साफ़-सुथरे कपड़े पहनकर आना चाहिए। जैसे घर में रहते हो, उसी तरह यहाँ भी चले आये। मुक़ाबिला करोगे ठाकुरों-बाभनों से। पहले सामाजिक सलीक़ा सीखो। (भीड़ शान्त थी। कुछ लोग जोह रहे थे, अब कौन-सा घोड़ा छोड़ रहे हैं) इधर तुम्हारी स्त्रियाँ हैं। ज़रा इन्हें देखो...रोपनी करके चली आयी हैं। स्टीम इंजन इन लोगों के सामने फेल है। आदमियों से बढ़-चढ़कर बीड़ियाँ पी रही हैं। बीड़ियों के साथ तुम्हारे शरीर से भी दुर्गन्ध आ रही है। तुम्हें कौन छूयेगा? तुम्हारे पास कौन बैठेगा? (थोड़ा हँसकर) माह में एकाध दिन स्नान हो जाता है या यों ही पूरा साल कट जाता है? (फिर ठहाका लगा) नहाना-धोना मत। नहीं मैल बह जायेगी। अरे भाइयो! बड़ा बनने से पहले बड़ों-जैसा काम करो। किसी के चेहरे पर चमार या ठाकुर-बाभन तो लिखा नहीं है। देखो...हम भी तो चमार हैं। तुम्हारे जैसे हैं? तुम्हारी स्त्रियाँ हैं, ज़रा बन-ठन के आतीं। स्त्रियों ही से किसी स्थान की शोभा बढ़ती है। रोज़ चाहे जैसे रहो साफ़-सुथरा बनकर समाज में जाओ। जब तक अपने में सुधार नहीं लाओगे, दूसरा तुम्हारे ऊपर इत्र नहीं छिड़केगा। छूआछूत कहीं नहीं है। तुम लोग ख़ुद घृणा का काम करते हो। गन्दा काम करके कोई अच्छाई नहीं पा सकता। दूसरी

बात यह कि कुछ अमीर चमार भाई धन होते ही खेत ख़रीद रहे हैं। और अपने लड़कों को जीवन-भर के लिए ताल की घास उखाड़ने का काम दे दे रहे हैं। कोई फ़र्क़ नहीं पड़ा धन होने का। पहले किसी बाबूसाहब के खेत की घास उखाड़ते थे, अब अपने खेत की उखाड़ रहे हो। कर्म से तुम जहाँ-के-तहाँ हो। हाँ, उन्हीं पैसों से उन्हें पढ़ा-लिखाकर आगे भेजो। हम भी पढ़े न होते तो बाबूसाहब का हल जोतते। मान लो नौकरी नहीं मिलती तो हल ज़रूर जोतते लेकिन बाबूसाहब हमारे ऊपर शासन नहीं कर पाते। क्योंकि हम उनकी नीति समझकर सदा लकड़ी लगाये रहते। (फिर ठहाका गूँजा) अभी अतिथि लोग आये हैं। अब आप लोग उनके भाषण सुनेंगे। शान्ति बनाये रखिये। फिर मौक़ा मिला तो आप लोगों से दो-चार हाथ और खेलेंगे।

दुर्जनराम मंच के एक ओर खड़े थे। अतिथियों में यशवन्त सिंह, श्रीप्रसाद, विकल जी मंचासीन हुए। दुर्जनराम ने इन लोगों को माल्यार्पण के साथ स्वागत किया। दानूपुर के हरिजन अखिलेश प्रसाद (डी. एम.) ने स्वागत-भाषण किया। दुर्जनराम ने प्रख्यात उपन्यासकार विकल जी को आमन्त्रित किया। उन्होंने अपने अगाध अध्ययन और लेखकीय अन्दाज़ में सच्चाई को उकेरना शुरू किया—

आदरणीय भाइयो एवं बहनो!

सबसे पहले मैं जातियों पर ही कुछ कहना चाहता हूँ। आप सोचते होंगे कि भगवान् हमें अछूत या छोटी जाति में पैदा किया है। यह एकदम झूठ है। हाँ, हमारा देश जातियों का देश है, यहाँ किसी जाति में रहकर जिया जा सकता है। साधुओं की कोई जाति नहीं होती। बहुत पहले कर्म के आधार पर वर्ण-व्यवस्था बनी। बाद में जातियों के आधार पर कर्म हो गया। उस समय के लिए वर्ण-व्यवस्था या जाति-व्यवस्था अनुकूल थी। क्योंकि प्रत्येक जाति एक-दूसरे पर निर्भर थी। इसीलिए सभी जातियों के लोग एकता के सूत्र में बँधे हुए थे। प्रेम का भी यही कारण था। विज्ञान और धन ने सबको इतना मुक्त कर दिया कि अब किसी को किसी की ज़रूरत नहीं। धन है तो बैठे-बिठाये सारा काम हो जायेगा। आज इनसान से धन का महत्त्व बढ़ा है। धन से मनुष्य ख़रीदा जा रहा है। चाहे वह स्त्री हो या पुरुष—दोनों खुले बाज़ार में बिक रहे हैं। व्यक्ति धन का इतना बड़ा दास हो गया है। अब धन ही धर्म और चरित्र दोनों हो गया है। आज वही साधु या सन्त सबसे बड़ा और सिद्ध है, जिसके पास अपार धन है। अब आप सोच सकते हैं कि मनुष्य की क्या क़ीमत रह गयी? किन्तु एक मूर्ख के वंश के सभी लोग मूर्ख नहीं हो सकते। उसमें विद्वान् और प्रतिभाशाली लोगों को भी देखा गया है। कर्म और ज्ञान से वह ब्राह्मण हुआ। परन्तु जातीय सत्ता वही-की-वही। होना यह चाहिए—हर मूर्ख शूद्र है। विद्वान् या बुद्धिजीवी ब्राह्मण। बलवान् झगड़ालू क्षत्रिय। किसी भी तिकड़म से परिवार चलानेवाला वैश्य। हमारे यहाँ वर्णसंकर के नाम पर लोग क्रुद्ध होते हैं। अपने को शुद्ध ब्राह्मण या क्षत्रिय कहने में संकोच नहीं करते हैं। यह तो कभी नहीं था, जो

अब है। यह नियम पति-पत्नी होने पर लागू हुआ अन्यथा हम आदि मानव से विकसित हुए हैं। उनमें जातियाँ नहीं थीं। पुरुष स्त्री की तलाश करता था और स्त्री पुरुष की। पूर्ण पशु-सभ्यता थी। स्त्री-पुरुष में कोई मर्यादा नहीं थी। तब पवित्र और अपवित्र या वर्णसंकर दोष की कौन-सी बात आयी? कभी पूरा विश्व जंगल ही था। गिरोह भोजन की तलाश में घूमते रहते थे इस कारण युद्ध और समायोजन भी होते रहते थे। उस सभय का भारत भी कैसा रहा होगा, कहना कठिन है। हाँ, यहाँ कुल ग्यारह जातियों के प्रमाण मिलते हैं। नीग्रो, औष्ट्रिक, द्रविड़, आर्य, यूनानी, यूची, शक, आभीर, हूण, मंगोल और तुर्क। अपरोक्ष गिरोह अपने को किस जाति का मानता रहा होगा, नहीं कहा जा सकता। सबकी, सबमें शादियाँ हुईं। बड़ा लम्बा इतिहास है। इन्हीं में जाति-प्रजाति और उपजातियाँ निकलती, बढ़ती चली आयीं। शासन और सत्ता में रहनेवाला कोई भी बड़ा हुआ। विद्वान् ब्राह्मण और मूर्ख शूद्र हुए। किन्तु यह भी सत्य नहीं। सत्य केवल मानव-जाति है। कुरूपता-सुन्दरता खान-पान, वातावरण और कार्य पर निर्भर है। जातियों में रूढ़ होकर ही आज भारत छोटा है और आगे टूटने के लिए बाध्य। आप जातियों में जीने के प्रयत्न न करें। जो सत्य नहीं है, उसके लिए प्रयत्न निरर्थक है। जिसमें जीना चाहिए, कोशिश उसके लिए करें। शिक्षा, ज्ञान और धन—तीनों के नियोजन से ही आप बड़े हो सकते हैं। असमर्थ, दलित और शोषित सदा रहेगा। पराश्रय छोड़कर स्वबल का विकास करें। यही शासन, सत्ता और जीवन-मुक्ति का आधार है। किसी भी जाति में जीनेवाला मज़दूर, मज़दूर ही होगा। उसकी सभी चीज़ें सीमित होंगी। भिन्नता ईश्वर-प्रदत्त है जो विविधता में सदा फूलेगी-फलेगी। ब्राह्मण-क्षत्रिय के भी घरों में मूर्ख, बेवकूफ़ है जो जन्मना शूद्र हैं। शूद्रों में भी बहुत-सी प्रतिमाएँ हैं जो ब्राह्मण या क्षत्रिय हैं। यही सच है। इसी को मानकर आगे विकास के प्रयत्न करें। हीन-भावना छोड़ दें। इसी से आप का समाज का और राष्ट्र का विकास सम्भव है।

तालियों की गड़गड़ाहट आकाश में गूँज उठी। दुर्जनराम ने आभार व्यक्त करते हुए श्रीप्रसाद जी को आमन्त्रित किया। फिर तालियों से आसमान की छाती काँप उठी। अपने गम्भीर अध्ययन के अनुसार श्रीप्रसाद जी ने शास्त्रोक्त बातें शुरू कीं—

सम्मान्य आत्मीय जन!

जैसी सभा आपने की है, विषय-विवेचन का नहीं है। निराकरण ढूँढ़ने की आवश्यकता है। कठोर परिश्रम भी इसका विकल्प नहीं है। क्योंकि मेहनत ही आपका मौलिक आश्रय है। आपका श्रम दूसरों के लिए होता है। पूरा-का-पूरा श्रम-फल आपके घर आये तो आप राजा हो जायें। किन्तु आप ग़रीब हैं। ग़रीब अपना श्रम बेचता है। बदले में उसे मज़दूरी मिलती है। आप छोटे-मोटे धन्धे स्वयं करें। उसका पूरा लाभ आपको मिले। समाज में भेद तब तक रहेगा, जब तक समान शिक्षा, ज्ञान और आर्थिक दृढ़ता नहीं हो पाती। श्री विकल जी ने जो शास्त्रीय दशाएँ बता दीं, वे सत्य हैं। वेदों में जातियाँ नहीं, वर्ण-व्यवस्था केवल सामाजिक व्यवस्था के लिए बनायी गयी थी। कमज़ोर पर

शासन करना, सताना जीव की प्रवृत्ति है। यह सदा होता रहेगा। जाति से कोई मतलब नहीं है। हाँ, कभी शास्त्रों में जो उचित था, वह आज अनुचित हो गया है। क्योंकि आज का मापदण्ड दूसरा हो गया है। आप अपने बच्चों को पढ़ाने की दिशा में प्रयत्न करें। सबकी जड़ केवल शिक्षा है। आज शिक्षा से आप सब-कुछ हो सकते हैं। सरकार के घर में नौकरियाँ आपके लिए सुरक्षित हैं। किन्तु उसके लिए योग्यता चाहिए। आप लोगों के पास किसी भी प्रकार की योग्यता नहीं। मज़दूर, मज़दूर ही रहेगा चाहे वह ठाकुर हो या ब्राह्मण। पढ़-लिखकर आप मज़दूरी करेंगे, कभी भी अवसर मिल सकता है। ज्ञान और शिक्षा में कोई बिरादरी नहीं, न ज्ञान किसी जाति-विशेष के वश में है। आपको शास्त्र और शस्त्रविहीन करके इसलिए कमज़ोर किया गया है कि बड़ों की सेवा कौन करेगा? इसमें ठाकुरों के दोष अधिक नहीं हैं। दोषी ब्राह्मण हैं, जिन्होंने हमारे लिये सारे दरवाज़े बन्द कर दिये। मैं पूछता हूँ कि उनका जन्म किसी और पद्धति से हुआ और हमारा और? जिस रक्त-मांस से उनकी संरचना है, उसी से हमारी। ये सब शासन करने के तरीक़े थे। जिन्हें आप ब्राह्मण कहते हैं, वे सभी शूद्र थे। विद्वानों ने इसमें बहुत घोटाला किये हैं। ब्राह्मण तो वही है जो ब्रह्म को जानता है। नहीं तो वह चमार ही है। वह देश को छल रहा है। उनसे अच्छे तो हम और आप हैं, जो किसी को धोखा नहीं देते। वाल्मीकि, नारद, वशिष्ठ, अगस्त्य, व्यास और भी सभी शूद्रों की सन्तानें शूद्र ही हैं। जिन्होंने अपनी विद्या और साधना से उन्हें पराजित किया। उन्हें वे अपनी जाति में शामिल कर लिये। अब दशा इतनी रूढ़ हो गयी है कि मानकर भी नहीं बदली जा सकती। बाबा साहेब से पराजित होकर स्वयं लोगों ने उन्हें ब्राह्मण मानकर ब्राह्मणी से विवाह करा दिया। वे ब्राह्मणों की पोंगापन्थी नीति से ऊबकर ही बौद्ध हो गये। हमारे धर्म औरं जाति में कोई नियम नहीं है। पहले बलवान् लड़ाकू को क्षत्रिय क़रार किया गया। तपस्वी विद्वान् को ब्राह्मण। यह दशा प्रकृतिजन्य है। दूध पीकर कोई पहलवान नहीं बन सकता। न कण्ठी फेरकर और जल चढ़ाकर ब्रह्मज्ञ। ये सभी गुण जन्मना होते हैं। महामरियल अधमरा ठाकुर क्षत्रिय कहला रहा है। अनपढ़ गँवार मांस-मदिरा का ख़ूब छककर सेवन करनेवाला ब्राह्मण। ज़रा आप उससे उलझें, वह नीच ब्रह्म-तेज़ दिखाने लगेगा और जनेऊ तोड़ने लगेगा। आप चाहे जितने तपस्वी, विद्वान्, संयमी हों—चमार ही रहेंगे। यह आज की व्यवस्था है। आपका छुआ पानी कोई नहीं पियेगा। भारत के टूटने का पहला कारण यही है। गाँधी जी ने एक ओर मिटाने का प्रयन्त किया, दूसरी तरफ़ रोकने का। खान-पान और छूआछूत में समानता के लिए चिल्लाते थे किन्तु इसे रोकने के पक्ष में कार्य करते थे। जब बाबा साहेब ने माँग की कि दलितों को नगर के समीप बसाया जाये, वे विरोध में इक्कीस दिनों के उपवास पर बैठ गये। अन्त में बाबा साहेब के ऊपर इतने दबाव पड़ने लगे कि अपनी माँग वापस लेनी पड़ी, नहीं गाँधी मर गये होते। यहाँ की धर्मनीति, राजनीति—सभी दूषित हैं। कुछ भी नहीं कहा जा सकता।

पंचायत करने, सभा बटोरने से कुछ नहीं होगा। केवल आप पढ़-लिखकर सरकारी नौकरियों में आये। जब अधिकार आपके हाथों में होगा, सत्ता आपसे आपके पाँव चूमेगी। तब आप भी ब्राह्मणों-ठाकुरों में श्रेष्ठ होंगे। यही एक रास्ता है, जिसे आपको ख़ुद तय करना है। इसे मूलमन्त्र मानकर इसका पालन कीजिये वर्ना छाती खोलकर गोलियाँ खाने के लिए तैयार रहिये। उनका कुछ न होगा। धन्यवाद।

इस बार बहुत देर तक तालियाँ बजती रहीं। मानों आकाश का कलेजा विदीर्ण हो जा रहा है। दुर्जनराम के रोकने के बावजूद तालियाँ बजती रहीं। इसी बीच दुर्जनराम ने यशवन्त सिंह को आमन्त्रित किया। तालियों के दौगड़े अब भी चलते रहे मानों बरसात की मोटी बूँदें पड़ रही हों। ठाकुर साहब के ख़ड़े होते ही पण्डाल में सन्नाटा छा गया।

प्रिय आत्मन्!

कौन कहता है कि आप चमार या अछूत हैं? अप्रमाणित तथ्यहीन गुत्थियों के कुछ दूसरे ही कारण हैं। मैं भी आपसे घोर नफ़रत करता हूँ और सदा करता रहूँगा। मैं उसे मिटा देना चाहता हूँ, जिससे घृणा करता हूँ। जिसके यथार्थ का कोई प्रमाण नहीं। चाहे वह कोई भी शूद्र जाति का हो। हम एक कोस नहीं, सौ योजन दूर रहना चाहते हैं। (सभा का सन्नाटा और गम्भीर हो गया। लोग एक-दूसरे को देखने लगे। ठाकुर का दिमाग़ बिगड़ गया है क्या? यह शूद्रों के ख़िलाफ़ बोल रहा है। कुछ लोग उत्तेजित होने लगे थे। अपने पर क़ाबू पाने का असफल प्रयास कर रहे थे।) भाइयो! कोई भी दूर रहना चाहेगा। मैं शूद्र से नहीं, शूद्रता से नफ़रत करता हूँ यानी गन्दगी से। कहाँ किसी भी व्यक्ति के ऊपर लिखा हुआ हैं कि आप अमुक जाति के हैं? यह फ़ज़ूल है। आपसे लोग घृणा करते हैं इसलिए कि सम्यक् सफ़ाई नहीं है। इसकी तुलना ज़रा किसी दूसरी जाति से करें और अपने को स्वच्छ रखें। दूसरी बात यह कि खाट में क्या भेद-भाव है? मुझे नहीं समझ में आता। मान लो सवर्णों के पास खाट है, शूद्रों के पास नहीं है। तब तो बात कुछ समझ में आती है कि हम बड़े हैं। हमसे सुन्दर खाटें उनके घरों में पड़ी हुई हैं, तब परहेज़ कैसा? दो कारण हो सकते हैं। खाट को लोग जाति का मानक स्वीकार करते हों या संक्रामक रोगों से बचने के लिए छूआछूत का विचार करते हों। क्योंकि सुतलियों, बाधों में कीटाणुओं के संक्रमण शीघ्रता से हो जाते हैं। चौकी पर परहेज़ नहीं करते। इस युग में यह भी तथ्यहीन लगता है। खाटों को शान और बड़प्पन का मानक मानना तो मूर्खता ही है। एक ठाकुर के द्वार पर चौकी और चारपाई दोनों हैं। चौकी पर सभी बैठ सकते हैं। खाटों पर उच्च जातियों के लोग ही। इसका क्या मतलब? छोटी जातियों के यहाँ बड़े लोग खाटों से परहेज़ नहीं करते। समीकरण साफ़ है। यहाँ संक्रमण नहीं होता। आपकी गन्दगी या अज्ञान के कारण नहीं बैठाते, जो

निरर्थक है। अन्तर केवल शादी-व्याह में होना चाहिए। खान-पान और बैठने-उठने में स्वच्छता के आधार पर परहेज़ होना चाहिए। यही सच भी है। मैं अधिक भाषण नहीं देना चाहता। कर्म में मेरा ज़्यादा विश्वास है। विकल जी और श्रीप्रसाद जी ने सारी बातें बता दी हैं। मैं तो कहता हूँ, सबसे पहले 'खटिया-आन्दोलन' शुरू करें। मेरा साथ दें। मैं आपके साथ हूँ।

(ज़ोरों की तालियाँ गूँजीं। भीड़ से आवाज़ आयी—"हम लोग आपके साथ प्राण देने के लिए भी तैयार हैं। आप आगे चलें। हम लोग पीछे रहेंगे।")

जो आपको खाट न दें, उसे भी आप लोग खाट न दें। जिस प्रकार वह आपको माची या मोढ़ा देता है, उसी प्रकार आप भी उसे दें। किन्तु आप अपने में ज़रा सफ़ाई-अभियान चलायें। घर और शरीर की सफ़ाई के साथ ही यह आन्दोलन सफल हो सकता है। दूसरी बात यह कि किसी के द्वार पर जायें, बिना पूछे खाट पर बैठ जायें। उसके बाद देखा जायेगा। फ़ौजदारी होगी, उससे निपटा जायेगा। तुम दूसरों से सम्मान, अपमान करके नहीं पा सकते। थोड़ा आप भी इस मामले में ढीठ होने का प्रयत्न करें। जिस ठाकुर-ब्राह्मण के घरों में सफ़ाई और स्वच्छता नहीं, लोग म्लेच्छ की तरह रहते हैं—मैं उन्हें असली चमार मानता हूँ। सत्य भी है। ठगा चमार नन्दू सिंह का हलवाहा था। नन्दू साल में केवल दो बार ही नहाते थे। साफ़-सुथरा जो रहते थे, आप देख रहे हैं। उनके घर से खेत पर आया कलेवा ठगा ने लौटा दिया। कहा—"दादा! तुम कभी नहाते नहीं, मैं तुम्हारा कलेवा या छुआ पानी नहीं पीता।" नन्दू ने उसे भला-बुरा कहा, कहें। मैं सुनकर बहुत ख़ुश हुआ। संयम और धर्म के मामले में व्यक्ति को बिलकुल कठोर होना चाहिए। भक्ति और भावना की उदारता ठीक है। इसी प्रकार आप भी करके दिखायें ताकि एक गन्दे को सुधार का अवसर मिले। अब कोई इतना ग़रीब नहीं कि उसे साबुन और भरपेट भोजन नहीं मिलता है। शराब-गाँजा पीना छोड़ें। मैं आपके साथ हूँ। आप मेरा साथ दीजिये। खान-पान और खाटों का परहेज़ देश से समाप्त कर दिया जाये। यह चलन पश्चिमाञ्चल में नहीं है। केवल पूर्वाञ्चल के ही कुछ भागों में है। बल्कि बिहार में ऊँच-नीच और छूआछूत का पालन अधिक कठोरता से किया जाता है। वही सभ्यता उत्तर प्रदेश के पूर्वाञ्चल में फैलकर संक्रामक हो गयी है। इसकी दवा 'खटिया-आन्दोलन' है। जो आपको सम्मान दे, उसे आप भी सम्मान दें। जो आपको जैसा आसन दे, उसे भी वैसा ही आसन दीजिये। भई! सीधी बात है—हमारा आपका नियोजन है। हमारे पास ज़मीन है। आपके पास श्रम है। हम आपके बिना नहीं जी सकते, आप हमारे बिना। यहाँ के गँवार ब्राह्मण श्रीप्रसाद का विरोध कर रहे हैं और दलबन्दी कर रहे हैं। मैं जब तक रहूँगा, एक न चलेगी। मैं योग्यता को महत्त्व देता हूँ, जाति को नहीं। जातियाँ मैन-मेड हैं, ईश्वरीय नहीं। आपके पास शक्ति थी, सौ ख़ून माफ़ था। मैं इसे कदापि न चलने दूँगा। अब क़ानून का युग है। इससे बचिये, नहीं ज़िन्दगी ख़राब हो जायेगी।

बाबूसाहब बनना है, अच्छा काम करके दिखाइये। गाँजा-शराब और चोरी से कोई बड़ा नहीं हो सकता। त्याग कीजिये। किसी का रास्ता मत रोकिये। गाँवों में रास्तों के निर्माण कीजिये। बन्द रास्ते खुलवाइये। गाँवों को स्वर्ग बनाइये। ताकि कोई किसी कारण पलायन न करे। अच्छे लोग जब गाँवों मे रहने लगेंगे, स्वर्ग बन जायेगा। गाँवों जैसा मुक्त जीवन कहाँ। गाँव के नीचों से ऊबकर लोग शहर की काल-कोठरी में घुलने जा रहे हैं। ज़्यादा बुराइयाँ ऊँचे लोगों में ही हैं। किसी ग़रीब की बहन-बेटी को सम्मान दीजिये। वह पूरे गाँव की बहन-बेटी है। परन्तु दुःख के साथ कहना पड़ता है कि ऐसा देखने में नहीं आता। बड़े लोग ग़रीबों की इज़्ज़त से खेलने में अपना बड़प्पन समझते हैं। याद रखिये—वह समय दूर नहीं, जब आप पीटे जायेंगे और जेल की दीवारों में सड़ने के लिए बाध्य हो जायेंगे। अन्त में मैं यही कहूँगा, आप मेहनत से पढ़कर अफ़सर बनें। सारी शक्ति आपके हाथ होगी, तब इनसे बदला लेने के प्रयत्न करें। जब तक ताक़त नहीं होती, चुप बैठकर ज़रा युक्ति से काम निकाल लेना ही बुद्धिमानी है। जै भीम! जै भारत!!

बहुत देर तक तालियों की गड़गड़ाहट से आकाश का-कलेजा गूँजता रहा। जैसे ही अतिथि चले गये, लोकगीतों का कार्यक्रम शुरू हो गया।

लगभग आठ बजे रात बिरहा बन्द हो गया। बारह बजे तक छोटा प्रहसन खेलने की योजना थी। सबसे पहले मंच पर नर्तकों के नाच हुए। जब समाँ बँध गया, प्रहसन शुरू हो गया। इसका नाम था 'रईस ठाकुर'। हरिजनों ने बड़ी सफ़ाई से इसे पेश किया। बाबूसाहब बड़े छैल-छबीला हैं। चमरौटी में मज़दूर खोजने के बहाने आते हैं। एक कलोर स्त्री पर आसक्त हैं। रुक्मीनियाँ पहले तो बहुत नाज़-नख़रे दिखाती है। बाद में ठाकुर साहब को अपने घर बुलाती है। वह चचरा बन्द कर लेती है। तब तक चमारों का दल टूट पड़ता है। उन्हें जूतों से पीटते हैं। थूककर चटाते हैं। रुक्मीनियाँ के पाँव पड़कर वे माफ़ी माँगते हैं। रुक्मीनियाँ का पाठ सोलह साल का एक नर्तक करता है। जिसे देखकर लोग स्त्री के भ्रम में पड़ जाते हैं। ठाकुर का पाठ बल्ली चमार ने किया।

इस अभिनय पर जनता हँसते-हँसते लोट-पोट हो जाती है। एकदम हू-ब-हू प्रहसन किया गया है। बड़े लोगों की क़लई खोली गयी।

पुनः एक घण्टा तक रस-परिवर्तन करके नर्तकों के नाच और फ़िल्मी गाने हुए। दूसरा नाटक शुरू हुआ। 'ठाकुर का चरवाहा'। टेंगरी सिंह दमा के रोगी और मरियल थे। उनकी पत्नी रूपवती चंचला थी। साठ साल की उम्र में सोलह साल की लड़की से सगाई की थी। गाँववाले कहते—रमावती ख़रीदकर लायी गयी है। बड़ी स्त्री बीमारी के कारण परलोकवासी हो चुकी थी। उनकी कोई सन्तान न थी। दो हल की खेती थी। रमावती चतुर थी। प्रहसन में चरवाहा बल्ली रखा गया। टेंगरी सिंह भी चाहते थे। बनिहार मज़बूत और स्वस्थ रहे, जो कठिन काम को बात-की-बात में कर डाले। घर में और कोई न था। ठाकुर का पाठ एक अधमरा चमार ने किया और ठकुरानी का एक

नर्तक। रीति के अनुसार चरवाहा मालिक के घर ही सोता है। गाय, भैंस, बैल कब छूट जायें या पगहिया तुड़ा लें। भोर में ही पशुओं को सानी-पानी दिया जाता है ताकि प्रातः खेत जोतने जा सकें। नाटक में--टेंगरी कचहरी गये हुए हैं। दोपहर का समय। बल्ली भोजनोपरान्त आराम कर रहा है। तभी ठकुरानी आती हैं—ख़ूब बनी-ठनी, मुस्कराती, बिजली गिराती। बल्ली उनका मनोरथ पूर्ण करता है। अब ठकुरानी उसे ख़ूब मानती हैं। दाल में घी और पीने के लिए गरम दूध उसे रोज़ देती हैं। साल-भर के भीतर रमावती की गोद एक पुत्र से भर जाती है। ठाक़ुर ने लड़के का नाम खड्गबहादुर सिंह रखा। वंश चल गया।

एक दिन एक पड़ोसी अहीरिन खरपतिया से ठकुरानी उलझ गयीं। इसने इनकी अधिया खेती की थी। डाँड़ी में खरपतिया हरीफ़ थी। पलकें झँपीं कि पलड़े का अनाज उसकी ओर गिर पड़ा। बात बढ़ गयी। झगड़ालू के लिए बतास ही काफ़ी। वह ठकुरानी का गड़ा मुर्दा उखाड़ने लगी। यहाँ तक कह दिया—चमार का जन्मा खेला रही हो। बनोगी पाँच पानी की पखारी, दूध की धोयी। ग़रीब का पेट मारती हो आदि-आदि। लोग हँसी के मारे बेहाल होने लगे। अहीरिन का पाठ परम मज़ाकिया गारीबाज़ सलगू ने किया था।

इसी प्रकार रात-भर भँड़ैती होती रही। एक-से-एक प्रहसन पेश किये गये। इसी प्रकार एक 'ढोंगी ब्राह्मण' एकांकी खेला गया। पण्डित जी यजमनिया ब्राह्मण हैं। पोथी-पत्रा ख़ूब बाँचते हैं। मोटा जनेऊ और मोटी चोटी रखते हैं। रोरी का गाढ़ा तिलक लगाते हैं। किन्तु हैं पक्के पाखण्डी। माँस-मछली और मदिरा का सेवन भी छिपकर करते हैं। इन्हें भी एक चमारिन पर आसक्त करके ख़ूब पीटते हैं। इस प्रकार सवेरा हो जाता है। सभी प्रसन्न थे। बड़े लोग रुष्ट। मानो किसी ने सौ साल पुरानी क़ब्र खोदकर अवशेष बाहर कर दिया हो।

सुबह की पहली किरण चारों ओर फैल रही थी। यशवन्त सिंह सभी क्रियाओं से निवृत्त हो चुके थे। छह बजे ही कहीं जाने की तैयार में थे। माण्डवी सामने आकर खड़ी हो गयी। उसके तेवर बदले हुए थे। मन शंका से दग्ध था और मुखमण्डल आभाहीन। दम्पति में अनावश्यक तनाव हो गया था।

वह रोकती हुई बोली—"इतना तड़के कहाँ जा रहे हो? कौन-सी ज़रूरत पड़ गयी?"

"अब तुमसे क्या मतलब है, चाहे जैसी मेरी आवश्यकता हो?"

"मैं नहीं जाने दूँगी। जरा सुनूँ, कौन-सा काम है?" माण्डवी और कठोरता से तनकर बोली—"मैं तुम्हारे जूते नहीं दूँगी।" उसने पहले ही कहीं छिपाकर रख दिये थे।

"सच बोलूँ या झूठ? कॉलेज के कुछ आवश्यक काम से जा रहा हूँ बाबू अग्रसेन सिंह के यहाँ...भंगवानपुर।"

"एकदम सच? मैं अभी जाने न दूँगी...।" दोनों में कुछ बहस होने लगी। बहस गुस्से से उतरकर मनोविनोद में तबदील हो गयी। क्रोधयुक्त मुस्कान में खिंचाव ज्यों-का-त्यों था। एक राष्ट्र-सुधार का संकल्प लिये कार्य में शीघ्र ही उतर जाना चाहता था। दूसरी शंका के सिन्धु में हिलोरें खाती हुई मरने-मिटने पर। एक के लिए संसार रसहीन दुर्गन्ध से भरा जीवन की परम्परा में चलते-चलते खो जाने का नाम जीवन्तता है। दूसरी के लिए सौन्दर्य-लोभी पुरुष केवल आत्मतुष्टि के लिए फूलों पर मँडराता भ्रमर है। उसकी अपनी कोई मंज़िल नहीं। सुगन्ध का एक झोंका पाया, उधर ही लपक गया। सारे बन्धन स्त्रियों के लिए हैं। वही सभी तरह से कमज़ोर हैं। शादी के पूर्व माता-पिता के लिए बला हैं। कभी भी उसे आनन्द और आत्मशक्ति के विकास का मुक्त जीवन नहीं मिलता। पुरुष चाहे जैसे रहे—सभी से मुक्त विरत, निष्ठुर।

एकाएक माण्डवी के विचारों में कुछ परिवर्तन आया। साँड़ को कोई कब तक बाँधकर रखेगा? जायें जहाँ इच्छा हो। उसने जूते लाकर दे दिये। यशवन्त ने कुछ नहीं

कहा। जूते पहने, चुपचाप चले गये। वह दौड़कर छत पर चली गयी। देखती रही—क्या रचना की कॉलोनी में ही जा रहे हैं? सच तो है। उधर ही तो जा रहे हैं। वह दौड़कर नीचे आयी। कपड़े पहने। सिलबिल को बुलाया। वह दातौन हिलाता हुआ आ गया।

"मैं जा रही हूँ। तुम्हारे लिये मैंने बहुत लड़ाई की। अब छुट्टी नहीं है। जीजा का समाचार फ़ोन से बताते रहना। आशा है, तुम्हारा काम हो जायेगा।"

"इस बार राशन नहीं ले जाओगी?"

"नहीं, मैं चलती हूँ।" सिलबिल ने अटैची लेकर स्टेशन तक पहुँचाया। बोला—"बहिन! कुछ खाया भी नहीं?"

"होटल में खा लूँगी।" वह चली गयी।

दो घण्टे के बाद यशवन्त सिंह आये। सिलबिल भोजन की तैयारी कर रहे थे। देखकर बोले—"तुम्हारी बहन कहाँ गयी?"

"सर्विस पर।"

"ऐहें! इतनी जल्दी क्या पड़ी थी? ख़ैर! भोजन बना लो। मैं भगवानपुर जा रहा हूँ। एक आवश्यक काम आ पड़ा है। मैं वहीं भोजन कर लूँगा। जाऊँ, नहीं धूप हो जायेगी। एक गिलास पानी पिलाकर मोटर साइकिल निकालो।" यशवन्त चौकी पर बैठ गये।

सिलबिल ने शीघ्रता की। यशवन्त ने फिर कहा—"तुम्हारी नियुक्ति क्लर्क में हो गयी है। सोमवार अच्छा दिन है। कार्यारम्भ कर दो। इसीलिए तुम्हारी बहन नाराज़ थी। मैं तुम्हारी सेवा से प्रसन्न हूँ। तुम एक धैर्यशाली व्यक्ति हो।" और वे चले गये।

सुबह के नौ बजे रहे थे। बाबू जी स्नान-ध्यान से निवृत्त होकर जलपान करके गड़गड़ा पी रहे थे। चरवाहे पशुओं को छाया में बाँध रहे थे। दूसरे मज़दूर पशुओं के गोबर हटाकर झाड़ू दे रहे थे। उनके द्वार पर दस नौकर सर्वदा रहते। तभी यशवन्त सिंह आ गये। बाबू जी प्रसन्नता से पलँग से उतरकर खड़े हो गये। बड़प्पन के निर्वाह का ज्ञान कदाचित् बड़े लोगों को ही होता है। वे द्वार पर आये अतिथि को देव-तुल्य मानते हैं। यशवन्त ने पाँव छूकर उन्हें बधाई दी और प्रतीक्षा करने लगे। बाबू जी बैठ जायें तब बैठूँ।

बाबू जी ने शीघ्रता से कहा—"जीते रहो ठाकुर! पलँग पर बैठो।"

यशवन्त सिंह ने खड़े-खड़े संकोच से कहा—"पहले बाबू जी बैठ जायें तब बैठता हूँ। आप खड़े रहें और मैं बैठ जाऊँ?"

"अरे भाई! तुम मेरे अतिथि हो। इस समय मेरे लिये तुम्हीं बड़े हो। देवता की सेवा करना ही हमारा धर्म है। ख़ैर! बैठो। ज़रा दम मार लो।" बाबू जी बैठ गये। यशवन्त सिंह दूसरे पलँग पर बैठ गये। दो सौ फुट लम्बे बँगले के सामने खम्भादार बरामदा था। उसमें इक्यावन नक्काशीदार लकड़ी के खम्भे थे। तीन मीटर चौड़ी मिट्टी की दीवारें थीं। जिसके बाहर एक ईंट की पक्की चुनायी की गयी थी। यह बँगला मानो वातानुकूलित था।

शीघ्र ही जलपान आ गया। यशवन्त सिंह के जलपान कर लेने के बाद बाबू जी ने हाल-चाल पूछा—"बड़े प्रसन्न लग रहे हो ठाकुर। कोई ख़ुशख़बरी है क्या?"

"बाबू जी! श्रीप्रसाद की शादी मैंने रचना के साथ तय कर दी। अक्टूबर के नवरात्र में कर दें तो अच्छा हो। बुरा तो नहीं न किया?"

बाबू जी गड़गड़ा रखकर पलँग से उछल पड़े। बोले—"आओ...पहले मैं तुम्हें गले से लगा लूँ। बड़ा शुभ और पुनीत कार्य किया है। सौ गायों के दान का पुण्य तुमने ले लिया। ठाकुर! याद रखो, विद्वान् का कभी निर्वंश न होने पाये। मेरी भी इच्छा थी कि श्रीप्रसाद को कोई पढ़ी-लिखी विदुषी स्त्री मिल जाये। इनकी डालियों में जो फूल-फल निकलेंगे—निस्सन्देह बहुत सुन्दर होंगे। जात-पाँत बहुत छोटे लोगों के लिए होती है। ज़रा गम्भीरता से सोचो। सारे जीव-जगत् की रचना भगवान् ने की। उसने जातियाँ नहीं बनायीं। हमने शासन और शुद्धता को ध्यान में रखकर जातियाँ बना लीं। अन्यथा इनका कोई अर्थ नहीं है। हर योनि में नर-मादा है। मनुष्यों में भी नर-मादा ही असली जाति हैं। ख़ैर! छोड़ो इन बातों को। हाँ, आज ऑर्डर दे दो, कार्ड छप जायें। रचना के माता-पिता कोई तैयारी नहीं करेंगे। सभी सामग्री हमारी होगी। मेरी कोई लड़की नहीं। चित्रसेन की शादी की। पहला और अन्तिम अनुभव था। सब करने के बाद कुछ त्रुटियाँ रह गयीं। इसमें कोई कमी नहीं होने पायेगी। मैं स्वयं रचना के पास चलता हूँ। उसे छेक देता हूँ और यह भी कह देता हूँ कि तुम्हारी तथा श्रीप्रसाद की ओर से सब ख़र्च मेरा रहेगा। तुम लोग केवल शरीर से उपस्थित रहना। हल्दी-मटमँगरा कर लेना। वहीं पण्डित बुलाकर लग्न भी निर्धारित कर लिया जाये।"

"एक सप्ताह में पितृपक्ष आ जायेगा। छेकने का काम उसमें नहीं हो सकता।"

"मैं अभी चलता हूँ। तुम पहले भोजन करो। पाँड़े को बुला लेता हूँ। तत्काल कार से चलो। छेककर हम आ जायें। इसी नवरात्र में विवाह भी हो जाये।" बाबू जी के कहते ही एक नौकर पण्डित को बुलाने चला गया। दोनों लोगों ने भोजन किया। ड्राइवर ने गाड़ी निकाल ली।

थोड़ी ही देर में पाँड़े आ गये। बाबू जी ने उन्हें जलपान कराया और तैयारी करके चल पड़े। अभी दोपहर हुई थी। लोग आ गये। श्रीप्रसाद ने आकर चरण-स्पर्श किये। दाना-पानी को पूछा। तदुपरान्त विकल और रणविजय के साथ रचना पाठक के यहाँ आ गये। शुभ कार्य में संख्यात्मक शुभ होना भी आवश्यक माना जाता है। रचना के यहाँ कोई तैयारी नहीं थी। वृद्ध पाठक जी बाबू जी को देखकर हड़बड़ाये। बाबू जी ने सँभाला—"भोजन की कोई ज़रूरत नहीं है। जलपान के लिए सभी सामग्री है। बस, अन्त में ज़रा चाय पिला देना। दूध न हो तो विजय अपने यहाँ से ले आयेगा।"

पण्डित जी बैठ गये। मन्त्रोच्चारण करने लगे। बाबू जी ने रचना को पचीस हज़ार की एक साड़ी और उसके साथ पाँच-पाँच हज़ार की चार साड़ियाँ दीं। पाँच-भर सोने

का हार, डेढ़-भर का सिकड़ीदार माँगटीका दिये। दो मन मिठाइयाँ, पाँच प्रकार के पाँच मन फल। कुछ काजू, किसमिस, बादाम आदि प्रदान किये। लग्न-पत्री लिख दी गयी। हल्दी-धान भी यहीं बँट गया। मानों लड़के का तिलक हुआ है। बाबू जी सबके लिए जलपान लाये थे। बँटवा दिया। तदुपरान्त चाय पीकर सभी लोग बातचीत करने लगे।

बाबू जी ने कहा—"पाठक जी! समझ लीजिये, लड़के का तिलक आपने कर दिया। यदि शौक हो तो यहीं श्रीप्रसाद को बुला दूँ या वहीं आवास पर चल चलें। तिलक भी हो जाये। आपकी इच्छा भी पूरी हो जाये।"

केशव पाठक ने प्रसन्न होकर कहा—"मेरी भी इच्छा है। तिलक हो जाये तो क्या बुराई है? एक ही तो लड़की है। मेरा भी शौक पूरा हो जाये। यह है कि रुपये बैंक में हैं। अभी तो समय है, निकल जायेगा। इसी गाड़ी से हम चले चलें।"

यह कार्य शीघ्रता से हुआ। दो बजते-बजते रुपये निकाल लिये थे। तीन बजे श्रीप्रसाद का तिलक हो गया। केशव पाठक ने एक लाख इक्यावन हज़ार रुपये नक़द और उधर से ही दस हज़ार के शूट के कपड़े ख़रीद लाये थे। फल-फूल जो लिये थे—वापसी के साथ पाँच हज़ार रुपये और दिये।

बाबू जी ने वहीं हलवाई बुलाकर भण्डारा कर दिया। दो हज़ार आदमियों ने भोजन किये। पूरे इलाक़े में शोर मच गया। बाबू अग्रसेन सिंह का भण्डारा है। दूसरे दिन सवेरे दूसरे कार्यक्रम की तैयारी होने लगी। यशवन्त सिंह के कहने के अनुसार बाबू जी ने माण्डवी को फ़ोन से निमन्त्रित किया। वह जानकर चकित हो गयी। कितना जल्दी यह सब हो गया! उसने सुना कि सिलबिल नौकरी कर रहे हैं। बड़ी प्रसन्नता व्यक्त की।

माण्डवी का भीरु चित्त यशवन्त सिंह के दर्शन के लिए व्यग्र हो उठा। वह सोचने लगी—शायद बाबूसाहब शादी तय करने ही गये थे। कल गये और आज सब हो गया। किन्तु यह सरासर बदमाशी है। मुझे ख़बर तक नहीं दी। बाबूसाहब तो स्वार्थ में अन्धे हो गये हैं। साथ ही वह बूढ़ा भी सठिया गया है। बाभन-चमार को एक पाँत में खिलाना चाहता है। यह कैसा ज़माना आ गया है? भेदभाव सब मिटते जा रहे हैं। शादी-विवाह में कुल-गोत्र और जाति का कोई बन्धन नहीं। कलिकाल है। जब बड़ों की मति फिर गयी है तब छोटों में क्या रखा है? बाबूसाहब के लिए तो अब सदाबहार हो जा रहा है। यही तो वे चाहते थे। खेत निर्धारित करके ठाट से चरो। यहाँ सन्देह की कोई गुंजाइश नहीं। जो काँटा बबूल से मुक्त हो जाता है, कुछ दिनों में सड़-गलकर नष्ट हो जाता है। किन्तु डाली का और लम्बा और नुकीला होता जाता है। बराबर ख़ुराक से उसकी शक्ति बढ़ती रहती है। यही अब रचना की होगी। पहले समाज का भय था। स्त्रीजनित कमज़ोरी का डर था। अब वह मुहरशुदा हो गयी। भय निकल गया। कुछ भी होगा। श्रीप्रसाद की मुहर सदा बोलती रहेगी। इस दशा में वह और चंचल और उच्छृंखल हो सकती है। बाबूसाहब खुला ख़ज़ाना लूट सकते हैं—निर्बन्ध, उन्मुक्त।

स्त्रियों का मन इतना दुर्बल और सन्देहयुक्त होता है कि कदाचित् सत्य का सुपुष्ट प्रमाण भी उसे नहीं मिटा सकता। जिसके मन में शंका की जड़ एक बार जम जाती है, वह गुत्थी-पर-गुत्थी बनाती चली जाती है। स्त्रियों का स्वभाव इससे मुक्त कभी नहीं हो पाता। पवित्र मन-मानस को भी वे अपनी शंका की चपेट में डालकर स्वयं तो सन्ताप उठाती ही हैं, अपने पतियों को भी व्यर्थ जला डालती हैं।

मानव-चित्त अद्भुत होता है। वह अपनी स्वतन्त्रता, अधिकारों और अवसर का लाभ उठाने का बरबस प्रयत्न करता रहता है। लाभ की सम्भावना से इतना अन्धा हो जाता है कि उचित-अनुचित का बोध ही समाप्त हो जाता है। यहीं से पाप कर्मों का आरम्भ करके वह समाज की उपेक्षा का शिकार हो जाता है। कुछ दिनों में कुकृत्य करना और अपमान सहना उसका स्वभाव हो जाता है।

नारी चाहे जितनी कठोरहृदया हो, पुरुष के ढलाव में बह जाती है। बहना ही पड़ेगा। वह अपनी कला से, रूप-सौन्दर्य से पुरुष पर शासन करती है। शासन की कोमलता पुरुष के साथ नियोजन करने ही में सफल हो सकती है। वह तो सिंह होता है। ज़रा-सी रस्सी कसी कि गुर्राने लगा। फिर स्त्री चाहे जितनी कला दिखाये, त्रिया-चरित्र खेले—पुरुष पर शासन कठिन ही नहीं, असम्भव हो जाता है। मूर्खों और पागलों की गणना ग़रज़मन्द पशुओं में होती है; जो स्त्री के बुलाने पर अपनी दुम हिलाकर कृतज्ञता प्रदर्शित करने लगते हैं। स्वाभिमानी पुरुष की दृष्टि बड़ी पैनी होती है। वह प्रेमासक्ति जितनी दिखाता है, उतनी ही कठोरता से विराग भी। माण्डवी सोच रही थी—बाबूसाहब उत्तम श्रेणी के पुरुष होकर भी नीचता पर उतरने के सारे प्रयत्न कर रहे हैं। जिसके भाग जाने का भय था, अब स्थिर हो गयी। एक मज़बूत रस्सी से खूँटे में बँध गयी।

बाबू जी ने आने के लिए पूछा तो उसने स्वीकार कर लिया। उनकी बातों का उल्लंघन कोई नहीं करता। वह कैसे कर सकती थी?

शीघ्रता से कार्ड छपे और बँटे। बाबू अग्रसेन सिंह एक बार फिर केशव पाठक के यहाँ गये और कह दिया कि उन्हें खान-पान की व्यवस्था नहीं करनी है। ट्रक से यहाँ रसद और सभी सामान आ जायेंगे। तम्बू-कनात सब लग जायेंगे। हलवाई लगा दिये जायेंगे। हज़ारों आदमियों के भोजन और जलपान की व्यवस्था स्वयं कर दूँगा। केवल आपको तिल-गुड़, लावा (खीलों) और पियरी से तैयार रहना है।

समय जाते देर नहीं लगती। माण्डवी एक सप्ताह की छुट्टी पर आ गयी। दशहरा की छुट्टियाँ थीं। सोने में सुगन्ध आ गयी। इधर बाबू जी ने एक दिन पहले कार्यकर्त्ताओं के साथ रसद भेज दी। हलवाइयों के चार दल थे। मिठाइयाँ एक दिन पूर्व तैयार हो गयीं। दूसरे दिन बारात आ गयी। बीस हाथी, पचास घोड़े, सैकड़ों मोटरें। बारातियों की गिनती कठिन थी। कई तम्बू लगाये गये थे। बारातियों को भोजन और जलपान स्वेच्छया से मिल जाता था। जैसे भोजनालय खोल दिये गये हों। विवाह करके वर-वधू भगवानपुर लाये गये। बाबू जी के तीन मकान थे। तीनों हवेलियाँ थीं। बाबू जी ने अलग से नये

ज़माने का एक मकान बनवा दिया था। इसी में बहू का प्रवेश कराया और उसी समय वर-वधू के नाम मकान की घोषणा कर दी। इसे एक सप्ताह पूर्व सह वसीयत भी कर दिया था। वधू-प्रवेश के बाद मुँह-दिखायी में इसका काग़ज़ बहू को दे दिया। बाबू जी ने धन को मिट्टी की तरह समझ लिया था। मानों कुबेर अपने दोनों हाथों को खोलकर धन लुटा रहे हों।

●

· · · ·

सेवाराम के परम मित्र गोविन्द सिंह थे। गाँव के सरकारी भवन में स्कूल चलाते और अपने को प्रिन्सिपल कहते। पिछड़ों और चमारों के परम विरोधी। सेवाराम से क्यों मित्रता गाँठते थे, पूरे गाँव को आश्चर्य था। जैसा सेवाराम परम तिकड़मबाज़, झूठा, धूल की रस्सी बटनेवाला था, उसी प्रकार गोविन्द भी। इण्टर पास करके गोविन्द ने जैसे महाभारत जीत लिया। उसके मुक़ाबले न कोई विद्वान् था, न पढ़ने-लिखने में तेज़। अपने को ऐसा बुद्धिमान् समझता मानों भगवान् ने जब संसार की रचना की, एक गाँव के सभी लोगों की बुद्धि उसी की खोपड़ी में डाल दी। तीस साल की उम्र तक ग़रीबी का वह आलम था कि घर में चूहे कलैया लेते थे। तन किसी तरह ढँक जाता था। कहीं जाना होता, दूसरों से कपड़े लेकर पहनकर जाते। खेत के नाम पर दो बीघे ऊसर ज़मीन। भयंकर बाढ़ में भी उसमें पानी नहीं लगता था। टूटा घर, झिलँगी खाटें, चीथड़े कथरे, शादी कैसे होती? जवानी ही में बेचारे बूढ़े हो गये थे। आँखें कोटरों में धँस गयी थीं। कच्चे बैठ गये थे। फिर भी गोविन्द की अकड़ कम न थी। उपवास और फ़ाक़े के बाद भी ऐसा डकारते मानो मलाई का जलपान करके आ रहे हों। अपने भोजन की ऐसी तारीफ़ करते मानों काशीनरेश को भी ऐसा खान-पान नसीब नहीं हुआ होगा। गाँव के सभी सहपाठी बाल-बच्चेवाले हो गये। इन्हें हल्दी नहीं लग पायी। ऐसे सुन्दर और सजीले वर के लिए कोई ठाकुर तैयार न होता। बेचारे दाँव-पर-दाँव लगाते, पैरवी करते किन्तु सभी दरवाज़े बन्द। आख़िर यौवन बह पड़ा। अवैध लपकने लगे। आलूचोर, बैंगनचोर, सीखते-सीखते पक्का चोर। चोरी की ट्रेनिंग घर से ही शुरू होती है। नाजायज़ कृत्य के लिए कई बार पीटे गये किन्तु कामान्ध के ऊपर कोई असर नहीं। यह दुर्दशा देख दानूपुर के उनके सहपाठी लल्लू सिंह ने बड़ी मदद की। तिलकहरु लाने लगे। द्वार पर कुछ न था। न बैल, न गाय-भैंस। गिरी टूटी चरनी थी किन्तु उसे देखने से पता चल जाता कि यह सुहागिन नहीं। तिलकहरुओं के स्वागत में आख़िर वही टूटी खाटें और फटे कथरे दिये जाते। वे भड़क उठते। यहाँ कुछ भी राजपूतों की तरह नहीं लगता। वे बिना जलपान के ही जाने लगते। लल्लू उन्हें ज़बर्दस्ती बाहर ले जाकर दूसरों के खेतों को उनका बतलाते। कहते—"कोई करनेवाला नहीं है। अकेला आदमी क्या-क्या

देखेगा? एक घरनी होती तो सब सुधर जाता।" लेकिन वे अन्धे नहीं होते। चिड़िया जाल में फँस नहीं पाती। एक बार लल्लू ने पूरी शक्ति लगा दी। उन्होंने मज़ाक किया था या मित्र की मदद, वे ही जानें। एक तिलकहरु को गाँठ लिया। एक दिन पूर्व सारी तैयारी भी करा दी। द्वार साफ़-सुथरा करके लीप दिया गया। चरनी साफ़ कर दी गयी। लल्लू ने अपने दो बड़े बैलों को मज़दूर से भेजकर बँधवा दिये। सानी-भूसा चला दिया गया। किन्तु बैल यहाँ ठीक से नहीं रहते। भड़क रहे थे जैसे पगहे तुड़ाकर भाग जायेंगे। उनके बनिहार ने डाँट-डपटकर क़ाबू में किया। गोविन्द के पास रातिब का भी अभाव था। लल्लू ने दानूपुर से भेजवाया। दूसरे के घरों से पलँग और गद्दे, लाकर बिछा दिये गये। गोविन्द ने दूसरे के कपड़े भी माँग लिये थे। जलपान और भोजन का इन्तज़ाम लल्लू ने किया था। तिलकहरु आये। वे बुद्धि के तेज़ निकले। मज़मून से ही खत भाँप लिया। बैलों की हरक़तों से समझ गये। इनके बैल नहीं लगते। यहाँ कहीं भी रौनक़ नहीं दिखायी देती। आख़िर यह भी वार ख़ाली गया। लल्लू ने जो ग़लतियाँ पकड़ीं, गोविन्द को ख़ूब डाँटा।

कई झटके खाने के बाद गोविन्द को समझ में आया कि बिना ख़ानदान के सहयोग के विवाह असम्भव है। इधर ख़ानदान-परिवार के लोग भी रूठे हुए थे। ग़रीबी में सभी सताते हैं। बेचारे गोविन्द हार-पटककर दायादों का दरबार लगाने लगे। उन्हें दया आ गयी। धूल की रस्सी बटकर ऐसा ही नादिहन्द रिश्ता ख़ोज दिया। शादी रो-गाकर किसी तरह हुई। पड़ोसी कहार सेवा के लिए गया। नेग-दस्तूरी सब मिलाकर उसे दो रुपये मिले। सन् 1983 में दो रुपये का मूल्य था। उस कहार ने दो रुपये का बताशा ख़रीदा। महावीर जी को चढ़ाकर गोविन्द को प्रसाद देते हुए उलाहना दिया—"तुम्हारी शादी की मनौती की थी, पूरी हो गयी। जो दो रुपये तुम्हारी शादी में मिले थे, मैंने यह प्रसाद चढ़ाकर तुम्हें दे दिया।"

स्त्री काली थी लेकिन गोविन्द प्रशंसा से न अघाते जैसे भूखे को मोहनभोग मिल गया। अब गोविन्द का भाव बढ़ने लगा। गाँव में राजनीति करते, पिटाते। लाज की कोई बात न थी। एम. एल. ए. और एम. पी. भी. असेम्बली में पीटते-पिटाते हैं। इसी बीच ग्राम-प्रधान का चुनाव आ गया। ख़ूब दलबन्दियाँ हुई। सवर्ण एक ओर हो गये। दूसरी जातिवाले भी इकट्ठे हो गये। सेवाराम की राजनीति थी, जीत गये। उसी रात उन पर हमला हुआ। गोविन्द 307 के मुलज़िम हुए। ख़ूब मुक़दमेबाज़ी हुई। किन्तु सेवाराम किसी मुक़दमे में कभी क़ामयाब नहीं हुआ। लोगों के ढकेलने से लड़ता। छिपकर सवर्णों के साथ रहता, प्रत्यक्ष चमारों के। मुक़दमा जीतने के बाद गोविन्द ने नर्सरी खोल लिया। दुश्मन दोस्त हो गये। लोग कहते—"शत्रु से सटकर ही बदला लिया जा सकता है। ठाकुर बदला के चक्कर में होगा। गोविन्द दाँव से है।" दूसरा कहता—"सेवा कम भूमिहार नहीं। उनके दाँवों की काट उसके पास हर समय है।"

तभी से यह दोस्ती चली आ रही है। गोविन्द ने अब मकान भी बना लिया। गाँव में अच्छी स्थिति हो गयी। किन्तु अहंकार उससे भी भारी। बात-बात में अपने मकान और परिवार की तारीफ़ करते।

गोली-काण्ड हुआ। ठाकुरों और चमारों की जमात चौकस हो गयी। सेवाराम चमारों की ओर था। गोविन्द बिरादरी में रहकर भी सेवाराम के यहाँ घण्टों दरबार लगाते। चमार विरोध करते। यह ख़ुफ़िया है। भेद लेने आता है। तुम क्यों ऐसों से दोस्ती गाँठते हो, जिसकी गाँठ में कोई वक़त नहीं? उधर पण्डा के यहाँ लड़ाई का मज़मून बनाता है। यहाँ आकर तुमसे हम लोगों की पोल लेता है। कुछ चमार सेवाराम के ख़िलाफ़ थे। मुँह पर ही गालियाँ देते लेकिन उसे किसी की गालियों की कोई परवाह न थी। पहली बार की प्रधानी में राह चलते गालियों से ही उसकी खातिर होती थी। चकमार्ग पर किसी ने खूँटी गाड़कर बकरी बाँध दी, ठोकर लग गयी। गालियाँ प्रधान को दी जातीं। किसी के खेतों में मुर्गियाँ या बकरियाँ पड़ जातीं, गालियाँ सेवाराम को दी जातीं। यहाँ तक कि साँड़-भैंसा गाँव में आकर किसी का घूर अखाड़ते या खेतों की मेंड़ रौंदकर चले जाते, गालियाँ सेवाराम को दी जातीं। क्योंकि बनिया थे। रोज़गारी व्यापार के चलते व्यवहार में प्रायः कोमल ही बना रहता है। अकड़ और तावदारी से व्यापार में घाटे के अलावा मुनाफ़ा नहीं हो सकता। नरम महाजन उस तेज़ उस्तुरे के समान होता है, जिससे जब जिधर से चाहे सीधे या उलटे ग्राहकों को मूँड़ लेता है। कठोर और घमण्डी दुकानदार अपने ग्राहकों को आँखें दिखाकर या घुड़ककर अपना मुनाफ़ा खो देते हैं। सेवाराम पुराने व्यापारी थे। नरम रहना स्वभाव बन गया था। इसी सहनशीलता से व्यापार के साथ कुछ दिनों प्रधानी का लाभ भी उठाते रहे बल्कि व्यापार में और रौनक़ आ गयी थी। चीनी और केरोसिन तेल का कोटा भी ले लिया था। गाँव में कुछ नये काम भी कराये। सामाजिक कार्यों से लूटने का अच्छा अवसर भी मिल जाता है। नाबदान, चकमार्ग, गलियाँ एवं पंचायत भवन तक बनवाये। एक ओर सरकारी काम होता था तो दूसरी ओर सेवाराम का जीर्ण-शीर्ण कच्चा मकान गिराकर पक्का बनने लगा। दूसरी बार प्रधानी तो न मिली किन्तु लगाम अपने हाथों में रखता। वह चमारों का गुरु था। पक्का उस्ताद, लालबुझक्कड़। सबकी नस पहचानता। किस नस पर चोट मारें कि शत्रु सात जन्मों तक चिल्लाता रहे। इधर चमारों को उभाड़ा, उधर छेदी सिंह को चुस्त किया। दोनों ठण्डे हो गये। छेदी सिंह का तो एक पुश्त का विकास ही नष्ट हो गया।

दोनों चोर-चोरे मौसेरे भाई। जैसा लाल चावल वैसा ही दँतनिपोर ग्राहक। एक साँपनाथ तो दूसरा नागनाथ। सेवाराम ने अच्छी चाल चली थी। चमारों से गोविन्द का नाम भी 'हरिजन ऐक्ट' में डलवा दिया था। गोविन्द सिंह ने सवाया काम किया। छेदी सिंह ने डाका का केस कर दिया था। उसमें सेवाराम का नाम भी था। शीघ्र ही वारण्ट भी करवाया। सेवाराम जान बचाकर गाँव से भाग निकले। जो हरिजन पकड़ लिये गये, जेल में उनकी बड़ी कुटम्मस हुई। पण्डा जी ने जेल में बन्द क़तली राजपूतों और ब्राह्मणों

को पोट लिया था। सेवाराम और पाँचूराम के जान की ख़ैर न थी। जेल में गये कि बेभाव पीटे जायेंगे। लोगों ने दौड़धूप करके स्थगन आदेश ले लिया, फिर भी वे जेल गये। दोनों मित्रों की कैसी रणनीति थी? लाठी भी न टूटे और साँप भी मर जाये।

गाँव के ठाकुरों की समझ में गोविन्द की रणनीति न आती। उनका सम्पूर्ण मज़मून छेदी बनाते और मुक़दमा देखते। इधर सेवाराम से भी वही साँठ-गाँठ, वही मित्रता।

रविवार था। स्कूल-कॉलेज बन्द थे। सवेरे का समय था। सेवाराम कण्ठी फेरकर निवृत्त हो चुके थे। तभी गोविन्द सिंह खैनी ठोकते हुए आ गये। बिना अनुमति कुर्सी पर बैठ गये। तम्बाकू की चुटकी मुँह में डालकर बोले—"परधान जी! यह तो बड़ा अनर्थ हुआ। चमारों ने रात-भर भँड़ैती की। ठाकुरों-बाभनों की खुली निन्दा की। इस तरह नामज़द किसी की बुराई करना अनुचित ही नहीं, दण्डनीय अपराध भी है। सब तुम्हारे सिर जायेगा। किसी का अफ़वाह उड़ाना ठीक नहीं। क़तल की नौबत है। चमार जामे से बाहर जा रहे हैं। मैं कहे देता हूँ। तुम बचना।"

"ऐहैं! चमारों ने ऐसा किया?" सेवाराम ने दोनों आँखें दो तरफ़ चढ़ाकर आश्चर्य व्यक्त किया। बोले—"क्या नामज़द भँड़ैती की थी?"

"एकदम। हू-ब-हू भाई। ठाकुर-बाभन गरम हैं। देखो क्या होता है? अभी एक काण्ड हुआ, चमारों का पेट नहीं भरा। दस-बीस लाश गिरेगी, मान जायेंगे।"

"यहाँ तक नौबत आ गयी?"

"कहा न। सब परथन तुम्हारे ही सिर गिरेगा। कोई भी अतिथि आयेगा, सत्य कहेगा। जो शास्त्रीय सत्य था, लोगों ने कहा। असली तो व्यवहार है। तुम सुअर खाओ। गन्दा जीवन जीयो—तुम्हारी थाली में कौन खायेगा? इतनी जल्दी ठाकुरों-बाभनों से मुक़ाबला नहीं ले सकते। पहले अपना संस्कार बनाओ, पढ़ो-लिखो। विनम्रता सीखो। ज़बर्दस्ती किसी का खेत-खलिहान काट लोगे। जगह-ज़मीन लूट लोगे। अनीति से बड़े नहीं हो सकते।" गोविन्द ने जातीय अभिमान में कहा—"राजपूतों ने ख़ून की नदियाँ बहायी हैं तब आज ज़मींदार हैं। तुम्हारे बाप-दादे डरपोक-कायर थे, इसीलिए चमार कहलाये।"

तभी वृद्ध रघुनाथ सिंह आ गये। बोले—"अरे-अरे! बड़े राजपूत बनते हो। उस दिन दानूपुर के एक ठाकुर ने तुम्हारे दरवाज़े पर तुम्हें सैकड़ों गालियाँ दीं। घर में गये लाठी लेने, क्यों दुबके ही रह गये? दूसरों की फूली ख़ूब देखते हो, जरा अपनी ढींढ की ओर भी ताको।" रघुनाथ सिंह इनसे बहुत चिढ़ते थे। खरी-खोटी कहने में ज़रा भी संकोच नहीं करते थे। ज़रा रुककर बोले—"देश का लुच्चा। मारा कि गाँव को रसातल में मिला दिया। एक छविनाथ मरे भी नहीं कि दूसरे उनके बाप आ गये। बड़ा हरिश्चन्द्र बनते हो।"

गोविन्द सिटपिटा गये। मुस्कराते हुए सेवाराम ने गोविन्द को तिर्यक् नेत्रों से देखा। मानो उनका मन गोविन्द का उपहास कर रहा था। सेवा ने प्रत्यंचा को कान तक

खींचकर तीर मारा—"बड़ा टेढ़ा बोलते हैं भाई। क़ब्र खोदने में भी संकोच नहीं।" अपनी मुस्कान को आधे गाल तक व्यंग्यात्मक करके उन्हें देखा।

गोविन्द ने शर्म से कनखियों से देखकर कहा—"क्या करेंगे, आदत से लाचार हैं। बूढ़े हो गये। यदि हम कुछ कह दें तो फ़ौजदारी हो जाये। अपना फोड़ा नहीं देखते, दूसरों के खसरे निहारकर ख़ूब आलोचना करते हैं। हम उनके दबैल तो हैं नहीं। हाँ, ज़रा उमर का लिहाज़ करता हूँ। नहीं, बुढापे में कुछ बाक़ी छोड़ा? सब तो भरभण्ड कर दिया।"

अभी दोनों आदमी बातें कर ही रहे थे कि टेंगरी सिंह आ गये। सेवाराम को कितनी गालियाँ दीं, कहना कठिन है। द्वार पर गला फाड़-फाड़कर गरिया रहे थे, मानों मतली कर देंगे। गोविन्द उठे, चुपचाप चले गये। ज़रा आँखों से इशारा भी कर दिया था। जलती आग में केरोसिन तेल के छींटे ही पर्याप्त थे। टेंगरी और जान पर खेल गये। घर में जाकर सेवा ने किवाड़ बन्द कर लिये।

थककर टेंगरी बोले—"चमारों ने सरेआम मेरी इज़्ज़त लूटी है। सबमें तुम्हारी ही चालबाज़ी है। कई बेर आया, तुम्हारा पता नहीं था। मज़बूरन गोलियाँ चल रही हैं? तुम ख़ुद चलवा रहे हो। उधर चमारों से भी मिले हो और इधर ठाकुरों से भी। क्यों किवाड़ बन्द कर लिये? निकलो बाहर...।" वे क्रोध में अपनी लाठी द्वार पर पटक रहे थे। अधमरे आदमियों को क्रोध कुछ अधिक आता है। जब आदमी रोगी, बेदम होता है, क्रोध ही उसकी ताक़त होता है। तब लोग उस पर क्रोधित न होकर आनन्द लेते हैं। कुछ ही दिनों में वह पूरे गाँव के लिए मनोरंजन का साधन हो जाता है। जब टेंगरी थक गये, वहीं ज़मीन पर बैठकर हाँफने लगे। मालूम हुआ कि चले गये।

सेवा की पत्नी निकली। यह दूसरी थी। बूढ़े पर आकर कुछ चंचल हो गयी थी। टेंगरी को देखकर निर्भीक भाव से उसने पूछा—"जुलाहे का गुस्सा उसकी दाढ़ी पर उतार रहे हो? लाज नहीं आती? गाँव में जो हो, सब परधान करते हैं?"

अब क्या था, टेंगरी ताव में आकर उसे गालियाँ देने लगे। उसने उन्हें ढकेल दिया। वे गिरत-गिरते बचे। शीघ्र ही पीछे घूमकर अपनी छड़ी उसकी पीठ पर दे मारी। उसने छीन ली और उन्हें दो डण्डा मारकर घर में भाग गयी। वह चाहती तो टेंगरी को अकेली पटक देती लेकिन उनके बड़प्पन की आँच थी। दो हल के काश्तकार, पक्के क़ानूनदाँ। टेंगरी अब और क्रोधित हो गये। अग़ल-बग़ल उन्हीं की ज़मीन, जिसमें सहुआइन उपले बनाती। लपककर वहाँ गये। सब उठाकर फेंकने लगे। कच्चे-ताज़े उपलों को पैरों से रौंदने लगे। वह खिड़की से देखकर चिल्लायी।

सेवा ने डाँटा—"क्या उनके मुँह लगती है? बुड्ढा थककर ख़ुद ही चला जायेगा। बदमग़ज आदमी से तू भी शरारत करने चली गयी। कैसी-कैसी गालियाँ दे रहा है, अच्छा लग रहा है न? इसीलिए मैंने पहले ही किवाड़ बन्द कर लिये। थककर दुष्ट चला जायेगा।"

"मैं क्या जानती थी कि दुष्ट अभी तक यहाँ बैठा है। चली गयी। दो सबद बोल दिया तो क्या बुरा किया? नांटक चमारों ने किये, गालियाँ तुम सुनो।"

"हाँ, सुनूँगा। अब्बर हूँ। जाति का बनिया, जो चाहे गालियाँ दे। गालियों से देह नहीं कट जाती। बोलकर फ़ौजदारी करूँ? किसी ठाकुर या चमार को कोई गरियाकर देखे।" सेवाराम ने आँखें आसमान पर चढ़ा, माथा सिकोड़कर कहा—"जो कुछ इज़्ज़त बची थी, तुमने सब मटियामेट कर दिया। वह बुड्ढा बेलगाम गालियाँ देता है। उससे मार-पीट भी तुमने कर लिया। कल को वह अपनी ज़मीन में गोबर न पाथने दे तो तुम क्या करोगी?"

"अपने खेत में पाथूँगी।" उसने नाक-भौं सिकोड़कर कहा—"तुम इतने ही इज़्ज़तदार रहते, जब जिसकी इच्छा होती, गरिया जाता?"

"अच्छा भाई! बेइज़्ज़त ही सही, जा चुपचाप अपना काम कर। अब हमसे लड़ने आ गयी। सासू का गुस्सा बहू पर।" सेवाराम ने क्षमाप्रार्थी के स्वर में कहा—"अब यहाँ मत बैठ, कोई आता होगा।"

"दुलही-बहुरिया हूँ क्या, जो देख लेगा? बड़ा परदे की रानी बनाकर रखे हो। पानी भरो, गोबर पाथो, सानी-भूसा करो। तब भी कोई रवा-गिनती नहीं। एक छन को भी हट जाऊँ, बस! भैंस को पानी तक नहीं मिलता।" वह वहीं चौखट के पास बैठ गयी।

"मालकिन तुम हो तो करेगा कौन? दूध दुहती हो, छाछ बिलोती हो। बहू तो करेगी नहीं। तुम्हारी ही बेइज़्ज़ती होगी।" सेवा ने इस झगड़े को मनोविनोद का रूप देना चाहा। सोचा, कहीं चली जायेगी तो गृहस्थी कौन सँभालेगा? मुस्कराते हुए हाथ मटकाकर बोले—"हटकर जाओगी कहाँ? कोई पूछता भी है कि मन की ही मिठाई खा रही हो?"

भलमनसी चाहो तो चुप रहो, नहीं इज़्ज़त बनाकर छोड़ूँगी। चले हो कटे पर नमक छिड़कने। लाज नहीं लगती, आधे गाल हँसते।" वह उठकर पड़ोसिन अपनी बहिन के घर चली गयी।

सेवाराम चुपचाप बैठे भूत, वर्तमान और भविष्य की गणना कर रहे थे। कदाचित् अपने चारों ओर शत्रु ही दिख रहे हैं। मानों एक सपना आता। हम वीरान जंगल में फँस गये हैं। चारों ओर से दिल दहला देनेवाली भयंकर आवाज़ें आ रही हैं। कहीं मार्ग का पता नहीं। कैसे हम बाहर निकलें? दिन डूबना चाहता है। हम तीव्र गति से दौड़ लगा रहे हैं। क्या मार्ग भी खो जाता है, विपत्तियों में? जो सहज सुलभ और स्पष्ट है, अदृश्य-सा प्रतीत हो रहा है। जैसे मौत मँडराने लगती है। मस्तिष्क शून्य हो जाता है। स्मृतियाँ नष्ट हो जाती हैं। इसी को लोग दैवी आपदा कहते हैं। मित्र भी सन्दिग्ध लगते हैं। मानो वे छल करने आ रहे हैं। कितना सावधान रहें? वे चौकी पर लेट गये। सोचने लगे—मालूम पड़ता है, गोविन्द की जालसाज़ी है। सवेरे आने का क्या मतलब था? उधर

टेंगरी से बातें पक्की की, इधर आकर बैठ गये। जब टेंगरी आये, सरक गये। चाहते तो मना कर सकते थे। वे गोविन्द की बातें मान लेते। बात भी सत्य है। भँड़ैती की चमारों ने, गालियाँ हम सुनें। कुछ आहट मिली, वे उठकर बैठ गये। पाँचू आ गया था। वह हँस रहा था। सेवाराम का ख़ून जल रहा था।

कुर्सी पर बैठते हुए बोला—"बड़ा अच्छा हुआ परधान जी! लड़कों ने जो भँड़ैती की, ठाकुर-बाभन बहुत नाराज़ हैं। ऐसा सच्चा अभिनय सबों ने किया था कि क्या कहूँ?" पाँचू फिर हँसने लगा। उसकी छोटी-छोटी आँखें खिलखिलाहट के साथ कोटरों में चली गयीं।

"तुमको हँसी आती है? यहाँ जान आफ़त में पड़ गयी थी।" सेवाराम ने मानों रोते हुए तिर्यक् देखकर कहा—"टेंगरी ने कितनी गालियाँ दीं, कह नहीं सकता। सहुआइन से मार-पीट भी हो गयी। हमारे सभी उपले रौंद डाले। कुछ बाक़ी नहीं रह गया। मैंने किवाड़ बन्द कर लिये थे। यही न जाने कब खोलकर निकल गयी थी। मैंने सोच लिया था, थककर आप से चला जायेगा। बुड्ढा सठिया जाता है तो मानता ही नहीं।। मगर भोग को क्या कहूँ? गाँव में कुछ भी हो, मेरा दोष ज़रूर रहेगा। छेदी के घर डाका डालने मैं गया था। सड़क बनाने मैं गया था। रास्ते में किसी को ठोकर लग गयी, गालियाँ मैं सुनूँ। वाह भाई! इतनी अनीति? गाँव में रहना भी मुहाल हो गया है?" सेवाराम की सूरत रोनी थी।

"क्या यहाँ तक नौबत आ गयी थी? पाँचू ने आश्चर्य से आँखें आसमान पर चढ़ाकर कहा—"तुम तो कुछ भी करने नहीं गये थे? गालियाँ चमारों को देनी चाहिए थी। फिर हम लोग देखते। टेंगरी की ऐसी-की-तैसी। तुम डरते क्यों हो? सहुआइन को ललकार दिया होता। दमाह, सकाह को पछाड़कर मारती। उसमें है ही क्या? बहुत अच्छा क़ानून की गिरफ़्त में आ गया था। मुझे अफ़सोस है परधान जी कि शिकार स्वयं शेर की माँद में आकर निकल गया। ऐसे अवसरों का लाभ उठाना चाहिए।"

"तुम नहीं समझोगे भाई!" कहकर सेवाराम कुछ उन्मन, दबावग्रस्त प्रस्तरवत् सामने खिड़की की ओर देखने लगे। कमरे में कुछ समय के लिए सन्नाटा छा गया था। पाँचू का ध्यान बीड़ी सुलगाने में था। एक कश खींचकर खिड़की की ओर धुआँ छोड़कर मानों आनन्द में तटस्थ हो गया। सेवाराम के सामने भूतकाल का दृश्य चित्रपट की तरह आने लगा। कमज़ोर को मारना सबल के लिए बहुत सरल है। जैसे बच्चों के लिए झरबेरी के फल तोड़ लेना। किन्तु उसके पतले नुकीले काँटे इतने ख़तरनाक होते हैं कि उनके कोमल हाथों में चुभकर अदृश्य हो जाते हैं। उनकी पीड़ा से कराहकर भी वे कह नहीं पाते। कुछ दिनों में वही काँटे फोड़े उत्पन्न कर देते हैं। शरीर की दुर्बलता को व्यक्ति की सर्वांगीण कमज़ोरी नहीं समझ लेनी चाहिए। महापुरुष तो प्रायः दुर्बल शरीर ही होते हैं। उनके भीतर शक्ति की ज्योति जलती रहती है। बिगड़ जायें तो आसमान में आग

लगा दें। पृथ्वी में भूचाल पैदा कर दें। उनकी आँखों की जलती ज्योति के सामने बड़े-बड़े महीधर नतमस्तक हो जाते हैं। समुद्र भी रास्ता देने के लिए तैयार हो जाता है। बड़े आदमियों की आँच इतनी प्रखर, लपटों की तरह होती है कि उनकी सैकड़ों ग़लतियों में भी रहस्यमय शक्ति छिपी रहती है। उन्हें समझना सबके वश का नहीं। बलवान् की शक्ति कदाचित् क्षणिक होती है। वह एक बार गच्चा खाकर अपने को सँभाल नहीं पाता बल्कि अपनी एक मामूली-सी ग़लती का शिकार पूरे परिवार को बना देता है। दुर्बल की आत्मा बलवान् होती है। गाँधी, विनोबा दुर्बल शरीर के ही उदाहरण हैं।

"क्या सोचने लगे सेवा भैया?" बीड़ी बुझाते हुए बोला था पाँचू।

"थोड़ा पढ़-लिख लेने से आदमी अनुभवी नहीं हो जाता। अनुभवहीन, व्यवहारशून्य आदमी उल्कापात की तरह नष्ट हो जाता है।" सेवाराम ने गर्दन उठाकर कहा—"पढ़ने मात्र से जीवन के सभी क्षेत्र पूर्ण नहीं हो जाते। यह इतना विशाल समुद्र है, जितना आगे बढ़ते जाओ, दूरी बढ़ती ही जाती है। मनुष्य जीवन के दस-पाँच क्षेत्रों में ही अनुभव कर पाता है। बल्कि और कम, दो-एक। चोर अपने अनुभव से सारे संसार को देखता है और चरित्रहीन अपने। तपस्वी अपने और मूर्ख अपने। किसको सही मानोगे? सभी अपनी दृष्टि से देख रहे हैं।"

"किसी को नहीं।"

"बस, यही सोच लो। दबंग से भिड़ना आसान काम नहीं। वह अजगर है, खड़े-खड़े निगल जायेगा। हम लोग इसलिए बचे हुए हैं क्योंकि पूरा समुदाय लड़ रहा है। लड़ाई का आधार व्यक्तिगत लाभ नहीं, सामाजिक है। जब व्यक्तिगत मामला फँसता है, वहाँ बराबरी देखकर ताल ठोका जाता है। किन्तु जब एक समुदाय या यूनियन किसी के विरोध में खड़ा हो जाता है, उसकी मिट्टीपलीद हो जाती है। समुदाय का अर्थ होता है, कोई सिद्धान्त—जिसे अधिक लोग पसन्द करते हैं। जो न्याय और सत्य का आधार लेकर आगे चलता है, उसमें व्यक्तिगत निर्बलता का महत्त्व नहीं है। महत्त्व उसके दल का है। पूरा समूह लड़ता है। गाँधी अकेले आज़ादी नहीं ले सकते थे। उनका नाम इसलिए हुआ क्योंकि वे नेतृत्व करते थे। सेनाप्रति थे। सेनापति का ही नाम होता है, सेना का नहीं। गाँधी की ताक़त जनता थी। हाँ, उनमें आत्मशक्ति, प्रज्ञाशक्ति प्रबल थी। सभी आगे नहीं चल सकते। जो मरने-मिटने के लिए सहर्ष तैयार हो, वही चल सकता है। जो लड़का मर गया, समाज के लिए, गाँव के लिए। गाँव या समाज की कोई जाति नहीं होती। सभी जातियों या वर्गों के लोग आपसी विनिमय और नियोजन से किसी कार्य-विशेष के लिए जब सम्बद्ध हो जायें—समाज बन जाता है। समाज कोई क्षेत्रफल नहीं। आजकल प्रायः सभी जातियों में एक संगठन बन गया है। वह संगठन भी समाज है, जो अपनी जाति के विकास और रक्षा के लिए सतत प्रयत्नशील रहता है एवं सभा बुलाता है। समाज किसी भी व्यक्ति पर सदा भारी पड़ता है। हमारी विजय अवश्य होगी। सिद्धान्तों की लड़ाई कभी निष्फल नहीं होती।"

पाँचू राम ने 'हूँ' कहकर सेवाराम को विस्फारित नेत्रों से देखा—"आज तुम पूरे मूड में हो परधान जी! इतना ज्ञान लेकर मर जाते, आज सब उगल रहे हो।"

"इसीलिए कहता हूँ, संस्कार बहुत बड़ी चीज़ है। इसका विकास सतत करना सबके वश का नहीं। कोई ज्ञानी तपस्वी और कर्मयोगी ही निरन्तर आगे तक चलता रहता है। हमारी-तुम्हारी कोई औकात नहीं। हम जहाँ हैं, वहीं अकड़ रहे हैं—फ़ज़ूल। ज़रा दूसरों की नजरों से देखने की कोशिश करो। जो जितना, छोटा, अल्पज्ञ, गँवार होता है, उसकी दृष्टि भी उतनी ही संकुचित होती है। बड़े उनकी मूर्खता पर हँसते हैं। वे विद्वानों को पागल समझते हैं क्योंकि वे अपनी कुत्सित दृष्टि ही से देखने के आदी होते हैं।"

तभी सेवाराम के घर में और लोग आकर बैठ गये। भग्गू, चिथरू, जोखू, खरपत्तू आदि। सेवाराम ने पाँचू को बीड़ियाँ देकर कहा—"धराकर सबको दो...।"

तभी थोड़ा मुस्कराकर वयोवृद्ध चिथरू ने अपने दाहिने हाथ को हवा में घुमाते हुए चित्रमय अभिनय के साथ कहा—"ठाकुर-बाभन बड़ा कुरस देख रहे हैं। उस दिन लड़कों ने जो खेल किये थे, क्या ग़लत थे? हमारी आबरू नहीं, उनकी इज़्ज़त है। घर में क्या-क्या कुकर्म हो रहे हैं, किसी से छिपा है परधान जी? चमार अपनी इज़्ज़त ओड़ी-दौरी में रखकर बेचने लगते हैं। इसीलिए चमार कहे जाते हैं। बड़े लोग सात परत के नीचे दबा देते हैं, इसीलिए बड़े कहे जाते हैं।"

खरपतुआ इंजन की तरह धुआँ छोड़ते हुए बोला—"क्या ग़लत किये? अब किस बात का डर? हम लोग अब्बर हैं, छाती खोलकर खड़े हैं—मारो गोली। देखें, तुम्हारे पास कितनी गोलियाँ हैं। हम लोग मरने के लिए तैयार हैं।"

"अबे खरपतुआ! ज्यादा टें-टें मत कर।" पाँचू दाँत निपोरकर गुर्राया—"हम लोग आग बुझाने की सोच रहे हैं, तू और मिट्टी का तेल फेंक रहा है। इससे गाँव चलेगा? जब तुम लड़के थे, उस समय का हिसाब कैसा था—पूछ परधान से? नहीं, चिथरू कक्का से पूछ। कितना सबसे प्रेम था? यही बाबूसाहब और पण्डी जी लोग हम लोगों के लिए सिर के बल खड़े रहते थे। अब क्या हो गया, गाँव या जमाने को? कौन-सी आग लग गयी है? इसमें छोटे-बड़े सभी जल रहे हैं। गाँव में सबसे काम पड़ेगा। राजा के घर मूसल की ज़रूरत पड़ी, डोम के घर से आया। गाँव में सभी भाई-भाई हैं। मैं परधान क्या हो गया, सारी आफ़त सिर आ गयी।"

"क्या कहते हो पाँचू।" चिथरू ने विह्वल होकर कहा—"बाबूसाहब सताते तो कम नहीं थे मगर वह जुग दूसरा था। अपने असामी के लिए जान भी देने के लिए तैयार रहते थे। सच कहो तो उस समय बड़ी भुखमरी थी। बड़े लोगों के घरों में भी कुछ नहीं था। आधा-तीहा मजूरी देकर घुड़कते नहीं तो क्या करते। वे भी लाचार थे। अब तो कोई ग़रीब नहीं मगर प्रेम नहीं। भाई, भाई का गला दबा रहा है। स्त्री अपने पति ही से छल कर रही है। कैसा भरष्ट ज़माना आ गया, मत पूछो।" उसने घृणा के भाव से मुँह बनाया। सभी हँसने लगे।

सेवाराम ने डाँटा–"कल के लौंडे, क्या हँस रहे हो? चिथरू सही कह रहे हैं। तब गाँव में पुलिस-दारोग़ा नहीं आते थे। आज तो पुलिस के सामने ही मार हो रही है। वे स्वयं करा रहे हैं। उन्हें रुपये चाहिए। हमारे गाँव से कम रुपये थाने-कचहरी जा रहे हैं? खेत-गहने बिके जा रहे हैं।"

भग्गू कुछ पढ़ा-लिखा था। उसने प्रतिवाद किया–"परधान जी! तुम लोग चाहे जो कहो, हम लोग ख़ूब सताये गये हैं, इसीलिए हमको दलित-शोषित कहा गया है। हमारे-उनके बीच कितना अन्तर है, इसे सोचो। जब कि हम दोनों एक-दूसरे पर निर्भर हैं। वे अपने हाथों अपना काम नहीं करते। मान लो हम बराबर के हक़दार नहीं थे लेकिन हमको बीसवाँ हिस्सा भी नहीं मिल पाता था। आज आधा या तीसरा ले रहे हैं। सुनता हूँ कि जो अनाज ख़राब रहता था, वही बन्नी में दिया जाता था। हमारे माता-पिता दिन-भर उनकी अर्दली बजाते थे। फिर भी पेट नहीं भरता था। आज तुम लोग उस वक़्त की बड़ी तारीफ़ कर रहे हो। जब हम चुपचाप सब सहते थे, तब सब ठीक था। आज हमारी आँखें खुल गयीं, तब सब बुरा हो गया। हम क्यों अपना हक़ माँग रहे हैं? क्यों हम अपनी आबरू के लिए लड़ रहे हैं? तुम जो करो, हम चुप रहें तो सब ठीक। वह रास्ता उनके बाप का है? चमार ही जायेंगे उससे? वह पूरे गाँव के लिए गाँव का है। किसी की व्यक्तिगत सम्पत्ति नहीं। बाबा साहेब की एक किताब पढ़ी, सही आँकड़ा था। पूँजीवाले का आधा हक़, आधा श्रमिकों का होना चाहिए।"

सेवाराम हिसाब का पक्का आदमी था। शीघ्र ही उसने पकड़ लिया। बोला–"मान लो मालिक के सौ रुपये लगे। पचास रुपये का मुनाफ़ा हुआ। लाभ में बँटेगा। पचीस मालिक का, पचीस मज़दूर का। आओ चलो...इसी शर्त पर हमारी खेती करो। जो अनाज पैदा होगा, आधा हमारी लागत यानी खेत की पूँजी होगी। क्योंकि खेत स्वयं एक लागत पूँजी है। उसका हिसाब रुपये में नहीं आयेगा। आधा में हम लोग आधा-आधा बाँट लेंगे। मंज़ूर है?"

भग्गू चुप हो गया। बोला–"यह तो चौथा से भी कम पड़ेगा।"

"अब तुम सोचो, ऐसे आधा-तीसरा ले रहे हो। अब तुम हम लोगों का शोषण कर रहे हो और बोलने पर मार करोगे। बल्कि सब लेना चाहोगे। खेत ख़रीदकर देखो, कितनी पूँजी लगती है।" सभी हँसने लगे।

पाँचू–"हम लोगों को अब क्या करना चाहिए? स्टे टूटते ही जेहल जाना पड़ेगा।"

सेवा–"वही तो हम भी सोच रहे हैं। स्टे टूटते ही ज़मानत हो जाती तो मुक़दमे से भय नहीं होता। छेदी ने बुरी तरह फँसा दिया है।"

भग्गू–"सब तो ठीक है परधान जी! लेकिन गोबिना से सजग रहिये। यहाँ का राज वहाँ देता है। वह ठाकुर है, तुम्हारीवाली कभी नहीं करेगा। वह पैरवी न करता तो कुछ

न होता। पक्का समझो, काँटा बोनेवाला है वह। नहीं मानोगे तो तुम जानो। घर का भेदिया लंका-दहन।''

पाँचू–''परधान जी! भगुवा तो ठीक ही कहता है। ऐसे अवसर पर ज़रा होशियार रहने की ज़रूरत है। उसका कोई भरोसा नहीं। जनम का चोर-छिनार। कौन-सा करम उससे बाक़ी है?''

''चुप रहो। दीवारों को भी कान होते हैं। कोई सुन लेगा तो जाकर उससे कह देगा। ऐसे वक़्त पर ज़रा समझदारी से काम लेना चाहिए।'' सेवाराम ने आँखें निकालकर कहा–''गोह रूठी, मुसहर के घर गयी। हम लोग गोहार के लिए उन्हीं के आदमियों के पास जा रहे हैं। वे कहाँ तक हम लोगों का साथ देंगे, यही सोच रहा हूँ। कोई भी हसिया को अपनी ही तरफ़ खींचता है। ऐन वक़्त पर सिद्धान्त बदल जाता है। आदमी अपने ख़ून-ख़ानदान की ओर बह पड़ता है। बड़ी नाज़ुक स्थिति है। हमारे-तुम्हारे आदमी अधिकारी कम हैं। फिर सुनेंगे कि नहीं? ऊपर से नीचे तक वे ही नधे हैं। बहुत दूर तक सोचो। हर तरह से सबल निर्बल पर भारी हैं। क़ानून में भी वही हैं। कोई मुक़दमा नहीं, जहाँ वे न हों। बड़ी काँटे की लड़ाई हो गयी है। हत्या करके भी वे छूट सकते हैं। अभी उनका केवल धन नष्ट हुआ है। पुलिस की ओर से बाल-बाँका भी नहीं हुआ। हमारे बीच से छह की धुनाई जेल में हो गयी।''

चिथरू–''परधान जी! उसे मना कर दो। वह ज़रूर कुछ-न-कुछ दिखायेगा। मैं तो इस जात का बिसवास ही नहीं करता।''

सेवाराम–''इतिहास तो इन्हीं का बिश्वास करता आया है। इन्होंने जिसको शरण दी, उसकी रक्षा में अपने प्राणों की आहुति दे दी। राजपूत ही तो इस देश के मर्द थे। और तो सभी पोंगे, डरपोक, बदल जानेवाले थे। तमाम क्षत्रियों का इतिहास है। हाँ, आज लोग मुकर जायें, बात दूसरी है।''

''अरे तो इसे ठाकुर समझते हो? यह तो क़ाज़ी घराना है न, एकदम मियाँ। घोर कट्टर।'' बोला खरपत्तू–''गोबिना को आदमी समझते हो? देश का लुच्चा। अब कहता है, हमारा घर-बँगला देखो। हमारे ऊपर बड़े आदमियों के सभी लच्छन हैं। हमारे चेहरे से भाँपो। अपने को पिरिन्सिपल कहता है। ज़रा ऐबी न होता तो और क्या करता।''

खरपत्तू को डेढ़ आँखों से देखकर सेवाराम मुस्कराते हुए बोले–''तुम झगड़ा कराओगे क्या? पाँचू! खरपतुवा का मिज़ाज ठीक नहीं। अभी डकैती में फँसे हो, होश ठिकाने नहीं आया? मुक़दमा में रुपये लगते हैं।''

''हम हिम्मत नहीं हारे हैं परधान जी! मरना है तो डरना क्या? गोबिना और छेदिया की ऐसी-की-तैसी। कौन हमारे बावन बीघे पौदीना है कि मर जाने से राज सूना हो जायेगा? लड़के-बच्चे हैं कि भीख माँगने लगेंगे। जैसे अब, वैसे तब।'' खरपत्तू ने विरक्त

भाव से कहा—"ग़रीब के मरने-जीने से क्या होता है? उनके मरने से तो मिट्टीपलीद हो जायेगी, राज सूना हो जायेगा। छेदी मारकर कौन कुबेर हो गये? विकास एक पुस्त पीछे चला गया। दो अच्छर पढ़ा नहीं तो क्या इतना बेवकूफ़ हूँ, जो बात नहीं समझता?"

"चुप बे खरपतुवा!" पाँचू ने डाँटा—"पहले तमाकू बना। हम लोग दूसरा मनसौदा बना रहे हैं। तुम बीच में टाँग अड़ाने लगते हो।"

"ग़लत थोड़े न कहा।" कमर से उसने डिबिया निकाली और तमाकू बनाने लगा।

कमरे में एकाएक सन्नाटा छा गया। सभी मौन थे। तभी सहुआइन आकर चौखट के पास खड़ी हो गयी। हाथ चमकाकर उसने क्रोध में कहा—"दिन-भर पंचाइत करोगे कि खाओगे भी? तुम्हारे मारे हमारे मुँह में भी पानी नहीं गया।"

"अच्छा चल...।" सेवाराम उठकर चलने लगे।

पाँचू ने मज़ाक किया—"परधान जी! सहुआइन बड़ी सतवन्ती हैं। अभी तो कलोर बछिया हैं। तुम तो घाट के मुर्दा हो गये।"

चिथरू ने खीस निपोरकर कहा—"इनको भी बुढ़ापे में न जाने कौन-सा ताव आ गया, लहुरी ले आये। घरवाली मरी, दो लड़के थे ही। नाहक सिर का बवाल।"

"इश्क़बाज़ी थी और क्या? अभी भी सहुआइन बहेलिया से बटेर, बकुली, कबूतर ख़रीदकर खिलाती हैं कि ज़रा तिरिसना ठनक जाये।" पाँचू के कथन के साथ ही एक ठहाका कक्ष में गूँज उठा।

पड़ोस में सहुआइन की बहिन ब्याही थी। वहीं से हिसाब बैठाकर बाजी मार लाये। ग़रीब की लड़की थी, उसने सेंत में सगाई कर दी।

चिथरू ने मज़ाक किया—"सहुआइन के बहनोई की उमिर कम है। परधान के यहाँ सगाई करवाकर अपने मलाई मारने लगे। "आंनन्द से खिलकर सभी हँसने लगे।

खरपत्तू ने दाँत निपोरकर बनरघुड़की दिखायी—"बनिया पाई छेर मरकही।"

चिथरू ने गम्भीरता से कहा—"जवानी का जोश नहीं थमता न। बुढ़ापे में सगाई कर लाने का यही परिणाम होता है।"

भग्गू ने तिर्यक् दृष्टि से देखकर कहा—"परधान भी ठीक थोड़े हैं। आज न छेदी दुश्मन हो गये हैं। एक साल पहले दोनों लँगोटिया यार थे। मारा कि दोनों ने गाँव का सत्यानाश कर दिया। अब क्या बचा है? अब गोबिना से दोस्ती गाँठी है। उसने मारने के लिए कौन-सा उपाय नहीं किया? यह कहो कि बच गये। वह भी सत्यानाशी ही है। इनको ऐसे ही दोस्त मिलते हैं।"

"भाई! जो जैसा रहता है, उसे वैसा ही यार मिलता है।" कहा चिथरू ने।

तब तक सेवाराम मुँह पोंछते हुए आ गये। चौकी पर बैठे, फिर लेट गये। खरपत्तू ने क़ीमा किया—"भाई ऐसी तिरिया मिले तब न। खिलाकर तब खाये और खाते वक़्त पंखी झले। रात में तेल लगाये। इसीलिए परधान जी अभी ठीक-ठाक लगते हैं।"

"क्या जीरा छौंक रहे हो? सहुआइन सुनेगी तो एक पद नहीं छोड़ेगी।" सेवाराम ने किलककर कहा—"बेबात की बात मत किया करो।"

"यह सब भाग्य से होता है। सबकी मेहर लायक़ नहीं होती।" चिथरू ने आँखें मटकाकर कहा—"बुढ़ापे में रसगुल्ला पा गये हो तभी न इठला रहे हो। दूसरी तिरिया होती तो मुँह पर थूककर चली जाती।"

"इसीलिए भारतीय नारी की मर्यादा रहती है न। सतवन्ती स्त्री पाकर आदमी और रुख़ नहीं मिलाता।" पाँचू ने व्यंग्य किया—"इस उमिर में जिसे मलाई मिल गयी, वह तक़दीर को सराहे। नहीं कौन किसको पूछ रहा है? ज़माना ज़रा देखो।"

"परधान ने तो गले तक ठूँस लिया। हम लोगों को पूछा तक नहीं। चलो हम लोग भी कुछ खायें-पियें।" चिथरू उठा और चला गया।

सेवाराम ने करवट बदली। मानो घृणा से मुँह फेर लिया। थोड़ी देर तक सन्नाटा रहा। फिर धीरे-धीरे सभी चलने लगे। मानो यह घर नहीं, सराय है। जब चाहो, आकर बैठ जाओ। दो-चार आदमी मिल ही जाते हैं। जब इच्छा हो, उठकर चले जाओ। न कोई रोकनेवाला, न कोई आनन्द-भरी नज़रों से बैठानेवाला। राजनीति और झगड़े का यह एक केन्द्र है, जहाँ बैठकर सीधा-सपाट आदमी भी रस्सी की तरह ऐंठनवाला हो जाता है। न कोई बातें साफ़ हो सकतीं, न उसका काम। वह इस प्रकार गुत्थी और गिरहदार हो जाता है कि क्या मज़ाल उसे कोई सुलझा ले। यहाँ समय का दुरुपयोग ही नहीं बल्कि बुद्धि और संस्कार का इस प्रकार ह्रास हो जाता है कि अपने परिवार में शुद्धतापूर्वक जीनेवाला भी तिकड़मी, चोर, स्वार्थी, केवल लाभ-लोभ के लिए प्रयत्नशील दिखायी देने लगता है। वे सभी गुर यहाँ उसे मिल जाते हैं, जिनके बल पर वह अपने पूरे परिवार को छका सकता है। जेल भेजवा सकता है। मारना, मार खाना, झगड़े करना, अपमानित होना, अवज्ञा करना, उलटा बोलना-सुनना, सन्देह करना—स्वभाव बन जाता है। इस चौकी ने प्रगतिशील छोटे-से गाँव के सम्पूर्ण विकास को रोककर उसे अदालत और थाने में झोंक दिया। शान्ति और सम्मान का जीवन जीनेवाला यहाँ की कूटनीति का शिकार होकर तड़प रहा है, जिसका कोई इलाज नहीं। सेवाराम उस दीपक की भाँति है, जिस पर जलने के लिए परवाने स्वयं जाते हैं—परमानन्दित, अपेक्षारहित।

●

कई घटनाएँ एक साथ हुईं। माण्डवी ने राजकीय नौकरी से त्याग-पत्र दे दिया और दानूपुर महाविद्यालय में रसायनशास्त्र पढ़ाने लगीं। सरकारी सेवा करते बीस वर्ष हो चुके थे इसलिए अच्छी पेन्शन हो गयी। सिलबिल तीन हज़ार रुपये मासिक पर क्लर्क हो गये। कॉलेज के रुपये का हिसाब-किताब उन्हीं के हाथों में रहने लगा। माण्डवी ने सोचा—बाबूसाहब का तीर सही निशाने पर लग गया है। अब खुले हाथ कुकर्म में पिल जायेंगे। इसी की प्रतीक्षा कर रहे थे। स्त्री या पुरुष को अगोरकर कोई कब तक बैठेगा? पुरुष की प्रकृति चतुर्दिक् सुरक्षित है। वह कुछ भी करके पाकदामन बना रहता है। स्त्री अपनी प्रकृति से विवश है। आनन्द-क्रीड़ा का कुफल उसे अकेले भुगतना पड़ता है। दोनों शिक्षित और नीतिज्ञ हैं। किसी को अवसर क्यों दें?

अब मैं रचना के साथ-साथ रहूँगी। देखती हूँ बाबूसाहब किस प्रकार शिकार खेलते हैं? क्यों न शिकारी के ही दाँत तोड़ दूँ। न रहे बाँस, न बजे बाँसुरी।

यशवन्त ने जब से नौकरी छोड़ी, देवी के पासवाले कक्ष ही में चौकी पर आसन लगाया था। पितामह का संस्कार इनमें पूरी तरह बल्कि बढ़-चढ़कर उतर आया था। वे कभी भी माँ दुर्गा के ध्यान में निमग्न हो बेक़ाबू हो जाते। कभी-कभी तन्मयता इतनी बढ़ जाती कि दो-तीन घण्टे तक बन्द कमरे में माँ के दर्शन के लिए दीवाना रहते। स्त्री-प्रसंग में विशेष संयम अपना लिया था। उनका ख़्याल था कि एकत्र ऊर्जा की स्फीति-ऊर्ध्व शक्ति ही उस कपाट को खोलती है, जहाँ से अनहदनाद और सहस्रार झरता है। इसलिए बिना ब्रह्मचर्य के चक्रों के संचालन और परा वाणी की सिद्धि में सफलता नहीं मिल सकती। शरीर का एक यही मूल तत्त्व आनन्द का कारण है। स्थिर

रहने पर आनन्द, निकलने पर आनन्द और ऊर्ध्व होने पर परमानन्द की प्राप्ति होती है। अतः मध्यम मार्गीय साधना को अपना लिया था।

आते ही माण्डवी ने वह कक्ष ख़ाली करा दिया। अपने शयन-कक्ष में बाबूसाहब की व्यवस्था की। यों इस घटना अथवा मनोविज्ञान की उन्हें ख़बर न थी। माण्डवी जिस खेल को खेल रही थी, वह अकेला था—आत्मगत। पण्डा जी तीर मारकर ख़ुश थे। यशवन्त का नशा कुछ और था। ज़रा-सा माण्डवी का तेवर देखा, रचना की शादी कराके चिन्तामुक्त हो गये थे। परन्तु माण्डवी और गहराई में उतर गयी थी। पहली रात शयन-कक्ष में स्वेच्छा से चले गये। दूसरे दिन अपने कक्ष को देखा तो अवाक् रह गये। माण्डवी ने अपने विचारों से उसकी पुष्टि की। बाबूसाहब स्वतन्त्रजीवी कार्य से अधिक प्रसन्न रहने लगे। पत्नी के हाथों की रोटियों में कुछ और स्वाद होता है। माण्डवी के आये क़रीब एक सप्ताह हो रहा था।

आज रविवार था। पण्डा जी ने अपने द्वार पर सार्वजनिक सभा की घोषणा की थी। दो-चार गाँवों के सवर्णों को आना अति आवश्यक था। और भी जो चाहे आ सकता है। उनके द्वार पर दो बीघे खलिहान की जगह थी। चार बजते-बजते धूप पतली हो गयी थी। आकाश मेघाच्छन्न। इसलिए कभी-कभी बादलों के चीथड़ों से धूप की एकाध किरण गिर जाती। मौसम सुहाना था। पण्डा जी ने चौकियों, खाटों के अलावा कुछ कुर्सियाँ भी मँगा ली थीं। ठाकुर, ब्राह्मण, कायस्थ और भूमिहार आने लगे थे। इसलिए नहीं कि किसी निर्णायक बिन्दु पर पहुँच ही जायेंगे बल्कि सभा का लुत्फ़ लेंगे। उनका ख़्याल था, गाँवों की कोई भी सभा किसी परिणाम पर नहीं पहुँचती। बल्कि झगड़े की नौबत आ जाती है। सबके विचार एक से नहीं होते। केवल जाति या वर्ग को लेकर कोई व्यक्ति अपने विचारों का समुचित विकास नहीं कर सकता। इसके लिए उदारीकरण की आवश्यकता पड़ती है। जातिवाद से व्यक्तिवाद सदा श्रेष्ठ होता है। जातिवाद में परम्परागत रूढ़ जड़ता काम करती है, जो किञ्चित् अपनत्व के भाव से अपनी ओर खींचती है। उसमें समर्पण का त्याग कदापि नहीं होता, केवल मान लेने की जड़िमाग्रस्त सम्भावना ही होती है। व्यक्तिवाद वह निर्विवाद शक्ति है जिसके एक बिन्दु पर दोनों के गुण-धर्म एक होकर समान्तर गति में बहते रहते हैं। यहाँ प्रत्येक दूसरे के लिए मरने-मिटने पर आमादा रहता है। व्यक्तिवाद में सम्बन्धों का धरातल समान आचार-विचार एवं कर्म है। जातिवाद में बहुत बड़े भेद को अभेद दृष्टि प्रदान करने की कोशिश की जाती है अथवा फ़र्ज़ निर्वाह के प्रयत्न। हो नहीं पाता बल्कि एक बड़ा विद्रोह खड़ा हो जाता है। क्योंकि समान धर्म और अहंकार टकराने लगते हैं। कोई भी उन्नीस नहीं होना चाहता। जातिवाद में बलात् किसी को स्वीकार करना पड़ता है। व्यक्तिवाद में जब दो की प्रकृति आपस में घुल-मिल जाती है, जड़ शरीर स्वतः एक-दूसरे का हो जाता है।

चार बजते-बजते पण्डा जी के द्वार पर अच्छी भीड़ हो गयी थी। गाँव के वर्तमान प्रधान पाँचूराम और पूर्वप्रधान सेवाराम भी कुर्सी पर बैठ गये थे। पण्डा जी ने सेवाराम

के सामने सिगरेट भेजा, वे नाटकीय अदा से बोले—"हम बाभन का सिगरेट नहीं पियेंगे। "पाँचू ने ले लिया।" देनेवाले ने चुटकी ली—"पी लो साह जी! खान-पान अपनी जगह है।" सेवाराम पीने लगे थे। गोविन्द का अभिनय देखने योग्य था। श्रीहीन, लद्धड़ दौड़-दौड़कर किसी के पाँव छूते, किसी को हाथ जोड़ते। वे अपने को इस रूप में प्रदर्शित करना चाहते मानो संसार के आधे मनुष्यों की बुद्धि उन्हें ही मिली है। उनकी बातें पर लोग हँसते, चुटकियाँ लेते, व्यंग्य बोलते। वे इस समय तिर्यक् मुँह बनाकर अपने को गाँधी से कम न समझते। सभा में समान गति-मतिवाले एक जगह बैठे गप्पें लड़ा रहे थे। सिगरेट, बीड़ी और पान की रेल-पेल मची हुई थी। बीच में चौकी पर यशवन्त सिंह, विकल जी, श्रीप्रसाद जी एवं अन्य प्राध्यापक भी बैठे हुए थे। पास-पड़ोस के लोग छतों पर कबूतर की तरह बैठे हुए थे। कुछ स्त्रियाँ छतों की मुँडेर से देख रही थीं। गाँव का विकास रुका हुआ है। आपसी कटुता का क्या समाधान खोजा जा रहा है?

एकाएक अपने स्थान से खड़े होकर पण्डा जी ने सभा से शान्ति बनाये रखने की अपील की। फिर उन्होंने कहा—"पंचो! मैंने यह सभा क्यों बुलायी है? कह देना चाहता हूँ। समाधान देना आप लोगों का काम है। वह यह कि कुछ समय पहले यह छोटा-सा गाँव एकता और प्रेम के बल पर ब्लाक में प्रथम आता था। चाहे खेल-कूद हो या पढ़ाई-लिखाई। न बिरादरी का सवाल था, न ऊँच-नीच का। हम लोग नाटक भी खेलते थे। सभी योग्य लोग रहते थे। चाहे वे जिस जाति के हों। आज कटुता इतनी चरम पर पहुँच गयी है कि कुछ कहते नहीं बनता। थोड़े-से लोग छल-कपट की आग से पूरे गाँव को जला रहे हैं। सुनने में आ रहा है कि हमारा ही गाँव नहीं बल्कि सभी गाँव इसी आग में जल रहे हैं। जो हवा इस समय बह रही है, क्या इसे बदला या रोका नहीं जा सकता? जब कि अब वह ग़रीबी भी नहीं है। तब लोगों को रोटियाँ नहीं मिलती थीं। अब खाने-पहनने से सभी आज़ाद हैं। जैसे ही हमारा आर्थिक विकास हुआ है, हमने अपनी सारी चीज़ें ख़राब कर ली हैं। तालाब, गलियाँ, रास्ते, आपसी प्रेम, सहयोग सब। अब इसका निदान क्या हो सकता है? सबसे पहले मैं यशवन्त सिंह से ही पूछता हूँ।"

यशवन्त सिंह चौकी पर खड़े हो गये। बोले—"मुझसे पूछ रहे हैं तो मैं अपना विचार ही कहूँगा। यों यह हवा सभी जगह है। इसके कई कारण हो सकते हैं। आर्थिक विकास की दौड़। शुद्ध भौतिकवादी हो जाना। आजकल की शिक्षा-नीति। हमारी संस्कृति पर पश्चिम का पूरा प्रभाव। पश्चिमीकरण बढ़ने से आदमी पूरा अकेला होता जायेगा और एक दिन दम्पति भी अकेले होंगे—पशुवत्। अतीत में जो हमारे लिये अच्छा था, आज दोषपूर्ण हो चुका है। इसे आन्तरिक रूप से कोई पसन्द नहीं कर रहा है लेकिन सैद्धान्तिक रूप से मानने के लिए बाध्य हैं। भारत जातियों का देश है। यहाँ कोई भी केवल मनुष्य बनकर नहीं रह सकता। उसे सम्बन्धों के आधार पर किसी-न-किसी जाति में रहना ही पड़ेगा। उससे लोग जातियों के आधार पर व्यवहार करते हैं। व्यक्ति

के आधार पर नहीं। ऐसे जातिवादी राष्ट्र का विकास स्वप्न में भी नहीं हो सकता। उच्च जाति में जीनेवाला मूर्ख और गँवार भी है तो उसे जातीय सम्मान अवश्य मिलता है। किन्तु निम्न जाति का उच्च विद्वान्, उच्च जातियों में वह सम्मान नहीं पाता। ऋषियों ने जिस मानक को ध्यान में रखकर जाति संस्था बनायी थी, ख़ेद है कि वे मानक आज टूट चुके हैं। केवल परम्परा जी रही है। प्रकृति कभी भी परम्परा का पालन प्रतिभाओं में नहीं करती। एक तपस्वी का लड़का भी तपस्वी होगा, यह सत्य नहीं है। यह अन्तर्जागृति है, किसी में हो सकती है। मूर्ख के लड़के विद्वान् देखे जाते हैं और विद्वानों के मूर्ख। यह प्राकृतिक सत्य है। हम कहते हैं, इस पूरी सभा में प्रायः उच्च जातियों के लोग हैं। श्रीप्रसाद जी और विकल जी के मुक़ाबले में ज्ञान, चरित्र, तपस्या, संयम—किसी भी पक्ष में कोई खड़ा हो सकता है? केवल जाति का अहंकार नहीं चलेगा। यही असली सत्य है। जातीय भावनाएँ सत्य नहीं हैं। मूर्खों ने इसे ईर्ष्या के भाव से सुरक्षित कर लिये हैं। ब्राह्मण के अलावा कोई वेद न पढ़े। तप न करे। विद्योपार्जन न करे। यह उनकी संकुचित मानसिकता थी। इसीलिए आज भारत इतना पीछे है। विज्ञान, गणित की खोज यहीं हुई। उसे चुराकर विदेशी आगे बढ़ गये। ऋषियों, मुनियों, मनीषियों ने इसे फैलने से रोका। विद्या पढ़ना तदनुसार विकास करना, प्रत्येक मनुष्य का धर्म है। यदि आज भी वही मानक लागू हो जाये—इनमें से कितने लोग शूद्र हो जायेंगे। आप जब तक विद्वानों का आदर नहीं करेंगे, विकास कदापि नहीं हो सकता। वे आपका नेतृत्व क्यों नहीं करते? इसलिए कि आप जाति के अहंकार में चूर होकर उसे नीच जाति का अल्पज्ञ समझ बैठते हैं। ज्ञान कभी जातियों के आधार पर नहीं होता, बल्कि ज्ञान के आधार पर जातियाँ बदल जाती हैं। अन्त में यही कहूँगा कि रणनीति से मुक्त होकर मानव-मात्र को सम्मान दें। आपको प्रतिष्ठा अवश्य मिलेगी। तभी समाज सूत्रबद्ध हो सकेगा।"

पण्डा जी सन्नाटे में आ गये। उनकी आँखों के सामने तितलियाँ उड़ने लगीं। कानों पर विश्वास ही नहीं होता था। अशिक्षा और अज्ञानता की गुत्थियाँ ज्ञानोपदेश के तीक्ष्ण कृपाण से भी मिटायी नहीं जा सकतीं। मूर्खों का अहंकार उनकी जड़ता के मूल में घुसकर और भी दृढ़ और उच्छृंखल हो जाता है। सभी हतप्रभ थे। यह ठाकुर पूरा व्यक्तिवादी है। जातिवाद इसे छू भी नहीं गया। पण्डा सोचने लगे—नाहक इस दुष्ट को बुलाया। सारा गुड़ गोबर कर दिया। पागल हाथी निरंकुश ही होता है। कब किधर चल पड़ेगा, कोई ठीक नहीं। देखूँ श्रीप्रसाद चमार क्या कहता है? इसकी शादी बाभन-स्त्री से कराकर जसवन्त ने हम सबके मुँह पर कालिख पोत दी। कुछ उलझन के साथ खड़े होकर पण्डा जी ने कहा—"अब हम लोग श्रीप्रसाद जी का विचार जानना चाहते हैं।"

श्रीप्रसाद—"अभी-अभी प्रिन्सिपल साहब ने शास्त्रसम्मत और लोकविरुद्ध बातें कही हैं। आप लोगों के मन में बहुत उठा-पटक चल रहा होगा। क्योंकि वे बातें कटु सत्य हैं। मेरा मानना यह है कि आप लोग शास्त्र अवश्य मानते हैं किन्तु उनके नियमों का

विरोध करते हैं। क्योंकि वे लोक-व्यवहार और आपके अनुकूल नहीं है। शायद आप द्रोणाचार्य के पक्ष में हों, मैं नहीं। जिस गुरु ने देश की प्रतिभा का विनाश इसलिए किया, कि वह गुरुभक्त नीच जाति-प्रसूत था। मैं ऐसे अपराधी, कठोर, भयग्रस्त जातिवादी गुरु के विरोध में आन्दोलन करने का पक्षधर हूँ। जिसने कोई विद्या सिखायी ही नहीं, गुरु का पद पाकर शिष्य के प्रति उसे गौरवान्वित होना चाहिए। नाम द्रोण का ही होता। अब आप ही बतायें, ऐसे कुत्सित विचारोंवाले गुरुओं के देश का उत्थान कैसे हो सकता है? प्रतिभाओं की कोई जाति नहीं होती। सच तो यह है कि मनुष्य की 'मानव' ही जाति है। शेष तो कर्म की उपाधियाँ। आज व्यक्ति से व्यक्ति टूट रहा है। धीरे-धीरे राष्ट्र टूट सकता है। व्यक्ति किसी भी देश की सबसे छोटी इकाई है। एक के सामने जब एक आता है तो दो तथा ग्यारह भी कहते हैं। सच यह है कि वह दो एक ही है किन्तु गणितीय भाव उसे ग्यारह होने की शक्ति प्रदान करता है। पुनः एक और सामने आने से तीन। परन्तु वही गणितीय शक्ति एक सौ ग्यारह कर देती है। हमारे जोड़ में हमारी संख्या महत्त्वपूर्ण नहीं है। उससे उत्पन्न शक्तियों का मूल्य है। आप लोग चाहे जिस दशा में जुड़ें, समायोजन के ही प्रयत्न करें। यही मेरी अपील है, यही मेरा विचार है।"

पण्डा जी उठ खड़े हुए। बोले—"अब मैं विकल जी से अनुरोध करता हूँ।"

विकल ने कहा—"आप लोग उच्च जाति के हैं। बातें आपकी समन्वयवादी, आदर्शवादी हो सकती हैं किन्तु मैं कर्म में विश्वास करता हूँ। अब तक मैंने इस पर प्राचार्य जी को ही खरा पाया। रचनाकार वैश्विक एकता का पोषक होता है। यह भी एक प्रकार का आतंकवाद है। कुछ कूटनीतिज्ञ शान्तिप्रिय लोगों को भी उभाड़कर घर-घर में आग लगाये हुए हैं। वे देखने में बगुला भगत हैं। आप उन्हीं से निपटने की कोशिश करें। वही झगड़े की जड़ हैं और समाज में विष-वपन कर रहे हैं। शास्त्र की बातें कोई मानने के लिए राज़ी नहीं। वह केवल आदर्श वाक्य बोलकर समाज पर आधिपत्य जमाने मात्र का शास्त्र रह गया है। अनुपालन कोई नहीं करता। मानवीय शुचिता को ध्यान में रखकर निर्विवाद निष्कपट किया गया व्यवहार ही किसी भी समाज या गाँव को एक-दूसरे से जोड़ सकता है।"

पण्डा जी शीघ्र ही खड़े हुए। बोले—"अब मैं गाँव के परधान पाँचूराम की राय जानना चाहता हूँ। आप गाँव के मुखिया हो गये। मार-काट, झगड़े बहुत बढ़ गये। इसका समाधान कैसे हो? क्या अब गाँव का सत्यानाश ही होना चाहता है?"

पाँचू अपनी जगह खड़ा हो गया। बोला—"सत्य कहने के लिए माफ़ी चाहता हूँ सरकार। ऊँची जातियों के लोग नहीं चाहते हैं कि एक छोटी जाति का आदमी परधान बने। क्योंकि उनके लूट-खसोट में बाधा आती है। हम ऐसा नहीं चाहेंगे। जब तक गाँव के परधान बाबूसाहब थे ख़ूब तिल का ताड़ और परबत से राई करते थे। किसकी हिम्मत थी कि बोल दे? यहाँ तक कि बाबूसाहब छोटी जातियों के किसी काग़द पर

दस्तख़त भी नहीं करते थे। घुड़ककर दुआर से भगा देते थे। न सियार जागता था, न कुत्ता भौंकता था। छोटी जाति का परधान होते ही सारे सियार जाग गये, कुकुर दौड़ा लिये। सियार अड़ गये तो सरकार लड़ाई तो होगी ही। (पाँचू विनम्रता से हाथ जोड़कर मुस्कराया) आपने शेर की तरह जंगल में अकेले ही विचरण किया है। वही अब भी चाहते हैं। जिस जीव को जब चाहा, नोचकर खा गये। सरकार! अब जमाने के साथ लोग भी बदल गये हैं। तब भी आप नोचना चाहते हैं। हमारा यही दोष है कि हम आत्मरक्षा के लिए तैयार हो गये। पढ़-लिखकर अफ़सर हो गये। वे आपका शासन स्वीकार नहीं करते। बस, आपके शत्रु हो गये। हम सदा से ग़रीब हैं। आपके चाकर और बनिहार हैं। अब भी हैं। हमारे हाथों बँधी गुड़ की बट्टियाँ खाने में, रस पीने में, हमारे बरतनों से दिये गये दूध में कोई छूत नहीं हैं। ख़ूब आनन्द से खाते हैं। किन्तु खटिया में छूत है। हमारे यहाँ ऊँचा आसन खोजनेवाला अपने यहाँ मचिया भी नहीं देता है। अब आप ही बतायें, हम कैसे समायोजन करें? आप आठवीं पास करके इतना अकड़ रहे हैं। आपके और हमारे कर्म में ज़मीन-आसमान का अन्तर हो गया है। हमें भी उचित सम्मान चाहिए। हम लोग अब मरे गाय, बैल या भैंस खानेवाले नहीं। हाँ, हमारे बीच में अभी भी बहुतों में बहुत गन्दगी है। किन्तु बाबूसाहब और पण्डा जी के कुछ घरों में भी ऐसी गन्दगियाँ हैं कि उनका छुआ पानी पीने लायक़ नहीं। शुचिता भी व्यक्तिवाची है, जातिवादी नहीं। सरकार! आप लोग हमसे इतनी नफ़रत करेंगे तो हम आपसे कितना चिपकेंगे? हाँ, किसी भी जाति में आतंकियों और दोषियों को मेरी तरफ़ से छूट नहीं है। इसके लिए पंचाइत द्वारा उसे उचित दण्ड लगायें। उसका सुधार करें। गाँव समाज, बंजर और चकरोड का झगड़ा है। इसे भी बोल-बतियाकर सलटा लें। झगड़े क्यों होंगे? यही हमारी प्रार्थना या अपील है, बस।''

पण्डा जी ने सेवाराम की ओर तिर्यक् देखकर कहा—''अब मैं सेवाराम से अपील करता हूँ। वे पुराने आदमी हैं। पिछली परधानी का भी ख़ूब अनुभव है। राजनीति के लड़ाकू पहलवान हैं। आपकी चौकी की काफ़ी चर्चा है। यदि सेवाराम की चौकी बन्द हो जाये तो शायद गाँव की कूटनीति भी बन्द हो जाये। यहीं से वे सारे सूत्र लागू होते हैं, जिनसे गाँव में आतंक फैल रहा है। परिवार आपसी फूट और झगड़े का अखाड़ा बन गये हैं। आपकी क्या राय है? कैसे सुधार हो सकता है?''

सेवाराम खड़े हो गये। दोनों आँखों से दो तरफ़ देखते हुए पैंतरे से बोले—''नामी बनिया, बदनामी चोर। सरकार! मैं जाति का बनिया, बिलकुल अब्बर। चाहे जो कह लीजिये। मैं किसी को बुलाने नहीं जाता। मेरे यहाँ कोई आता है, मैं उसे भगा नहीं सकता। लोग क्यों आते हैं? मैं इसे भी नहीं जानता। जब कि मैं परधान भी नहीं हूँ। मैं भी यही चाहता हूँ कि सब लोग मिल-जुलकर रहें। लेकिन बाघ लोग ख़ुद नहीं रहने देंगे। हम लोग सियार हैं, औक़ात ही कितनी है? हाँ, बाबूसाहब लोग जगह-ज़मीन हड़पें,

कोई न बोले तो शान्ति-ही-शान्ति है। पहले बाबूसाहब परधान थे। चमारों में क़तल क्यों हुआ? वह तो सबसे भयंकर घटना थी। आज बाबू छेदी सिंह चकरोड नहीं बनने दे रहे हैं। जब कि वहाँ गाँव-समाज की ज़मीन है। उससे सारा गाँव जायेगा कि अकेला मैं ही जाऊँगा? किसी भी मसले को आप लोग मिलकर हल कर दें। झगड़े क्यों होंगे? केवल मार-पीट झगड़े का समाधान नहीं है। आपके पास ताक़त है, उसे ज़बरदस्ती हल करना चाहते हैं। क़ानून से भी वह हल नहीं हो सकता। प्रेम और आपसी बातचीत ही उसका असली निदान है। आप जो तय कर दें, हम मानने के लिए तैयार हैं।'' सेवाराम बैठ गये।

तभी सभा के बीच से बहादुर सिंह 'बग्गड़' खड़े हो गये। ये कई बार काशी विद्यापीठ में अध्यक्ष पद के लिए चुनाव लड़ चुके थे। एक बार हो भी गये थे। वे गरम दल के नेता थे। बोले—''तुम एक भी चाल चलने नहीं दोगे। देस का झुट्ठा चुग़लखोर। किसके घर में झगड़ा नहीं लगाया? अभी उस दिन अदालत में गंगाजल लेकर तुमने क़सम खायी कि कहारों के मारने से तुम्हारे लड़के का दाँत टूट गया। बेईमान! यह सच है? चौकी पर बैठकर दिन-भर कूटनीति डील करते हो। चमारों को भड़काते हो। कण्ठी फेरते हुए बगुला भगत की तरह दिखाते हो कि अब हमारे नख-दन्त झड़ गये हैं। हम संन्यासी हो गये हैं। सम्पूर्ण गाँव में आग लगाने के तुम्हीं कारण हो। देस का लुच्चा...।''

तब तक हंगामा मच गया। चारों ओर से लोग उसे डाँटने लगे। सेवाराम अक़्लमन्द थे। धीरे से सरककर निकल भागे। पाँचू भी भाग निकला। तभी भयंकर कोलाहल शुरू हो गया। आधे घण्टे तक भगदड़ मची रही। दस मिनटों में वहाँ किसी का पता न था। अँधेरा फैल चुका था। सूचीभेद्य अन्धकार में कुछ पता नहीं चल रहा था। कृष्णपक्ष की अँधेरी रात थी। पण्डा जी के द्वार पर एक बल्ब जल रहा था। वे चौकी पर बैठे उद्विग्न थे। तभी बग्गड़ सिंह ने ज़ोर से हँसकर कहा—''गुरु! मुद्दई अक़्लमन्द है। मज़मून भाँपकर ही निकल भागा। हमारे साथियों का विचार था, रात हो जाये; बस हंगामा करें। भगदड़ मचे। सेवाराम और पाँचू की ऐसी कुटम्मस कर दें कि सारी परधानी निकल जाये। लेकिन पहुँचने के पहले ही सभी सरक गये। ज़रा प्रिन्सिपल साहब से भी बचना था, नहीं हम लोग तुरन्त दबोच लेते। बुड्ढे की हैसियत ही कितनी?''

''तुम ख़ुद बेहूदे हो। वार ख़ाली चला गया। हमारे दुआर पर मारना ठीक नहीं होता। ज़रा बाहर देख लेते। बाहर अँधेरे में टूट पड़ते। कौन देखता है? अभी एकदम कच्चे हो। इस तरह रणनीति नहीं बनायी जाती। जाओ, जो हुआ सो अच्छा हुआ।''

''नहीं गुरु! भीड़ इतनी उखड़ गयी कि क्या कहूँ। वह तुरन्त निकल गया। मैं थोड़ा इसीलिए गरमाया था कि चक-चक होगा। बस, हम लोग उन्हें देख देंगे। थोड़ा प्रिन्सिपल साहब से बचना पड़ता है। एक तो ख़ुद ही वे हमको डाँटते रहते हैं। तुम्हें बोलने का सऊर नहीं। लण्ठई से काम नहीं चलता। क्यों विद्यापीठ को बदनाम करते

हो? समझाते भी हैं। नेतागिरी से काम नहीं चलेगा। नौकरी नहीं मिलेगी। कोई धन्धा करो। विद्या तुम्हें आती नहीं कि कोई कम्पटीशन कर सको। पैतृक सम्पत्ति पर कब तक जियोगे? गुरु! हमारे बाप भी उनसे हमारी शिकायत करते हैं। शादी हो गयी। कमाई न धमाई। शेख़ी ज़बरदस्त है। कब तक हम लोग जियेंगे? आदि-आदि। इसीलिए मैं उनकी ज़रा अदब करता हूँ, नहीं बीच सभा में मारता। देखता कि बनिया पाई छेर मरकही, क्या कर लेता। मारा कि सारे गाँव को चौपट करके रख दिया। गोबिना का भी बिस्वास मत किया करो। दोनों चोर-चोर मौसेरे भाई हैं। वह किधर है? कहना कठिन है।''

''दोनों खेले हुए जवान हैं, पक्के-पोढ़े। अभी तुम्हारे जैसे लौंडे सीखें। आज तक किसी ने उसकी पीठ में धूल नहीं लगा पायी। तुम चले हो शेख़ी बघारने।'' पण्डा ने हिकारत से कहा—''यहाँ कोई केस भी ख़तरनाक नहीं बनता। हाँ, हमारा दुआर ज़रा बचा देते। दरवाज़े की मरजादा होती है। कहता कि न्योता देकर मरवाया।''

''क्यों कहूँ गुरु! गच्चा खा गया।'' पश्चात्ताप करते हुए कहा बग्गड़ ने—''जो चूक जाता है, वह जीवन के बहुत बड़े लक्ष्य से दूर हो जाता है। अचूक होना, दूरदर्शी होना है।'' वह चुप होकर पण्डा जी को पछतायी नज़रों से देख रहा था। मानों कह रहा था—इन्हीं कच्ची गिरह-गोटियों के कारण तो विद्यापीठ के चुनाव में प्रायः हारता रहा। जीवन-भर हार को गले लगानेवाला आदमी अपनी विजय की केवल धौंस ही जमा सकता है। उसका अनुभव हार के पीछे पुष्ट होता है। मेधावी हार के सभी पहलुओं को काल्पनिक दृष्टि से देखकर आरम्भ से ही सतर्क होकर चलता है। इसीलिए कभी असफल नहीं होता। वह सभी ख़तरनाक मुक़ामों को सुसंस्कृत दृष्टियों से देखकर कुछ विशेष शक्ति का प्रयोग वहाँ पहले ही कर देता है। इसीलिए वह दूरदर्शी कहा जाता है।

एकाएक बग्गड़ पीछे मुड़कर चलने लगा। मानों दो हारे हुए जुआरी संज्ञा-शून्य हैं।

●

विवाह के बाद के कुछ समय नयी उमंगों और उन्मादों के होते हैं। चिर दिनों का व्याकुल संचित प्रेम नयी-नवेली पत्नी पाकर उत्स की तरह फूट पड़ता है। उसकी हज़ारों कल्पनाएँ एक बिन्दु पर होकर नया संसार बनाने लगती हैं। अभावग्रस्त ग़रीब भी भावनाओं के सपनों को नवमल्लिका और जूही के तोरण से ख़ूब सजाते हैं। सूर्य छिप जाता है। चाँद अपनी षोडश कलाओं से प्रतिक्षण अतिरंजित लगता है। पूरा संसार हरियाली से भर जाता है। उन्मादक परिमल चारों ओर उड़ते दिखायी देते हैं। आँखों में वह सौन्दर्य समा जाता है, जिससे चलनेवाली दृष्टि जगत् के कण-कण को अपनेपन से देखने लगती है। अकेलेपन के रुग्ण जीवन की कठोरता भी लचीली होते-होते नरम पड़ जाती है। पत्नी का कोई भी दर्द उसकी पीड़ा बन जाता है। वह नहीं चाहता कि ग़रीबी या अभाव अपने दामन को फैलाये। बल्कि उसे मिटाने के लिए प्राण-पण से पिल जाता है। आसमान का तारा तोड़कर पत्नी के चरणों में डालकर उसकी प्रसन्नता में अपने समर्पण से पूर्ण तृप्त होना चाहता है। जहाँ पुरुष नारी-तृप्ति एवं तुष्टि से आनन्द-लाभ करते हैं, वहीं नारी आत्मसुख का अनुभव बन्द आँखों से करती है। पुरुष नारी को आनन्दित करने में नष्ट हो जाता है किन्तु नारी क्षीण होते पुरुष को ख़ूब सज-धजकर और आकर्षित करना चाहती है। पुरुष, पौरुष के गर्व में नारी-तृप्ति के लिए अपने को मिटा देना चाहता है किन्तु नारी टूटते पुरुष के लिए अपना घृणित रूप दिखाकर उसे कभी नहीं रोकना चाहती।

श्रीप्रसाद में भी ऐसा ही परिवर्तन कुछ दिनों तक बड़ी तन्मयता से बना रहा। विलासपूर्ण जीवन में लिखने-पढ़ने की कहाँ फ़ुर्सत? प्रिन्सिपल साहब ने श्रीप्रसाद के

बग़ल का कमरा ख़ाली करवा दिया था। अब उन्हें दो फ़्लैट दे रखे थे। एक में बूढ़े-बूढ़ी और रणविजय रहते, दूसरे में श्रीप्रसाद और रचना। वे एक क्षण भी रचना की जुदाई सहन न कर पाते। सोचते, कौन-सा तत्त्व जो अपनी ओर खींच रहा है? पास से भी और दूर से भी। कॉलेज के बाद श्रीप्रसाद कहीं बाहर नहीं जाते थे। एक माह तो इस तरह निकल गया जैसे एक दिन।

नवम्बर बीत रहा था। धानों की कटाई, आलू, चना, मटर की बुआई ज़ोरों पर थी। मेंड़ों की लम्बी घासों को चराने के लिए लड़के-लड़कियाँ अपने गाय-भैंस और बकरियों को लिये बड़ी उमंग में सिवान में जा रहे थे। मानों घासों की लूट लगी है। हमारे पशु तुम्हारे पशुओं से ज़्यादा बड़ी-बड़ी घासें चर रहे हैं। जाड़ा पड़ते ही श्रीप्रसाद की गाय का दूध कम हो गया था। दूसरे मंज़िल से पश्चिम मैदान में देखा। जानवरों की भीड़ लगी हुई थी। धान ढो लिये गये थे किन्तु खेत अभी जुताई के लायक़ न थे। सर्दी में धूप भी ठण्डी पड़ जाती है। बरसात से गीले खेत जल्दी भुरभुरे नहीं होते। श्रीप्रसाद का मन ललचा गया। दीवार-घड़ी देखी। साढ़े तीन बज रहे थे। गाय बैठी पागुर कर रही थी। एकाएक मन में आया, क्यों न छोड़कर ज़रा टहला ही दूँ। दूध बढ़ जायेगा। जब खानेवाले कम थे, दूध अधिक था, अब बढ़ गये, दूध कम हो गया। बूढ़े-बूढ़ी को रात में खाँसी अधिक आती थी। इधर गाय का शुद्ध दूध पीने से कम हो गयी थी। रचना के पास आकर श्रीप्रसाद ने उसकी आँखों में झाँककर कहा—"मेंड़ों पर इस समय ख़ूब घासें हैं। कृष्णा को ज़रा टहला दूँ। मन भी बदल जायेगा और स्वाद भी। घास चरनेवाली गायें अधिक दूध देती हैं। बँधुआ जानवरों का दूध उतना फ़ायदेमन्द नहीं होता।"

"कहाँ खेत-खेत घूमोगे? मेंड़ों पर टिड्डियों के अलावा क्या है।" रचना ने आदमक़द शीशे के सामने बाल सँवारते हुए कहा—"यहीं बैठो। सानी चला दो, खाये।"

"आज दो दिनों से कृष्णा मन से नहीं खा रही है। बरसीम घास देर से बोने के कारण अभी छोटी है। कुछ घासें चर लेती। टहलने से मन बदल जाता है।"

रचना ने मदभरी आँखों से देखकर कहा—"कब तक आओगे?"

"एकाध घण्टे में लौट आऊँगा। यहाँ से देख रहा हूँ। मेंड़ों पर ख़ूब गुच्छेदार घासें हैं। जानवर जहाँ लग जा रहे हैं, हिलने का नाम नहीं ले रहे हैं।" श्रीप्रसाद बरामदे की मुँडेर के पास खड़े थे।

"जाओ...जल्दी आना।" रचना भी मुँडेर के पास आकर पशुओं का युद्ध देखने लगी, जो वैयक्तिक स्वार्थों के लिए विशाल साम्राज्य का स्वामी बनना चाहते हैं। उसने देखा—एक छोटी देशी खरैली गाय अपनी नुकीली सींगों से बार-बार एक भैंस की पसली में मार रही है। प्रतिवाद में अक्षम देख वह जान बचाकर भागी। वह गाय चर नहीं रही है। केवल रँभाती, कुलेल करती और लड़ने के ही पैंतरे बनाती। पुनः दौड़कर एक बड़ी गाय से भिड़ गयी। वह भी पीछे नहीं हटी। तब तक देशी गाय ने दाँव बचाकर

अग़ल-बग़ल से कई वार किये। बड़ी तत्परता से उसने भी उसे उठाकर फेंक देना चाहा, किन्तु उसके निशाने पर देशी गाय आती ही न थी। जब तक बड़ी गाय अपना बचाव करती, कई बार उसकी पसलियों में मारकर देशी भाग जाती। हारकर बड़ी गाय भी भाग गयी। रचना यह दृश्य देखकर हँस पड़ी।

"बड़ी लड़ाकू गाय है। कहीं हमारी गाय को न मार दे।"

"इसीलिए तो डण्डा ले लिया है।" "कहकर श्रीप्रसाद नीचे आये। गाय खोलकर चलने लगे। रचना देखती रही। निरभ्र आकाश। उड़ते बगुलों की क़तारें। बरामदे में आती सुनहली धूप उसके सौन्दर्य-रंग को स्वर्णिम कर रही थी। खेतों से पलटकर श्रीप्रसाद ने रचना को पीछे से देखा और विह्वल हो गये। यह कनक-यष्टिका नारी कितनी दिव्य लग रही है। पूर्व जन्मों के पुण्य ही से ऐसी धर्मपत्नी मिली है। निस्सन्देह यह मेरी तपस्या का ही फल है। चमारों में इतनी सुसंस्कृत कहाँ मिलती? बाबू जी और प्रिन्सिपल साहब का उपकार तो वर्णनातीत है।

श्रीप्रसाद एक मेंड़ से गाय को लगाकर पगहिया थामे खड़े थे। रचना अभी भी वहीं खड़ी प्रकृति के उन्मुक्त सौन्दर्य का आनन्द ले रही थी। श्रीप्रसाद ने देखा, गाय चरने लगी। उसके गले में पगहिया लपेटकर मेंड़ पर बैठकर चरवाहों के गीतों और खिलवाड़ों का आनन्द लेने लगे। बारह साल की एक लड़की खेत में गड्ढा खोदकर, खेतों से बालियाँ चुनकर; अपने डण्डे को मूसल बनाकर धान कूट रही थी। दो-तीन छोटी लड़कियाँ भी सहयोग कर रही थीं। सुनरी सास बनी थी। छोटी लड़कियाँ बहू। वह उन्हें गालियाँ देती, डाँटती, मारती। धान कूटने नहीं आता। मूसल चलाने का सऊर नहीं। खाली रात-दिन जँवाय से सटी रहती हो। उसे काम करने नहीं देती। एकदम फूहड़ हो। सफ़ाई का ध्यान नहीं। पढ़ी-लिखी नहीं। कोई गीत आता नहीं। कैसे निबाह होगा? तुम्हारी माँ कैसी थी? कुछ सिखाया नहीं। नइहर में खाली गाल बजाकर आयी हो। सुनरी उठकर इधर-से-उधर ऐंठकर चलती मानो इस घर से उस घर में जाने और काम करने का अभिनय करती। प्रकृति की उन्मुक्त दशा से बारह साल में ही उसके शरीर का पोर-पोर वयःसन्धि पाकर खिलता जा रहा था। जैसे भोर की कली सूर्य के निकलते ही खिलकर गदरा गयी हो। उस पर उसका ऐंठकर चलना, काम करना—सभी उसके मुक्त सौन्दर्य को प्रकट कर रहे थे। ये सब मज़दूर चमारों की लड़कियाँ थीं। स्कूल से वंचित नित्य इनका यही काम था।

सुनरी के श्यामल कपोलों पर सुनहली किरणें पड़ रही थीं। मक्खन की तरह चिकना मुखमण्डल सहज भाव से चमक रहा था। साँवली या गोरी का निर्णय कठिन था। काम-वासना और जवानी के भावों से अनभिज्ञ अभी वह बालपन के खिलवाड़ में ही पगी-छकी हँसती-मुस्कराती और दौड़-दौड़कर काम करती। सभी लड़कियाँ उसके साथ हँसते-हँसते लोट-पोट हो जातीं। एक छोटी लड़की जो अभी चार साल की थी, एक गमछे का एक सिरा कमर में खोंसकर, दूसरा सिर पर ओढ़कर दुलही बनने का अभिनय कर रही थी। उसके हावों-भावों पर सभी ज़ोरों से हँस रही थीं।

गमछे के घूँघट से मछली की तरह बड़ी-बड़ी सफ़ेद आँखें जब तिर्यक् होकर चमकतीं, किसी अगम कलाकार के द्वारा छोटे-से सम्पुट में बन्द; घोले गये किसी महाविषरस को प्रदर्षित करतीं। भविष्य की सभी काम-कलाओं की सूचना मात्र थोड़े संकेत से ही मिल रही थी। जो अभी इतना, सुकुमार तरल होकर अस्फुटित अविकसित होकर बह रहा है, वही पूर्ण वयस्क खिलकर कितना उन्मादक विषाक्त होगा?

श्रीप्रसाद मेंड़ पर बैठे काम-निष्काम की व्याख्या करके मन में प्रसन्न हो रहे थे। ज्ञान केवल पोथियों में ही सीमित नहीं, यह तपोपूत आत्मनिस्सृत होता है। यह तो वह हीरा है जो खदानों से निकला, कोयले-कचरे से मिला हुआ। इसे खोजने, अलग करने के लिए विशेष आत्मशक्ति और त्याग की आवश्यकता है। शास्त्रीय बँधुआ ज्ञान से यह अधिक भावप्रवण और तर्जनी-संकेत का परिचायक है। श्रीप्रसाद सोचने में तन्मय थे। लोग स्वार्थों के लिए पिले हुए हैं। हमारी भैंस या गाय लम्बी घासें ही चरें। जल्दी पेट भर जाये। किन्तु इन लड़कियों की कोई स्वार्थलिप्सा नहीं। देख लिया। सिवान खाली है। किसी के खेत में पड़ने का कोई भय नहीं। फिर तो ये दूसरी ही दुनिया में खो गयी हैं। वहीं एक बालक बूढ़ी भैंस की रक्षार्थ उस पर सवार होकर उसे चरा रहा है। लम्बी घासों में भैंस स्थिर चर रही है। वह और दृश्यों से आनन्दमग्न हो कोई भोजपुरी गीत गा रहा है—

हे गोरिया! छूट जाई तोहार ऐंठनवाँ,
जब गवनवाँ जैबू ना...हे गोरिया...

श्रीप्रसाद प्रसन्नता से खिल रहे थे। बाल-स्मृति उनके सामने चित्रपट की तरह आने लगी। गाँव के लोगों का जीवन प्रकृति के मुक्त अंचल में पल्लवित पुष्पित होता है। चंचल गतिशील जीवन को स्थिर अस्मिता प्रदान करनेवाले घर, ज़मीन, वैभव सब उन्हें रोकते हैं—सामाजिक नियन्त्रण में। जहाँ नश्वर मनुष्य मर्यादा के मंच पर बहुत सँभलकर अभिनय करता, आगे बढ़ता चलता रहता है।

अपनी टूटी-फूटी फूस की मँड़ई पर गर्व करनेवाला ग़रीब भी अपने स्थायी निवास की अस्मिता से मुक्त नहीं हो पाता। वैभव के नाम पर उसके पास कुछ भी नहीं। दो-चार गज़ की भूमि पर फूस की टाटी लगाकर, पुआलों के बिछावन पर जाड़ें की रातें काट लेता है। सुबह से शाम-पूर्व तक धूप की गर्मी से संचालित रहता है। गर्मियों में धूप खाकर शरीर को धातु की तरह बना डालता है। ग़रीबों का सबसे ख़ुशनुमा मौसम गर्मी ही है। इसमें किसी चीज़ की बहुत आवश्यकता नहीं। एक समय खाकर दिन-भर पानी पीते रहो। कहीं घनी छायावाले पेड़ के नीचे लुढ़क जाओ। भरनींद सो लिया। न ओढ़ने की ज़रूरत, न बिछावन की आवश्यकता। वाह रे ग्रीष्म! तेरी छत्रच्छाया में अधनंगा शरीर रहकर ही पूरी तृप्ति मिलती रहती है। तू न रहती तो ग़रीबों का जीवन ठिठुर-ठिठुरकर नष्ट हो जाता। तेल-साबुन के बिना ही शरीर निर्मल बना रहता है। ज़रा पसीना हुआ।

जाड़ों की बैठी मैल नरम पड़ गयी। पोखरे में कूदकर ख़ूब नहा लिया। शरीर का रोम-रोम स्वच्छ होकर पुलकित हो गया। जाड़ा भी क्या है, म्लेक्ष। तेल-साबुन के बिना शरीर चर्रा जाता है। तेल से नरम तो हो जाता है मगर मैल की परत-दर-परत बैठती चली जाती है। कुछ दिनों में हाथ-पाँव के चमड़े बूढ़े पेड़ की खुट्ठियों जैसे हो जाते हैं। वाह रे बचपन! पैरों से ख़ून तक बहने लगते थे। पन्द्रह दिन या एक माह से पूर्व शरीर पर पानी नहीं पड़ता था। धन्य है वह ग़रीबी का जीवन। हाथ-पाँव ऐसे ठिठुरे रहते थे कि बिना हाथ धोये ही भोजन पर टूट पड़ता था। क्या मिलता था? रात का बासी साग-भात सवेरे छिपुनी को बोरसी पर रखकर गरम करके खा लेता और दिन-भर भैंस चराता। एक फटा कुर्ता और जाँघिया तन पर रहता। चीकट के मारे सूत का पता नहीं चलता था। वह जाड़ा क्या रोकता था बल्कि और ठण्डा लगता था। हाँ, सन्तोष की गर्मी अवश्य मिलती कि हम भी कपड़े पहने हैं। घाम होने के पूर्व तक बोरसी या कौड़ा के पास बैठे, कुर्ता में घुटने डाले, आग तापते रहते। धूप के होते ही मानों किसी बड़े देश का साम्राज्य मिल गया। हल्ला करते हुए जाकर घाम में खड़े हो जाते। गर्मी से जब शरीर टाँट हो जाता था, गोली-कौड़ी लेकर पिल पड़ते। फिर तो खेल में जीतने का ऐसा नशा चढ़ जाता कि भूख-प्यास ही मर जाती। घर में मार खाने के डर से खेत पर चला जाता। ठाकुर के खेत से चना-मटर उखाड़कर खा लेता। ऊख तोड़कर चूस लेता और पहर रात गये थोड़ी-सी मछलियाँ लेकर आता। माँ बिगड़ती लेकिन उसके स्वार्थों की कमज़ोरी मैं समझ रहा था। वह समझती, दिन-भर मछलियाँ मारने के चक्कर में खाया-पिया नहीं। थोड़ी-सी मछली क्या लायी, सारा दिन ग़ायब। माँ की मार से बच जाता क्योंकि सूखे भात या रोटियों के लिए सालन मिल जाता। बाल इतने बेतरतीब चिकटदार झाड़ जैसे हो जाते थे कि न पूछें। कितनी खुजली होती, मैं ही जानता हूँ। पछुआ हवा में होंठों से जब ख़ून बहते तब असह्य हो जाता। माँ गुज़र चुकी थी। बाप को ठाकुर के कामों से फ़ुरसत ही नहीं। मैं निहायत आवारा हो गया था। कहाँ रहता, क्या करता, पिता से क्या मतलब? चाहे वे मेरे लिये तड़पते ही रहे हों तो भी मुझसे प्यार करने का समय कहाँ मिलता था? हम दोनों रात में मिलते। वे मुझे गालियाँ देकर मौन हो जाते। मैं चोर की तरह दम्मी साध लेता। हाँ, यह मुझे याद है कि वे कुछ देर के बाद न जाने क्यों बहुत रोते। शायद माँ की याद आ जाती हो या मेरे लिये थोड़ा भी समय न दे पाने के कारण रोते हों। कुछ समय के लिए मैं कठोर हो जाता। जब उनकी आँखें सूखे पत्थरों से झरने की तरह अश्रुपात करतीं, उनके रूखे-सूखे और विवशता से मालूम चेहरे को देखकर मैं भी रो पड़ता। फिर तो हम दोनों कितना रोते? न पूछें। वे उठकर मुझे छाती से लगाकर उस अँधेरी सुनसान कोठरी में कितना रोते—मैं ही जानता हूँ। हम दोनों के करुण रुदन से ताख पर पड़ी ढिबरी भी अपनी क्षीण रोशनी से रोती रहती। वह एक समय था, जब बाप-बेटे की दो अलग-अलग आत्माएँ और देह मिलकर एक होने के लिए बाध्य हो जाती थीं। हम दोनों तृप्त हो जाते। फिर हम दोनों एक थाली में एक

साथ खाते। वे और खाने का आग्रह करते। मेरे हाथ से भात के ढेले फूटते न थे। वे सानकर मेरी तरफ़ कर देते। उनका पेट भरता था कि नहीं, मैं नहीं कह सकता लेकिन वे मुझे सब खिला देने की कोशिश करते थे। धन्य है बाप की ममता जो पेट-तन काटकर बेटे को सींच रहा था। वे अब नहीं हैं। मुझसे उनको क्या मिला? जो अपने शरीर का ख़ून पिला-पिलाकर मुझे जिलाने के उद्योग में कृश-कमज़ोर होकर जल्दी ही मर गया। केवल एक मोह था। उनकी मृत्यु के बाद न जाने मुझे क्या मिला। आवारागर्दी के बाद पढ़ाई की सनक सवार हो गयी। ठाकुर को देखता। मेरे मन में आता—क्या ऐसा है जो मैं नहीं कर सकता? हमारे और ठाकुर में क्या अन्तर है? धन-सम्पदा और व्यवस्था का? ईश्वर ने तो हम दोनों को आदमी बनाया। उसका काम ख़तम हो गया। अब हम अपने प्रयत्नों से क्या बनते हैं? यह सोचना हमारा काम रह गया है। हम ग़रीब बनकर जियें या अमीर। विद्वान् बनें या मूर्ख। सब हमारे कर्म और त्याग की प्रधानता है। वह हमसे कुछ नहीं कहता। बस हमारे कर्मों को देखता है। हम स्वयं जैसा करते हैं, पाते हैं। बच्चों के घर-घरौंदे की तरह ही हमारा अभिनय है, इसीलिए ज्ञानी जगत् को मिथ्या मानते हैं। मूर्ख सत्य मानकर चोरी, बेईमानी, धूर्तता, फ़रेब—सब पर उतर आते हैं।

"ओय चच्चा! उधर देखो...तुम्हारी गाय भिड़ गयी है। "भैंस पर सवार लड़का ज़ोर से चिल्लाया—"दौड़ो नहीं खरैली सींग भोंक देगी...अररर...भाग गयी तुम्हारी गाय...।"

श्रीप्रसाद का रील कट गया। आँखों के सामने एक ज्योति बिखर गयी। सिर उठाकर देखा। गाय दूर निकल गयी थी। इस समय खरैली उसका पीछा कर रही थी। उनकी गाय झाग फेंक रही थी। वह बहुत थक चुकी थी। खरैली बार-बार पीछे से वार कर रही थी। कहीं अवसर पाकर सींग न घुसेड़ दे। श्रीप्रसाद धोती खोंसकर चिल्लाते हुए दौड़ पड़े। पास जाकर जब दो डण्डा जमाये तब खरैली ने उसका पीछा छोड़ा। कृष्णा हाँफ रही थी। मानों सारा दम निकल गया। बिना अभ्यास के मल्लयुद्ध नहीं लड़ा जा सकता। वे कुछ देर तक उसके पाँव-पुट्ठे सहलाते रहे। ज़रा थकान मिटी, पगहा खोल हाथ में लेकर चलने लगे। गाय को खूँटों से बाँधकर पानी पिलाया। सानी चलायी। तभी यशवन्त सिंह आ गये।

"श्रीप्रसाद जी! ख़ाली हो गये?"

"ख़ाली ही हूँ। ज़रा गाय चराने चला गया था। बड़ा आनन्द आया सिवान में। कोई काम है क्या?"

यशवन्त—"विकल जी को ले लीजिये। आज से ही हमारा 'खटिया-आन्दोलन' शुरू हो जायेगा। हम लोग आलमपुर चलकर सेवाराम और पाँचू को भी ले लेते हैं। पाँच आदमियों ही से शुरू हो। दूसरे दिन पचास आदमियों का जुलूस लेकर हम लोग चलेंगे। पहले पण्डा जी के यहाँ ही चलेंगे। सिंह को उसके माँद में ही पछाड़ने का विचार है। केवल एक बार अचकचा-सा लगेगा, फिर कोई दिक्क़त न होगी। नये काम में प्रायः

ऐसा होता ही है। फिर लोगों की वैसी ही दृष्टि हो जाती है। इस समय लोकदृष्टि को बदलने की ज़रूरत है। चमार जब गुड़ की बट्टी बाँधकर हमारे घर में पहुँचाता है। बालटी का रस, खाँड़, दूध या कोई खाद्य पहुँचा देता है, छूत नहीं लगती। स्वार्थों के प्रति दृष्टि उदार हो जाती है। शासन के प्रति व्यक्ति कठोर हो जाता है। आज पण्डा जी का खिसियाना ज़रा हम देखना चाहते हैं। धीरे-धीरे आदमी सहज हो जायेगा। टाट-भात और खाट के भेद ने बड़ी विषमता पैदा कर दी है। जब तक इसका निवारण नहीं होगा, समाज और राष्ट्र में एकता कदापि नहीं आ सकती। चलिये, तैयार हो जाइये।''

तब तक नीचेवाले प्राध्यापक ने दो कुर्सियाँ लाकर रख दीं—''बैठ जायें। ज़रा चाय बन रही है, पीकर तब जायें।''

''सुदेश सिंह! तुम भी चलो।'' यशवन्त कुर्सी पर बैठ गये। सुदेश सिंह सम्पूर्ण प्रथम (फ़ोर फ़र्स्ट) थे। इतिहास में एम. ए. इलाहाबाद से किया। बत्तीस साल का युवक। आई. ए. एस. की तैयारी में लगा हुआ था। आधुनिक फ़ैशन का स्मार्ट व्यक्ति। तैयार होने लगा। विकल और श्रीप्रसाद तैयार होकर आ गये। सभी ने चाय पी। चल पड़े। रास्ते में ऐसे ही कुछ मनोरंजन करते चल रहे थे।

सुदेश—''इतिहास का गम्भीरता से अध्ययन करें। पता चलता है कि आज जो है, वह कभी नहीं था। जातियाँ भी बदली जाती रही हैं। कुछ तो जन्मना, कुछ परिस्थितिवश।''

श्रीप्रसाद ने हँसकर कहा—''आप इतिहास के मर्मज्ञ हैं परन्तु वह भी सच नहीं है। राजे-महाराजे कवियों, लेखकों को अपार धन देकर अपनी विरुदावली गवाते थे। मुँह खाये, आँखें लजायें। सच देखने के लिए उनकी आँखें बदल जाती थीं। वे केवल उनकी अच्छाइयाँ ही गाते थे। वही हमारे इतिहास के आधार बन गये। इसीलिए हम इतिहास को भी पूरा सच नहीं मानते।''

विकल ने कहा—''मानव-निर्मित बहुत-से नियम शाश्वत सत्य नहीं होते। वे किसी विशेष कालखण्ड तक चलकर विकृत होने लगते हैं। पुनः उनमें परिवर्तन या सुधार की आवश्यकता पड़ती है। क्योंकि कोई बात सदा निष्पक्ष रहना कठिन है। कर्म के आधार पर जो विशेष सिद्धान्त सब पर लागू होता है, पूरा सत्य तो नहीं लेकिन काफ़ी टिकाऊ होता है।''

यशवन्त—''जो व्यक्तिवाद और जातिवाद से हटकर अलग हो। मन्त्र-तन्त्र आदि। मेरे कहने का मतलब यह है कि जो व्यवस्था कभी समाज और राष्ट्र के लिए उपयुक्त थी, आज दूषित और कटुता पैदा करनेवाली हो गयी है। मेरी दृष्टि में तो उस समय भी दोषपूर्ण ही थी। राजतन्त्र में क्या कम अत्याचार हुए हैं? मुझे तो राजतन्त्र से बड़ी घृणा होती है। आश्चर्य है कि मनुष्य का राजा मनुष्य हो। हर इनसान अपनी व्यवस्था का स्वयं राजा है। दास-प्रथा के बारे में सोचकर तो और भी दुःख होता है। यानी मनुष्य

भी बेचे जाते थे—पशुओं की तरह। जिन्हें लोग अछूत कहते थे, कम दुर्व्यवहार नहीं किये जाते थे—उनके साथ। केवल अशिक्षा और ग़रीबी के कारण। मेरा तो मानना है कि इस देश में जहाँ-जहाँ साधन और सुविधा के अनुसार कुछ लोग विकसित हो जाते थे, यही लोग पहाड़ी और जंगली लोगों को अछूत कहकर उनके साथ दुर्व्यवहार करते थे। इसी आधार पर जातियाँ बनने लगीं। नामकरण कर्म के आधार पर किये गये। एक वर्ग, समूह या क़बीले को अविकसित, अछूत कहने का क्या कारण हो सकता था? आपसी युद्ध और हार। विजयी पक्ष जैसे चाहता था, उनसे काम लेता था। दास-प्रथा, ग़ुलाम वंशादि इसके निदर्शन हैं।''

सुदेश—''इतिहास सच हो या झूठ किन्तु सम्यक् अध्ययन से यथार्थ का राज़ खुल जाता है। मानव ने शासन और सुख के लिए न जाने कितने सूत्र और सिद्धान्त लागू किये और दबंगई के कारण उन्हें मनवा भी लिया। कालान्तर में वही क़ानून और धर्म बन गये। चाहे वे जैसे भी रहे हों। राजाओं के अलग, सिद्धों-नाथों के अलग। सच तो यही है, लोगों ने बहुत सताया है—असहायों को। विरोध करनेवाले तुरन्त नष्ट कर दिये जाते थे। प्राण-रक्षा के लिए बेचारे सब सहते थे—चाहे दास बनें या अछूत। आज भी मजबूर सताये जा रहे हैं। मज़दूरी कुछ तय करेंगे, देंगे कुछ। नीचों की आज भी कमी नहीं है।''

यशवन्त—''इसीलिए विशाल भारत आज इतना छोटा हो गया है। कितने देश निकल गये। हम एक छोटे-से मुल्क के हक़दार रह गये हैं। इतिहास लड़ाइयों से भरा हुआ है। शास्त्र भेदभावों से। एकता बनाकर चलने-चलाने की बातें जिसने कहीं, वे ऋषि थे—ब्रह्मज्ञानी। भेद करनेवाले तथाकथित और उनके विरोधी लोग थे। ऋषि तटस्थ थे। तथाकथित प्रचारक, कूटनीतिज्ञ। वे ऊँच-नीच बनाकर अपना उल्लू सीधा करते थे। हम कहते हैं, और सभी धर्मों को छोड़ दें; हिन्दू भी एक होकर नहीं रह सके। दुष्टों ने रहने ही नहीं दिये। विद्वान् ब्राह्मण सिद्धान्त बनाने और भेदनीति क़ायम करने ही में आनन्दित रहते थे। यही कारण है कि शूद्र जातियाँ आज भी ब्राह्मणों से अधिक नफ़रत करती हैं। सभी नियमों के कारख़ाने उनके घर में थे। अपने लिये उदार नीति थी। दूसरों के लिए कठोर। वेद बनाकर कह दिया—अपौरुषेय है। इसके लिए तमाम श्लोक रच दिये गये। क्षत्रिय राजा अन्धे थे। वे प्रजा पर शासन करते थे। ब्राह्मण उन पर शासन करता था। ब्राह्मण मन्त्री का पहला वाक्य होता था—'शास्त्र कहता है।' इसके विपरीत शास्त्र-विरुद्ध है। शास्त्र क्या आसमान से बनकर गिर पड़ा? शास्त्रवेत्ताओं के अपने-अपने विचार हैं। जो हमारे अनुकूल हों, ग्रहण करें। प्रतिकूल को छोड़ दें। एक मनुष्य के सभी विचार, सभी दृष्टियों से अच्छे नहीं हो सकते। किन्तु उसके लिए सभी अच्छे हैं। विचारों और कर्मों में भी अन्तर होता है। आदर्श वाक्य बोलना सहज है किन्तु उस पर चलना कितना दुरूह। कितने वेश्यागामी उपदेशकों के प्रमाण मिलते हैं। उनके ज्ञान और जाति

की धाक बँध गयी थी। राई से पर्वत तक उनकी बातें जनता मान लेती थी। आज हम मानने के लिए विवश नहीं हैं। जो समाज और राष्ट्र-विरोधी तत्त्व हैं, उन्हें तोड़ना बहुत आवश्यक है। जैन और बुद्ध ने मानव-जाति को प्रतिष्ठित किया।''

विकल ने हँसकर कहा—''लेकिन उनका दल इतना मज़बूत और विकसित है कि तोड़ पाना कठिन ही नहीं, असम्भव लगता है। बुद्ध और महावीर ने क्या कम प्रयत्न किये? लेकिन आज भी सभी पदों पर वही प्रतिष्ठित हैं।''

श्रीप्रसाद—''प्रयत्नों से विशाल चट्टान भी टूटते-टूटते छोटी पड़ जाती है और तब एक ही प्रहार में उसके टुकड़े-टुकड़े हो जाते हैं। जिनकी जड़ें गहराई में जाकर गिरह बाँध ली हैं, आसानी से नहीं उखाड़ी जा सकतीं। यदि बार-बार खुदाई चलती रही, एक दिन उसका भी अन्त हो जायेगा।''

यशवन्त—''ऐसा रास्ता पकड़ा दीजिये कि उसे लोग बार-बार उखाड़ते रहें।''

सुदेश—''लीजिये, हम लोग आ गये। किसके यहाँ चलना है?''

यशवन्त—''सेवाराम को लेकर पाँचू परधान के यहाँ चलेंगे। वहाँ से उठकर पण्डा जी के यहाँ चलना है। केवल एक बार झिझक होगी। फिर दूर हो जायेगी।''

शीघ्र ही वे लोग आ गये, सेवाराम के द्वार पर। सेवाराम शंका की नज़रों से देखते हुए बाहर आये। बहुत पीटा गया साँड़ घासें भी सतर्कता से चरता है। पुनः वे खाट निकालने घर में लपके। यशवन्त ने रोका।

''साह जी! पहले पाँचू के यहाँ चलो। तैयार हो न?''

''तैयार क्या होना है? ज़रा सुइटर पहन लूँ।'' साह जी श्वेटर पहनकर चलने लगे। बोले—''कौन-सी ऐसी ज़रूरत आ पड़ी है? क्या मैं भी जान सकता हूँ?''

''आज से 'खटिया-आन्दोलन' शुरू हो गया। हम पाँचू के यहाँ खाट पर दस मिनटों तक बैठकर उठ जायेंगे। फिर पण्डा के द्वार पर खाट पर सभी लोग बैठेंगे। देखता हूँ, पण्डा की हिम्मत। आसन में समानता फिर खान-पान में समानता। किसी भी आदमी के यहाँ कोई भी व्यक्ति किसी भी आसन पर बेहिचक बैठे और बिठाये। इसी प्रकार किसी भी पाँत में कोई भी खा ले। व्यक्ति के साथ व्यक्ति को बैठने और खाने का ईश्वरीय विधान है। जिसे हम लोगों ने ऊँच-नीच कहकर तोड़ दिया है। हाँ, सरकारी पदों के आसनों में तो भेद रहेगा ही किन्तु वह ड्यूटी-पीरियड तक ही। पुनः बाहर समानता। जैसे गुरुद्वारे में आसन और खान-पान की समानता रहती है। पश्चिम में केवल विवाह-शादी में भेद रहता है। शेष कहीं भी भेदभाव नहीं है। यही दशा यू. पी., बिहार या अन्य प्रदेशों में भी आ जाये। बिहार की दशा बहुत ख़राब है। क्योंकि वहाँ विशेष रूप से दो वर्ग हैं—बहुत अमीर या बहुत ग़रीब। दोनों में भीषण देवासुर संग्राम चल रहा है। जानमाल का ख़तरा हर समय बना हुआ है। मोची से लेकर बड़े आदमी

तक अन्य प्रदेशों में रहकर बहुत शान्ति महसूस कर रहे हैं। वहाँ भी अधिकतर वारदातों में वे ही लिप्त हैं। छल-छद्म का जो उनका संस्कार है।"

"यू. पी. वाले उन्हें अच्छा नहीं समझते।" बोले सेवाराम–"बड़े लण्ठ होते हैं। सारा काम जबरी करना चाहते हैं। लेकिन यहाँ के लोगों को वे ही स्वादिष्ट लगते हैं। टूटे ठाकुर को भी अच्छा दहेज़ देकर शादी कर लेते हैं। धन के लालची जायेंगे भी कहाँ?"

"बात तो ठीक है। दहेज़ में भी लोग अपना स्तर देख रहे हैं। लाभ-से-लोभ तदनुसार पतन शाश्वत सत्य है।" यशवन्त सिंह मुस्कराते हुए बोले–"किन्तु यह पूरा सच नहीं है। मैंने बहुत ऊँचे संस्कारों को भी देखा है। कुछ लोगों में सज्जनता भी बहुत है।"

सभी लोग आ गये पाँचू के द्वार पर। वह नाम का चमार था। दो तल मकान, सुन्दर बँगला, हाता। बँगले में चौकियों के अलावा सुतलियों से बुने अच्छे-अच्छे पलँग। ख़बर मिलते ही पाँचू मानों सिर के बल दौड़ा आया। चौकी-पलँग, सब पर बैठने का संकेत करते हुए हाथ जोड़कर बोला–"सरकार! यह चमार का दुआर है। खटिया-चौकी पर छूत-छात की बात हो तो बँगले में कुर्सियाँ रखी हैं, निकाल दूँ?"

सभी लोग खाट पर बैठ गये थे। यशवन्त ने हँसकर कहा–"किस ठाकुर से ख़राब व्यवस्था है? ऊँची व्यवस्था का अर्थ है–ऊँची शिक्षा और ऊँचा धन। जातियाँ मानक नहीं हैं। मनुष्य अनुकरणशील प्राणी है। जैसा देखता है, करता है।"

पाँचू अब भी करबद्ध खड़ा था। बोला–"सरकार! हमारा अहोभाग्य है, आप लोग जो हमारे दुआर पर पधारे हैं। कौन-सी सेवा करूँ? कहते भी संकोच हो रहा है। चाय-पान करेंगे नहीं? अभी मन की गुत्थी इतनी जल्दी नहीं टूटेगी...।"

"चाय तो बहुत हो चुकी है। गुड़-पानी हो सके तो...फिर सिगरेट...।"

यशवन्त सिंह के कहते ही पाँचू दौड़ पड़ा। सब हाज़िर करते हुए बोला–"सरकार! घर का गुड़ है। एकदम ताज़ा। जरी पेरी गयी है। यह तिलवा है और यह सादा गुड़। सभी खाने लगे। सेवाराम दबने लगे। इस उमर में यही सब बाक़ी रह गया है। जब यशवन्त ने फटकारा, चुपचाप उठाकर खाने लगे। बोले–"तिलवा तो बहुत स्वादिष्ट है भाई।"

"यही गुड़ चमार बनाकर ठाकुर-बाभन के घर में रख देते हैं तो कोई छूत नहीं। अपने घर में रख देने से अस्पृश्य हो गया। अद्भुत ख़्याल है लोगों का।" बोले यशवन्त सिंह–"खाट और टाट-भात, दोनों का निवारण हो रहा है। साह जी! क्या हुआ? आप चमार हो गये? कहाँ चमार या बनिया लिखा हुआ है? एक झिझक है, बस। जहाँ दूर हुई, सब ठीक हो जायेगा। इतनी साफ़-सुथरी व्यवस्था तो किसी ठाकुर-बाभन के घर में नहीं मिलेगी। गोविन्द के घर में देखते हैं न? कितनी गन्दगी है। पूरा लद्धड़ जीवन है। वह पूरा घराना ही क़ाज़ी है।" सभी लोग हँसने लगते हैं।

पाँचू करबद्ध खड़ा था। उसके घर के लड़के-लड़कियाँ भी आदेश के लिए अपेक्षा से खड़े सबको देख रहे हैं मानो भीलनी को तारने भगवान् राम आ गये हैं। जो भाव सेवक

में विद्यमान होता है, शायद बड़प्पन के किसी गर्वीले में कदापि नहीं आ सकता। बड़ा उच्चता के गर्व से परम्परा का निर्वाह कर देता है। सेवा का समर्पण उसमें नहीं होता। किन्तु शूद्र या अपने को नीच समझनेवाला जब किसी उच्च जातीय व्यक्ति को अपने द्वार पर पा जाता है, सर्वतोभावेन समर्पित हो जाता है। मानो उसके सामने कोई देवता आ गया है। वह अपने को धन्य समझने लगता है। कोई ऐसी चीज़ मिल गयी जो त्रिकाल में नहीं मिल सकती। वह अपने-आपको अपनी जातियों में श्रेष्ठ और ऊँचा समझने लगता है। लोकदृष्टि उसके प्रति बदल जाती है। वह अपेक्षा करने लगता है कि लोग उसे सम्मान दें, आसन दें। उसका अब स्तर बदल गया। वह बड़ी जातियों में बैठने योग्य हो गया है, अस्पृश्यता मिट चुकी है। संस्कार मिट चुका है।

अस्पृश्यता मिटाकर जो व्यवहार कर रहा है, कह दें—सेवा के लिए पाँचू सिर के बल दौड़ने लगे। वह माँग ले, पाँचू मुक्त—हस्त ख़ज़ाना दे दे। ऐसा देव-पुरुष तो अब तक उसने देखा ही नहीं था। हाँ, सुना है कि वनवासी जीवन में राम ने अछूतों को गले लगाया था। उन्होंने कथनी-करनी को समान कर दिया था। राजा से रंक का जीवन बिताने लगे थे। पथरीली ज़मीन पर सोते। मृगचर्म ओढ़ते-बिछाते। धूप, बरसात, जाड़ा—सबको एक समान सहते। कोल-भीलों की तरह कन्दमूल और फलों पर जीते। बल्कि अछूत ही उनके सहायक और सैनिक थे। आज यशवन्त को देख रहा है, जो शूद्रों को तारने के लिए ज़मीन पर आ गये हैं।

यशवन्त ने पाँचू को भी बैठ जाने के लिए कहा तो वह कुर्सी पर बैठ गया। बँगले में कुछ समय के लिए सन्नाटा छा गया था। यशवन्त और सेवाराम सिगरेट पी रहे थे। पाँचू से कहा तो उसने ज़रा अदब किया। यशवन्त ने ज़ोर देकर कहा—"पाँचू भाई! पीते हो तो सरेआम पियो। नहीं पीते, कोई बात नहीं। छिपकर पीना ही चोरी है।"

इतना सुनते ही वह भी पीने लगा।

यशवन्त ने शान्ति-भंग करते हुए कहा—"खटिया-आन्दोलन और खान-पान में अस्पृश्यता मिटाओ" का क़ाफ़िला चल पड़ा है। मेरे आदेशों का पालन करना है। जो हमें जैसा आसन देगा, हम भी उसे वैसा ही आसन देंगे। यह संकल्प लेकर कार्य करने हैं। जो हमें छोटा समझे, हम उसे सबसे छोटा और नीच समझें। पाँचू! चलिये। अब पण्डा के द्वार पर चलना है। मैं खाट पर बैठूँगा। मेरे साथ सभी लोग खाट पर बैठ जायेंगे, चौकी पर नहीं। यों तो चौकी और खाट में कोई अन्तर नहीं, अन्तर केवल दिमाग़ में है। इसी को मिटाना है। आसन और खान-पान में अभेद समाज का गठन करके राष्ट्र की एकता को समृद्ध करना है। चलिये...।

सेवाराम ने आँखें दायें-बायें करके माथा सिकोड़कर कहा—"पण्डा जी दैत्य हैं। मैं अब्बर जात बनिया, खाट पर नहीं बैठूँगा। लगेंगे मारने। आप कब तक बचायेंगे? हाथ जोड़ता हूँ।"

"बड़े डरपोक आदमी हैं। आन्दोलन करने के लिए कलेजा ज़रा मज़बूत करना पड़ेगा। मार और गालियों से डरनेवाला कदापि आन्दोलन नहीं कर सकता।" यशवन्त ने ज़रा मुस्कराकर हथियार चलाया—"छिप-छिपकर वार करने से अच्छा है, पूरी तैयारी से एक बार ही टूट पड़ें और शत्रु को पराजित कर दें। इसी तरह जब सभी लोग भागेंगे—उन्हें दूरी बनाने के और अवसर मिलेंगे। मैं बार-बार कहता हूँ, ज़रा दिमाग़ी गुत्थी है और कुछ नहीं। एक बार जहाँ मिटी—सब सहज हो जायेगा। भूख लगने पर हम होटलों की तलाश करते हैं या चाय की दुकान पर जाकर यह नहीं पूछते कि तुम्हारे बरतनों में किस जाति के लोग खाते-पीते हैं। हमारे मन में किसी भी प्रकार का संकोच नहीं होता। हाँ, सफ़ाई और गन्दगी की अवश्य आलोचना करते हैं, जो पूरा सच है। यही होना चाहिए। क्यों परधान जी! तुम बैठोगे कि नहीं?"

"सरकार का आदेश है तो मैं जान देने के लिए भी तैयार हूँ। यही न होगा कि पण्डा जी आज नहीं, कल बदला लेंगे। हम आपके ऊपर फेंक देंगे।" पाँचू ने हाथ जोड़कर कहा—"बिना त्याग और बलिदान के कोई रास्ता नहीं खुलता।"

सेवाराम ने उसी तेवर से कहा—"और जो पण्डा मारने लगे? हो सकता है, वह खटिया भी फुँकवा दे। चमार के बैठने से अशुद्ध जो हो गयी।"

"पहले तुम अपने को सुधारो। चुहिया साँप से ख़ूब घिर्रा खेलती है। वही गति तुम्हारी है। हमसे मिलकर भेदभाव रखते हो। गुड़ खाने से चमार हो गये? बाबूसाहब न डाँटे होते तो कदापि न खाते।" पाँचू ज़रा कठोर होकर बोला—"पण्डा जी मारेंगे, हम चुपचाप सह लेंगे। बाबूसाहब का आदेश है। हमारे लिये ही सब हो रहा है और हमीं मैदान छोड़कर भाग जायें? मैं सब सह सकता हूँ किन्तु बाबूसाहब की आज्ञा का उल्लंघन कदापि नहीं सह सकता। चाहे नौ पड़े या छह।"

"मुझे ऐसे ही आदमियों की ज़रूरत है।" यशवन्त ने तेवर बदल दिया—"मैंने जो सुना है, ठीक है। तुम किसी भी तरह नहीं लड़ सकते। केवल दूसरे के कन्धे पर बन्दूक़ रखकर किसको मारना है, बताकर चुपचाप बिल में छिप जाते हो। यही कारण है कि इस गाँव का तुमने सत्यानाश कर डाला। साह से कहोगे जागो, चोर से कहोगे मूसो। स्वयं लड़ना सीखो साह जी! स्वयं। आपस में लड़ाकर क्यों गाँव को बरबाद करते हो? कितना विकासशील था आलमपुर, कैसा बना डाला? सभी गाँवों में यही चर्चा थी। आलमपुर छोटा है तो क्या, जर्मनी है। ब्लाक में सभी विषयों में तुम्हारा गाँव प्रथम आता था। आज तो...।" यशवन्त ने सिर हिलाया।

"आज भी इसके मुक़ाबिले में आपका गाँव नहीं है। अपने जनपद में कोई नहीं है। आप लोग बनरघुड़की से जीतते हैं। यहाँ काम होता है।" सेवाराम ने मुस्कराकर कहा—"जो किसी गाँव में नहीं होता, वह यहाँ हो रहा है।"

"सब तुम्हारे ख़ातिर...।" यशवन्त सिंह उठकर चलने लगे।

सभी यशवन्त के पीछे हो लिये। सेवाराम न चाहते हुए भी मानों खिंचे जा रहे हैं। सबसे पीछे, लुढ़कते हुए। पछता रहे थे। सभी तिकड़म पकड़ में आ जाते हैं। कौन-सा दाँव लगाऊँ कि यशवन्त गच्चा खा जाये। त्यागी की पूँछ हो गये हैं। चले हैं शूद्रों को ठाकुर-बाभन के बराबर करने। लोहा भला सोना होगा? ऐसी मूर्खता की क्या ज़रूरत पड़ गयी? चमार, डोम, धरकार, मुसहर, दुसाध अब ठाकुरों-बाभनों की पाँतों में खायेंगे। उनके खाटों पर बैठेंगे। हमसे सब दिन से निभ आया है, मरते समय क्यों यह झगड़ा मोल लूँ?

सभी लोग आ गये, पण्डा के द्वार पर। वे चौकी पर बैठकर गड़गड़ा पी रहे थे। वायु के मरीज़ थे। जवानी भर मक्खन-मलाई, घी-दूध खाने-पीने से पेट बँध गया था। आदत अब भी सुधरी न थी। भोजन ज़रा फीका हो जाता, थाली पटक देते। दूध कम होता, दूसरी भैंस ख़रीद लाते। दाल में घी ज़रा कम होता, बिगड़ खड़े होते—"मानुस का जनम बार-बार होता है? जब मरना ही है, ख़ूब खा-पीकर जाओ। घुट-घुटकर मरने से क्या लाभ? सब यहीं धरा रह जायेगा। हम तो चले जायेंगे। कंजूस कभी सुखी नहीं रहते।"

तमाकू पीने से पेट हल्का हो जाता। भूख अच्छी लगती। नशा से थोड़ा मिज़ाज बदल जाता है। वे कसके धुआँ खींचकर बाहर छोड़ रहे थे। लोगों को देखते ही खड़े हो गये और शिष्टाचार के साथ उन्होंने बैठने का आग्रह किया। यशवन्त ने एक बार सबको देखा और खाट पर बैठ गये। पाँचू भी सबसे अलग खाट पर बैठ गया। सेवाराम अभी आ रहे थे।

यशवन्त ने ललकारा—"साह जी! चला नहीं जाता क्या?"

सेवाराम आकर चौकी पर बैठ गये। पण्डा के मन में बड़ी झिझक हो रही थी। ठाकुर किस पैंतरे से आया है? चमार भी खाट पर बैठ गया? पँचुवा की इतनी हिम्मत? वाह! वे क्रोध और उबाल को ज़रा दबाते हुए बोले—"क्या पाँचू? चौकी नहीं थी क्या? खटिया को क्यों भरभण्ड करने लगा? अभी जो मरजाद बाप-दादों से चली आ रही है, उसे तोड़ने का क्या मक़सद है? हमारे यहाँ आसन न होता तो और बात थी। मगर...मगर बाबूसाहब! क्या ख़ातिर करूँ?"

पाँचू हाथ जोड़कर खड़ा हो गया। बोला—"बाबूसाहब की आज्ञा थी इसलिए खाट पर बैठ गया। यदि इसमें कोई छूत लग गयी हो तो बतावें?"

"छूत की बात अब कहाँ रह गयी? हाँ, अभी हम लोगों में छोटे-बड़े का लाज-लिहाज़ चल रहा है। लड़के तो सब घोलकर पी गये हैं। चमारों के घर में भोजन करते हैं। अब कहाँ परहेज़ रह गया है? लेकिन ज़रा गाँव-गिराँव की मरजाद कुछ और होती है। शहर-बाज़ार में तो सब धन बाइस पसेरी ही है।"

पण्डा घर में जाकर दलितों के लिए अलग रखे गये बरतनों में से कप निकालकर ले आये। स्टील के ग्लास भी अलग थे। श्रीप्रसाद और पाँचू को उन्हीं बरतनों में पानी

चाय दिये गये। जब वे घर में गये, यशवन्त सिंह सेवाराम को देखकर आँखें निकालकर माथा ठोंकते हुए बोले—"तुमको अब समझा। किसी काम के नहीं। केवल उल्टा-सीधा करना जानते हो। हमारे गाँव में रहा होता तो कब का तुम्हारा अन्त हो गया होता। छोटा-सा गाँव है, ख़ूब खिलवाड़ कर लो। मारा कि सारे गाँव को नष्ट करके रख दिया। अब सारा छक्का-पंजा गोबिना को सिखा रहे हो। वह भी इस गाँव का काला भूत ही है। गाँववाले ठीक ही कहते हैं। आधी बुद्धि तुम दोनों को मिल गयी। आधी में सारे संसार का काम चल रहा है।"

"पानी पियो और चाय भी...। क्या कह रहे थे, साह को?..." पण्डा चौकी पर बैठते हुए बोले—"अब इस गाँव में रहने लायक़ नहीं है, बाबूसाहब। जो बचा था, वह भी चला गया। पाँचू को क्या कहूँ? गाँव का परधान होकर बालक की भी बुद्धि नहीं। झट से कह दिया कि मैंने बाबूसाहब की आज्ञा का पालन किया है। बाबूसाहब कह देंगे कि कुएँ में कूद पड़ो तो कूद पड़ोगे?"

"मैं ऐसा कहूँगा ही नहीं। जो हमारी आज्ञा मन-प्राणों से मानता है, हमारा सम्मान करता है; मैं अपनी मर्यादा के अनुसार ही उसे आज्ञा दे सकूँगा।" यशवन्त ने बड़ी विनम्रता से कहा—"मैं द्रोणाचार्य नहीं हूँ जिसे पढ़ाया-सिखाया नहीं, कृतज्ञतावश किसी ने मेरी गुरुता स्वीकार कर ली, उसका अँगूठा कटवा लूँगा। द्रोणाचार्य का क्या बिगड़ जाता था? अर्जुन को समझा सकते थे। एक और विशिष्ट प्रतिभा उनके यश को बढ़ाती। ऐसे ही छल-छिद्रों से मुझे घृणा हो गयी है। भारत को पीछे करनेवाले ऐसे ही कुत्सित लोग हैं। पण्डा जी! मैं समाज के कोढ़ को दूर करके एक स्वस्थ राष्ट्र बनाना चाहता हूँ। चमार, डोम, धरकार आदि अछूत नाम-भाव ईश्वर ने नहीं बनाये। यहीं सभी बुद्धिवादियों ने शासन और सुखों के लिए भेद-बुद्धि पैदा कर दी, जो आज नासूर बन चुका है। इन्हीं भेदों के कारण भारत सदा गुलाम रहा। अब फिर वही दशा आनेवाली है। जब दूसरे सम्प्रदायों और धर्मों के आक्रमण होंगे—एक भी शक्ति काम नहीं करेगी। हमारी एकता ही इस समय राष्ट्र की सुरक्षा कर सकती है। जब भी मुग़ल और अंग्रेज़ यहाँ आये—देश में आपसी युद्ध चल रहे थे। उन्हें छोटे-छोटे हिस्से को जीतने में आसानी हुई। इसी प्रकार एक दिन पूरा भारत उनकी मुट्ठी में आ गया। बुजुर्गों ने बड़े अनुभव की बात कही—'घर फूटे, गँवार लूटे'। एकता वह शक्ति है, बड़े-बड़े साम्राज्य भी चाहकर कुछ नहीं बिगाड़ सकते। आज़ादी की लड़ाई में गाँधी रास्ता दिखाने का काम करते थे। उनके पीछे अपार भीड़ की ताक़त ने गुलामी की दुर्भेद्य दीवारों को तोड़ डाला। आपको अवश्य कठिनाई होगी, एकता बनाने में। ज़रा कष्ट सहना पड़ेगा। माला में गुथकर एक होने के लिए फूल को सूई का दर्द सहना ही पड़ता है। अकेला फूल उतना मूल्यवान् नहीं होता, जितना माला बन जाने पर। हमारे यहाँ से जिस दिन जात-बिरादरी का अस्तित्व मिटेगा, उसी दिन से एक नया भारत होगा। प्राकृतिक अन्तर तो सदा रहेगा लेकिन मानव-निर्मित अन्तर को मैं नहीं मानता। सब झूठ है, जाल है, प्रपंच मात्र है।"

"बाबूसाहब! बात तो आप बहुत ऊँची कहते हैं। भोजन में स्त्री ने नमक ज़रा तेज़ कर दिया या फीका, हम लाठी लेकर पिल पड़ते हैं। सैकड़ों गालियों से उसे और ज़िद्दी बनाकर सताते रहते हैं। किन्तु वही सब मायके चली जाती है, हम अपने हाथों की जली रोटियाँ भी प्रेम से खाते हैं। नमक-तेल की बात कौन कहे? उस समय उसकी उदारता समझ में आती है। वह कितना सहती है, हम कितना ज़्यादती करते हैं। बस, इसीलिए कि हम उससे बलवान् हैं और बाहर से कमाकर रुपये लाते हैं। यही बातें अपनों के साथ हैं। हम जीवित मक्खी नहीं निगलते। वही जब हमारे गले में चली जाती है, पानी पीकर नीचे उतारने की कोशिश करते हैं। अपनों के साथ ख़ूब भेद-भाव रखते हैं। अभी कोई दूसरे धर्मवाले आ जायें—चुपचाप सब स्वीकार कर लेंगे।" पण्डा ने थोड़ा झेंपते हुए मरहम लगाया—"यहाँ के लोग सदा से लतखोर हैं। कभी मुग़लों ने पीटा, आबरू ली; कभी अंग्रेजों ने। इसी की आदत पड़ गयी है। समझाने और कहने से कोई नहीं मानता। अभी एक बदमाश नक़ली कट्टा ही कनपटी पर लगा दे, फिर देखो—गाय गाभिन? हाँ, बैल गाभिन, हाँ। सब मान लेंगे। बाबूसाहब! मैं भी सब समझता हूँ। इतना बेवकूफ़ नहीं हूँ। पढ़ा कम ज़रूर हूँ मगर अनुभव की आँखें तो हैं। सारी बातें झूठी लगती हैं लेकिन एक धौंस है। लम्बे दिनों से बलवानों ने कमज़ोरों पर शासन किये। हम भी, कोई भी उसे जीवित रखना चाहता है। अपने अहंकारों को सुरक्षित करने के लिए। मालिक बने रहने के लिए। अब तो ज़माना एकदम बदल गया है। अब चमारिन हमारे घरों में नाल काटने, नरक फेंकने कहाँ आती है? चमार अब ढोर कहाँ फेंकते हैं? धीरे-धीरे सब बदल जायेगा। जिस तरह हम जी आयें हैं, उससे उलटा करने में झिझक ही नहीं; आत्मा को आघात पहुँचता है। पुरानी चीज़ें सामने आने लगती हैं। हम क्या थे, क्या हो गये? जो चमार हमारे सामने दाँत निपोरते और दुम हिलाते थे, अब अकड़ रहे हैं। वे अब्बर और मज़बूर थे। सब सहते थे। हम भी कमज़ोर और विवश होकर ही सब मंज़ूर कर रहे हैं। अन्यथा कोई राजा अपना राज्य नौकर के हाथों नहीं जाने देना चाहता। बस, यही बात है बाबूसाहब। आप चाहें, न चाहें—यही कुछ दिनों में हो जायेगा। हमीं लोगों तक सब परहेज़ है। लड़कों में तो कोई भेद-भाव नहीं। सबके साथ खा-पी रहे हैं। हम लोगों के लिए भी दुकानों की चीज़ों में कोई परहेज़ नहीं। सब आपसे बदल जायेगा।" पण्डा जी ने ज़रा नरम होकर कहा—"हम लोगों का बीत गया है, दो-चार साल और बीत जाता। इज़्ज़त-आबरू रह जाती लेकिन आपको नहीं मंज़ूर तो जो सामने आयेगा, देखा जायेगा।"

सेवाराम ने अवसर पाकर गर्म लोहे पर कसकर चोट लगायी—"इसीलिए मैं चौकी पर बैठ गया। बाघ से लड़ने कौन जाये?" ज़रा गर्दन ऊँची करके सबको डेढ़ आँखों से देखा। मानो वह जीत गया, और लोग हार गये। बोला—"बाभन नाचे, धोबी, तमाशा देखे।"

पाँचू ने खीस निपोरकर कहा—"बनिया पाई छेर मरकही। तुम्हारे पास करेजा ही कितना है? वही तिकड़म यहाँ रचकर गर्व कर रहे हो। इसीलिए तुम्हारी दोकड़े की भी क़ीमत नहीं। मैदान में लड़नेवाले को सब सहना पड़ता है। तुमने मैदान में कभी लड़ा ही नहीं। सदा छिप-छिपकर वार करता रहा। यहाँ भी सोच रहे हो कि हमने बाज़ी मार ली है।"

सेवाराम ने नरम होकर कहा—"हमारा निभ आया है। अब अन्तिम जीवन में क्यों जाऊँ अपना बिगाड़ने? ज़रा खाट पर बैठ लेने से स्वर्ग में नहीं चला जाता। जो मैं यहाँ हूँ, वही खाट पर बैठने से भी रहूँगा।"

"यह तो सभी लोग जानते हैं। उतने मात्र से किसी का व्यक्तित्व नहीं बदल जाता लेकिन लोकदृष्टि अवश्य बदल जाती है।" यशवन्त ने शब्दों को थोड़ा कठोर करते हुए कहा—"ऊँचे आसन पर बैठनेवाले की सभी बातें आदरणीय मानी जाती हैं। पीछे हम चाहे बिल्कुल न मानें। वह उस दृष्टि से देखा जाता है, जिस दृष्टि से छोटे आसनों पर बैठे लोग नहीं देखे जाते। इसी के और रूढ़ रूप सरकारी पद हैं, जिसे कोई योग्य व्यक्ति ही प्राप्त करता है। यही योग्यता समाज में भी काम करती है। मैं सामाजिक एकता के लिए आपसी पदों का मूल्य उम्र और योग्यता के हिसाब से सिरहाने और पायताने तक मानता हूँ। खटिया और ज़मीन तो राजा और प्रजा का बोधक है। हमारा अहंकार उसी राजतन्त्र का है। जब कि इस समय कोई भी किसान राजा नहीं। यहाँ का प्रत्येक व्यक्ति राजा है। लोकतन्त्र में राजा और प्रजा कैसे? मालिक-मज़दूर अमीरी और ग़रीबी के कारण हैं। मालिक भी कभी अभावग्रस्त होकर मज़दूर हो जाता है। सभी अमीर के पीछे का इतिहास ऐसा ही है। बल्कि यों कहें, प्रत्येक मालिक कभी का मज़दूर ही है। धन-संग्रह करके आज मालिक बना हुआ है। इसीलिए मैं कहता हूँ जो निरन्तर बदल रहा है, उसमें वैयक्तिक भेद-भाव नहीं होना चाहिए। क्योंकि इसी से अहंकार उत्पन्न होकर सामाजिक विघटन का कारण बन जाता है। धन बढ़ता है, ठीक है। व्यक्ति तो वही रहता है। बल्कि घमण्डी होकर और बुरा हो जाता है। उसकी पूज्य बुद्धि का विकास जब भी होगा, सधन और सहज होगा। यही आदर्श व्यक्तित्व है। धन कभी भी व्यक्तित्व का मानक नहीं, संसाधन, गर्व और आत्मनिर्भरता का है। यह तो बहुत अच्छी बात हुई। हम किसी को धन देकर उसका अमूल्य श्रम ख़रीदते हैं। कुछ समय के लिए उसका श्रम हमारा होता है, वह नहीं। जब उसका शरीर हमारे अधिकार में होगा, वह हमारा ग़ुलाम होगा। जब मन और आत्मा हमारे वश में होगी, वह हमारा भक्त होगा; तब हम उससे बढ़कर उसके सेवक होंगे। भक्त से भगवान् को ज़्यादा त्याग करना पड़ता है। भक्त की लाखों ग़लतियों को वह एक पल में क्षमा कर देता है और बहुत कृतज्ञतापूर्वक सब करने के लिए तैयार हो जाता है। इसीलिए भगवान् कहा जाता है। भक्त दुर्लभ वस्तुएँ माँगता है, वह देता है। सेव्य से सेवक अधिक श्रेष्ठ और पूज्य होता है। हम

इन सामाजिक सेवकों के लिए ज़रा भी तैयार नहीं? हमारे द्वार की सफ़ाई सेवक करते हैं। महफ़िल सजाते हैं। सबके खा लेने के बाद बचा-खुचा खाते हैं और हमारी तारीफ़ करते हैं। हम कैसे मालिक हैं कि उनका ज़रा भी ख़्याल नहीं करते। सबसे पहले उनका आदर करना चाहिए। उन्हें सबसे पहले खिलाना चाहिए और ऊँचा आसन देना चाहिए। तब हम मालिक कहलाने के अधिकारी हो सकते हैं। हम तो बहुत छोटे हैं। जो हमारा घर अनाजों से भर रहा है, हमारे जैसे आलसियों का पेट भर रहा है; वह भूखा मर रहा है। न तन पर वस्त्र, न रहने के लिए घर। हम महलों में बैठकर ऐश कर रहे हैं। शराब की बोतलें उड़ा रहे हैं। यही बड़प्पन है? जो अपना ख़ून पिलाये, हम चुपचाप पीकर उन्हीं पर गुर्रायें। मारें, पीटें, अपमानित करें। यह तो सरासर बेहयाई है भाई। इसे यदि नहीं बदला गया तो पूरा भारत युद्ध का अखाड़ा बन जायेगा। ख़ून चूसकर जीनेवाले लोगों पर ही गोलियाँ चलेंगी। अभी चल रही हैं। क्यों चिल्ला रहे हो? तुम्हारे शरीर में उन्हीं का लाल ख़ून है। वह अब अड़ गया है। उसे सड़कों पर, खेतों में बहा देना चाहता है। तुम उसे माफ़िया कहते हो। वह जन्म से ही माफ़िया नहीं, तुमने बनाया है। उसका शोषण करके, उसका रक्त चूसकर। वह अब तुम्हारा कलेजा छलनी करने के लिए तन गया है—रोको उसे। वह कभी नहीं रुक सकता। क्योंकि वह ग़रीबी में मर रहा है। न उसे भरपेट भोजन मिल रहा है, न वस्त्र। दवा-दारू के लिए भी रुपये नहीं। घुटन-भरी ज़िन्दगी से अच्छा है, मिटाकर मर जाना। उसने प्राणों को हथेली पर ले लिया है। तुम्हें अपने सुन्दर जीवन से मोह हो सकता है, उसे नहीं। उसे भोगने के लिए कुछ भी नहीं। तुम्हारा तो राज सूना हो जायेगा। लम्बी-चौड़ी गृहस्थी धूल में मिल जायेगी। तुम जीने के लिए हज़ारों प्रयत्न करते हो। वह तो केवल मरने ही आया है। तुम उसे और मार रहे हो। जिस दिन वह क्रोध से पागल होगा, हमारा अस्तित्व ही मिट जायेगा। उसे सँभालो। गले लगाओ। वह तुम्हारा श्रृंगार है, जिसके उपयोग से तुम आनन्दित रहते हो; फलते-फूलते हो। वह ज्यों-ज्यों तुमसे दूर होता जायेगा, तुम श्रीहीन मुरझाये फूल की तरह हो जाओगे। अभी समय है, चेत जाओ। परम्परा कभी सत्य नहीं होती। जहाँ से धर्म या व्यवहार गुज़र जाता है, धूल पर पड़ी लकीर को परम्परा कहते हैं। मृत का नाम परम्परा है। उसे छोड़ो और सामने के सत्य को देखो। उसी में जीना और उसका सम्मान करना सीखो—सुखी हो जाओगे। सिद्धान्त नहीं बदलते, रूप बदल जाता है। तात्त्विक सत्ता ज्यों-की-त्यों बनी रहती है। मनुष्य, मनुष्य में कोई अन्तर नहीं। अन्तर बुद्धि, बल, धन और संसाधनों का होता है। कहाँ गयी थी तुम्हारी शक्ति और बुद्धि, जब तुम अंग्रेज़ों के संसाधन थे? मनुष्य वे समझते ही नहीं थे तुम्हें। अब तुम अंग्रेज़ हो गये हो। मज़दूरों और ग़रीबों को अपना संसाधन समझते हो, कब तक? जब तक वे मूर्ख थे। अब तुम उन्हें नहीं ठग सकते। खान-पान और आसनों में किसी प्रकार भेदभाव मत करो। तुम्हें बड़ा आनन्द आयेगा। जीवन निर्वैर एकता से भर जायेगा। फिर देखना—देश की शक्ति और सामाजिक एकता।"

सेवाराम सिकुड़ते जा रहे थे। लज्जा से दोनों आँखों से दो तरफ़ देख रहे थे। पाँचू की छाती गर्व से फूलती आ रही थी। खाट पर बैठा तना जा रहा था। पण्डा का चेहरा स्याह होता जा रहा था। सोच रहे थे—ठाकुर के सिर कोई भूत तो नहीं सवार है। ऐसी बातें साधारण आदमी के मुँह से कदापि नहीं निकल सकतीं।

पाँचू ने गर्व से कहा—"''परधान जी! अब तुम हम लोगों के साथ कदापि नहीं चलोगे। तुम सरे-मैदान धोखा दे जाओगे। मैं नहीं जानता था कि तुम इतने ज़ाहिल हो। सम्पूर्ण गाँव को फूँककर तमाशा देख रहे हो। न कोई काम साफ़ किया, न कर सकते हो। जब दो आदमी लड़ते हैं, तुम्हें बड़ा मज़ा आता है। चमारों को लड़ाकर गाँव का सत्यानाश कर दिया। वक्त पर अपने बिल में छिप जाते हो।"

"साह जी! तुम उस कुष्ठ के समान हो जो इलाज पाकर और बढ़ता है। मैं नहीं जानता था कि तुम इतने ज़िद्दी और अड़ियल हो। यहाँ लोग खाट पर बैठे हैं, तुम चौकी पर बैठ गये। पण्डा जी के ज़्यादा हिमायती और वफ़ादार हो। इसीलिए इन्हें भी लालकिला (जेल) दिखा दिया। सुनता हूँ कि यह भी महाराज तुम्हारी चौकी की सेवा में पिले रहते थे।" यशवन्त चुप हो गये।

पाँचूराम इतना गरम हो गया कि उन्हें दो-चार हाथ लगा देता किन्तु यशवन्त ने समझाया—"जब बाँस सूखकर पुराना हो जाता है, मुड़ नहीं सकता। ज़बर्दस्ती करने से टूट जायेगा। पाँचूराम! इनका दोष नहीं है। इनके संस्कार बिगड़कर कुत्ते की पूँछ की तरह हो गये हैं। लाख प्रयत्नों के बावज़ूद कुत्ते की दुम सीधी नहीं की जा सकती। अब इसी में इनका अन्त हो जायेगा।"

"जिसने जीवन-भर छल-कपट किया, वह निर्मल होकर कभी नहीं जी सकता। अब गोबिना का भी सत्यानाश कर रहे हैं। उसे भी छल-छिद्र से फ़ुरसत नहीं।" पाँचू सेवाराम को क्रूर नज़रों से देख रहा था।

पण्डा ने अवसर पाकर गर्म लोहे पर चोट लगायी—"किसी तरह लूट-खसोटकर घर बना लिया। नक़ल कराकर दोनों लड़कों को पढ़ा लिये। अब ऐसा ऐंठकर चलता है कि उसके समान गाँव में कोई धन्नासेठ ही नहीं। पिछले दिन भूल गये। घर में चुहिया करवटें लेती थी। शादी के लिए कितना सोर्स लगाया, गिरह-गोटी बैठायी, सब भूल गया। अब गाँव का सबसे बड़ा विद्वान्, धनवान् और नीतिज्ञ है।"

"इस गाँव में ऊँचे विचारों के व्यक्तियों का अभाव है। जो हैं भी तो बाहर, शहर में। लुच्चे-लफ़ंगे छल-प्रपंच ही में सुखी हैं।" बोला पाँचू—"अब सरकार कहाँ चल रहे हैं?"

"रामयश राय अध्यापक हैं। दस मिनटों तक उनके यहाँ बैठकर हम लोग चले जायेंगे।" यशवन्त सिंह शीघ्र ही उठकर चलने लगे। सभी लोग उनके पीछे थे। बल्कि गाँव के और बहुत-से लोग आ गये, जो अपने यहाँ चलने के लिए उनसे आग्रह कर

रहे थे। कुछ ने तो अपने यहाँ से खटिया हटाकर बँगले में रख दी और वहाँ से दूसरे के द्वार पर चले गये। सभी लोग चौड़ी गली में चल रहे थे कि बग़ल की पतली गली से सेवाराम सरककर घर में छिपकर बैठ गया। मन में क्रोध और क्षोभ था। दुष्टों ने आज बड़ा अपमान किया। न जाने किसका मुँह देखकर उठा था।

रामयश के द्वार पर पहले से ही चारपाइयाँ लगी थीं। सभी लोग आकर बैठ गये। रामयश राय अध्यापक होने के कारण अधिक सुलझे हुए विचारों के थे। और सबको तो उन्होंने बैठाया ही, पाँचूराम को विशेष रूप से एक चारपाई पर बैठ जाने के लिए कहा—"परधान जी! इस समय आप हमारे गाँव के मुखिया हैं। श्रेष्ठता की सूची में आपका स्थान हम लोगों से ऊपर है। यह सच है कि हमारे यहाँ के लोगों ने जाति-व्यवस्था बनाकर बड़ा दोष पैदा कर दिया है। यह आवश्यक नहीं, जिसे हम लाभ की दृष्टि से बनायें; उससे लाभ ही हो। हानि भी हो सकती है। मनीषियों ने इस संस्था से सबको स्वरोज़गार में बाँधना चाहा। जिससे किसी को कमाने-खाने में कठिनाई न हो। किन्तु मनुष्य पर कोई एक नियम लागू नहीं हो सकता। कार्य ही रूढ़ होकर जातिगत दोष उत्पन्न करने लगे। छोटी जातियों में ऊँची प्रतिभाओं के लिए भी शिक्षा का निषेध कर दिया। यह तो उनकी सरासर बेईमानी है। इसी बेईमानी को दुष्टों ने हवा दी। यह आग और बढ़ी, इतनी कि पूरा देश-समाज जल रहा है। हक़ीक़त तो यही है कि हम मनुष्य की औलाद हैं। सरंचनात्मक अन्तर कुछ भी नहीं जो है, हमारे अहंकारों का; भौतिक सम्पदा का, बुद्धि के विकास का।"

"सरकार! आप सम्मान देकर आदर ही पायेंगे। प्रतिष्ठा करनेवाले व्यक्ति का कोई कभी अपमान नहीं करता।" पाँचू खड़ा होकर, हाथ जोड़कर बोला—"इस समय आप जैसे व्यक्तियों की ही आवश्यकता है।" वह बैठ गया।

"सच्चाई का ज्ञान सबको है लेकिन इसीलिए लोग अपने को बचा रहे हैं कि उनका अहंकार सुरक्षित रहे। श्रेष्ठता का सम्मान किसको अप्रिय लगता है?" बोले यशवन्त सिंह—"थोड़ा तत्पर होकर इस आन्दोलन को आगे बढ़ाया जाये तो उत्तर प्रदेश का पूर्वांचल और बिहार बहुत जल्दी सुधर जाये। और प्रदेशों में इतना भेदभाव नहीं है। आतंकवाद की उत्पत्ति इसी से हो रही है। कोई सुखी नहीं। सुखी रहने के लिए दूसरों को दुःख पहुँचाने से बचना पड़ेगा। दुःख बाँटनेवाले के पास सुख है ही नहीं। दूसरों को दुःखी करके सुखी रहनेवाले का सुख सदा ख़तरे में रहता है। अपने सुखों को बचाने में सदा भयभीत व्यक्ति हर क्षण दुःखी ही रहता है। इसीलिए दूसरों को दुःख देने से बचो, आपको सुख मिलेगा। लेकिन दूसरे की उन्नति से उत्पन्न ईर्ष्या, दूषित उपायों से उसे गिराने के लिए हमें बाध्य कर देती है। हम अपने अहंकारों को बचाने लगते हैं। छोटे लोग हमारे खाटों पर न बैठ जायें। हमारा बरतन न छू दें। हम बड़ी भारी मात्रा में उनसे अलग हो गये। तब तो वे हमारे विरोध में खड़े होंगे ही। यही दूरी सभी बुराइयों की जड़ बन गयी।"

"हमारा तो बड़ा सौभाग्य हुआ जो हमारे द्वार पर पधारे। क्या सेवा करूँ?" रामयश ने विनीत भाव से कहा–"कोई त्रुटि होगी तो क्षमा करेंगे।"

"आपने हमारे आन्दोलन को सफल बनाया, साथ दिया; यही बहुत बड़ी सेवा है। अब हम लोग चलते हैं।" यशवन्त सिंह सबके साथ चल पड़े।

पाँचू ने ज़ोरों से नारा लगाया–"इन्क़लाब–ज़िन्दाबाद! इन्क़लाब–ज़िन्दाबाद! खटिया आन्दोलन–ज़िन्दाबाद! खटिया आन्दोलन–ज़िन्दाबाद! आसन की असमानता–नहीं चलेगी, नहीं चलेगी। ठाकुर यशवन्त सिंह–ज़िन्दाबाद, ज़िन्दाबाद! ठाकुर यशवन्त सिंह–अमर रहें, अमर रहें!"

आलमपुर की छोटी जातियों के सभी लोगों ने उन्हें घेर लिया और नारेबाज़ी करने लगे। उसमें गाँव के शिक्षित और सुलझे हुए लोग भी थे। अल्पशिक्षित और अर्द्धशिक्षित पीछे से आपस में बातें करके उन्हें गालियाँ दे रहे थे–"ठाकुर है कि दोग़ला। चमारों के आतंक से साँस लेना कठिन हो गया है। यह दुष्ट उन्हीं को शह दे रहा है। अब वे हमारे खाटों पर बैठेंगे। हमारे साथ पाँत में खायेंगे। कुछ दिनों बाद कहेगा–आपस में ब्याह-शादी भी करो। क्या फ़र्क़ है? सब तो आदमी ही हैं। पाजी कहीं के। भगवान् ने ठाकुर-बाभन क्यों बनाया? सबको चमार, दुसाध, भंगी, नट, डोम और मुसहर ही बनाया होता। इसका चले तो बाघ-बकरी एक साथ पानी पियें।"

दूसरे ने सूक्ष्म आलोचना की–"ठाकुर का जनमा नहीं मालूम पड़ता है नहीं इतना दुर्विचार क्यों आता? बिरादरी का पक्ष नहीं लेता। देश को एकता के सूत्र में बाँधना चाहता है। बड़े-बड़े हार गये, गदहा कहे कितना पानी।" दोनों हँसने लगते हैं। साथवाले भी ठहाका लगाते हैं।

कुछ दूरी पर खड़े एक व्यक्ति से सहन नहीं हुआ। वे एकान्तवादी थे। भीड़ से ज़रा हटकर आन्दोलन का लुत्फ़ ले रहे थे। क़रीब आकर बोले–"गीदड़ों को हुआँसने ही में आनन्द। बेहूदों! ऐसी बातें नहीं कहते। तुम लोगों की ज़ुबान पर केवल गालियाँ ही रहती हैं? कितना पढ़ लिया कि अच्छा सोच सकोगे? वे महात्मा हैं, महात्मा। ऐसे आदमी कम होते हैं। उस जन्म के कोई साधू-फ़क़ीर होंगे। नहीं ऐसी सरकारी नौकरी छोड़कर समाज-सुधार में लगते? और लोग तो भोग-विलास में चिपके हुए हैं। देश जाये जहन्नुम में। उनसे क्या मतलब? वे सुखी हैं तो सारा संसार सुखी है। वे दुःखी हैं तो सारा संसार दुःखी है। ऐसे लोग पशु से ऊपर नहीं होते। तुम लोग भी इसी श्रेणी में हो।"

इतना सुनते ही वे सब खिसक गये। इधर यशवन्त को आज रात यहीं रुकने और बाटी-चोखा खाने के लिए सभी घेर रहे थे। उन्होंने विनम्रता से समझाया–"अब शीघ्र ही घर छोड़ दूँगा और पूरे उत्तर प्रदेश और बिहार में यह आन्दोलन चलाऊँगा। आज आप लोग हठ न करें। फिर कभी हम लोग एक साथ बैठकर इत्मीनान से खायेंगे। ऐसा

न सोचें कि मेरे भीतर किसी भी प्रकार का भेद-भाव रह गया है। अब मैं धीरे-धीरे पवित्र हो रहा हूँ। जिसका हृदय अभेद-भाव से निर्मल हो जाता है, वह सच्चा सन्त हो जाता है। माँ रणचण्डी की कृपा से मुझे इसका अवसर मिल रहा है।"

लोग बहुत दूर तक उनके साथ गये। ज़बर्दस्ती लौटाने पर लोग लौटे। प्रथम दिन के आन्दोलन में यशवन्त सिंह को आशातीत सफलता मिली। मन को साहस का बल मिला। हज़ारों कुलाँच के बाद हरिण को रेतीली भूमि पर हरा-भरा जंगल दिखायी देने लगा।

●

यशवन्त सिंह को घर छोड़े एक सप्ताह से ऊपर हो रहा था। इसके पहले कॉलेज पर एक छोटी-सी सभा की थी। जिसमें अध्यापकों को सम्बोधित करते हुए कहा था—"सम्मान्य मित्रो! समाज में इतना भेद-भाव है, इसका मुझे बहुत रंज है। आदमी, आदमी से इतनी घृणा कर रहा है, क्यों? अकारण कोई कार्य नहीं होता। अपने को बड़ा, श्रेष्ठ माननेवाले लोग कुकर्म करके भी वही रहना चाहते हैं। यह कैसे हो सकता है? जाति-कुल गुणों का मानक नहीं होता। गुणों और कर्मों का विकास भावनाओं और संकल्पों के आधार पर होता है। इसके लिए मनुष्य होना ही पर्याप्त है। समय बदल रह है। शिक्षा और धन के मुआमले में सभी लोग विकास कर रहे हैं। बड़े लोग ईर्ष्या कर रहे हैं। नफ़रत के कारण दूरियाँ और बढ़ती जा रही हैं। उनकी सोच ही में जड़ता है। सोच रहे हैं कि छोटी जातियों के लोग क्यों पढ़ रहे हैं? क्यों अधिकारी हो रहे हैं? हमारे बनिहार का लड़का अफ़सर क्यों हो रहा है? मित्रो! यह संसार कर्मक्षेत्र है। परिश्रम के अनुसार ही परिणाम की बुनियाद तय होती है। मात्र कल्पनाओं से कुछ होनेवाला नहीं। कल्पनाशील बड़े लोग घृणा की आग बो रहे हैं। छोटे लोग भी अब इकट्ठा होने लगे हैं, इसीलिए संघर्ष तेज़ हो रहा है। यदि ऐसा ही रहा तो हम लोगों को मिटते देर नहीं लगेगी। भारत एक परिवार है। हम इस परिवार के एक सदस्य हैं। प्रत्येक सदस्य के सिर पर अपने परिवार को चलाने, मज़बूत बनाने का बोझ है। गृहयुद्ध विनाश की जड़ है। ख़ूब सोच-समझकर ही आप लोग व्यवहार करें।

माण्डवी सिंह आपके विद्यालय की प्राचार्या हैं। परिश्रम और निष्ठा से किया गया कार्य कभी निष्फल नहीं होता। आप बच्चों को योग्य नागरिक बनाने के प्रयत्न करें।

मैं मध्य उत्तर प्रदेश से लेकर बिहार तक भेद-भावों को मिटाने का प्रयत्न करने चल रहा हूँ। माँ दुर्गा मेरी कामना पूर्ण करें। इस आग को थोड़ा भी बुझा सका तो जीवन को सार्थक समझूँगा। अनुशासन को ध्यान में रखते हुए कॉलेज के विकास में आप योगदान करें। आशा है, आप भी मज़बूत होते रहेंगे।''

जाड़े की सन्ध्या शीघ्र ही डूब चली थी। यशवन्त ने एक बार सबको देखा। सभी गम्भीर थे। वे घर की ओर बढ़ चले। माण्डवी भी साथ थीं। सभी प्राध्यापक पीछे-पीछे चलने लगे। मानों आगे-आगे गाँधी जी चले जा रहे हैं और पीछे से आज़ादी चाहनेवाले लोग। यशवन्त ने मना नहीं किया। उनके साथ लोग उनके द्वार पर आ गये। माण्डवी ने चाय बनायी। सभी लोग पीने लगे। सिलबिल ने प्लेट में नमकीन लाकर दे दिया।

विकल जी ने शान्तिभंग करते हुए कहा–''इस समय देश की राजनीति बड़ी पेचीदी हो गयी है। शान्ति चाहनेवाले लोग ही सताये जा रहे हैं। दुष्ट उनकी सम्पूर्ण सम्पत्तियाँ छीन लेना चाहते हैं। प्रशासन भी उन्हीं का साथ दे रहा है। एकता क्या होगी? माफ़ियों का राज है। जातिवाद से बढ़कर वर्गवाद आ रहा है। आदमी किससे-किससे निपटेगा?''

श्रीप्रसाद ने अपनी सम्मति दी–''शासन तन्त्र में जब ख़ुद गड़बड़ी आ जाती है, लोग मनमानी करने लगते हैं। राजनेताओं के पेट इतने बड़े हो गये हैं कि समुद्र भी मात। वे देश को क्या सँभालेंगे? मालूम पड़ता है, सब गृहयुद्ध छिड़ जायेगा।''

यशवन्त–''यह सब नहीं सोचना चाहिए। अपने कर्त्तव्य-पालन में जब कमी आती है, सभी सन्दिग्ध दिखने लगते हैं। मनुष्य को त्यागभाव से जीना चाहिए। लोभ और आसक्ति से कोई भी कुकर्म पर उतर आता है। ऐसा मनुष्य कभी भी सुखानन्द उपलब्ध नहीं कर सकता। वह स्वयं दुःखी है और दूसरों को भी दुःख देता रहता है।''

विकल–''लेकिन ऐसे लोगों की संख्या कितनी है? प्रायः लोग दूसरों को दुःख देकर ही सुख का अनुभव कर रहे हैं।''

''ऐसा तो सभी करते हैं। किन्तु महान् लोग दूसरों के सुखों ही से सुखी होते हैं।''

यशवन्त–''प्रकृति के विरोध में चलना ही साधना और विज्ञान है। दूसरों को मारकर, लूटकर स्वयं भोग करना तो प्राकृतिक जीवनधर्मिता है। जब हम सभ्य होने लगे, अपने कार्यों को व्यवस्थाओं में बाँधने लगे। जिनको हमने कभी अच्छा समझा, वही आज विकृत हो चुके हैं। वस्तुतः यहाँ कोई भी पदार्थ शाश्वत नहीं है। जिसे हम शाश्वत बनाना चाहते हैं, यहीं दोष पैदा हो जाता है। समय के अनुसार उसमें सुधार आवश्यक है। गाँधी, विनोबा या विवेकानन्द से ही सुधारों का अन्त नहीं हो जाता। दोष हर समय उत्पन्न होते हैं, उन्हें सुधारने के लिए भी उस समय नये उपायों की आवश्यकता पड़ती है। जातियों की रचना कर्त्तव्यों में बाँधने की थी किन्तु प्रतिभाशाली भी वहीं दम तोड़ने लगें, यह ठीक नहीं। इसका सम्बन्ध केवल भोजन और धनोपार्जन तक था। बाद में इसी ने नीच-ऊँच का रूप धारण कर लिया। यह समय ऐसा है, जातियों की कोई

आवश्यकता नहीं। वही मानव का मौलिक रूप चाहिए, जिसमें न कोई जाति हो, न धर्म। मानव ही जाति हो, मानवता ही धर्म हो। इससे वैश्विक सम्बन्ध हो सकता है।''

विकल—''यहाँ के लोगों ने व्यक्तिगत सुविधाओं को समूह का रूप दे दिया। जातियों की अलग-अलग संस्थाएँ हैं, जिनके सरकारीकरण के बाद दूरी जाति के लिए प्रवेश नहीं। आयोग का यह अर्थ तो नहीं। ब्राह्मणों, क्षत्रियों, भूमिहारों और कायस्थों के अलग-अलग कॉलेज हैं। अध्यापक उसी जाति के लोग हैं। जिन जातियों में ऐसी व्यवस्था नहीं, उनके जीवन-निर्वाह के दूसरे रास्ते हैं।''

श्रीप्रसाद—''सवर्णों ने जाति-व्यवस्था को इतना मज़बूत कर दिया कि अन्य जातियों के विकास का रास्ता ही बन्द कर दिया। उन्हें मज़दूरी के अलावा और कोई विकल्प ही नहीं। देश की सम्पूर्ण ज़मीन और अर्थ-साधनों पर इनके ही अधिकार हैं। दूसरी जातियाँ इनकी मज़दूरी करने के लिए बाध्य हैं।''

यशवन्त—''हमारी यही लड़ाई है। बुद्धिजीवी जातियों ने सबका रास्ता रोक दिया। वे जातियाँ जानती थीं, एक दिन सच्चाई खुलेगी—संघर्ष बढ़ेगा। उस समय व्यवस्था बदल चुकी होगी। शूद्र चाहते थे कि अंग्रेज़ यहाँ शासन करें। कुछ दिनों और यहाँ रह गये होते तो पश्चिमी व्यवस्था ज़ोर-शोर से लागू हो गयी होती। वे जातियों को तोड़कर केवल कर्म को प्रधानता देते थे। सवर्णों को तोड़ने में उन्हें लोहे के चने चबाने पड़े। इसीलिए व्यवस्था जहाँ-की-तहाँ रुक गयी। ब्राह्मणों की उस समय बड़ी दुर्दशा थी। राजपूतों के यहाँ रसोइयाँ, मन्त्री, सलाहकार, पुरोहित या अन्य नौकरी में होते थे। दशा अच्छी न थी। शूद्रों में शिक्षा का अभाव था। इसीलिए वे जहाँ-के-तहाँ रह गये।''

''अब व्यवस्था बदलकर भी कुछ नहीं हो सकता। यों आयोग ने काम तो किया लेकिन जातिवादी संस्थाओं पर इनका पूरा नियन्त्रण आज भी नहीं हो पाया है। बल्कि जातिवादी नीति ही राजनीति बन गयी है। जहाँ सरकार स्वयं कमज़ोर है, उस देश का कल्याण और विकास कठिन है।'' कहकर श्रीप्रसाद खड़े हो गये—''अब चला जाये... ।''

सभी लोग चले गये। भोजन तैयार हो चुका था। भोजनोपरान्त यशवन्त सिंह शयनकक्ष में चले गये। माण्डवी ने आकर डाँटा—''आपको क्या पड़ी है कि छोटे लोग ऊँचे हो जायें? सभी ठाकुर-बाभन आपके ख़िलाफ़ हैं। आप समाज-सुधारक बनते हैं। क्या इससे शूद्र बड़े हो जायेंगे?''

यशवन्त ने फटी आँखों से माण्डवी को देखा—''यहाँ कुछ भी सत्य नहीं है। बड़ों ने शास्त्रीय सिद्धान्त अपनी सुरक्षा के लिए बना लिये हैं। ईश्वर-रचित केवल जीव और सांसारिक पदार्थ हैं। व्यवस्थाएँ नृजाति ने बनायी हैं। जिसने बनायी, अपने पक्ष को सभी ओर से सुरक्षित कर लिये। मैं उसे ठीक नहीं मानता। स्वयं क्षत्रिय होकर गौतम बुद्ध ने वर्ण-व्यवस्था का विरोध किया। मैं भेद-रहित समाज बनाना चाहता हूँ, जिसमें आसन

और खानपान का भेदभाव न हो। धीरे-धीरे विवाह-संस्था भी टूटकर सार्वभौमिक अन्तर्जातीय हो जायेगी। जातिप्रथा से पहले भी यही था। बस सभी लोग उच्च शिक्षा ग्रहण कर लें। जागने पर सब अपने-आप बदल जायेंगे। कन्याओं में जाति-हिसाब नहीं था। देवता कहलानेवाले लोग दैत्यों में शादियाँ करते थे।''

माण्डवी दूसरी चौकी पर बैठी थी। बोली—''जो व्यवस्था रूढ़ हो गयी है, उसे तोड़ना कितना कठिन है; बल्कि असम्भव है। इसमें प्राणों के होम भी करने पड़ सकते हैं। सवर्ण आपके पक्ष में कदापि नहीं रह सकते। चुपके-चुपके हमसे लोग कहते हैं—''क्यों नहीं बाबूसाहब को रोक देती। क्यों आग में पाँव डाल रहे हैं?''

यशवन्त थके थे। चौकी पर लेटे-लेटे ही हँसकर बोले—''किसी भी कार्य को करने के लिए प्राणोत्सर्ग करना ही पड़ता है। व्यवस्था को तोड़ने के लिए तो और भी कठिनाइयाँ झेलनी पड़ेंगी। किन्तु इसके डर से महान् आत्माएँ भाग नहीं जाती। माँ दुर्गा से जो आत्मप्रकाश मुझे मिला है, मैं उसे जन-जन में बाँटना चाहता हूँ। मुझसे यहाँ की दुर्व्यवस्था सहन नहीं हो रही है। नृजाति में कोई जाति के आधार पर छोटा-बड़ा नहीं। ज्ञान, विद्या, बुद्धि और त्याग उसे महान् बना सकते हैं। भोगियों के लिए स्वार्थ से बड़ा संसार में कुछ नहीं। त्यागियों के लिए ईश्वर-भजन से बढ़कर कोई आनन्द नहीं। बीच के लोग हैं, जिन्हें न भोग मिला; न ईश्वरीय आनन्द। वे कमाने-खानेवाले लोग हैं। यही देश के सच्चे कर्णधार हैं, जिनसे राष्ट्र चल रहा है। ऊपर के दोनों वर्गों से देश मजबूत नहीं हो रहा है। वे स्वतः जी रहे हैं। जो बाहर-भीतर दोनों जी रहा है, मज़दूर है। मध्यमवर्गीय है। देश का सम्पूर्ण भार उनके सिर पर है। कृषि से लेकर युद्ध तक। उनकी सामाजिक दशा पर विचार करके देखो। सभी दुर्व्यवस्थाओं के शिकार वही हों, ऐसा क्यों? धार्मिक स्थलों पर भी भेद-भाव हो। ऐसी दशा में राष्ट्र कैसे मजबूत हो सकता है?''

माण्डवी ने शिकंजा कसते हुए कहा—''राजनीतिक लोग देश को लूटकर भी तृप्त नहीं होते। आप देश को मजबूत बनाने चले हैं। सुधारनेवाले कितने आये-गये, चोरों का अन्त कहाँ हुआ? जब तक राजनीतिक लोग पवित्र विचारों के नहीं होंगे—कभी देश नहीं सुधर सकता। वे चाह लें, शीघ्र ही व्यवस्थाएँ बदल जायें। कुछ दबाव की ज़रूरत है—इस देश में। लूटनेवाले अपने-अपने ढंग से लूट रहे हैं। आप अपने को मजबूत कीजिये। सब ठीक हो जायेगा। सबको धन चाहिए। इस समय धन ही शक्ति है। ज्ञान, विचार, प्रतिष्ठा और त्याग के लिए धनाभाव में अब स्थान नहीं। मजबूर और दरिद्र लोग साधुता का पाखण्ड रच रहे हैं।''

यशवन्त—''सच है। ऐसे भी लोगों की कमी नहीं। अभाव को त्याग नहीं कहते। भोगों को सर्वथा छोड़ना ही त्याग है। मेरा भोग और त्याग से मतलब नहीं है। वर्तमान समाज को क्या चाहिए? यही मैं देना चाहता हूँ। प्रत्येक व्यक्ति अपना अहं-सम्मान

खोज रहा है। उसे वह जड़ धन में स्थापित कर रहा है। धन सम्मान नहीं, संसाधन का कारण है। लोकदृष्टि में आदरणीय होने के लिए मरना-मिटना होगा। लोभान्ध धृतराष्ट्र की तरह अपना सर्वस्व नष्ट कर डालता है। अब तुम सो जाओ। मुझे नींद आ रही है। आज बहुत थकान लग रही है।" उन्होंने करवट बदल ली। किन्तु माण्डवी आज उग्र रूप धारण कर चुकी थी। देर रात तक झड़प करती रह गयी। सुबह ज़रा देर में नींद खुली। बाबूसाहब नदारद। सिलबिल से पूछा। इधर-उधर पता लगाया। कहीं पता नहीं। कब चले गये, कुछ कहा भी नहीं।

इसकी ख़बर लगते ही बलवन्त सिंह आ गये। माण्डवी उदास थी। नींद में उसने भद्दे स्वप्न देखे थे। बलवन्त ने उदारतापूर्वक कहा—"भाभी! न हो तो बखरी में ही चलकर रहो। चाहो तो रहो यहाँ लेकिन सभी लोग भोजन वहाँ किया करें। हमको लगता है कि भैया की आत्मा साधना से पवित्र हो चुकी है। अब वे जनहित के लिए जीना चाहते हैं। स्वार्थी जीवन उनको पसन्द नहीं। मरना तो एक दिन है ही। क्यों न दूसरों के लिए मरें?"

माण्डवी ने कुछ नहीं कहा। बाहर धूप में बैठी बुत्त थी। उसने एक बार बलवन्त की आँखों में देखा। कितनी सरलता थी। वे नहीं चाहते, लोग यहाँ रहें। समूह में जो आनन्द है, वह एकाकीपन में नहीं। बहुत देर के बाद कहा—"सोचूँगी।"

"सोचना क्या है? भैया माँ दुर्गा की साधना में जीते थे। यहीं भण्डारा बनवाते थे। चेले-चटिया सभी खाते-पीते थे। मैं भी मौन हो गया था। साधुओं का मन ज़रा फक्कड़ी होता ही है। परन्तु अब जब वे नहीं हैं, क्या ज़रूरत है यहाँ बनाने-खाने की?" बोले बलवन्त सिंह—"तुम्हें भी संन्यासिनी बनना हो तो बात और है।" बलवन्त माण्डवी को हँसाने का प्रयत्न कर रहे थे।

सिलबिल ने एक रद्दा और चढ़ाया—"क्यों नहीं बखरी ही में खाती-पीती? खाली हमी को फाँसी देना है? सभी रिश्तेदार नौकरी के लिए आ गये थे, तब की बात दूसरी है। अब तो दो मुर्गी के लिए वहीं ठीक है। नहीं, तुम भी उनके पीछे सँड़सा-चिमटा लेकर निकल जाओ।"

सभी हँसने लगे। माण्डवी के चेहरे पर फीकी हँसी की एक रेखा बिखरकर लुप्त हो गयी। पुनः वह गम्भीर हो गयी।

बलवन्त ने पुनः अनुरोध किया—"भाभी चलो...वहीं तुम्हारी देवरानी भी है। अकेले मन नहीं लगता। व्यक्ति को समाज चाहिए। अकेला जीवन तो किसी तपस्वी का ही होता है। चिन्ताकुल समाज में शोकमुक्त हो जाता है। अकेला व्यक्ति सोचते-सोचते रोगी भी हो जाता है। समाज व्यक्ति की वह शक्ति है, जिसमें उसकी खोई ऊर्जा का नया स्फुरण होता रहता है। हास-परिहास, आनन्द से उसकी कार्य-क्षमता भी बढ़ जाती है। इसीलिए ऋषियों ने घर में अकेलेपन को मिटाने के लिए विवाह-संस्था बनायी।

पत्नी के साथ व्यक्ति को कभी भी अकेलापन नहीं लगता। बल्कि दोनों एक-दूसरे के लिए आनन्द और मनोरंजन के साधन होते हैं। इसीलिए दाम्पत्य-जीवन कभी बोझिल नहीं लगता।''

''चलती क्यों नहीं? क्या सिफ़ारिश करवा रही हो।'' सिलबिल ने डाँटा—''जीजा! आज से वहीं भोजन बनवाओ। हम भी आकर खा लिया करेंगे। बहिन खाये, न खाये।''

माण्डवी उठकर चलने लगी। मुखमण्डल गम्भीर था। बोली—''मुझे उनके कार्य से चिढ़ नहीं है। समय ठीक नहीं। गाँधी और विनोबा का युग नहीं। हत्याएँ बढ़ रही हैं। जिस कार्य पर उन्होंने क़दम रखे हैं, बड़ा चुनौतीपूर्ण है। सभी सवर्ण उनके ख़िलाफ़ हैं। वे जिनके लिए मर-मिट रहे हैं, समाज में उनका स्थान अभी बहुत छोटा है। ऐसी दशा में प्राणों पर भी संकट आ सकता है। बिहार की दशा और ख़राब है।''

सिलबिल रुक गये। बलवन्त और माण्डवी चले जा रहे थे। बग़ल में चलते हुए बलवन्त ने कहा—''सुधारक प्राणों का मोह त्यागकर देश की सेवा करते हैं। निर्लोभ त्याग कभी भी प्राणघातक नहीं होता। भैया की आत्मा एकदम पवित्र हो चुकी है। अब वे अपने लिये कभी नहीं जी सकते। वे जान गये हैं कि यह मिट्टी का शरीर किसी दिन टूटकर बिखर जायेगा। यदि जन-सेवा में व्यय हो तो ठीक, नहीं इसका उपयोग ही क्या है? शूकर-कूकर की तरह पेट पालनेवाले तो प्रायः संसार के सभी प्राणी हैं।''

माण्डवी कुछ न बोली। वह स्त्री है। स्त्रियाँ आत्मगत सुख खोजती हैं। पुरुष दूसरों की प्रसन्नता में प्रसन्न होते हैं। स्त्रियाँ सुखी स्त्रियों को देखकर ईर्ष्या करती हैं। आजकल पुरुषों की मानसिकता भी कुछ स्त्रियों जैसी ही होती जा रही है। वह जिस कल्पना-लोक में घूम रही थी, वह नहीं हो पा रहा था। वह चाहती—ख़ूब धन हो। गाँव और शहर में बड़े-बड़े मकान हों। लड़के पढ़कर नौकरी करें। नौकरी न मिलने पर बड़ा व्यापार करें। करोड़ों का आवागमन हो। किन्तु उसके सपनों का महल ढह गया। था। बाबूसाहब संन्यासी हो गये थे। धन उन्हें काटने दौड़ता। लोग ग़रीबों का ख़ून चूसकर ही बड़ा बनते हैं। साहब स्वयं अपना ख़ून ग़रीबों को पिला रहे है। घर में भले अँधेरा हो, मन्दिर में देशी घी का दीप जलेगा।

माण्डवी के घर आते ही देवरानी रत्ना ने एक कटोरा सजाव दही लाकर रख दिया। साथ ही एक प्लेट में आलू मिला मटर का निमोना भी था। रत्ना ने पाँव छूकर पूछा—''दीदी! दही में चीनी लेंगी या खाँड़?''

माण्डवी पलँग पर बैठी हुई बोली—''खाँड़ ही डाल दो।''

एक कटोरी खाँड़ पास रखकर रत्ना ने कहा—''अपनी इच्छा से मिला लीजियेगा। कुछ लोग ज़्यादा मीठा खाते हैं तो कुछ लोग हल्का।''

माण्डवी घुघुनी खाकर दही खा ही रही थी कि शुद्ध दूध की चाय लाकर रत्ना ने रख दी। खाँड़ और अदरक की चाय भैंस के गाढ़े दूध में पकी थी। होंठों से सुड़कते हुए बोली—''बड़ी मोटी चाय है। भैंस के दूध की है क्या?''

"दीदी! गाय बिसुक गयी है। यहाँ गाय का दूध किसी को अच्छा नहीं लगता। कहते हैं कि रोटी अैर भात से सटता नहीं है। भैंस के दूध में कुछ भी स्वादिष्ट लगता है। दही भी कड़ा होता है। गाय का दही तो पनडुलडुल।

दोनों हँसने लगती हैं। बोली रत्ना—"भैया सिलबिल नहीं आये? वे भी खरमेटाव कर लेते। किससे बुलवाऊँ? अच्छा, बनिहार को भेज देती हूँ। ज़रा देर के लिए भैया आ जायें। जलपान करके फिर चले जायें। दीदी! अब यहीं रहा करो। मैं भी अकेली ऊब जाती हूँ। किससे बातें करूँ? इतनी बड़ी बखरी, पचीस-तीस जनें रहें तो ठीक। लड़के जब स्कूल चले जाते हैं, मुझे एकदम भूतख़ाना जैसा लगता है। सच कहती हूँ दीदी। अकेला भी कोई जीवन है? नउनियाँ और कहारिन न रहें तो सभी घरों में झाड़ू ही न लग पाये। उनके कारण थोड़ा मनसायन भी रहता है। इसीलिए अब लोग नौकरी करनेवाले से लड़की ब्याह रहे हैं। पति के साथ आनन्द में दिन कट जाता है।"

माण्डवी ने हँसकर कहा—"पगली नौकरीवाले पति के साथ तो और दुःख है। पति सुबह नौकरी पर चला जायेगा, आयेगा शाम पाँच बजे। ज़रा मनचला है तो घूम-फिरकर आठ बजे रात को आयेगा। स्वाद बदलनेवाला होगा तो पत्नी के हाथों का ग़ुलाम कदापि नहीं होगा। पेट तो भर गया। अब क्या खाऊँगी? अभी भोजन भी बनायेगी न?"

"क्यों नहीं, लोग खायेंगे क्या? लड़के भी स्कूल जायेंगे। नौ बजे भोजन चाहिए।" बोली रत्ना—"भात का अदहन रख दिया है। निमोने की दाल बना रही हूँ। इस पर तरकारी तो अच्छी लगती नहीं। आलू-टमाटर का चोखा बना लेती हूँ।"

लेकिन आलू आग में भूना होना चाहिए, उबाला हुआ नहीं।" दही खाने के बाद माण्डवी का शरीर जाड़ा से काँपने लगा। जाड़े में सात बजे कहाँ घाम होता है? एक बार दाँत भी कटकटा गया। बोली—"दही खाते ही शरीर जाड़ा के मारे दलदला गया। (ऊपर देखकर) मालूम पड़ता है, अभी घाम भी नहीं हुआ है। बोरसी नहीं जलाती है क्या?"

"क्यों नहीं।" बोली रत्ना—दौड़कर बोरसी लाते हुए—"छोटू बाबू आलू का चोखा बहुत खाते हैं। तरकारी उनको काटने दौड़ती है। इसमें आलू डाल दिये हैं। (बोरसी की आग ऊपर करती हुई) मज़ा नहीं है। आलू भी नहीं हो पायेगा दीदी। ज़रा चूल्हे के पास बैठ जाओ। मोटी लकड़ियाँ जल रही हैं। आँच ख़ूब लगेगी।"

माण्डवी चूल्हे के पास चली गयी। रत्ना ने शीघ्र ही आग के अँगीठे बाहर कर दिये। माण्डवी पीढ़ा पर बैठकर हाथ-पाँव सेंकने लगी। रत्ना भी वहीं बैठ गयी।

रत्ना ने प्रसन्नता से कहा—"दीदी! आज मैं बहुत ख़ुश हूँ। मालूम पड़ता है कि घर भर गया है। इसी तरह पुराने लोग एक साथ रहकर ग़रीबी में भी बहुत सुखी थे। हम अमीर होने के लिए अपनों से टूटकर इतने अलग हो गये हैं कि जुड़ना कठिन है। कोई भी सुखी नहीं है, चाहे धन जितना कमा लें।"

"बात तो तुम पसेरी-भर की कह रही हो लेकिन समय इतना आगे निकल चुका है कि पीछे नहीं आ सकता। समूह में जो सुख है, वह अकेलेपन में नहीं। कमाने की दौड़ में आदमी एकदम अकेला होता जा रहा है। यहाँ तक कि पति-पत्नी में भी मुलाक़ात नहीं हो पा रही है।" बोली माण्डवी—"अब मैं भी यहीं रहूँगी। बहुत संसार देख लिया। नौकरी भी कर ली। जो आनन्द परिवार में मिलकर रहने में है, वह कहीं भी दुर्लभ है। हाँ, कमाने बाहर जाओ लेकिन समूह को विकसित करो। मनुष्य किसी भी परिवार का सबसे मूल्यवान् धन है। उसी की सुख-सुविधा के लिए सभी धन आवश्यक है। धन के उपयोग के लिए मनुष्य तो परम आवश्यक है। आदमी के अभाव में धन कूड़ा है। जिस परिवार में भाई-भाई मिलकर ईमानदारी से रहते हैं, वहीं स्वर्ग है। अलग होकर धन इकट्ठा करनेवाला धनपशु, हवेली में भी महानरक में ही रहता है। उसका कोई अपना नहीं। वह कुत्ते-बिल्ली की तरह अकेला खाते-पीते मर जाता है। मैंने नौकरी इसीलिए छोड़ दी। लड़कों के साथ भी उतना अच्छा नहीं लगता था।"

"आज के लोगों की सोच दूसरी है। सोचते हैं—कुछ बनायेंगे तो भाई हिस्सा बँटा लेंगे। अकेला होकर ख़ूब बनायेंगे। घर-मकान, जगह-ज़मीन।" बोली रत्ना, रोटियाँ सेंकती हुई—"पड़ोस में बाबूसाहब के घर में हिस्से के लिए ही रोज़ झगड़े होते हैं। बड़े बाबूसाहब अलग बाटी-चोखा बनाने लगते हैं। जब खाने का वक़्त होता है, छोटे भाई पहुँचकर सब बटोर लाते हैं। जब वे खिसियाकर गरियाते हैं, तब छोटे जने कहते हैं—"भोजन तो एक ही जगह बनेगा। चाहे तुम बनाओ, चाहे घर में बने। तुम बाटी-चोखा उड़ाओगे और सब जने उपवास करेंगे?" दीदी! बड़ा मज़ा आता है। वे बेचारे कलपकर रह जाते हैं। छोटे भाई ले जाकर घर में दे देते हैं। हार-पटककर घर में खाना ही पड़ता है। उन्हीं के चलते अलगौझी नहीं हो पा रही है। ऐसे लोग हों तब न।"

"परिवार का मतलब एक बहुत बड़ा कारख़ाना से है। जिसमें सभी के लिए अलग-अलग काम बँटे हुए हैं। किन्तु सबका निचोड़ अन्त में एक काम है। एक निर्माण है—परिवार का सर्वांगीण विकास।" बोली माण्डवी—"दस आदमियों से घर भरा रहता है। सभी मिलकर एक दिशा में विकास करते हैं। जिसमें ऐसी एकता नहीं होती, अनियन्त्रित वह परिवार कुछ ही कालों में नष्ट हो जाता है। सभी व्यक्तियों में प्रतिभा नहीं होती। परिवार में ऐसा कोई एक व्यक्ति मिलता है, जो पूरे परिवार को बिड़िया बैल की तरह खींचकर आगे कर देता है। असली विकास तो शिक्षा का ही होता है। अशिक्षा से उत्पन्न धन सुअर के गले में बँधी सोने की ज़ंजीर के समान होता है। रत्ना! अब शरीर ताज़ा हुआ है। दही ने तो इतना कँपा दिया था कि दाँत बज रहे थे।"

कहते हैं, लकड़ी और उपले से बने भोजन का स्वाद कुछ दूसरा ही होता है। किन्तु जाड़ों में चूल्हे के पास बैठकर हाथ सेंकने और भूसी झोंकने का आनन्द भी कम नहीं होता। गाँव-दिहात में पुरुष चूल्हे के पास बैठ जाते हैं और पत्नी का बोझ हल्का करते

हैं। वह दूसरा काम कर लेती है। कार्यों के समायोजन ही में दाम्पत्य-सुख है और यही दोनों का नियोजन भी। दोनों के आनन्दरस से बना भोजन इतना स्वादिष्ट और मीठा होता है कि ग़रीब आदमी भी तरकारी-भात या साग-भात खाकर किसी बड़े आदमी से कमज़ोर नहीं रहता। समायोजन और सहयोग का रस जिस रचना में मिल जायेगा, वह अपूर्व, विलक्षण होगी ही। उसमें एकपक्षीय कार्य की अवज्ञा या औपचारिकता के प्रति दूसरे पक्ष की अरुचि का उद्धत स्वभाव नहीं दिखायी देता। दोनों के विचारों और सहयोग में जो सापेक्ष रसभाव है, निर्माण को सुरुचिपूर्ण बना देता है। दोनों के ज्ञान और अनुभवयुक्त प्रेम एक केन्द्र पर हो जाते हैं, तब कुछ भी अरुचिकर, बेस्वाद नहीं हो सकता।

दोनों देर तक बातें करती रहीं। कुछ देश-कोस की और सुख-दुःख की। मानों दो विरल लताएँ एक में मिलकर सघन हो गयी हैं।

*　　　*　　　*

इधर बाहर सिलबिल अलाव के पास मोढ़े पर बैठे हाथ सेंक रहे थे। मन निश्चल था। नित्य की क्रिया की प्रतीक्षा में यों ही दूसरी बातें नहीं आतीं। आज पूरा प्रांगण सूना था। सोच रहे थे—दातौन करके चाय पी चुका हूँ। नौ बजे तो स्नान करूँ। बखरी में जाकर भोजनोपरान्त कॉलेज चलूँगा। रात के जूठे बरतन अभी तक माँजे नहीं गये। साढ़े सात बज रहे हैं। कल्लो का पता नहीं। कुछ सोचकर सिलबिल मन में प्रसन्न होने लगा। कुहरे के कारण ठण्ड कुछ अधिक थी। बुझते अलाव की आग को एक लकड़ी से कुरेदकर ऊपर किया। देखकर प्रसन्नता से उछल पड़े। बड़े-बड़े तीन आलू थे। सुबह ही डाल दिये थे। जीजा को खोजने में भूल गये थे। अभी एक सप्ताह पूर्व बलवन्त ने आलू खुंदवाये थे। दो मन यहाँ भेज दिया था। ताज़ा आलू देखकर मन मचलने लगा। दबाकर देखा तो नरम। बहन के रहते भूनने का अवसर ही नहीं मिलता था। फोड़कर फूँक-फूँककर खाने लगे। वाह! जाड़े में भूने हुए ताज़े आलू का स्वाद ही अद्‌भुत होता है। शहरवालों को यह कहाँ? कितना सोंधा, कितना स्वादिष्ट। गुड़ के कड़ाहे में छोड़ दिया जाये तो और लाज़वाब।

उसी समय कल्लो आ गयी। आती हुई निर्भीक भाव से पूछा उसने—"चाची कहाँ हैं?"

"अरे कल्लो! ले गरम-गरम आलू खा।" सिलबिल ने आलू का एक टुकड़ा मुँह में डालते हुए कहा—"आग में भूना हुआ आलू भी ख़ूब मज़ा देता है। पेट भर जाये मगर मन न ऊबे। बस, नमक, मिर्चा, लहसुन, अदरक और धनिया की चटनी हो, तब तो कहना ही क्या? ले खा ले...।"

सिलबिल ने एक बड़ा आलू कलावती को दे दिया। वह फोड़कर खाने लगी। बोली—"चाची कहाँ हैं? बाहर नहीं दिखायी देती?" वे कुछ न बोले।

कलावती ने बरतन कुएँ पर रख दिये। सिलबिल कुएँ की जगत पर बैठ गये थे—प्रेम-विह्वल, प्रतीक्षारत।

दोनों अनुभवहीन परिणाम से भयभीत थे। भोग की कल्पनाओं में आनन्दित होना मनुष्य का स्वभाव होता है। प्राप्ति की विह्वलता और प्रयास में जिस व्याकुलता का रस प्रवाहित होता है, उसके उतावलेपन में दोनों अन्धे हो जाते हैं। कवि इन्हें मदान्ध कहते हैं और समाज निर्लज्ज। प्रेमी अन्धे और चोर दोनों होते हैं। समाज से छिपकर कार्य साध लेने की महत् चेष्टा, चोरभाव को उत्पन्न करती है। किन्तु दोनों ज्यों-ज्यों समीप होने लगते हैं, पैनी चोर-दृष्टि संकुचित होने लगती है। मदनरस हावी होने लगता है। एक क्षण ऐसा भी आता है जब दोनों आँखें बन्द करके परिणाम तक को भूल जाते हैं। उस समय प्रवाहित होता है—केवल आनन्द-रस। किन्तु धन-चोर की दो आँखों के अलावा सैकड़ों आँखें खुल जाती हैं। भय और लोभ के बीच साहस की दृढ़ता से सचेष्ट उसकी ज्ञानेन्द्रियाँ वायु-संचरण के प्रभाव को भी पढ़ती रहती हैं। इसीलिए चोर के शरीर में विद्युत् की स्फूर्ति और चपलता आ जाती है। शक्ति-वेग तो इतना कि वह उस क्षण हिमालय को भी सिर पर उठाकर भाग जाये। चोर पूर्णरूपेण बहिर्मुखी होता है किन्तु प्रेमी-प्रेमिका प्रेम-रस में अन्तर्मुखी। उनकी सम्पूर्ण इन्द्रियाँ एक केन्द्र पर अवस्थित हो जाती हैं। इसीलिए वे बाहर कुछ भी नहीं देख पाते। उनकी आँखों में एक-दूसरे की छवि के अलावा कुछ भी दिखायी नहीं देता। इसीलिए प्रेमी अन्धे कहे जाते हैं। यही प्रेम यदि अध्यात्म में उतर जाये तो परमात्मा हस्तामलक हो जाये। प्रेम ही मानव-विद्युत् की अन्तिम सीढ़ी है, जिससे सन्तों ने परम पद प्राप्त किये।

●

यशवन्त सिंह के जाने के लगभग पन्द्रह दिन के बाद एक दिन माण्डवी ने अख़बार के दूसरे पेज पर देखा। सचित्र समाचार छपा था। उनके पीछे जन-सैलाब है। वेश-भूषा वही है। खद्दर की धोती और कुर्ता। पैरों में कपड़े के जूते। लखनऊ से उनका क़ाफ़िला गाँव-गाँव होते हुए पूरब की तरफ़ बढ़ रहा था। गाँव-गाँव में आन्दोलन शुरू हो गया था। छोटी जातियों के अधिकांश लोग उनके अनुयायी बन गये थे। बड़ी जातियों में शिक्षित, विद्वान् उनके साथ ले। सचाई को सभी स्वीकार कर रहे थे। मूर्ख और पाखण्डी रूढ़ व्यवस्था के लिए अड़ रहे थे और आड़ में उन्हें गालियाँ दे रहे थे। दल बनाकर उनका विरोध भी कर रहे थे। जहाँ शाम हो जाती, उस गाँव के सहयोग से सहभोज बनता। सभी मिलकर बनाते और एक साथ खाते। न कोई छूआछूत, न भेद-भाव। ठाकुर का एक छोटा-सा भाषण भी छपा था—

'मित्रो! सबसे पहले हम मनुष्य हैं। जब हम कोई वर्ण या जाति स्वीकार करते हैं, उससे पहले हमारी मानवता नष्ट हो जाती है। हमें छोटी इकाई का अहंकार होने लगता है, जो हमारी है ही नहीं। आप गम्भीरता से सोचें। मनुष्य है या कोई जाति? हमको बड़ी इकाई पर गर्व होना चाहिए। इस समय पूर्व की बहुत-सी चीज़ें दोषपूर्ण हो गयी हैं। इन्हें छोड़ देने ही में हमारी व्यापकता, एकता सुरक्षित रह सकती है। राष्ट्रीय एकता के सामने वर्ण और जाति अवरोधक हो गये हैं। आप इनसे ऊपर उठकर जीने और सोचने की कोशिश करें। ईश्वर ने सृष्टि की रचना की है, व्यवस्था की नहीं। नृजाति ने व्यवस्थाएँ बनायीं ताकि एकता के साथ सामाजिक एवं राष्ट्रीय विकास हो सके। ये व्यवस्थाएँ ज्यों-ज्यों दोषपूर्ण होती गयीं, हम उन्हें त्यागते चले गये। किन्तु वर्ण और जाति के अहंकारों को नहीं छोड़ सके। आज के लिए यह भी चुनौती बनकर सभी के

सामने खड़ी है। इसका त्याग कर पवित्र मन से मनुष्य-मनुष्य एक होने का प्रयत्न करें। तभी अखण्ड शान्ति और एकता आ सकती है। धन्यवाद!''

इसे पढ़ते ही माण्डवी विह्वल हो गयी। प्रसन्नता से सिलबिल को बुलाया–''सिलबिल! यह देखो! तुम्हारे जीजा का समाचार अख़बार में छपा है। लखनऊ के गाँव से उनका कारवाँ चल रहा है। बड़े ज़ोर-शोर पर सुधार हो रहा है। लोग साथ दे रहे हैं। विरोध भी करनेवाले कर रहे हैं लेकिन कम हैं। सच्चाई को सभी लोग जानते हैं। बड़े लोग अपने सम्मान को जाति के आधार पर रखकर जीने के आदी हो गये हैं। छोटे लोग उनकी निरर्थक अकड़ से ऊब चुके हैं। उसे तोड़कर वे आगे बढ़ रहे हैं, जिसे बड़े स्वीकार नहीं कर रहे हैं, या स्वीकार कर ईर्ष्या कर रहे हैं। यही कारण है कि समाज में जातिवादी संघर्ष अधिक हो रहे हैं। किन्तु यह चलेगा नहीं। देखो...यह तुम्हारे जीजा हैं। पीछे से जनता प्रसन्न दिखायी दे रही है। यह देखो...झण्डों पर लिखा हुआ है–'जातियाँ मिटाओ, मानवता बढ़ाओ।' यह देखो–नारा है–मानव-मानव, भाई-भाई।''

सिलबिल ने चित्र को देखते हुए कहा–''इसी प्रकार चलते हुए उनका कारवाँ यहाँ आ जायेगा। क़रीब एक माह के ऊपर लग जायेगा। यदि उत्तरांचल और दक्षिणांचल में नहीं बढ़े तो। बड़ा अच्छा काम कर रहे हैं बहिन। वेश-भूषा केवल बदल दें तो पूरा साधू ही समझो। एकदम सच्चा साधू। आजकल के वेशधारी साधू तो महाचोर और ठग हैं। क्या नहीं कर रहे हैं? भोग-विलास की सारी सुख-सुविधाएँ उनके पास हैं। अच्छी सूरतोंवाली स्त्रियों के स्वामी वे हैं। महन्त लोग तो राजाओं के सुख भोग रहे हैं। बन्दूक़धारी उनके बॉडीगार्ड हैं । भला वे साधू कैसे हैं? राम-राम! जिन्हें जान की इतनी परवाह है, अपने घर में ही रहते। मज़े से निर्भय हो गृहस्थ जीवन बिताते। लेकिन ऐसा राजा-महाराजा का जीवन कहाँ से मिलता? करोड़ों रुपये उनके चरणों में पड़े हुए हैं। घर में दरिद्रता का जीवन जीते थे।''

''यह संसार है। हर तरह के लोग हैं।'' माण्डवी ने प्रसन्नता से खिलकर कहा–''आज कॉलेज पर कुछ पहले चलूँगी। इसी की चर्चा विशेष रूप से होगी। सिलबिल! ज़रा एक चाय अपने हाथ की पिलाओ।''

''ठीक है। गाय दुह लूँ।'' वे चले गये। माण्डवी अख़बार पढ़ने में तन्मय हो गयी।

*   *   *

क़रीब एक माह से ऊपर हो रहा था। दानूपुर और आलमपुर में अख़बार और समाचारों के पीछे लोग बावले हो रहे थे। आसपास के गाँवों में भी ठाकुर यशवन्त सिंह की ही चर्चाएँ होतीं। जहाँ दो होते, बस यशवन्त के सुधार की बातें। कुछ विरोध करते तो कुछ सही कहकर उन्हें डाँट देते। नृजाति की बनायी व्यवस्थाएँ कहीं भी पूर्ण और सत्य नहीं। समयानुसार इनमें सुधार और परिवर्तन होते रहना चाहिए। यशवन्त ने अच्छा क़दम उठाया। आशा है, देश में पुनः आपसी एकता और शान्ति आ जायेगी।

इस आन्दोलन ने पूरे देश को प्रभावित कर दिया। गाँव-गाँव में आन्दोलन सुनायी देने लगे। बड़ी जातियों में मूर्ख अड़ते। समझदार उन्हें पागल कहकर टाल देते। अब यदि मिलकर कार्य नहीं करेंगे तो ख़ैर नहीं। कोई किसी से कम नहीं। जिन शक्तियों से मनुष्य विकसित कहा जाता है, वे कभी सवर्णों के पास ही थीं। अब सबके पास होने लगी हैं। भूमि, शिक्षा और धन तदनुसार पद और प्रतिष्ठा। बहुत-से गाँवों में यह भेद-भाव आप से मिटने लगे। जो मौलिक सत्य है, उसे स्वीकार कर लेने में कोई आपत्ति न थी। गँवारों और मूर्खों का एक पक्ष था, जो इसे स्वीकार नहीं करता था। किन्तु वक़्त ने मानने के लिए सबको बाध्य कर दिया था। अपने ऊपर थोड़ा दबाव डाल देने से बाद में वही स्वभाव बन जायेगा। लोग सतर्क हो गये। गाँव-गाँव में सभाएँ होने लगीं। लोग पुरानी रंज़िश भूलकर गले मिलने लगे।

सवर्ण कहते—''सही दिशा-निर्देश में हम लोग राह भूल गये थे। हमारे बाप-दादों ने झूठे अहंकारों को पाल रखा था।''

दलित कहते—''यह तो समाज में होता ही रहता है। छोटा जब तक बलवान् नहीं होता, बड़ा उसे सताता है। सताने के बहुत-से तरीक़े होते हैं। उसमें अपने बचाव का यह भी तरीक़ा था। अछूत और नीच कहकर हमको दूर किये हुए थे। जब कि हमारे ऊपर ही आपके सारे कार्य निर्भर हैं।''

सवर्ण—''भाई, यह व्यवस्था का दोष है। हमने नया कुछ नहीं बनाया। परम्परा पर चलते आये। अब ज्ञान होने पर समझ में आया कि यह अब पाखण्ड हैं। लोगों ने कमज़ोरों पर शासन करने के लिए ही ऊँच-नीच बना लिये हैं। वास्तविक सत्य नहीं। छोटे कभी बड़े और बड़े कभी छोटे सदा से होते आये। किन्तु मनुष्य तो एक है। हमारे बीच महत्त्व का अन्तर ज्ञान के आधार पर होना चाहिए। ज्ञानियों में ऊँच-नीच या जाति-भेद बिलकुल नहीं होता।''

एक दिन। सुबह के आठ बजे थे। आसमान निर्मल था। सेवाराम द्वार पर खाट डालकर बैठे थे। अख़बार आ गया। पढ़नेवाले आने लगे। पाँचूराम भी आ गया। देखते-देखते कई लोग जुट गये।

सेवाराम ने कहा—''एक बार पुनः आन्दोलन होना चाहिए। बाबू जसवन्त सिंह बनारस की ओर तेज़ी से बढ़ रहे हैं। मेरी राय है कि इस बार ज़रा सावधानी से कार्य हो। पहले हम थाने पर दरख़ास्त दे दें ताकि ठाकुरों की बन्दूक़ें जप्त हो जायें। फिर रास्ते पर छेदी सिंह का निर्माण तोड़कर साफ़ कर दिया जाये। एक आदमी की जान चली गयी लेकिन प्रशासन इस पर मौन है। उसे तो तत्काल साफ़ करा देना चाहिए। दूसरी बात यह है कि जब जसवन्त सिंह यहाँ आये, उनके हाथों सुभाष की प्रतिमा की स्थापना बंजर ज़मीन में हो जाये। वह ज़मीन किसी के बाप की नहीं, गाँव समाज की है। हाँ, इससे पहले सुभाष की प्रतिमा बनवा लेनी आवश्यक है। उसने इस रास्ते के

लिए जान दे दी। चमारों से कोई मतलब तो था नहीं। वह आम रास्ता है। समस्त पूर्वी भाग उसी से निकलता है। हो सकता है, बाबूसाहब अब विरोध न करें।''

पाँचू ने अख़बार से दृष्टि हटकर कहा—''ऐसा तो नहीं हो सकता। बुड्ढा एक ज़िद्दी है। मर जायेगा मगर दम नहीं छोड़ेगा। हाँ, यह सलाह ठीक है। पहले उनके असलहे थाने चले जायें। फिर हम लोग तोड़-फोड़ करके साफ़ कर दें। मूर्ति की स्थापना तो सोलह आने सत्य है। क्या बाबूसाहब उससे नहीं जायेंगे? ज़िद से काम नहीं चलेगा। उनके लड़कों के लिए छेदी बाधा बने हुए हैं। हम तो चमार हैं। हमारे घर की बहुएँ पैदल भी आयें तो कोई लाज नहीं। वे तो बड़े हैं। बहू ज़मीन पर कैसे उतरेगी? देखते हैं, उतरकर पैदल ही आती हैं, तब भी दुष्टों को लाज नहीं। गाँव को नरक बना डाला। ईर्ष्या-द्वेष ऊपर से।''

''उसका बाप दस हज़ार रुपया ख़र्च कर दे तो संगमरमर की प्रतिमा बन जाये। नहीं तो पत्थर की भी ठीक है।'' सेवाराम ने आँखें आसमान पर चढ़ाकर कहा—''रुपये तो मिले ही हैं। जिस लड़के से इतने रुपये मिले, क्या उसके लिए पाँच हज़ार नहीं ख़र्च कर सकते? इस मार्ग का नाम भी 'सुभाष मार्ग' रख दिया जायेगा।''

पाँचू—''बात तो तेरह छटाँक की आप कहते हैं। एक बार पुनः ज़ोर लगाया जाये। देखें, बाबूसाहब लोग क्या कहते हैं, जिन्हें उस रास्ते आना-जाना है।''

पाँचू और सेवाराम ने पैरवी शुरू की। लोगों के सामने यथार्थ रखने लगे। लोग चुप हो जाते। छेदी सिंह कोई अच्छे आदमी नहीं। जीवन-भर धूल में रस्सियाँ बटीं। साँपों को डोंड़हा बनाये और डोंड़हे को साँप। एक दिन गाँव-भर का रास्ता बन्द कर देंगे। अधिकारी भी निक़म्मे हैं। उनकी आँखें फूट गयी हैं। जिसके लिए हत्याएँ हो रही हैं, तब भी उसका समाधान नहीं ढूँढ़ा जा रहा है। शान और ज़िद का अर्थ यह नहीं होंता कि आदमी अपने ही पाँव काट डाले। अथवा अपने ही पेट में छुरी मार ले। पाँचू और सेवाराम ने हिम्मत बाँधी। पण्डा जी के यहाँ पहुँच गये। छेदी सिंह और उनका घर सटा हुआ था। छेदी ने उनका रास्ता और नाबदान दोनों बन्द कर दिया था। कई बार झगड़े हुए। गोलियाँ चलने की नौबतें भी आ गयी थीं। यों पण्डा जी भी रास्ता चांह रहे थे। किन्तु चमारों की असूझ दृष्टि का परिणाम था—उनका भी नाम क़त्ल में दे दिया था। कुछ का कहना था कि वे छेदी को ललकार रहे थे कि मारो सालों को। चमारों का कहना था कि पण्डा जी सवर्णों के पक्ष से गैंग अधिक बनाते हैं। शायद एकाएक यह पण्डा का परिवर्तन हो। नहीं तो अधिकतर उनके चेले चमार ही थे। आठ बजे रात तक उनका दरबार लगाते। चाय पीते, उनका काम करते और फ़रमाइशी जलपान करते। यह समय का ही परिवर्तन था, जो बदल गये।

पण्डा द्वार पर बैठे गड़गड़ा पी रहे थे। दोनों को देखा तो कान खड़े कर लिये। मुद्दई यहाँ कैसे? फिर कोई जाल-जेवर फेंकना चाहते हैं। क्या? वे सजग होने लगे। कोई

ख़तरा तो नहीं। किन्तु बेधड़क दोनों आ गये। चौकी बिछी थी। पण्डा बैठे थे। दोनों सामने खड़े हो गये। पण्डा ने गर्दन ऊपर करके घूरकर देखा।

बोला—"क्या है? अब क्या करना चाहते हो तुम लोग?"

पाँचू ने हाथ जोड़कर कहा—"सरकार सच बतलाइयेगा...उस रास्ते की आपको दरकार नहीं? आज के लिए नहीं, अपने बाल-बच्चों के लिए ही सही? क्यों सदा-सदा के लिये विष बो रहे हैं? आप किधर से निकलेंगे? छेदी सिंह कभी अपने में से आपको जाने देगें? नाबदान और रास्ते के बारे में पिछले झगड़े याद हैं कि नहीं?"

पण्डा के चेहरे पर मुर्दनी-सी छा गयी। सामने का प्रकाश लुप्त होने लगा। भीषण अन्धकार छाने लगा। बात तो सोलह क्या सतरह आने सच है। वह बेहूदा किसी का नहीं। बहुएँ किधर से आयेंगी-जायेंगी? लड़के और हम, फिर पूरा गाँव? रुकावट का एक नक़्शा उनकी आँखों के सामने घूम गया।

कुछ झिझक के साथ बोले—"तुम लोग कहना क्या चाहते हो?"

पाँचू—'झगड़े अपनी जगह हैं। कम-से-कम रास्ता तो खुल जाता। हमारा कोई अपना स्वार्थ नहीं है। जनता की सेवा के लिए किया गया त्याग अवश्य फलीभूत होता है।"

पण्डा ने गम्भीर होकर कहा—"तुम लोग हमसे क्या चाहते हो?"

पाँचू—"यही कि रास्ता खोलने में आप सहयोग दें। न दे सकें तो विरोध में न आयें।"

"एवमस्तु। जाओ...तुम लोग जैसे चाहो, काम करो...। हमारी माँ को तिल्लाक: जो ससुरा जाये। गाँव का एक कोढ़ तो दूर हो जाये। सिगरेट मँगाऊँ, पियोगे?"

पाँचू—"नहीं सरकार! बस, आप अपनी ओर से सँभालियेगा।" दोनों चले आये।

दो दिनों पैरवी के बाद मालूम हुआ कि ठाकुरों का मन भी रास्ता खोज रहा है। लेकिन कैसे? पाँचूराम ने सुभाष के बाप से कहकर दस हज़ार में मार्बल की तीन फुटी प्रतिमा बनवायी। तब तक यशवन्त सिंह का दल मुगलसराय के क्षेत्रों में आन्दोलन मचाये हुए था। सोये हुए लोग जाग चुके थे। कई गाँवों में यों ही विद्रोह शुरू हो गये थे। लोग जल्दी-जल्दी समायोजन कर रहे थे। कहीं-कहीं मूर्ख झगड़े और मार करने पर आमादा थे। चारों तरफ़ पुलिस चौकस हो गयी थी। कहीं कोई दुर्घटना न हो जाये।

एक दिन शाम को पाँचूराम और सेवाराम वहाँ पहुँच गये। यशवन्त सिंह पूरा महात्मा हो गये थे। लम्बा-चौड़ा भण्डारा बन रहा था। बड़े-बड़े अरबपति उनके चेले हो गये थे। सामान ढोने के लिए ट्रक तथा अन्य गाड़ियाँ थीं। जिस गाँव में लोग रुकते, वह गाँव सभी लोगों के खाने की व्यवस्था करता। किसी में भेद-भाव न था। मानो ज्ञानयज्ञ में सभी लोग स्वेच्छा से धन, अन्न, वस्त्र एवं श्रमदान कर रहे हैं।

रात के आठ बज गये थे। दोनों व्यक्ति उन्हें देखकर परमानन्दित हो रहे थे। एक रूढ़ और कुत्सित व्यवस्था टूट रही थी। इस समय देश को ऐसे ही युग-पुरुष की

आवश्यकता है। दोनों लोगों को देखकर यशवन्त सिंह दौड़ पड़े और गले से लगा लिये। दोनों ने उनकी चरण-धूलि सिर से लगायी।

गद्‌गद वाणी में सेवाराम बोले—"आपने जो कर दिया बाबूसाहब! कोई माई का लाल नहीं कर सकता। वह भी इस ज़माने में।"

पाँचू की आँखों में प्रसन्नता और आनन्द के आँसू छलक आये। बोला—"बाबू जी! आप साक्षात् देव पुरुष हैं। आपने बहुत बड़ी रूढ़ और जर्जर व्यवस्था के प्रति लोगों की आँखों खोल दीं। लोग जान गये कि सृष्टि में मानव-जाति में कोई भिन्नता नहीं। सभी भेद मानव-निर्मित हैं।"

यशवन्त ने विनम्रता से कहा—"सब ईश्वर करता है। मैं तो निमित्त मात्र हूँ। माँ जगदम्बा मुझसे सब करवा रही हैं। मैं उन्हीं की सेवा कर रहा हूँ। प्रत्येक वाणी में उन्हीं का निवास है। आप लोग भोजन करके विश्राम कीजिये। मैं भी बहुत थका हूँ। फिर भी आपकी सेवा के लिए दौड़ सकता हूँ।"

पाँचू और सेवाराम ने वहीं बैठकर कुछ देर तक बातें की। योजनाएँ बन गयीं। रात बिताकर वे लोग सुबह चले गये।

*   *   *   *

दिन रविवार। सुबह का समय। न जाने गाँव को क्या हो गया था। सभी एक हो गये थे। पण्डा जी आगे-आगे थे। छेदी सिंह का सम्पूर्ण निर्माण तोड़कर फेंक दिया। छेदी ने गालियाँ दीं। लाठी लेकर निकल आये। भानु ने ख़ूब पैंतरे लिये, गालियाँ दीं लेकिन आलमपुर का कोई भी व्यक्ति हिला तक नहीं।

पण्डा ने ललकारा—"आओ...ब्राह्मण को मारकर ब्रह्महत्या का पाप भोगो। हमारी भी चौरी यहीं बनेगी। तुम्हारी सोर (जड़) साफ़ कर दूँगा। मारा कि गाँव को नाकों पानी पिला दिया। अब इसका अन्त आ गया है। निकालो बन्दूक़...चलाओ गोली...।"

इस बार चमारों में तूफ़ान का बल आ गया था। देखते-देखते सड़क बनकर तैयार हो गयी। एक ओर बंजर ज़मीन पर गड्ढा खोदकर ईंटों से मंच बनाकर सुभाष की प्रतिमा स्थापित की गयी। अभी सीमेण्ट से उसका सुन्दरीकरण किया ही जा रहा था कि यशवन्त का कारवाँ वहाँ आ गया।

पण्डा ने ज़ोर से नारा लगाया—"जसवन्त बाबू! ज़िन्दाबाद! जसवन्त बाबू! ज़िन्दाबाद!...गुण्डागर्दी...नहीं चलेगी...नहीं चलेगी...।" गाँव के लोगों ने अपने घरों में बनायी मालाएँ यशवन्त सिंह को पहनायीं। उन्होंने मूर्ति का अनावरण करके मार्ग का नामकरण भी कर दिया—'सुभाष मार्ग'।

एकाएक छेदी सिंह का विचार बदल गया। दौड़कर यशवन्त के गले लिपट गये। अपराध के लिए क्षमा माँगी और इतना रोये कि मानो पिछले सभी पाप धुलकर बह गये।

वहीं तत्काल इस कार्य के बाद यशवन्त ने समझौता करा दिया। पण्डा, छेदी, भानु 302 के केस से बरी हो गये। एक पत्रक बनाया गया। जिस पर हरिजनों की सहमति

ली गयी। यह काग़ज़ात दो प्रतियों में बनाकर छेदी सिंह और पाँचूराम को सौंप दिया गया। दूसरे दिन पाँचूराम ने उसे अदालत में पेश कर दिया।

*　　　*　　　*　　　*

उस दिन यशवन्त सिंह अपने घर थे। आठ बजे रात तक लोग उनसे मिलने आते और चरण-धूलि लेकर जाते। पूरा आश्रम उनके भक्तों से भरा हुआ था। दिन-भर भोज बनता रहा। क़रीब रात के ग्यारह बजे वे अपने शयन-कक्ष में गये। पीछे से माण्डवी भी गयी। माण्डवी ने उनके चरण-स्पर्श किये और धूलि सिर से लगाकर बोली—"अब आप पूरे महात्मा हो गये हैं।"

यशवन्त ने प्रसन्नता से खिलकर कहा—"संसार का महात्मा भी अपनी पत्नी के लिए पति ही होता है। जिस दिन पत्नी भी माँ हो जाती है, वह व्यक्ति दूसरा हो जाता है। पूरा सिद्ध या रामकृष्ण। मैं तो एक सेवक हूँ।"

"बहुत दुबले हो गये हैं। चेहरे पर कान्ति तो है मगर..." माण्डवी चुप हो गयी।

"पैदल चलने से शरीर सूखता है किन्तु वज्र हो जाता है। मैं शुरू से अब तक पैदल ही चल रहा हूँ। बिना पदयात्रा के यह कार्य असम्भव है। "यशवन्त लेट गये। माण्डवी बग़ल में बैठकर पाँव दबाने लगी।

"दो-चार दिन रहेंगे या चले जायेंगे?" बोली माण्डवी—"एकाध माह रहकर ज़रा विश्राम तो कर लीजिये।"

"जो रुक जाता है, वह फिर नहीं होता है। उत्तम पुरुष अनवरत लक्ष्य की ओर बढ़ते रहते हैं।" बोले यशवन्त सिंह—"बिहार से लौटने पर सोचा जायेगा। हिन्दू-व्यवस्था में बहुत-सी बुराइयाँ आ गयी हैं। इन्हें मिटाना परमावश्यक है।

दोनों देर रात तक बातें करते रहे। कब सो गये, पता ही नहीं चला।

सवेरा हुआ। यशवन्त बाहर चौकी पर बैठकर चाय पी रहे थे। अकस्मात् आकर पण्डा जी ने उनके पैरों पर गिरना चाहा लेकिन यशवन्त ने उन्हें अपनी छाती से लगा लिया। चौकी पर बैठाते हुए बोले—"आप बुजुर्ग ब्राह्मण हैं, आशीर्वाद दीजिये।"

पण्डा जी ने हाथ जोड़कर कहा—"आप महात्मा हैं। मेरे अपराध क्षमा करें। विश्वविद्यालय के लिए मैं बीस बीघे ज़मीन दान देता हूँ। यह काग़ज़ लीजिये...। मैंने 'योगेन्द्र विश्वविद्यालय' के नाम बय कर दिया है।"

यशवन्त ने उन्हें पुनः गले से लगाते हुए कहा—"आप धन्य हैं। पाण्डे बाबा! कॉलेज आपका है। आप इसे क़ब्र बनायें या विश्वविद्यालय। ठीक है, मैं स्वीकार करता हूँ। बाबू अग्रसेन सिंह जी को इसकी सूचना दे देता हूँ। निर्माण-कार्य उन्हीं की देख-रेख में होगा।"

*　　　*　　　*　　　*

फरवरी का महीना था। परीक्षा की तैयारियाँ चल रही थीं। परीक्षा की समय-सारिणी प्रकाशित हो चुकी थी। दस मार्च से आरम्भ हो रही थी। यशवन्त सिंह एक सप्ताह बाद निकल चुके थे। पूर्वांचल होते हुए बिहार में पहुँच गये थे। बिहार की दुर्दशा अकथ्य है। मालूम पड़ता है, वहीं से भेद-भाव संक्रामक रूप धारण करके पूरे भारत में फैल गया है। उनके साथ विभिन्न पत्रों के संवाददाता एवं पत्रकार भी चल रहे थे, जो समाचारों के साथ उनके विचारों को भी छाप रहे थे।

सम्पूर्ण नृजाति यदि मनुष्य बनकर जीने और व्यवहार करने के प्रयत्न करें तो आपसी झगड़े बहुत कम हो सकते हैं। केवल अमीरी-ग़रीबी या थोड़े-से बुद्धिवादी अहंकार अवशेष में रह जायेंगे। उच्चाशयों और नीचाशयों की छोटी-छोटी संकीर्णताओं के मिट जाने से केवल विकास की भावनाएँ पूज्य रह सकती हैं। विकसित विद्वान् बड़ी जातियों के समक्ष अपने को हीन समझते हैं। यह उनकी विवशता 'सामाजिक व्यवस्था के आधार पर है। एक स्थान पर बहुत संख्या में छोटी जातियों के लोग बड़ी जातियों से नफ़रत करते देखे जाते हैं और बड़ी जातियों के बहुसंख्यक तो उनसे इस तरह व्यवहार करते हैं, जो पशुओं से भी बदतर हैं। आर्थिक या बौद्धिक विकास की स्पर्द्धा में उत्पन्न ईर्ष्या से समाज उतना विकृत नहीं हो सकता, जितना जातिवादी धारणाओं से।

मार्च आया। परीक्षाएँ शुरू हुईं। समाचार-पत्र बड़े चाव से लोग पढ़ते। बिहार में सवर्ण अड़ गये थे। वे नहीं चाहते कि आसन और भोजन में समानता हो। वे अपना सम्मानित स्थान छिन जाने के विरोध में खड़े हो गये थे। छोटी जातियों के लोग यशवन्त सिंह के साथ थे किन्तु बड़ी जातियों के गिने-चुने बुद्धिजीवी या शहरी लोग ही थे। गाँवों के जड़-पुरुष इनसे घृणा करने लगे थे। उन्होंने एक दल गठित कर लिया और विरोध करने लगे।

15 मार्च को शोक-समाचार प्रकाशित हुआ। खुटहाँ बाज़ार, आरा जिला में भीड़ उग्र हो गयी थी। कई राउण्ड गोलियाँ चलीं। मञ्च पर भाषण देते यशवन्त का शरीर छलनी हो गया। दूसरे दिन लाश दानूपुर आयी। बर्फ़ से ढँककर रखी गयी थी। देखने के लिए बहुत बड़ी भीड़ उमड़ पड़ी थी। लोग माला-फूल चढ़ाकर प्रणाम करते। पूरे देश में शोक की लहर फैल गयी थी। सभी संस्थाएँ बन्द हो गयी थीं। दो दिन के बाद उनकी अन्त्येष्टि काशी के हरिश्चन्द्र घाट पर हुई। कई राज्यों के मुख्यमन्त्री भी आये थे। लोगों ने श्रद्धा-सुमन चढ़ाये।

इस घटना के बाद दानूपुर और आसपास के गाँवों के लोगों के विचारों में तेज़ी से परिवर्तन आने लगा। एक व्यक्ति ने राष्ट्रीय एकता के कारकों के निमित्त दुर्व्यवस्थाओं को मिटाने के लिए अपनी जान दे दी। हम लोग हैं कि अपने ही जीवन के मधुर सम्बन्धों को तेज़ कुल्हाड़ियों से काटते जा रहे हैं। पारिवारिक और सामाजिक विच्छेद ही राष्ट्रीय विघटन के कारक हैं। प्रायः घर-घर में यशवन्त की तस्वीर लोगों ने टाँग ली

थी। इस व्यक्ति से एकता की प्रेरणा मिलती है। झगड़े और अपमान को जिसने कभी स्वीकार ही नहीं किया। उनका मानना था कि अपमान में उत्तेजित होना हमारी ही कमज़ोरी है। व्यक्ति एक यन्त्र है उसमें प्रत्येक तत्त्व अपरिपक्वावस्था में विद्यमान है। परिस्थितियों के अनुसार वे कमज़ोर अपरिमार्जित तत्त्व उत्तेजित होकर हमारे मानस और शरीर को क्षीण करते रहते हैं। इसीलिए हम परम तत्त्व तक नहीं पहुँच पाते। जो सबको सहते हुए भी आनन्दपूर्वक अपनी साधना में आगे बढ़ते रहते हैं, वे अवश्य ब्रह्म तत्त्व को प्राप्त कर लेते हैं।

15 अप्रैल से विद्यालयों में ग्रीष्मावकाश हो चुका था। बाबू अग्रसेन सिंह ने महाविद्यालय में और आगे का निर्माण-कार्य शुरू कर दिया था। पण्डा जी का बीस बीघा ले लिया गया। जिसने स्वेच्छया भूमि दी, बाबू जी ने घेर लिया। मुख्य द्वार पर बड़ा-सा मार्बल का प्लेट लगवा दिया। जिस पर लिखा था—"योगेन्द्र विश्वविद्यालय, दानूपुर।"

मुख्य गेट के सामने कुछ दूरी पर एक बिस्वा ज़मीन ईटों और छड़ों के द्वारा गोलाकृति में घेरी गयी। उसमें छोटा-सा दरवाज़ा भी लगवा दिया गया। बीच में यशवन्त सिंह की कांस्य-प्रतिमा के लिए मंच बनने लगा।

छुट्टियाँ होते ही श्रीप्रसाद और विकल भी समाज-सुधार के लिए निकल पड़े। यशवन्त द्वारा लगायी आग धधक रही थी। एक माह तक आन्दोलन ख़ूब चला। आग लपटों का रूप धारण कर चुकी थी। सामाजिक कुरीतियों का भण्डाफोड़ तो हो चुका था। बस अमल में लाने की बात थी। इन लोगों का कारवाँ बिहार के दक्षिणांचल में जाकर एक गिरोह से घिर गया। वे उकसाये हुए मूर्ख लोग थे, जिनमें संवेदना नाम की कोई चीज़ न थी। उन्हीं लोगों के द्वारा दोनों व्यक्ति छलनी कर दिये गये। इन लोगों की भी अन्त्येष्टि हरिश्चन्द्र घाट पर, काशी में हुई।

एक बार पुनः देश शोक-सागर में डूब गया। बाबू अग्रसेन सिंह ने उसी घेरे के भीतर दो मञ्च और बनवाये। ये मञ्च त्रिकोण में बने थे। तीनों मञ्चों पर छह फुटी कांस्य-प्रतिमा लगवायी गयी। सामने स्वर्गीय यशवन्त सिंह, अग़ल-बग़ल स्वर्गीय श्रीप्रसाद सिंह एवं स्वर्गीय विकल सिंह। उत्तर प्रदेश के राज्यपाल से अनावरण कराया गया।

राज्यपाल ने अन्तिम वाक्य में कहा—"तीनों पुरुष सिंह थे। त्रिकोण में स्थित तीनों प्रतिमाएँ सर्वदा अभेद समाज के लिए संकेत करती रहेंगी। निस्सन्देह इनके मार्गों पर चलकर राष्ट्र एकता के सूत्र में बँध सकेगा।"

तालियों की गड़गड़ाहट से आकाश गूँज उठा।

●●●